ウォッチメイカーの罠

The Watchmaker's Hand

Jeffery Deaver

ジェフリー・ディーヴァー

池田真紀子・訳

文藝春秋

国と家族を愛する友人、ジェリー・サスマンに

e5ccebd2f80138b22ab8c840a6c5a9277d53bcff0c66b803525dc8f6cbfd648

以下の言葉をコンピュータ・アルゴリズムで生成したハッシュ値

〝時間は幻想である。〟

――アルベルト・アインシュタイン

目次

第一部　参考人　11

第二部　一粒の砂　187

第三部　死亡広告　343

謝辞　370

訳者あとがき　371

主な登場人物

リンカーン・ライム……………………四肢麻痺の科学捜査官
アメリア・サックス…………………ニューヨーク市警　重大犯罪課刑事
トム・レストン…………………………ライムの介護士
ロン・セリットー………………………ニューヨーク市警　重大犯罪課刑事
メル・クーパー…………………………ニューヨーク市警　鑑識技術者
ロナルド・プラスキー…………………同市警　警邏課巡査
ライル・スペンサー……………………同市警　刑事
エヴェレット・バーディック…………同市警　警視
アンディ・ギリガン……………………同市警　刑事
アーノルド・レヴィーン………………同市警　サイバー犯罪捜査課刑事
フレッド・デルレイ……………………ＦＢＩニューヨーク支局　捜査官

ギャリー・ヘルプリン……………………第一のクレーン倒壊事件の運転士
キャロル……………………………………セントラル・パークのバードウォッチャー
エディ・タール……………………………爆弾のエキスパート〝爆弾屋タール〟
エドワード・タリーズ……………………ニューヨーク州選出の上院議員
スティーヴン・コーディ…………………同下院議員
マリー・レパート…………………………コーディの対立候補
ハリソン……………………………………ニューヨーク市長
ウィリアム・ボイル………………………アメリカ合衆国大統領
チャールズ・ヴェスパシアン・ヘイル……ウォッチメイカー
シモーン……………………………………ウォッチメイカーの協力者

装画　永戸鉄也
装幀　関口聖司

ウォッチメイカーの罠

第一部　参考人

1

眼下七十メートルに横たわるマンハッタンの壮大なパノラマをながめていると、警告のブザーが鳴りだした。

この緊迫した電子音を勤務中に耳にするのは初めてだ。落下防止技能教習では何度も聞いたが、現場では一度も耳にしていない。彼の高度なスキルと一式百万ドルの精密機器がそろっているのだ。運転室に甲高《かんだか》いブザーが鳴り響く理由は一つとして考えられなかった。

十×八インチのモニターに目を走らせる……これか。赤いランプが点滅していた。

一方で、やかましい電子音はさておき、これは何かの間違いであるとギャリー・ヘルプリンは知っていた。センサーの不具合としか考えられない。

その証拠に、ほら、赤ランプは数秒で消えた。ブザーも鳴りやんだ。

レバーを慎重に操作し、十八トンの荷を地上から吊り上げた。そしてブザーが鳴る前に考えていたことにふたたび思いを馳せた。

もうじき生まれる赤ん坊の名づけ。ギャリーの父親はウィリアムがいいと、妻の母親はナタリアがいいと言うが、いずれも叶《かな》うことはないだろう。どちらも申し分のない名前ではある。しかし妻とヘルプリンの好みには合わなかった。二人の息子または娘にはそぐわない。そこで、奇抜な名前を考えて親たちをからかってやろうとギャリーは提案した。悩んだ揚げ句に二人が決めたのは──男の子ならキェルケゴール、女の子ならバシルダ。

妻からその二つの候補を初めて聞いたとき、ギャリーはこう確かめた。「ベスシーバだよな？　聖書にちなんで」

「いいえ。バシルダ。十歳のとき、私が空想のなかで飼っていたポニーの名前なの」

キェルケゴールまたはバシルダ。親たちにそう伝えて、話題を変える──即座に。両親の啞然とした顔がいまから楽しみだ──

またしてもブザーが鳴り、赤ランプが点滅を始めた。加えて、モニター上の別の項目まで反応していた。過負《モーメン》荷防止装置《トリミッター》だ。針が左にかたむいて、その下に警告が表示されている――〈モーメント・アンバランス〉。

ありえない。

クレーンを制御するコンピューターは、ギャリーの前方に伸びるジブ《メインジブ》――ボーイング777型機に匹敵する全長がある――の重量と後方のジブ《カウンタージブ》の重量を算出した。次に、バランスを算定する要素として、前方のジブの荷重と後方のコンクリートのカウンターウェイトの重量を検出した。最後に、クレーンの中心、すなわちいまギャリーがいる運転室からのそれぞれの距離を計測し、アンバランスになっていると警告を発したのだ。

「頼むよ、ビッグ・ブルー。本気か？」

ギャリーには操作中の機械に話しかける癖があった。返事らしきものをよこす機械もある。このベイラーHT－4200は、なかでもとりわけおしゃべりだった。

しかし今日のビッグ・ブルーは、警告の電子音を鳴らすばかりで、黙りこくっている。

運転室でブザーが鳴っているのだから、地上にある監督のトレーラーハウスでも鳴っているはずだ。

無線がかりかりと音を鳴らし、ギャリーのヘッドセットに監督の声が聞こえてきた。「ようギャリー、どうなってる？」

ギャリーは小型マイクを介して答えた。「モーメントリミッターのセンサーの故障だろう。モーメントは五分前もいまも同じだ。何も変わってない」

「風は？」

「無風だよ。おそらくセンサーじゃないかと……」ギャリーは口をつぐんだ。

かたむきを感じた。

「おい、マジか」早口で言った。「モーメント過負荷だ。メインジブが〇・三九度下がってる。おっと、いま〇・四になった」

青い格子状のジブが吊り下げている荷が、ひとりでに先端に向かって動いていっているということか？　トロリーの駆動ケーブルがはずれたとか？

しかし、そんな事例には遭遇したことがない。

前方を見た。異常は見当たらなかった。

現在のかたむき：マイナス0・5度。

建設現場の機材のうち、タワークレーンの安定性ほど厳しく規制され、点検されているものはほかにない。これほど高い位置に設置されていて、しかも作業半径内に既存の建物が六棟あり、そこに数百、もしかしたら数千の人々がいるとなれば、なおさらだ。荷重は綿密に計算されている。この場合なら、重量およそ十六トンの六×四インチのフランジ鋼を安全に吊り上げて旋回できるよう、長方形のコンクリート塊《カウンターウェイト》の重量は、細心の注意を払って算出されている。承認された数値はコンピューターに入力され、コンピューターはギャリーの背後に伸びるカウンターウェイトを小刻みに前後させながらクレーン全体のバランスを魔法のように維持して、機器類の針をつねにゼロの位置に保つ。

モーメント……

-0・51

振り返ってカウンターウェイトを見ようとした。無意識にそうしていた。何が見えると思ったわけでもない。むろん何も見えなかった。

-0・52

ブザーはまだ鳴り続けている。

-0・54

ブザーのスイッチを切った。警告の赤ランプは点滅を続け、〈モーメント・アンバランス〉のメッセージも表示されたままだ。

-0・55

監督の声が聞こえた。「こっちで診断プログラムを走らせたが、センサーに問題はなさそうだ」

「センサーの不調じゃない」ギャリーは言った。「本当にかたむいてるんだ」

-0・58

「マニュアル操作に切り替える」ギャリーは自動制御をオフにした。タワークレーンの操作経験は、モイナハン建設に入社して以来、十五年になる。その前は工兵として軍に勤務していた。デジタル制御が導入されてクレーン運転士の仕事は楽でしかも安全になったが、初期のころは図面やグラフを膝の上に広げ、固定したメモ帳で計算しながら手動で操作していた。安定モーメントを算出するのに、もちろんアナログ表示のリミッターの針ともにらめっこした。いまギャリーはジョイスティック型のレバーを軽く引き、荷を吊っているフロントジブ側のトロリーをクレーンの中心に寄せた。

次にコントローラーをカウンターウェイト操作に切り

替え、そのトロリーを中心から遠ざけた。

モーメントリミッターを凝視する。リミッターはまだ、荷の側にかたむいていることを告げていた。

総重量百トンのカウンターウェイトをさらに遠ざける。これで安定モーメントを得られるはずだ。

得られないはずがない。

ところが、そうはならなかった。

ふたたびコントローラーをフロントジブ操作に切り替えた。

トロリーを手前に引き寄せる。荷のフランジ鋼が揺れた。思った以上に速く動かしてしまったのだ。

コーヒーカップを見た。

運転士用の椅子はクッション入りで座り心地はいいが、標準仕様ではカップホルダーが付属していない。しかし無類のコーヒー好きのギャリーは、壁にカップホルダーを自分で取りつけていた——もちろん、電子機器から遠く離れた位置に。

濃い茶色の液体は水平を保っている。が、カップ自体はかたむいていた。

またモーメントリミッターを確かめた。

フロント側に二度かたむいていた。

フロントジブのコントローラーを操作して、フランジ鋼をさらに手前に引き寄せた。

よし、今度はうまくいったぞ。

警告の赤ランプが消え、バランスインジケーターがゆっくりとマイナス〇・五度に戻り、まもなく〇度になって——そこを通り過ぎ、一度まで上昇した。そのまま上昇を続けている。カウンターウェイトを大幅に遠ざけたせいだ。ギャリーはカウンターウェイトをぎりぎりまで中心に引き寄せた。

インジケーターの針は、〈1・2〉で止まった。

この数値は正常だ。フロントジブに何も吊り下げていないとき、クレーンはわずかに後ろにかたむくように作られている。その角度はおよそ一度に設定されていた。クレーンの安定を保っているのは主に、コンクリートでできた巨大な土台だ。稼働していないときのクレーンの転倒を防いでいるのは土台なのだ。

「もう大丈夫だ、ダニー」ギャリーは無線で伝えた。「安定した。ただ、メンテは必要だな。カウンターウェイトの問題だろう」

「了解。そろそろウィルが休憩から戻ってるはずだ」

ギャリーは椅子の背にもたれてコーヒーを飲み、カップをホルダーに戻して、風の音に聴き入った。整備士が来るまで少し時間があるはずだ。地上から運転室に来るルートは、一つしかない。

マストを登るのだ。

運転室は地上二十二階の高さにある。五分の休憩を少なくとも一度、もしかしたら二度取ることになる。

現場の作業員は、クレーンの運転士と聞けばだらしない体形をした人物を思い浮かべる。朝から晩まで座ってする仕事なのだから。だが、彼らは運転室までの登り降りを忘れている。

移動させる荷がなく、地上に向けてフックブロックを下ろすような慎重を要する作業もないいまのような隙間時間は、のんびり椅子にもたれて、筆舌に尽くしがたい絶景をながめていられる。その気なら、見えている景色に名前をつけてもいいだろう。ここからはニューヨーク市の五つの行政区のほか、遠くニュージャージー州の一部が見晴らせた。ペンシルベニア州ウェストチェスターやロングアイランドも、細い帯のように見えていた。

ただ、ギャリーはGPS的な情報には興味がない。

彼を惹きつけるのは、さまざまな明るさや濃さの茶色や灰色や緑色、真っ白な雲、それに果てしない青空だ──どの色も、いま地上を歩いている人々の目に映っているよりも、ずっと豊かで鮮やかだ。

ほんの子供だったころから、高層ビルの建設に携わりたいと夢見ていた。レゴで作るのは決まって高層ビルだったし、連れていってと両親にせがむ先も高層ビルだった。両親は、展望台に立つことを想像しただけで青ざめていたが、ギャリーが行きたがるのは、壁に囲まれていないような展望台だった。「ギャリー」父親は言った。「魔が差して、そういう高いところから飛び降りてしまう人がたまにいるんだよ。恐怖で判断力を失ってしまうんだ」

いやいや、そんなことはないはずだ。高さを怖がる理由はない。高いところへ行けば行くほど、ギャリーの心は穏やかになる。ロッククライミングでも登山でも、高層ビル建設でも高さはギャリーに安らぎを与えた。

妻のペギーにはこう言った。地上はるかに高いところにいるとき、自分にとってそこは〝天国〟なのだと。

そうだ、赤ん坊の名前を考えなくては。

キエルケゴール、バシルダ……

現実にはどんな名前にしようか。妻もギャリーも〝なんとか・ジュニア〟にはしたくないと思っている。グリステディス・スーパーマーケットのレジ前に並んでいるどの小冊子を見ても載っているような、流行の名前も避けたい。

コーヒーカップに手を伸ばした。

まさか！

角度がまた変わっていた。フロントジブ側にかたむき始めている。

−0.4

ほどなく赤ランプと警告の文言が同時に瞬《またた》き、元どおりオンにしておいたブザーが鳴り出した。

インジケーターは一気にマイナス一・二度まで進んだ。

無線機の通話ボタンを押す。「ダン。また動き出した。さっきより速い」

「本当か。いったいどういうことだ？」

「荷はもう限界まで手前に来てる。落とすぞ。人を払ってくれないか。安全が確保できたら知らせてくれ」

「了解」

避難を指示する声はここまで聞こえないが、足もとのアクリル樹脂の床を透かして地上の様子が見える。現場監督の指示で、作業員があわてて散っていく。

荷を〝落とす〟とは言っても、当然ながら、文字どおり〝落とす〟わけではない――単にフックリリースを引いて、重量十七トンの鋼鉄を地上へ自由落下させるわけにはいかない。ギャリーはダウンレバーを慎重に操作した。荷は高速で高度を落としていく。インジケーターの表示を確かめ、アクリル樹脂の床越しに視認しながら、降下していく荷を目で追った。地上十メートルほどの高度でブレーキをかけ、コンクリートの上にそっと荷を下ろした。まあ、多少のダメージはあったかもしれない。それはしかたがない。

カウンターウェイトを調整し、フックリリースを引いて、フックから荷をはずした。

しかし、クレーンのかたむき修正には何の効果もなかった。

〝ありえない〟という言葉がまたも頭に浮かんだ。

カウンターウェイトをさらに後方に動かす。

これで前方へかたむくのは止まるはずだ。吊り上げている荷はなく、カウンターウェイトはバックジブの一番端まで後退しているのだから。

なのに……

「ダン」ギャリーは無線に向かって言った。「前に五度かたむいてる。カウンターウェイトは限界まで下げた」

−6.1

クレーンはそもそも五度以上のかたむきを想定していない。それを越えると、鋼鉄のパイプやバーやプレートから成る入り組んだ骨組みはたわみ、曲がり始める。旋回プレート――ジブを水平方向に旋回させる巨大なターンテーブル――の低いうめき声が聞こえた。

どこかで何かがはじける大きな音がした。続いてもう一度。

−7

無線に向けて言う。「転倒するぞ、ダン。サイレンを鳴らせ」

一拍置いて、サイレンが空を切り裂いた。これが鳴ったからといって、クレーンが転倒すると誰もが瞬時に理解するわけではない。何かとんでもない災難が起きようとしているとわかるだけだ。具体的な指示は、スピーカーや無線機から流れる。

「ギャリー、脱出しろ。マスト伝いに下りてこい」

「ちょっと待て……」

ビッグ・ブルーの転倒が避けられないなら、せめて地上の被害を最小限に抑えなくては。

周囲に目を走らせた。どちらを向いても建造物だらけだ。

しかし、ジブの右二十メートルのところに、ビルの切れ目を見つけた。ギャリーの真正面に見えているオフィスビルとアパート群のあいだ。その切れ目の先に大きな公園がある。今日は暖かいから、屋外に出ている人は多いだろうが、サイレンを聞いて、かたむきかけたクレーンのほうを仰ぎ見ているに違いない。

たくさんの車にトラック――いや、みなウィンドウを閉めきっているだろうか。

「建物にぶつからないようにやってみる。八九丁目の公園に誰か行かせろ。人を避難させてくれ。付近の交通整理も頼む。車が入ってこないように」

「ギャリー、いまのうちに脱出しろ！」

「公園だ！　避難を頼む！」

軋《きし》む音。うめくような音。風……

また一つ、何かがはじける大きな音がした。

旋回レバーを操作した。旋回プレートがベアリングにこすれ、悲鳴のような音が鳴る。電気モーターがあえぐ。まもなくジブがのろのろと反応した。

「頼むよ、急げ。急げ……」

切れ目まで、あと十メートル。

いつ転倒してもおかしくない。ギャリーの感覚はそう言っていた。いつ転倒するかわからない。

あいかわらずたくさんの車が行き交っている。

自分の判断は理にかなっている。そう思ってもやはり、心が痛んだ。

自分のせいで人が死ぬのだ。ジブを旋回させずにいた場合より数は少ないかもしれない。それでも……

乱れた思考を、いくつもの数字がよぎっていく。

切れ目までの距離：6メートル。

タワーのかたむき：マイナス8・2度
「頼むよ」ギャリーは小声で言った。

「ギャリー……」

「公園の市民を避難させろ！　周辺の道路からも！」ギャリーはヘッドセットをむしり取った。無線で気が散るせいで、旋回メカニズムの動きがいっそう遅くなるのだとでもいうみたいに。

切れ目まであと四メートル。かたむきは九度。

レバーは限界まで右に押している。ふつうなら、ジブは危険なくらいの速度で旋回しているところだ。しかしベアリングの摩擦が邪魔をして、旋回プレートは這うような速度でしか回らない。

だが、完全に止まったわけではなかった。

ふいに甲高い音が響いた。黒板を爪でひっかくような音……

その音に、ギャリーは歯を食いしばった。

あと三メートル。かたむきは十度。

切れ目まで二・五メートル。

頼む……あとほんの少し……

ほぼ届いてはいる。だが、いまビッグ・ブルーが転倒したら、オフィスビルの四フロアか五フロア分をジブがえぐってしまうだろう。どのフロアもオープンプランで、数百人の従業員がデスクや個人用ブース、コーヒーメーカーの前、会議室にいる。ここからもその様子が見えた。かたむいたクレーンを立ち上がって見ている者も大勢いた。だが、誰も逃げようとしない。動画を撮っている。

いいから逃げろ……

二メートル。

ジブの旋回が一瞬止まった。すぐにまた動き出したが、甲高い音やうめくような音はいっそう大きくなった。

レバーをわずかに左に戻す。ジブが反応し、五十センチほど逆行した。レバーをまた右に押す。プレートが再び右旋回を始め、いましがた引っかかったところを越えた。

あと一・八メートル。かたむきは十二度……

ぴしり……

すぐ背後で鳴ったその音に、ギャリーはぎくりとした。

何だ、いまのは。

そうか、それだ。

床に設けられたマストへの――はしごへの、安全な場所への――ハッチが歪んだのだ。ギャリーは運転席から立ち上がってハッチを引っ張った。びくともしない。

残る出口は一つだけ――頭上だ。だが、そこからマストへは下りられない。

いまは考えるな。あと一・五メートル動かせば、ジブはビルのあいだの隙間に来る。

ジブはまだかたむき続けているが、モーメントリミッターの表示は〈マイナス13〉で止まっていた。クレーンの設計者は、それ以上のかたむきを表示する必要がないと考えた。ジブが十三度を越えてかたむくことはない。

命を救う切れ目まで一・八メートルを残して、マストがふいに前方へ一メートルほどがくんとかたむいた。ギャリーは運転席から転げ落ちた。曲面ガラスの窓に顔からぶつかる。まっすぐ下が見えた。二十二階下の建設現場が。大きく息を吸い、吐くと、目の前のガラスが曇った。偶然にも、それはハートの形をしていた。

妻の顔が浮かぶ。

まもなく生まれてくる子供のことも。

キェルケゴール、またはバシルダ……

2

進行中の捜査は、どこかの時点で目に見えない境界線を越えて迷宮入り事件《コールド・ケース》になる。

どのくらいの期間で？　一年と言う刑事もいるだろうし、十年と答える者もいるだろう。

リンカーン・ライムは、〝コールド・ケース〟というフレーズを嫌っている。犯罪実録もののポッドキャストやテレビのドキュメンタリー番組に現実の事件が乗っ取られ、〝真犯人は法の裁きを逃れて逃走中〟といういつの世も変わらず人気のストーリーとして金儲けのタネにされたかのように聞こえるからだ。

未解決事件のなかでもとくに世の注目を集めるのは、当然のことながら、殺人事件だ。失踪した夫や妻、犯罪組織の密告者。幼い息子がどこに行ったのか〝自分は知らない〟と言い張る、虐待疑惑をかけられた父親。未解決の窃盗《せっとう》事件が注目されることはまずない――よほどセンセーショナルな事件でないかぎり。たとえばダイヤモンド強奪事件、輸送トラックの武装強盗。あとは、そう、二十万ドルの身代金を抱えて、飛行中のボーイング727からパラシュートで飛び降りた事件とか（いったいどこに消えたのだ、D・B・クーパー？）。（一九七一年に発生した未解決のハイジャック事件。身元不明の犯人は〝D・B・クーパー〟という仮名で呼ばれている）

ライムにとって未解決事件はあくまでまだ解決されていない事件であり、発生したのが二十四時間前であろうと百年前であろうと、解決しなくてはならないという点において何ら違いはない。それには窃盗事件も含まれる。このところライムの時間の大半を占めているのも、窃盗事件の捜査だった。

数カ月前に起きたその事件が解決しないかぎり、ライム――とニューヨーク市警と国土安全保障省――は、この先もしばらく落ち着かない日々を過ごすことになる。

〝身元未詳の犯人〟――未詳二一二号――は、二月十二日に（〝二一二号〟の由来はこの日付）ニューヨーク市都市整備建設局に侵入し、インフラ整備関連資料をごっそりダウンロードした。設計図、工学図、地下インフラ地図、測量図、許可申請書――ニューヨーク市という有機体の成長と変態に寄与する壮大なプロセスに関わる、ありとあらゆるデータを持ち去ったのだ。おそらく犯人はデジタルファイルのなかには暗号化されているものがあるかもしれないと考え、念のためだろう、同じ資料のハードコピーも何百枚と盗んだ。

事件発生当時、みなの頭に最初に浮かんだのは、テロだった。この種の事件の動機としてまず考えるべきはそれだ。爆発物。地下鉄の乗っ取り。ミサイルや飛行機による高層ビルへの攻撃。

ライムと、妻であり科学捜査のパートナーでもあるアメリア・サックスは、科学捜査を駆使して容疑者の身元を突き止める捜査を依頼された。容疑者は誤って警報システムを作動させ、急いで逃走したため、侵入に使った工具一式を現場に残していたが、手がかりらしい手がかりは何一つ得られていない。事件直後は全市に厳戒態勢が敷かれたものの、テロ事件は発生しなかった。

したがって未詳二一二号の窃盗事件の捜査はいまも継続中であり、ニューヨーク市警の科学捜査顧問を務めるライムと、ニューヨーク市警の刑事であるサックスが捜査本部にしている十九世紀築のタウンハウスの居間の片隅に置かれた、捜査情報を一覧化するためのボードの一番上には、〈未詳二一二号〉と書かれている。ライムの一覧表はニューヨーク市警内で〝殺人ボード〟と呼ばれているが、この一つに限っては、死者も負傷者もいない窃盗事件に関する情報が並んでいた。ライムとサックスは目下、未詳二一二号事件の捜査を棚上げし、起訴の期日が迫った組織犯罪二件に専念していたが、そちらは一段落して、専門家証人として法廷に喚《よ》ばれるのを待つだけとなっている。法廷では、どちらか一方が証言台に立つ。二人が一緒に証言したら、被告人の弁護士は、本来の証言そっちのけで二人の関係を執拗に詮索するだろう。法の上では、二人共同の証言を禁じる理由はないが、刑事裁判の行方を左右する要素は四つある――心証、心証、心証……そしてようやく、法だ。

そんなわけで、未詳二一二号事件の捜査は――迷宮入りせずに――再開された。

ライムは車椅子を操って未詳二一二号事件のボードに近づいた。何年も前にニューヨーク市警の中央科学捜査部の指揮を執っていたころ、現場検証中に負傷して四肢麻痺になったライムは、状態の改善につながりそうな治療をつねに探していた。首から下の感覚を回復させる方法は現在のところ存在しないが、手術や装具を含む複雑な処置を経て、右腕はほぼ自在に動かせるまでになり、そのエクササイズを日課にしている。宣伝文句どおり〝奇跡の機動力〟を発揮する車椅子は、事故の壊滅的な被害を唯一免れた左指の薬指で思うままに操作できた。

人間の肉体とは、まさに奇跡と幸運の集合体だ。

未詳二一二号事件を担当している重大事件課の担当刑事の報告書から、サックスが読み上げた。「市職員のうちに参考人なし」担当刑事は内部の犯行も視野に入れ、都市整備建設局の職員にひととおり事情聴取を行なった。ハッカーが関与しない無形資産の窃盗では、内部の犯行であることが多いからだ。監視カメラの録画には、サーバールームに実際に押し入り、ハードディスクにファイルをダウンロードしている容疑者の姿が残っていた。利口なやり方だ。近年は、東欧や中国の退屈にまかせた腕利きのハッカーによる攻撃への防御は万全でも、現場のデータを物理的に守るための対策は後回しにされている。

建物から立ち去る未詳の映像もある。ニューヨーク市のドメイン・アウェアネス・システム（DAS）と呼ばれる犯罪・テロ防止システムを通じてライムと捜査チームにもたらされた映像だ。

市民的リバタリアニズムを信奉する一部は、DASを〝ビッグ・ブラザー〟と呼んでいる。

ニューヨーク市警のDASは、市内全域にある二万台の防犯カメラを結ぶネットワークで、収集・保存されている映像やデータは多岐にわたる――ナンバープレートの読み取り結果、召喚状、緊急通報の録音、訴状や告訴状、警察官の報告書、令状、逮捕状。収録データの総数は数十億に達する。

そのDASカメラの一台が、都市整備建設局を出たあと、次の角を曲がって消える未詳二一二号の姿をとらえていた。そのころには警報が大音量で鳴り渡っていたはずだが、未詳は周囲の目を引かないよう、通常のペースを保って歩き続けた。

では、映像は捜査の役に立ったか。それはまた別の問題だ。黒っぽい服を着て、黒っぽい帽子をかぶっていることはわかる。顔を伏せていたことも。

ライムの評価は――使い物にならん、だった。映像からわかる事実は、未詳の体格くらいのものだ。中肉中背。そしてこの事実もまた、ライムに言わせれば、何の参考にもならない。

ライムは居間の西側に設けられたラボを見やった。その一角は、床から天井まで届くガラスの仕切りによって汚染からクリーンに保たれている。小都市の――場合によっては中都市の――警察のラボをしのぐ充実ぶりを誇る科学機器や検査テーブルが並んだ奥に、一覧に記載済みの証拠物件を収めた茶色い棚がある。ライムの目は、未詳二一二号が目当てのものを盗んだあと、急いで逃走した際に残した赤いプラスチックの小ぶりな工具箱を見つめた。

その工具箱は、事件を担当する刑事がここに持ってきた直後に検査済みだった——それも徹底的に。指紋やDNAを含め、微細証拠はいっさい検出されなかった。ライムは腹が立つと同時に意外に感じた。ふつうなら、逃走を急いだせいで現場に残された証拠物件は、ほかの何よりも役に立つものだ。たとえば、拭き取る暇がなかった指紋が付着したままだったりする。

サックスは黒いジーンズに包まれた細い腰に両手を当て、首をかしげた。暗い色味の長く豊かな赤毛がまっすぐに垂れた。「何が目当てだったのかな」

むろん、最大の疑問はそれだ。

公判では、動機は争点にならない。ライムにしても、捜査中に深い関心を向けることはない。動機より、犯人を指し示す矢印たる証拠物件のほうを好む。とはいえ、何かと疑い深いライムも、決め手となる物的証拠がない場合などに、動機をたぐることで関連のありそうな場所が判明したり、うまくいけば犯人の特定に結びついたりする例があることを認めないわけにはいかない。生徒たちにもこんなたとえを聞かせている——「動機は地域を絞りこむところまではできる。一方の科学捜査は、戸別訪問をし、血まみれのナイフや、硝煙をまだ立ち上らせているとまではいかなくても、つい最近発射された痕跡のある拳銃を見つけられる」。

あまりうまいたとえ話ではないが、ライム本人は気に入っていた。

しかし未詳二一二号事件では、捜査チームや市庁舎の関係者の誰一人として、犯人の動機を説明できずにいた。犯人は、市のインフラ、トンネル、橋、地下道に関する詳細な情報を手に入れた。五行政区分を合わせたら、ニューヨーク市全体をもう一つ作れそうな量のデータだ。だが、それが悪党どものテロ計画にどう役立つというのか。ニューヨーク市は格好のターゲットだらけだ。どんなに知恵の回らないテロ組織でも、トンネル地図や図面に頼ることなく絶好のターゲットの一つや二つは見つけられるはずではないか。

盗まれた資料を見れば、どの地下道が銀行や宝石店、毛皮の倉庫の真下を通っているかもわかる。しかしアメリア・サックスが指摘するとおり、一九七〇年代のテレビ映画でもあるまいに、金庫の中身を奪うために地下から上に向けてトンネルを掘るなんて、いまどきありえない。それに、現金を盗んでも意味がなかった。流通している二十ドル札、五十ドル札、百ドル札の記番号は、五十ギガバイトのUSBメモリー一つに収まる程度のデータ量だろうし、盗んだ紙幣がどこで使われようと、スキャナーがたちどころに検知するのだから。

古き良き時代は過去のものなのだ。

「ふむ」ライムは言った。それはいらだちを含んだうめき声のいちバリエーションだ。続けて、ほとんど独り言のようにつぶやいた。「動機らしい動機が見当たらない。なのに、データを盗んでいった。リスクを承知で」車椅子をボードに近づけた。「何か目的があるはずだ。いったい何だ？」

欲求不満から、すぐそこの高い棚に鎮座しているグレンモーレンジィのボトルを見上げた。ライムの右の腕と手はほぼ思いどおりに動き、ボトルを持ち上げ、蓋を開けてウィスキーをグラスに注ぐことはできる。

だが、立ち上がって、口やかましい介護士がわざわざ置いた高い棚に手を伸ばしてボトルを下ろすことはできない。偶然にも、当の介護士、トム・レストンが居間に入ってきて、ライムの視線に気づいた。「まだ朝ですよ」

「朝だということは知っているよ。ご指摘ありがとう」

それでもライムがまだ色鮮やかなラベルから目を離さずにいるのを見て、トムは言った。「だめです」

トムはいつもどおり清潔感あふれる服装をしていた。薄茶色のスラックスにベビーブルーのシャツ、花柄のネクタイ。体つきはほっそりしているが、筋肉はたくましい。バーベルやエクササイズマシンの成果ではなく、ライムを移動させる毎日に鍛えられた筋肉だ。ライムを車椅子とベッドと湯船を行き来させているのはトムなのだ。

ライムはまた一つうめき声を漏らし、恨めしげな視線をウィスキーに向けた。

一日が始まったばかりであることに反論の余地はない。しかし、リンカーン・ライムにとって〝カクテル・アワー〟の定義は、臨機応変に変化するものだ。

都市整備建設局の窃盗の情報が並んだ一覧表に視線を

戻し、とりとめのない考えをめぐらせていると、玄関のブザーが鳴った。

ライムは顔を上げた。来客は、事故に遭う前にパートナーだった刑事、ロン・セリットーだった。現在は重大犯罪課の重鎮で、アメリア・サックスの直属の上司でもあり、ライムが科学捜査コンサルタントとして捜査に関わる際には市警との連絡係を務めることが多い。

「何やら張り切っているらしいぞ」ライムはそう言って玄関を開錠した。

大柄な刑事が居間に現れた。頭髪は力なく後退しかけている。茶色のレインコートを脱いでコートハンガーにかけた。ライムとしてはどうでもよいことではあるが、セリットーは店のラックから一番見苦しい服を選んで買うのではないか。だいたい、泥まみれのラクダみたいな色をしていない服だって、世の中にいくらでもあるだろう。今日もそうだが、セリットーの服はたいてい皺くちゃだ。丸っこい体格がそうさせるに違いない。衣料品メーカーはふつう、皺一つない状態で待機している布地を使って服を仕立てるのだから。

とはいえ、ライムにファッションをうんぬんする資格はない。服選びはトムとサックスまかせだ。今日の灰褐色のスラックスと黒いポロシャツ、深緑色のカーディガンもそうだった。以前、誰かから、着心地のよさそうな服ですねと言われたことがある。トムが鋭い視線をよこしたから口を閉じたが、ライムの喉まで出ていた返答は
──「さあね、私にはわかりっこない」。

セリットーは室内の面々にひととおり小さくうなずいてみせた。それから、隅の壁に設置されたソニーの特大のテレビを見て、渋い顔をした。「なんでニュースを見てない？」

「ロン」

「リモコンはこれか。違うな。テレビのリモコンはどこだ？」

トムが棚から取ってテレビをつけた。

ライムは言った。「さっさと話してくれたほうが早い。おしゃべりロボットを待つよりも」

「事件だ」セリットーはそれ以上の説明を加えなかった。リモコンを受け取り、全国ネットのニュースに合わせた。最下部に〈速報〉のテロップが流れているが、いまいる位置からは遠くてライムには読み取れない。画面には建

設現場の被害状況が映し出されていた。新たなテロップが表示された。〈ニューヨーク市、東八九丁目〉。その文字が消えて――〈クレーン転倒。死者一名、負傷者六名〉。

セリットーがサックスを見、次にライムを見た。「事故じゃない。何者かが意図的にやった。要求のリストが市に送られてきている。要求に応じなければ、二十四時間後にまたやるそうだ」

3

ニューヨーク市長宛に、ＵＲＬを記したメールが届いているという。そこにあるＵＲＬをクリックすると、匿名掲示板〈13chan〉のプライベート・チャットルームに飛ばされる。

セリットーがチャットルームに投稿されていた声明を居間の真ん中のパソコンモニターに呼び出し、ライムはそれを目で追った。

アメリカでは5000万人近くの市民が収入に対して高額すぎる住宅に住むことを余儀なくされている。60万の人々は、そもそも住むところを持たない。その3分の1は、子供のいる家族だ。それなのにニューヨーク市は、20世紀初頭から一貫して、開発業者による贅沢な高層ビルの建設を推し進めてきた。

ニューヨーク周辺で最大の土地所有者はニューヨーク市だ。およそ35平方キロメートルの土地を所有しているが、不届きなことに、アフォーダブル住宅建設に転用された例はほとんどない。開発予定のない空き地が市内に有り余っていることはわかっている。不動産関連記録を精査して確認した。

我々の要求はこうだ。ニューヨーク市は非営利団体を設立し、以下のリストにある不動産の所有権をその非営利団体に移転したうえで、手ごろな公営住宅に転換せよ。

公的記録を通じて進み具合を監視する。

非営利団体が設立され、不動産の所有権が移転されるまで、ニューヨーク市は24時間ごとに惨事に見舞われることになる。

カウントダウンは開始された。

――コムナルカ・プロジェクト

次のページにある不動産のリストは、五行政区のすべてに及んでいた。空き地と思われる物件も含まれているが、ほとんどに現在使用されていない建造物がすでに建っているようだ。学校、高層公営住宅、国防省が買収ずみのブルックリンの旧桟橋やヘリポート、かつて国立衛生研究所が所有していたが現在はニューヨーク私立大学に所有権が移転している研究施設、国勢調査記録の保管場所として州がリースしている倉庫群、州兵軍の旧軍事施設。

「グループの名前の意味は？」サックスが訊いた。

さほどの調査は必要なかった。

短時間の検索で、〝コムナルカ〟とは、旧ソビエト連邦が推進した住宅計画の名称だとわかった。第二次世界大戦後、住宅不足を解消するためにさかんに共同住宅が建設されていた。

サックスは関連記事にざっと目を通して言った。「犯人グループはちゃんと下調べしたのかしらね。だって、旧ソ連のコムナルカの大半はもう取り壊されて、よりによってブルジョワ層向けの高級アパートに建て替えられてるそうよ」

ライムは好奇心をそそられた。科学捜査の視点から言えば、公共物の破壊工作などより、目下捜査中の都市整備建設局の文書窃盗事件のほうがよほど興味深い。しかし期限が設定され、しかも死者が増えるリスクがあるとなれば、未詳二一二号事件の優先度は低下する。

ライムは尋ねた。「そいつは何を使った？　即席爆弾か」

セリットーが答える。「それがな、爆発音は誰も聞いてないんだよ。どんな手を使ったのかわからんが、カウンターウェイトまで登って、それをいじくったらしい。どうやって登ったのかは現場監督にも見当がつかないそうだ。それでクレーンのバランスが変わって、転倒したわけだよ。おっと、忘れるところだった。そろそろ

――」

携帯電話が鳴り出して、ライムはコマンドを発した。

「電話に応答する」

それから電話に向かって言った。「もしもし？」

女性の疲れた声が聞こえた。「ライム警部でいらっしゃいますか」

「そうだが」

「ハリソン市長におつなぎします」

まもなく、スピーカーから市長の耳当たりのよい声が聞こえてきた。「ライム警部」

「どうも、市長」

ライムがそういった配慮に欠けていることを知っているサックスが、横から言った。「市長、こちらはスピーカーモードになっていて、サックス刑事とセリットー刑事が同席しています」

「ロン。もう着いたんだな」

「ちょうどあらましを説明していたところです」

「要求に応じるつもりはないと伝えておきたくてね。市の方針は知っているだろう」

ニューヨーク市は身代金の要求に応じない。また、恐喝にも屈しない。

市長は続けた。「どのみち、応じたくたって応じられない。どれだけ手間のかかる話か、犯人はわかっていないんだろう。山ほどの書類を作成しなくてはならない。非営利団体には理事が最低三名と理事長、副理事長、書記、監事、特別代理人が必要だし、受けなくてはならない認可の数ときたら……州税務局、国税局、環境保護庁。それに予算だって問題だ。設立資金が要る。手続きがすべてすむまでは不動産を譲渡するなんてできない。何週間も、何カ月も先になる……」

「時間を稼げませんか」サックスが訊いた。

「連中は〈13chan〉にチャットルームを開設した。一般には非公開に設定されているが、市は書き込みができる。もっと時間が必要だと投稿しておいた」

「それに対する反応は」

「ひとことだけ。〝上記参照〟。見てもらったほうが早い」市長は複雑なＵＲＬを読み上げ、サックスが手近のパソコンに入力した。サイトのトップページが現れ、プライベート・メッセージのウィンドウ内に線画が表示された。

タイムリミットまで：24時間

市長が言った。「レスポンスはそれだけだ」

サックスが訊く。「アフォーダブル住宅（公営住宅などリーズナブルな家賃・価格の住宅）を増やせと市が脅されたのは、今回が初めてですか」

「抗議デモなど、穏やかな手段で要求されたことはある。建設現場に自分の体を鎖で縛りつけて抗議するとか、生卵を投げつけるとか。暴力を伴う脅迫は今回が初めてだ」

ライムはクレーンの転倒現場の映像に目を注いだ。遠くからはタワークレーンは不安定な代物に見える。しかしクローズアップ映像では、頑丈そうな鋼鉄のフレームや支持ブラケットで構成されていることがわかる。

とはいえ、それがコムナルカ・プロジェクトとやらの犯行だというのは本当なのか。

「タイミングは？」ライムは訊いた。

一瞬の間があった。「タイミングがどうかしたかね、警部」

「脅迫のメールが届いたのは、クレーンが転倒する前だったか、あとだったか」

「そうか、クレーンの転倒は事故で、犯人グループはそれに便乗しただけではないかと考えているわけだね。届いたのは、クレーン転倒の十分前だった」

それで疑問は解決だ。

サックスが訊いた。「いまこちらでもニュースを見ていますが、脅迫については一言も報じていません」

「そのとおり。まだ伏せてある。公表すればパニックが起きかねない。高層ビルの建設作業はいったんすべて停止するよう指示した。タワークレーンのあるすべての現場に警察官を行かせている」

「何かあったと疑われるのでは」サックスが指摘する。

ハリソン市長は投げやりな調子で言った。「連邦か誰かに責任を押しつけるさ。ちょっと待ってくれ」

市長側で、切迫した話し声が聞こえた。

「申し訳ないが次の予定がある。ライム警部、サックス刑事とセリットー刑事、できるかぎり力を尽くしてくれたまえ。市の予算と人的資源を好きに使ってもらってかまわない。ＦＢＩや国土安全保障省とも連携して進めてくれ」

市長との通話は終わった。

また現場を見つめた。タワークレーンは鮮やかな青に塗装されている。安全のためだろうか。ブランドイメージか。あるいは単に見栄えがよいからか。

セリットーは、ライムが知らないあいだに出現していたポットからコーヒーをカップに注ぎ、壁のモニターに近づいてテロリストから送られてきた脅迫文に目を凝らした。

「頭はさほどよくなさそうだな。それを利用できるかもしれないぞ」

「なぜそう思う?」ライムは尋ねた。

「スペルに間違いがある。〝obscene〟が〝obsene〟になってる。それに、〝its〟は正しくは〝it's〟だろう」

ライムは舌を鳴らした。「どちらもわざと間違っている。愚かと思わせるための小細工だよ。頭は悪くない」

「わざとだって?」

「それ以外は文法や句読法に則《のっと》っている。たとえば関係代名詞の〝that〟と〝which〟を正しく使い分けている。〝that〟は直前の語の意味を制限する。〝the properties that are on the list below〟(以下のリストにある不動産)の〝that〟がそうだ。〝which〟は非制限的、つまり説明を追加する役割を持つ。例を挙げれば、〝開発予定のない空き地がたくさんある〟事実をwhichで受け、〝不動産関連記録を精査して確認した〟と補足している」

「あのな、リンカーン――」

「〝since〟の用法も正しい。〝過去のいついつ以来〟という意味で使っている。〝because〟のように理由を示すのにも使えるが、その用法は一般に好まれない。ほら、少しあとの文で〝because〟を適切な意味で使っているだろう。それに、動名詞の前のアポストロフィだ。〝developers' building〟という箇所。これも正しい」

「動名詞?」

ライム――「動詞にingをつけて、名詞と同じように使う。〝ランニング(running)は健康によい〟。少なくとも、健康によいと私は聞いている。動名詞の前には所有格の語句が来る。そういう文法を誰も知らないのか?信じられん」

「おいおい、リンカーン。生徒のレポートに文法のミスを見つけるたびに、そうやって長々と講釈を垂れるのか？」

ライムは眉をひそめた。「いや、落第点をつける。当然だ」それから画面上の投稿に目をやって続けた。「チャットルームの投稿は匿名だな。しかし、最初に送られてきたメールは別だろう。誰がどうやって送ってきた？」

ロン・セリットーが言った。「パブリックＩＰアドレス。ブルックリンの、防犯カメラのないコーヒーショップから送信された。サイバー犯罪捜査課は、犯人はその店に入ってさえいないんじゃないかと言ってる。近くから店のルーターに侵入したんだろうと」

「とすると、これは確かだろうね――連中はコンピューターに詳しい。または、詳しい者が協力している」ライムは付け加えた。「市長は公表すべきだろうな。明日の朝にはそうせざるをえなくなるだろう。市民が建設現場にむやみに近づかないように」

セリットーが繰り返す。「市長の判断は正しい。公表すればパニックが起きる。それに模倣《コピーキャッティング》も警戒しないとな。これも動名詞か？」

「コピーキャットという動詞があるなら。標準的な使い方ではないと私は思う。異論もあるだろうがね」

ライムはひしゃげたタワークレーンと、その通り道にあったものの残骸をまだ見ていた。クレーンは横ではなく、前方に転倒していた。二棟の高いビルにはさまれた建設現場の中央にコンクリートの土台が設置され、そこから伸びる背の高いマストとそのてっぺんのアームは、二棟の建物をぎりぎりでよけ、アップタウンとダウンタウンを南北に結ぶ大通りの反対側の公園に倒れたようだ。

「市内にタワークレーンは何基ある？」

サックスが携帯電話を取り出して検索した。目を細めて画面を見ながら読み上げる。「ニューヨーク市の五行政区を合わせて、二十六基。少ないほうみたいよ。トロントは百基を超えてる。ロサンゼルスはざっと五十基」

それだけ？　たった二十六基？　もっとあると思っていた。ライムの外出の機会は少ないとはいえ、それでも外に出れば、細いマストのてっぺんに横梁を危なっかしく載せたタワークレーンがそこらじゅうにそびえているように見える。

ライムは言った。「メルに電話して、さっそく来てもらおう。プラスキーはいま何を？」

サックスが答えた。「殺人課に駆り出されて、ミッドタウンで現場検証中」

ライムは言った。「終わりしだい、ここに来させてくれ」

「連絡しておく」セリットーが言った。

「新しいチャートを用意しよう」

サックスは未詳二一二号のボードを脇に押しやりはしたが、手前のほうに残した。捜査を担当する刑事はいまこちらに向かっているから、まもなく最新情報が追加されるはずだ。

空いたスペースにボードを引っ張ってきて、新しい証拠物件一覧表を作った。「八九丁目にちなんだ名前にする？　未詳八九号事件」

「文句なしの命名だ」ライムは言った。

サックスは一番上に、読みやすい文字で事件名を書いた。

セリットーが言った。「犯人グループはロシア系だと思うか？　テロ組織の下部組織とか。グループの名前はロシア系だよな。コムなんとかいうのは」

ライムは首を振った。何年も前、我慢して聞いた歴史の講義を思い出していた。二十世紀半ばのアメリカで起きた左寄りの政治運動は、旧ソ連の用語を好んで借用した。〝アジプロ〟〝コンプロマート〟〝インテリゲンチア〟。

「それはどうかな。ロシアは民主主義を揺るがしたいとつねに考えているかもしれないが、プロレタリアートのための住居を増やせと〝祖国〟がプレッシャーをかけてくるとも思えない。ちなみに、〝プロレタリアート〟は古代ローマで使われていた言葉だ。それをマルクスが盗用した」

「それでも市長の意見には賛成だ。ＦＢＩと連携したほうがいい。窓口はライルにまかせるかな」

つい最近ニューヨーク市警の一員に加わったライル・スペンサー刑事は、少し前まで、ある巨大メディア企業の警備の責任者を務めていた。無口だが、スペンサーが事情聴取や取り調べを担当すると、相手はたいがい協力的な態度を示す。ボディビルダーらしく大きな体をしていて、目つきは鋭い。ライムはスペンサーが笑った顔を一度だけ見たことがあるように思うが、その記憶も怪しかった。

サックスはライル・スペンサーに宛てて、事件の詳細と頼みたい仕事の内容を伝えるメッセージを残した。

セリットーはブリーフケースから分厚い書類の束を取り出した。「八九丁目の建設現場の現場監督からもらってきた。図面に周辺地図、監視カメラの映像を入れたSDカード。ほかにも参考になりそうな資料をいろいろ渡してくれた」

サックスは居間のクリーンエリアではない側の真ん中に作業台を引っ張ってきた。セリットーがそこに資料を広げた。サックスは書類の海のなかから現場の見取り図を選んでボードに貼った。その俯瞰図《ふかんず》を見れば、クレーンの位置や、そのクレーンが作業に使われている建物の配置がわかる。建設地周辺の建物も簡素なスケッチで示されていた。

サックスはテレビの映像を確かめたあと、ボードの見取り図に矢印を書きこんだ。「この向きに倒れてる。この二棟のあいだね……私はグリッド捜索に行ってくる。わからないわよ、クイーンズの怪しげな中華料理店のレシートが落ちてるかもしれないじゃない？　ロシア系革命論者が毎週水曜日に集会を開いてる中華料理店とか」

セリットーは〝まあ期待できないな〟というように鼻で笑った。

「ありえない話ではないな」ライムはサックスを見やって眉間に皺を寄せた。「名前は何と言った？　連続殺人犯だ。スタテン島の。ダドリー……」

「スミッツね。ダドリー・スミッツ」サックスはセリットーに向かって続けた。「スミッツは、人を殺したあと、現場に女性の名刺を落としていったの。指紋が付着していた。だから私たちはその女性のアパートに移動して、気長に待ったわけ。十時間後、ナイフと粘着テープを持ったスミッツが現れた。そのときのスミッツの顔ときたら、最高におかしかった。待った甲斐があったというもの」

4

ニューヨークのどこよりもバードウォッチャーを惹きつける大自然といえば、セントラル・パークだろう。広大な保安林は周辺にいくつかあるが、面積当たりの鳥類の数という観点から考えれば、マンハッタンの中心をどっかりと占める、緑輝く長方形の公園が一番だ。

ニコンの双眼鏡を手にしたその男は、動きを止めてアメリカコガラを凝視していた。セントラル・パークに来るのは今日が初めてではなく、バードウォッチャーが喜んでコレクション・リストに追加するようなさまざまな鳥類が生息していることは知っていた。

　男の服装はカジュアルだ。晩春にふさわしいスラックス（黒）とウィンドブレーカー（紺色）。痩せ形のスポーツマンらしい体格をしていた。薄くなりかけの髪は、半分くらいが灰色になっているが、きちんと切りそろえ、櫛で丹念に梳《と》かしつけられている。

　まもなくアメリカコガラが飛び立った。男は小型のフィールドノートに観察記録をつけた。それからゆっくりと視線をめぐらせた。南から、北へ。

「収穫はありました？」

　女の声だった。彼に話しかけている。男は振り向いた。洋なし形の体つき、手には双眼鏡。女は男が持ったノートを一瞥《いちべつ》した。赤と黄色の服を着ている。バードウォッチングだからといって、緑に溶けこむ服はかならずしも必要ないと宣言しているかのようだった。

　男は言った。「カマドムシクイを見ましたよ」

「ほんとに？」

「ええ」

「eBirdには投稿しました？」

　eBirdは、珍しい野鳥の観察記録を誰でも投稿できる、世界規模のデータベースだ。

「いや、まだです。そちらはどうです？」

　女は肩をすくめた。「大した収穫がなくて。まだ来たばかりなんですけどね。コブハクチョウがいると聞いたから、あとで池や貯水池に行ってみるつもり。カマドムシクイはどこで？」

「美術館の近くで」

　女は公園の反対側にあるメトロポリタン美術館の方角を振り返った。ツートンカラーのムシクイが、いまこの瞬間に美術館のほうからこちらに飛んでくるところかもしれないと期待するように。それからこちらに向き直り、男をさりげなく観察した。自分がどう見てもハンサムではないことは、男もわかっていた。五十歳くらいに見えるはずだということも。ただ、体にたるんだところはなく、異性の目に魅力的に映る大きな特徴もある——結婚指輪をしていない。

　女が言った。「ボートハウスのあたりで、アメリカヒドリを見ました」

「へえ」

沈黙が続いた。やがて女が唐突に言った。「自分が鳥になるなら、アメリカヒドリがいいわ」すぐに言い直す。「いえ、水鳥なら何でもいい。カモ、ハクチョウ、ガチョウ。平和そうだから。でもペリカンにはなりたくない。性格が悪そうだもの。ところで、キャロルです」

「デヴィッドです」フィールドノートとニコンの双眼鏡で両手がふさがっていて、握手はできない。互いに軽くうなずくだけでよしとするしかなかった。

短い間。それから女が言った。「初めて見る顔よね」

バードウォッチャーの世間はせまい。マンハッタンではとくにそうだ。

「越してきたばかりなので」男は携帯電話で時刻を確かめた。

「どちらから?」

「サンディエゴ」

「ああ、いいところですよね。景色がきれいで」

行ったことなどないくせに。

また沈黙が流れた。男は言った。「そろそろ失礼しないと。会議の予定があって」

「お話しできてよかったです。カマドムシクイを探してみますね。またここでお会いできるかしら」

「ええ、会えるといいですね」男はそう言って微笑むと、西に向きを変え、別の低木の茂みまで歩道伝いに移動した。公園のこの一帯は低木の茂みだらけだ。男は双眼鏡を使わずに茂みの向こうに目を凝らし、通りの反対側の建物を観察した。ブラウンストーン造りのタウンハウスだ。これもこのあたりではそこらじゅうにある。

そのタウンハウスの前の歩道に、痩せて頭の禿げかけた男が立っている。ゆったりしたシルエットのダークスーツを着ていた。市警の刑事の証《あかし》、金バッジをベルトに下げている。刑事は階段を上り、ブザーのボタンを押して、防犯カメラを見上げた。まもなく玄関が開いた。

ああ、いたぞ……

刑事の後ろ姿の奥に、薄暗い廊下が見えていた。そこに、野鳥などよりずっと魅惑的な光景があった。野鳥になどそもそも興味がなく、双眼鏡を持って公園にいる口実でしかなかった。

玄関がふたたび閉まる寸前に、薄暗い廊下の奥に見えた人物こそ、彼がとりわけ強い関心——執着と言ってもいい——を抱いている相手だ。その人物の名は、リンカーン・ライム。バードウォッチャーを装う男チャールズ・ヴェスパシアン・ヘイル、通称〝ウォッチメイカー〟がニューヨークにやってきたのは、リンカーン・ライムを殺すためだった。

5

動け。急げ。

いまならまだ遅くはない。ぐずぐずしていたら、手遅れになる。

ニューヨーク市警のロナルド・プラスキー巡査は、巷でよく耳にする〝事件発生直後の四十八時間〟という言説について考えていた。殺人事件が発生したら、直後の二日間に手がかりが見つからないと、事件解決は時間の経過とともに難しくなっていくとされている。そんなのは馬鹿げている、テレビ番組のキャッチフレーズにすぎないということは、警察官なら誰でも知っている。だって、肝心なのは最初の四十八分なのだから。それを過ぎたとたん、物的証拠も目撃証人の記憶も急速に消えていってしまう。

今回の事件は、その制限時間をとうに過ぎていた。それどころか、犯罪実話ものの陳腐な決まり文句、〝発生から四十八時間〟さえも過ぎようとしている。

プラスキーが急いでいるのは、だからだ。

痩せ形の体つきに金色の髪、髭《ひげ》は生やしていない。といっても、その特徴はいま、鑑識作業用のタイベック地のジャンプスーツとマスクの下に隠されていた。プラスキーは現場を注視している。コンクリート敷きの床は染みで汚れ、小さな穴がぷつぷつと開いていた。無数にできたひび割れは、ここにかつて並んでいた時代物の工業機械の重みが残したものだろうが、どんな形と機能を持った機械だったのか、その痕跡からは見当がつかなかった。いくつかある浅い水たまりの表面にはうっすらと油が浮いて、濃い青と赤にぬらりと光っていた。コンクリートブロックの壁から金属棒やパイプが突き出ていた。

塗料があらかた剝げて錆《さ》びついた棚は空っぽだ。室内装飾の主役はカビだった。

壁の天井近くに横長の細い窓が並んでいる。こういった地下室でよく見るタイプの窓だ。跳ねた泥やグリスで汚れてはいるが、明かり取りの役割は果たしている。

一番奥に、亜鉛引きの鉄板でできた熱風炉の残骸がどっかりと場を占めていた。

犯人を指し示す魔法の証拠は残っているだろうか。すでに蒸発してしまっただろうか。あるいは、ネズミに食われてしまったか。分解が進んで、無数の分子から成る正体不明の物質に変わってしまったとか？

ここには決定打となる物的証拠が何かあったはずだ。被害者が殺された瞬間にはかならず存在していた。絶対に存在したはずなのだ。

そう、一九六六年に世を去ったフランス人が唱えた原理に従えば。

フランスの科学捜査官、すなわち犯罪学者のエドモン・ロカールは、世界初の科学捜査研究所をリヨンに設立した。ロカールが残した数々の金言のうちもっとも有名で、現在でも通用するものの一つは――〝あらゆる犯罪行為は、被害者または現場に犯人の痕跡をかならず残す〟。

ロナルド・プラスキーは、師と仰《あお》ぐリンカーン・ライムからこの原理を幾度となく聞かされてきた。いまでは確かな真実だと信じている。

この現場、マンハッタンのイーストサイドにある倉庫のじめついた地下室にも、犯人を指し示す手がかりが何か残されていたはずだ。いまプラスキーの足もとに横たわっている男性を殺した人物を指し示す手がかりが。いまだっておそらく残されている。

ただし、その副詞から目をそむけるわけにはいかない。

おそらく……

なぜなら、これだけの時間が――悪名高き四十八時間が――経過してしまうと、物的証拠は消滅したり、認識不可能なものに姿を変えたりするからだ。

この現場に犯人に結びつく手がかりが残っているとしても、それは指紋や殺人者自身の血液の滴《しずく》、捜査の糸口になる薬莢《やっきょう》といった有形の物体ではないだろう。そのようなわかりやすい証拠は、とりあえず見当たらない。

とすると、ロカールが用いたなんとも明快な語を借りるなら、〝塵《ちり》〟を探すしかなかった。

プラスキーは被害者、フレッチャー・ダルトンに視線を戻した。

灰色のスーツに白いシャツと黒っぽい色のネクタイを締めたダルトンは、仰向けに横たわっていた。生気をなくした目は黒い天井を凝視している。年齢は三十二歳、職業はウォール街の証券会社の営業員。東五八丁目八四五番地で一人暮らしをしている。昨日の朝、職場に出勤せず、自宅にもいなかった。氏名と写真が市警の情報共有システムに登録され、そして二時間前、取り壊し予定の無人の倉庫の入口が開いたままになっていることに、巡回中のパトロール警官が気づいた。一つ息をしただけで異変を確信したパトロール警官は、即座に殺人課に連絡した。

プラスキーはふだん、ライムやアメリア・サックスと仕事をしているが、現場検証報告書や法廷での科学捜査官としての専門家証言が評価されて、最近はほかの課から頼まれて単独で検証を行なうことも増えている。

そういった機会はありがたかった。ライムとサックスの補佐役として何年も経験を積んできた。そろそろ活動の場を広げてもいいのではないかと二人からも勧められている。プラスキーは正式には警邏《けいら》課の所属だが、路上犯罪の取り締まりより科学捜査のほうがずっと取り組み甲斐があった。メリットはもう一つ。妻のジェニーを安心させられる。覚醒剤で乱心したギャングを相手にするより、ピンセットで毛髪をつまみ上げているほうが、夫を亡くす確率はぐんと低い。

そうだ、長所はもう一つある。プラスキーは科学捜査の天分に恵まれている。

おまけに、科学捜査はおもしろい。

好きなことと得意なことが一致するなんて、そうそうあることではない。

ライムはこう言っていた。世の中には、科学捜査をするために生まれてくる者がいる。仕事だからこなすだけの者もいる。

天職か。ただの業務か。

芸術家か。職人か。

プラスキーがどちらに分類されるか、ライムは明言しなかった。だが、言ってもらう必要はない。相手がリンカーン・ライムの場合、こちらが多くを推察しなければならないのだ。プラスキーはライムの真意を読み取る術《すべ》を心得ている。

十二×十五メートルの地下室にまた視線をめぐらせた。

事件の経過は明らかと思えた。被害者ダルトンは倉庫の外、歩道上で撃たれた。犯人は入口を蹴破り、ダルトンをこの地下室まで引きずった。この現場にいた犯人は一人だけ。床の塵がそれを物語っている。

撃った人間は死体を入口からまっすぐ発見場所まで引きずってきて遺棄した。回り道はしていない。それでもプラスキーは、もちろん倉庫全体を捜索した。

自分で編み出した捜索パターンを使った。現場の中心を始点とし、円を描いて歩きながら少しずつ半径を広げていく。それがすんだら、次は逆向きに――半径を縮めながら円をたどる。リンカーン・ライムはグリッド捜索を推奨していた。芝刈りのように現場を往復しながらくまなく捜索したら、今度は九十度向きを変え、同じ範囲をもう一度捜索する。

グリッド捜索のよさはわかっている。しかしプラスキーは、自分で考案した方法を好んだ。着想の源は、妻ジェニーが感謝祭の食卓に出したスパイラルカットのハムだった。

効果を考えて配置した、六基の強力なハロゲンライトのまぶしい光に目を細めた。

このどこかにかならずあるはずだ……

あるはずですよね、ロカール先生？

でも、いったいどこに？

捜せ――プラスキーはそう自分の尻を叩いた。

時間は刻々と過ぎていく……

スパイラルカット・ハム方式の捜索を終えたあと、この現場の何よりも重要な二つのものに意識を集中した。入口から遺体に至る経路と、遺体そのものだ。

探し物はそこにあった。ダルトンのジャケットの襟に。

現場で発見される証拠物件のうち、〝決め手となる可能性十分〟のカテゴリーに分類されるもの――周囲のすべてのものと異なっている品物。

紺色の繊維だった。合成繊維。その組成と長さから考えて、マフラーかニット帽の繊維だろう。そうわかるのは、マフラーやニット帽を（それを言ったら、布地という布地の大半を）時間をかけて調べたことがあるからだ。事件現場で同種の試料を発見したとき、ラボに持ち帰ってからではなく、その場で即座に正体を見分けられるように。結果は同じでも、ラボでの分析にはそれなりの時間がかかってしまう。

動け。急げ。

プラスキーは外に出て、手早くタイベック地のジャンプスーツを脱ぎ、集めた証拠物件をクイーンズの鑑識本部に持ち帰ってもらうべく証拠採取技術者に預け、当番監察医を現場に入れて遺体の検分を始めてもらった。

それから現場を離れ、三ブロック半先の地下鉄駅に向かって歩いた。遺体のポケットにメトロカードがあり、しかもウォール街からアッパー・イーストサイドに移動するのにバスを使う市民はまずいないことから、事件当夜、ダルトンは勤務先から帰宅するのに地下鉄を使ったと思われた。

その途中、倉庫や商業ビルが並ぶ通り沿いで、期待どおりのものが見つかった。

街灯柱に設置されたDASの防犯カメラだ。

プラスキーは通信本部に電話をかけた。電話はDASのオペレーターに転送された。DASセンターでは、数十名のオペレーターがずらりと並んだモニターとにらめっこし、コンピューターと協力して悪党や犯罪に目を光らせている。

プラスキーは名前と所属を伝え、カメラの位置やダルトンがその前を通過したと思われる日時を説明した。「急ぎですかね」

「検索してみます」オペレーターは言った。

「はい。返事はこの番号にお願いします」

いったん通話を終えた。まもなく着信音が鳴って、プラスキーは送られてきた動画ファイルを開いた。画面がよく見えるよう日陰に移動して動画を確認する。

ああ、きっとこいつだな。

痩せた白人の男が現れた。入念に手入れされた口ひげを生やしている。スラックスとジャケットは黒で、紺色のニット帽を目深にかぶっていた。ついさっき現場で見つけた繊維とぴったり同じ色だ。

男は東に向かって歩いている。視線は通りの反対側に向けられていた。きっとダルトンを見ているのだろう。反対側の様子は映っていない。

男の手は体の脇に下ろされていたが、一度だけポケットを軽く叩いた。そうする理由はいくらでも考えられるが、この場合は、銃がそこにちゃんとあることを確かめたのだろう。

男は画角をはずれて消えた。十五分後、足早に戻ってきた。プラスキーの頭のなかに仮説が組み上がった。ダルトンは、この通り沿いのどこかで何かを目撃した。一見して犯罪とわかる類《たぐい》のことではなかったに違いない。もしそうなら、九一一に通報していただろう。プラスキーはあらかじめ確認していた。その日、この近隣から寄せられた通報は計三件あった。心臓発作で助けを求める通報が二件、転倒して負傷したという通報が一件。それだけだ。

どんな犯罪だったにせよ、紺色のニット帽の男は、ダルトンを生かしておくわけにいかなくなった。

プラスキーはＤＡＳセンターにまた電話をかけ、この近隣にほかにカメラはないか尋ねた。

一台もない。

そのとき、一つのアイデアが頭に浮かんだ。きっとうまくはいかないだろうが、やってみよう。

一か八かだ。

ＤＡＳのオペレーターに、紺色のニット帽の男の顔が一番明瞭に見える瞬間のタイムスタンプを伝え、ニューヨーク市警のやはりアルファベットの通称で知られる部署にその画面キャプチャーを転送してもらった。

ニューヨーク市警のＦＩＳ――顔認識《ＦＩ》セクション――の職務は、世の中が抱いているイメージと裏腹に、プライバシーを侵害する種類のものではない。街角の監視カメラがとらえた犯罪の容疑者と思われる人物の写真と――あるいは監視カメラの前で〝自撮り〟するようなおふざけをした人物の写真と――逮捕時の顔写真や指名手配ポスターの写真を比較し、同一人物かどうかを判定することが使命だ。

プラスキーはこれまで六十人分ほどの照合を依頼してきたが、一致するという回答があったことは一度もなかった。

ところが、今回は違った。

ＤＡＳオペレーターが電話の向こうから言った。「驚きだな、ロナルド。この写真の男だが。ＦＩＳから、九二パーセントの確率で一致するという回答があった」

「その数字は高いほうなんですか」

「九二パーセントなんて、金塊を掘り当てたようなものだよ」オペレーターは笑った。「私からももう一つ、金塊をやろう。この容疑者の素性を聞いたら、きっと卒倒するぞ。まずはどこかに座ったほうがいい」

おはようございます。WKDPより、最新のビジネス情報をお伝えいたします。今朝、マンハッタンのアッパー・イーストサイドの建設現場でクレーンが転倒した事件を受け、多くの投資家が戦々恐々としています。現場の作業員一名が死亡、ほかに六名の負傷者が出ました。エヴァンズ開発とモイナハン建設が共同プロジェクトとして建設中のこの七十八階建てのアパートは、販売価格が五百万ドルからという高級物件です。市の発表によりますと、現在、ニューヨーク市内で稼働中のタワークレーンはすべて法定検査を通過していますが、連邦の規制当局は、都市整備建設局と連邦のアメリカ国立標準技術研究所による調査が完了するまで、建設作業を中断するよう要請しています。国立標準技術研究所は、9・11の同時多発テロによる世界貿易センター倒壊と国防総省の一部崩壊、フロリダ州マイアミのサーフサイド・コンドミニアム崩落事故の調査を担当しました。上場企業であるエヴァンズ開発の株価は史上最安値まで下落しています。

＊　＊　＊

6

無数の光が、事故現場の正確な位置を教えていた。数百のライト。白、青、赤。

サックスは惨事の現場をめざし、燃えるような赤にペイントされた旧式のフォード・トリノを駆った。ほかの車のあいだをすり抜けるようにして交差道路を突っ走る。進路を譲る気のないトラック数台に行く手をふさがれ、歩道に乗り上げようかという考えがよぎった。三番街でクラクションを連打すると、ドライバーの一人がサックスに向けて中指を立てた。同じ車に乗っていたほかの三人もそろって中指を立ててみせた。だが、サックスの車のダッシュボードにポータブル型の青い回転灯とニューヨーク市警の標章があるのに気づいて、ドライバーはほかの車の赤ん坊と目が合ったときのように、親しげに親指を立て直した。

通行止め区間がようやく見えてきた。制服警官が通りに出て一般の自動車やトラックを迂回させている。サックスはアクセルペダルを一気に踏みこんでゴールラインに飛びこみ、東八九丁目に面した広大な建設現場の前に横滑りしながら車を駐めた。

現場の惨状は、ニュース映像から想像した以上だった。遠目から見るよりずっと太い青色のパイプでできたクレーンは、二棟のビルをぎりぎりでかわした先に転倒している。コンクリートの土台から公園に向かい、竜巻が通過した跡のような破壊の跡が伸びていた。クレーンの横桁の先端は地面に深々とめりこんでいる。クレーンの下になったものはすべて平らにつぶれていた。パイプ、金属パーツ、紙類、コンクリート板、建設機械、大梁、プラスチック片、針金やケーブル類、曲がったはしご、ひしゃげた階段や踊り場。クレーンのてっぺんに行くには、どうやらはしごを一直線に登るわけではないらしい。異なる向きに設置されたはしごを五、六メートル分ずつ登るようになっている。あれなら万一足がすべって転落した場合、怪我《けが》は負っても死ぬことはないだろう。

運転室を見た。金属はつぶれ、ガラスは砕けている。損傷は広範囲に及んでいた。運転士は即死だったに違いない。時速百五十キロほどで地面に叩きつけられたのだ。想像するに恐ろしい最後の数秒だ。大きな窓越しに地面が猛スピードで迫ってくるのを見て、自分を待つ運命を想像しただろうから。

煙が立ち上《のぼ》っているが、火災は起きていないようだ。

ニューヨークっ子の例に漏れず、サックスはこの街で長く暮らしているあいだに数百のクレーンを目にしてきたが、とりたてて注意を払ったことはなかった。事故の報道がなかったわけではない。しかし事故はごくまれにしか起きない。サックスにとってクレーンは、まったく別の問題を象徴するものだった。それは建設現場の存在を指し示す。そして建設現場は車線規制を意味し、そうでなくてもひどいニューヨークの渋滞をなおも悪化させる。

仕事がらみで言えば、クレーンはまた別の事実とも結びついていた。犯罪組織の殺し屋やボスは、クレーンを〝墓石〟と呼ぶ。死体の遺棄現場として便利だからだ。死体を投げこんだ上からコンクリートを注ぎこむ。

サックスは車のトランクから現場鑑識用の装備一式を取り出し、野次馬の前を通って現場に入った。集まったなかに、薄汚れた七分丈の茶色いレインコートを着たホームレスの男がいた。頭にくしゃっとした帽子を載せている。タリバンの指導者がかぶっているような形状をした、濃い茶色とオレンジの帽子だ。死者が出たという現実にはまるで無頓着な様子で黄色い規制線沿いを歩き回り、増える一方の野次馬の前に青と白のコーヒーカップを差し出しては小銭をねだっていた。だが、それも形だけといった風に見える。瓦礫《がれき》のほうに視線を走らせている時間のほうが長かった。おそらくごみあさりが目的なのだ。死んだ運転士の財布や彼のポケットから落ちた現金を見つけたら、きっと大喜びでせしめるのだろう。なんと浅ましいことか。

ホームレスの男が一瞬だけサックスのほうを見た。市警のバッジと冷ややかな視線に気づき、そのまま歩み去った。

サックスは黄色いテープをくぐって現場に入り、周囲を見回して方角を確かめ、クレーンの土台を探した。そちらに歩き出そうとしたとき、〈安全管理者〉と書かれた黄色いベストを着た大柄な女性が近づいてきて、白いヘルメットを差し出した。サックスは首を振った。影響はごくわずかではあろうが、ヘルメットを持ちこめば、現場を汚染しかねない。「私には――」

「規則です」女性は足早に行ってしまった。次の標的――クリップボードとブリーフケースを持った、建設会社の重役か政府の調査官らしき人物――にヘルメットを押しつけようとしている。

サックスは、サイズが大きすぎて収まりの悪いヘルメットを気にしながら、制服警官に尋ねた。「現場指揮官はどこ？」

制服警官は別の刑事を指さした。中年の男性で、色は黄色だが、やはりヘルメットをかぶっている。サックスは現場指揮官に近づいた。

「警部」

「サックス刑事だね。重大犯罪捜査課の。リンカーン・ライムと仕事をしている」

サックスはうなずいた。

「落ち着かないよな」警部はそう言って頭に載せたヘルメットをこつこつと叩いた。

「あれから死傷者が増えたりは？」

「変わっていないよ。死者一名。五人が搬送された。うち二名が重体だ。そうだ、一人が心臓発作を起こした。

命に別状はない」

サックスの携帯電話が鳴って、メッセージの着信を知らせた。

ロン・セリットーからのメッセージだ。


例の〝プロジェクト〟から13Chanに新しい投稿があった。市は隠蔽を目論んでいると疑っている。連中としては容認できない。そこで公開の掲示板に、クレーンには破壊工作がされていた、物件の所有権移転が完了するまでクレーンの転倒が続くと投稿した。お手上げだ。パニックが起きる。


そうか。となるともう、工事中断の責任を連邦政府に押しつけるわけにはいかない。

パニックは遅かれ早かれ起きるだろう。そう考えれば、事実が表に出たのはかえって好都合だったとも言えそうだ。これをきっかけに目撃証人が名乗り出るかもしれない。

サックスはもつれた金属や瓦礫の山を見つめた。クレーンのマスト部分は一辺が五メートルほどもあり、最下部はコンクリートの土台にはめこまれていた。四本ある脚のうち、抜けてしまったものはない。マストは地上十メートルほどの高さで折れ曲がるか断裂するかしている。

サックスは現場指揮官に尋ねた。「カウンターウェイトが細工されていたとロンから聞きましたけど」まるで子供に放り出された積み木のように横倒しになった巨大なコンクリートの土台を見やる。「どういう細工をしたのかしら」サックスは、カウンターウェイトを動かすトロリーに目を走らせた。「即席爆弾の残渣《ざんさ》はなさそうですよね」

「私も最初にそれを考えたが、痕跡はまったく残っていなかった。それに、誰も爆発音を聞いていない。現場監督の手が空いたら、話を聞いてみるつもりでいる。だが、さっきからずっと電話中でね――死者や負傷者の家族と。あとは会社と」

「その人はいまどこに？」

現場指揮官は五十がらみのずんぐりした男性のほうに顎をしゃくった。水色のスラックスに青いシャツを着ている。ポケットに何本ものペンを挿していた。前下がりの粋な角度でかぶった黄色いヘルメットは、建機メーカーや労働組合のステッカーで埋め尽くされていた。

死傷者の家族に連絡しなくてはならない心情を思いやりはしても、現場の捜索を先延ばしにするわけにはいかない。

サックスは現場監督に歩み寄った。「すみません。お話をうかがえますか。できればいま」身分証を提示した。監督はまずサックスの銃を見たあと、身分証の小さな文字に目を走らせた。

「のちほどかけ直します」現場監督は電話を切り、真っ赤になった目をサックスに向けた。煙のせいだろうか。それとも泣いたせいか。きっと両方だろう。

「何者かが故意に転倒させたことはご存知ですね」

歯を食いしばって現場の惨状をじっと見つめるS・ノワク――青いシャツの胸に名前が刺繡《ししゅう》されていた――の表情は、静かな怒りに燃えていた。サックスの問いに一つうなずく。「ええ、さっき来た刑事さんから聞きました。わざとこんなことをするなんて、とても信じられませんよ」

「あなたや作業員の誰かが、犯人らしき人物を目撃したりは」

ノワクは首を振った。「全員に訊いてみましたがね、誰も何も見ていません」

サックスは質問を続けた。「さっき話したとおっしゃるのは、セリットー刑事のことですか」

「そう、大柄な人です。茶色のスーツの」

「それなら、セリットー刑事です。カウンターウェイトに細工されたようだと聞いています。それでバランスが崩れたとか」

「そうです」

「何をどう細工したのか、見当はつきますか」

ノワクは首を振った。「カウンターウェイトを二つ三つはずしたようですね。ただ、どうやってやったのかは、現場の誰にもわからないんですよ。何があろうと絶対にはずれたりしない設計なのに。落ちるなんてありえないんです。ただ……いや、やっぱりありえないな」ノワクの視線は落下したカウンターウェイトに注がれていた。

「物理学には詳しいですか」

「車のエンジンに関係する範囲では。それを超えると……」サックスは肩をすくめた。

「車に詳しいなら、トルクはわかりますね」

ね」

「ええ。ドライブシャフトを回転させる力のことですよね」

「モーメントは？」

「モーメント？」サックスは訊き返した。「瞬間とかそういう意味のモーメントですか」

「いやいや。力は働いているが、動きがない状態を指します。クレーンが倒れずにいるのは、モーメントのおかげです。前に伸びるメインジブ──荷を吊り下げるほうの腕《ブーム》のことです──には、下向きの力がかかる。後ろのカウンタージブにかかる力は、メインジブにかかる力と釣り合っていなくてはならない。それがモーメントです。要はバランスですね。運転士が──厳密には運転士が使うコンピューターが──そのモーメントを維持しているわけです」ノワクは敬意のようなものをこめて繰り返した。「バランスを保っている。メインジブには荷を吊り下げるフックがついたトロリーがあって、カウンタージブにはカウンターウェイトを積んだトロリーがある。そのカウンターウェイトを絶えず前後に動かして、荷の重量と釣り合いを取っているわけです。

モーメントが肝心要ですから、絶対にしくじれません。航空機のパイロットがランディングギアを下ろすのを忘れちゃいけないのと同じです。だから、その何とかいう連中もカウンターウェイトをいじくった。カウンターウェイトがなくなったら、クレーンは間違いなく転倒する」ノワクは目もとを拭った。「その連中の要求ときたら。リーズナブル住宅だか何だかを増やせ？　許せませんよ」

「アフォーダブル住宅」

「同じ主張をするにも、ほかにやり方があるでしょうに」

「コンピューターに侵入された可能性はありますか」

「ありません。侵入のしようがない。ネットに接続されていませんからね。それに、システムの不具合じゃない」ノワクは憤慨《ふんがい》した様子で続けた。「犯人は、カウンターウェイトを物理的に切り離したんです」顎の筋肉が盛り上がり、視線は、すぐそこの密集した鉄筋に注がれていた。分厚いコンクリート板から一ダースほどが上に向けて突き出ている。鉄筋には乾いた血や体組織としか考えられないものがこびりつき、コンクリート面には血の染みが広がっていた。

なんということだ……

ノワクは過呼吸の発作かと心配になるような深く速い呼吸を繰り返していた。「てっぺんから。頭を下にして。鉄筋の上に落ちた。体が……震えていました。震えはずっと止まらなかった。刺さったんです。さかさまに。消防士が三人がかりでようやく下ろしてやったんですよ。三人がかりです……あの光景は死ぬまで忘れられそうにない……」声がかすれた。

運転士は転落して死んだのか。運転室ごと落ちたのではない。クレーンが転倒する前に運転室から脱出して、はしご伝いに下りようとしたのだろう。

突き刺さって死んだ……

「犯人はどうやって登ったと考えられますか」

ノワクは涙をこらえた。「マストを登ったんだと思います。みなと同じように。そいつが登っているところを誰かが見たわけじゃありませんが。でも、日中は安全管理の者が常駐していますし、夜間も警備員がいて、出入口をつねに見張っています。訊いてみましたが、何も見ていませんでした。裏手は、塀を乗り越えようと思えばできるでしょうね」ノワクは高さ二メートル半ほどの木製パネルのほうに顎をしゃくった。何を建てているのかと好奇心を抱きがちな通行人のために、いくつかのぞき穴のような小窓が設けられている。

「監視カメラの録画をコピーしたSDカードをセリットー刑事がすでに預かっていますが、それ以降に見つかった映像はありますか」

「いいえ」

「内部の犯行という可能性は」

「え？　うちの作業員のなかに犯人がいると？」ノワクが憤然と訊き返す。

サックスは無言で待った。かならず答えてもらわなくてはならない質問だ。

ノワクの目の表情が微妙に変化した。内部の犯行を疑うのは当然だと納得し、その可能性に考えをめぐらせているのだろう。その結果、出てきた答えは、サックスが予期していたとおりのものだった。「絶対にありえないとは言えませんね。ただ、考えてもみてください。テロ組織のメンバーが労働組合に加入して、その加入者証で会社を信用させて、現場で何週間も働く？　こんな事件を起こすためだけに？　それに、連中はほかでもまたやると脅してきているわけでしょう。とすると、市内のほかの現場にもテロ組織のメンバーがまぎれこんでいる――？」ノワクの声はしだいに小さくなった。褐色に汚れた鉄筋をまた見ている。サックスもついつられて同じものを見た。

消防士が三人がかりでようやく……

そろそろ現場の検証を始めなくてはならない。現場の事情は十分にわかった。頭のなかが科学捜査の視点に切り替わる。入口付近に集まり、作業再開の合図を、あるいは今日の作業は中止するという連絡を待っている作業員たちを見やった。未詳がいるなら、ほかの作業員と同じ服装でまぎれこんだはずだ。ヘルメットに作業靴。手袋も。となると、潜在指紋や靴跡が残っていたとしても、ほかの作業員のものにまぎれてしまっているだろう。

顔認識に関しても状況は同じだ。誰もがヘルメットをかぶり、防塵マスクやバンダナで顔を覆っている。監視カメラの映像から鮮明な画像をキャプチャーできたとしても、見分けられないだろう。それに顔認識に関連して、もう一つ別の問題もありそうだった。

「ほとんどの作業員がサングラスをかけていますね」

「午前中は東向きで、午後からは西向きで梁《はり》の作業をすることもあります。地上三十メートルの高さですから、足を下ろす先がはっきり見えていないと危ない」

サックスはカウンターウェイトを見た。

「先に落下した分はどこに？」

テロリストが細工して落とした分の話だ。

ノワクは板張りの床に開いた縁がぎざぎざの穴を指さした。「地下一階の仮の天井です。あれをあっさり突き抜けて下に落ちました」

サックスは穴のそばまで行って下をのぞいた。「誰か下にいます？」懐中電灯の光らしきものが見えた。

「怪我人がいないか、作業員に見に行ってもらいました。何も報告がないので、怪我人はいなかったんだと思います」

つまり、容疑者が手を触れたと考えて間違いのない物品――コンクリート製のカウンターウェイトやそれをクレーンに固定しているトロリーという装置――は、すでに汚染されていることになる。しかし、現場検証とはそういうものだ。物的証拠の収集より、負傷者の救出が優先される。

「おい、ノワク！」

二人はそろって現場入口のほうを振り返った。いまノワクを呼んだ作業員の隣に、中年の女性が二人、泣きながら立っていた。

「負傷者の家族のようです。私が対応しなくては」

ノワクはゆっくりと歩み去り、サックスはバンの後ろで現場に入る準備をしている鑑識課の三人組に合流した。三人とも証拠採取技術者——エ《E》ビデンス・コ《C》レクショ
ン・テ《T》クニシャン——としてニューヨーク市警に雇用されている職員だ。年々、市警のＥＣＴの数は増えている。犯罪は多すぎ、分析する証拠が多すぎて、大半の事件現場で必要な骨の折れる作業に制服警官や刑事を充《あ》てるゆとりがなくなった。ＥＣＴとして一人前になるには時間と忍耐が必要だが、大半の者は警察官への道が開けるのではと期待している。

三人に指示を与えたあと、サックスも白いタイベックの地のジャンプスーツを着けた。

ヘルメットは汚染源だ。しかも、それがあるとジャンプスーツのフードを上げられない。サックスはヘルメットを脇に置いた——といっても、リンカーン・ライムが障害を負ったのは、建設現場で落下してきた木の梁に首を直撃されたからだという事実が頭をよぎらなかったわけではないが。次に、ジャンプスーツの上からユーティリティベルトを巻き、それに下がった灰色のプラスチック製のホルスターにグロックを収めた。拳銃も汚染源になりかねないが、メリットがそれを上回る。犯人が現場に舞い戻る例は、想像する以上に多いのだ。現場の汚染と身の安全、つねにその二つのバランスを考慮しなくてはならない。

もう何度目になるだろう、血で汚れた鉄筋を見るのはもうやめなさいと自分に言い聞かせたあと、サックスは手袋を着け、自分専用の証拠収集キットをトランクから取り出し、地下一階への下り口に向かった。はしごがあった。それを下りた。

地下一階に下り立ち、空っぽの広大なスペースを見回した。天井に何箇所かある穴から射しこむ光だけが頼りだ。カウンターウェイトが落ちた場所に向かおうとして、思わず肩を落とした。近づくには、せまくて真っ暗なトンネルを抜けるしかない。高さは一メートル強、幅は一メートル弱しかなく、長さは六から十メートルほどあり

そうだ。

いつもこうなんだから――サックスはひとり苦笑した。

アメリア・サックスが何より恐れているもの、それは閉所だった。

いいからさっさと行きなさいってば。ぐずぐずしていたら、いつまでたっても現場の捜索は終わらない。一方で、コムナルカ・プロジェクトはもう、次に転倒させるクレーンの当たりをつけているころだろう。

ふいに喉の奥が熱くなって、サックスは咳きこんだ。建設現場らしいにおいがしていた。湿ったコンクリート、おがくず、エンジンオイル、ディーゼル排気。だが、ほかにも何かある。化学薬品のにおいだ。むせるようなにおい。強烈だ。落下してきたカウンターウェイトが洗浄液か何かのドラム缶を押しつぶしたのだろう。サックスはマスクをもう一枚重ねて着けた。においは少し弱まった。

腰を大きくかがめた不安定な姿勢で、トンネルに足を踏み入れた。

一メートル、二メートル……

これなら高速カーチェースのほうがずっとましだ。タコメーターの針がレッドゾーンぎりぎりに迫るようなカーチェース。

イースト・ニューヨークあたりで、銃を振り回す覚醒剤の常用者と銃撃戦を演じるほうがよほど気が楽だった。

そう、これに比べたら。

三メートル……

ほら、急いで。のろのろしていると、閉じこめられる時間がそれだけ伸びる。

ようやくトンネルを抜け、ふつうの大きさの通路に出た。通路の先にカウンターウェイトが見えた。落下したとき開いた穴から射しこむ光に照らされている。周囲を土埃が漂っていた。

喉や目を痛めつける化学薬品のにおいをいっそう強く感じた。かなり強烈だ。

カウンターウェイトを調べないと。未詳が装置に細工したとき、微量のＤＮＡや指紋が付着したかもしれない。名詞に負けない有力な証拠になる。

ダドリー・スミッツ……

一歩前に踏み出すなり、何かにつまずいて転びそうになった。

懐中電灯の光を下に向けた瞬間、驚いて息をのむことなどめったにない女、アメリア・サックスは、驚いて息をのんだ。

作業員がうつぶせに横たわっていた。地下に負傷者がいないか、現場監督に言われて確かめに来た一人かもしれない。そばに懐中電灯が転がっている。地上から見えたのは、きっとこの光だ。

目は開いているが、まったくまばたきをしない。死んでいるのは明らかだ。

いやいや、ちょっと待て。両手が動いてはいないか。サックスは自分の懐中電灯で作業員の手の一方を照らした。

またも息をのんだ。かすれた音が鳴った。

作業員の皮膚が、泡立ちながら溶解していた。皮膚や肉が溶け、手と腕がぶくぶく沈んでいこうとしている。

コンクリート床についた顔の半面も同じだった。顎から頬にかけて肉が崩壊し、血まみれの骨や筋肉の切れ端、歯茎があらわになっている。

サックスはさっきより激しく咳きこんだ。

新鮮な空気を取り入れようと、大きく息を吸いこむ。

それが間違いだった。

大きな間違い。

刺激性のにおいをさらに吸いこんだだけのことだった。口や鼻、胸に刺すような痛みが広がった。咳が止まらなくなった。

火がついたような痛み。脱出しなくては。急いで。

持っていたものをその場に放り出し、向きを変えて、トンネルにふたたびもぐりこむ。その恐怖の閉所が、いまや頼みの綱だ。

はしごに向かってよろめき進む。無線機の通話ボタンを押そうとした。

うまく押せなかった。

視野が乱れ、周縁が黒く染まる。

はしごをめざしてふらふらと歩く。激しい咳が喉を詰まらせた。

また一歩踏み出したところで、何も見えなくなった。自分が前のめりに倒れようとしているのがわかった。

床に倒れた瞬間、思った——これって変じゃない？　コンクリートの床に叩きつけられたのに、何も感じないなんて、どういう——？

7

「警部補」ロナルド・プラスキーは電話中だ。相手はロン・セリットー——ニューヨーク市警の組織編成がめまぐるしく変わり続ける組織のなかでも、ずっと変わらずプラスキーの上司らしき存在である人物だ。

　とはいえ、いまこの瞬間、職階は関係ない。プラスキーがセリットーに連絡したのは、セリットーのほうがキャリアが長く、市警内で信頼されているから、そしてプラスキーがいま伝えようとしている情報は、黙殺されたり、報告書の山に埋もれたりしてはならない種類のものだからだ。セリットーになら、そのような心配をせずに情報を預けられる。

「プラスキーか」セリットーはプラスキーが用件を切り出す前に言った。「さっきメッセージを残したぞ。例のクレーンの事件で、リンカーンがおまえを呼んでる」

「わかりました。それとは別件で耳に入れておきたいことが。たったいま、捜索した現場なんですけど」

「あれか、殺人事件だったたな。イーストサイドの」

　プラスキーは、フレッチャー・ダルトンが殺された倉庫の前にいる。立入禁止のテープはまだ張られたままだが、緊急車両はすべて引き上げたあとだ。

「容疑者を特定できたかもしれません。エディ・タールです」

「何だと？　あのタールか——？」

「そうです。〝爆弾屋〟のタール」

「驚きだな。西海岸にいるんじゃなかったのか。共有システムに情報が上がってたろう。アナハイムだかどこだか西海岸で、庁舎を爆破したとか何とか」

　プラスキーは言った。「いまはこっちにいるんです。いや、九二パーセントの確率でこっちに」顔認識で、同一人物である確率は九二パーセントと出たのだと説明した。「僕としては一〇〇パーセントだと思ってます」

「とすると被害者は——ダルトンだったたか、株の営業マンは、まずいときにまずいところに居合わせたわけだな」

「そのようです。見ちゃまずいものを見てしまった。報酬をやりとりしてる現場とか」

「顔認識だけか。ほかには？　何もないのか」

「もう一つあるかも、です」

「何だ、早く言え」セリットーがうなるように言った。

セリットーのようなベテランを相手に、気を持たせるような態度を取ってはいけない――プラスキーは自分を叱りつけた。「現場周辺にＤＡＳのカメラはほかにありませんでした。でも、防犯カメラを備えた衣料品店が一軒見つかりました」なかなかよさそうな店だった。いつもなら、聞き込みついでに妻のジェニーに何か買ってやるところだが、事件発生後四十八分をとうに過ぎ、時間との競走になっているときは、それどころではない。

「タールはニュージャージー州のプレートをつけた濃い赤色のセダンで立ち去ったようです」

「タール……いま全米犯罪情報センター《NCIC》のデータベースを照会した。いやはや、大物じゃないか。世界中に爆弾を売り歩いてる。政治思想は関係ないらしいな。言い値を払えば、即席爆弾を作ってくれる。理由は問わない。仕掛けるところまではやらない。作るだけだ。パレスチナ人がタールから買った爆弾でイスラエル人を殺したり。その逆もあるな。で、そのセダンだが。ニュージャージー州のプレートをつけてたって？」

「タイヤ痕の微細証拠も集めました。何か手がかりが見つかるかもしれない」

「しかし、事件発生から二日もたってるんだろう」

「リンカーンがよく言ってますよね。〝可能性が低くたってゼロよりはまし〟」

セリットーがぼそぼそと返す。「あいつはもう少しましな言い方をしたように思うが」

「そうかもしれません」

セリットーが言った。「ＦＢＩのデルレイに伝えておく。アルコール・たばこ・火気・爆発物取締局《ATF》の知り合いにも。爆弾屋タールの情報だ、飛びつくに決まってる。懸賞金が懸かってるとここにも書いてあるしな。五十万ドルだと」

「こちらでももう少し追ってみます」

「クレーンの事件もあるんだぞ、プラスキー」

「そっちもやりますよ。でも、こいつを捕まえたいんです」

「容疑者はテロリストの監視リストに載ってる。それに、州をまたいだ事件だ。国外でも事件を起こしてる。どこをどう見たって連邦の事件だろうが」

プラスキーはひるまずに言い返した。「そんなことありません。タールはニューヨーク市で人を殺した。殺人事件です。しかも僕の事件です」

短い沈黙があった。「よかろう。ああ、そうだ。もう一つ。おまえに話があってな。時間はかからん。今日の昼めしを一緒にどうだ。マギーの店で」

「三十分なら。それだけです」

「三十分もありゃ充分だ。一時でいいか」

「はい」プラスキーはタールが――事実、タールが犯人だとして――フレッチャー・ダルトンの後頭部を銃で吹き飛ばしたあと蹴破ったドアを、見るともなく見つめた。

「おっと待て、プラスキー……新しい情報が届いた。おまえのタールの事件に関して」

プラスキーの心臓が跳ねた。

セリットーが続けた。「ははあ、なるほどなあ。おい、メモの用意はいいか」

「どうぞ」

「ニュージャージー州には、赤い車がしこたまある」

プラスキーは「笑える冗談ですね」と言おうとしたが、そのときにはもう電話は切れていた。

8

チャールズ・ヘイルが過去に滞在したことのある宿には、パリのプラザ・アテネ、メキシコシティのマーキス・レフォルマ、ロンドンのザ・コノート、屋上に船を載せたような奇妙な形状をしたシンガポールのホテルなどがある。

そういった一流ホテルを選ぶ理由は、超豪華な内装や洗練されたサービスではない。職業柄、どうしても必要だからだ――サウジアラビアの皇太子を殺害したり、カジノのオーナーの信用に傷をつけたり、報酬百万ドルに見合う価値のある品が入った旅行鞄を盗んだりといった目的を果たすために。

グリニッジヴィレッジのひっそりとした通りにSUVを駐め、半ブロックほど歩いて土埃が舞う行き止まりの路地に足を踏み入れた。この奥にニューヨーク滞在中の仮住まいがある。優雅な高級ホテルの華やかさはないが、今回の任務には理想的な宿だ。

ハドソン川の近く、ハミルトン・コートの行き止まりにある、かつてウィルスコット建設が現場事務所として使っていたトレーラーハウスは、面積四十五平方メートルほどの広めのモデルだ。真ん中に大きなスペースが一つ。ヘイルはその左右に配置された少し小さな事務室の一方を寝室に使っていた。バスルームはせまくともきちんと使える。テーブルや棚がたくさん備えられていた。数カ月前に何者かが押し入り、壁を手抜きの落書きで装飾してはいるが、破壊行為の痕はそれだけだ。いまはほとんどずっと明かりが灯っているし、敷地の周囲に複数台の防犯カメラが設置されているから、行き止まりの路地の奥まで来てトレーラーハウスの様子をうかがう者がいたとしても、ここには先客がいると考え、こそ泥に入る先や大胆な落書きアートを施す壁はどこか別のところで探そうと決めて、引き返していくだろう。

ハミルトン・コートに並んでいるのは、取り壊しの始まった建物や取り壊し予定の建物ばかりだ。コンドミニアム建設の計画はあるが、裁判所の記録によれば、建設作業は少なくとも三カ月前から中断している。

このトレーラーハウスは、せいぜいあと一日か二日使えれば十分だ。

玉石敷きの通りをたどり、トレーラーハウスへと歩く。歩道の舗装はハンマードリルで剝がされている。コンクリート片はそのまま放置されており、尖った薄茶色の氷山だらけの小さな川が幾筋も流れているような有り様だ。

トレーラーハウスの入口に来ると、電子錠二つとピッキング不可能なチェーンキー一つを開けた。なかに入って防犯システムを解除する。ジャケットを脱ぎ、バードウォッチング用の衣装を片づけた。

内装は殺風景だ。装飾の大半は邪魔なうえに時間の無駄だとヘイルは思っている。もちろん、時計はその嫌悪の対象外だ。ここにも時計は六つあった。置き時計がいくつかと、砂時計が考案される前の時代に使われていた水時計のレプリカ一つ。時計は装飾ではない。パートナーだ。友人だ。だが、ニューヨークに来るとき一緒に持ってきたわけではなかった。今回の旅では荷物を最低限にする必要があったからだ。いまここに飾られているものは、ダウンタウンの倉庫に保管しておいたもので、そこもすでに引き払った。この仕事が片づいたら、倉庫はもう必要ない。

ここにある時計のいくつかはヘイルが自作したものだ。

のではない。

〝時計師《ウオッチメイカー》〟というあだ名は、単に彼の仕事ぶりを表すも
造りつけのファイバーボードのテーブルやスチール棚には、書類や電子工具、機械工具、さまざまな器具、数台のパソコン、ルーター、コーヒーメーカー、飲食物がある。定規を当てて並べたかのように、すべての品物がわずかの乱れもなく整列していた。位置が少しでもずれていると、どうにも落ち着かない。

腕時計のメカニズムは、秩序そのものだ。

時間も。

誤差はいっさい許されない。

中央のスペースに椅子が二脚ある。ほかにテレビも買った。ケーブルテレビを契約せずにすむよう、アンテナがついた地上波受信モデルを選んだ。六年三カ月前から娯楽番組は見たことがないが、自分の事件の捜査に関するニュースを把握するのにテレビは必要だった。ＣＩＡをはじめ情報機関が収集する情報の大半は、変装した工作員や手のこんだハッキングを介してではなく、メディアの報道が源《ソース》だ。ヘイルも同じ手法で情報を集めている。どこの警察も、怠慢と思われたくない一心で、本来伏せておくべき情報まで公表する。

棚にはずらりと書物が並んでいる。大方は今回のプロジェクトに関連したもので、うち数冊はリンカーン・ライムを主題としていた。時計製作の解説本もあるが、時間物理学を扱ったものはほとんどない。ヘイルは時計には強い関心を抱く一方で、時空連続体、ブラックホール、ワームホール、スティーヴン・ホーキングの時間順序保護仮説といった高尚な理論には興味を感じない。

そういった理論については、テレビの『ドクター・フー』の説明さえ知っていればすむ。「時間とは原因から結果へと一直線に進むものと思いがちだが、直線的ではなく主観的でもない観点から見れば、ぐにゃぐにゃと不安定でとらえどころのない物質でできた大きな球のようなものなのである」

壁の鏡が視野をかすめ、手術からもう何カ月もたつというのに、そこに映った自分の姿にぎくりとした。大枚はたいて美容整形を受ける世界中の患者とは違って、ヘイルは、およそどんな基準に照らし合わせてもハンサムだった顔に、あえて皺やたるみを加えて老けこませた。以前の容貌を知られてしまっている（警察で顔写真を撮

られた――恩に着るよ、リンカーン・ライム）し、顔立ちを変えるなら、加齢させるのではなく、若返りをはかるに決まっていると誰もが思うからだ。頭頂部の髪も薄くした。頭髪をただ剃ったのでは一目でわかってしまうから、痛みをこらえて一本ずつ抜いた。

コーヒーを濃いめに淹《い》れた。最初の一口を飲んだところで携帯電話の画面が赤く点灯し、警告のメッセージが表示された。

セキュリティ・アプリの警報だ――通行止めの鎖が張られた路地の入口のセンサーが反応した。誰かがそこを通り抜けたのだ。

ハミルトン・コートの東側の薄暗がりを伝い、周囲に用心深く視線を配りながら、ほっそりとした人影がトレーラーハウスに近づいてこようとしていた。手は体の横に下ろされているが、拳銃を握っているのがわかる。銃は陽射しを跳ね返さないが――ボディは艶消しの黒だ――ベルトに下げたニューヨーク市警の金バッジがきらりと閃《ひらめ》いた。

ヘイルはトレーラーハウスの入口に近づき、額入りの検査証明書の裏にある隠し場所から、似たような拳銃を取った――同じグロックだが、こちらにはサイレンサーが装着されている。

刑事が入口の前に立った瞬間、ヘイルはドアを開けた。

建設現場にさっと目を走らせ、刑事に尾行がついていないことを確かめてから、アンディ・ギリガン刑事を招き入れた。一時間ほど前、リンカーン・ライムのタウンハウスから出てくるところを（バードウォッチャーを装った）ヘイルが見たのは、このギリガン刑事だ。

ギリガンはニューヨーク市警内に友人が多く、頭が切れるうえに度胸がある――ギリガンの協力がなければ、リンカーン・ライム殺害計画は始動さえしなかったに違いない。

タイムリミットまで：23時間

9

ライムは二度電話をかけたが、アメリア・サックスはいずれにも出なかった。きっとクレーン転倒現場のグリッド捜索に集中しているのだろう。

サックスもライムと同じで、重要な証拠を捜しているあいだはそれに完全に没頭し、外の世界は意識から消えてしまう。二人を固く結びつけている要素の一つはそれだった。

しかし、そろそろ連絡の一つくらいあってもよさそうなものではないか。

玄関のブザーが鳴った。ライムはモニターを確かめ、エンターキーを押した。ニューヨーク市警のメル・クーパー刑事が居間に入ってきた。

ほっそりとした体つきをして、いつ見ても口もとに小さな笑みを浮かべ、数分ごとに黒縁の瓶底めがねを押し上げる癖のあるメル・クーパーは、ニューヨーク市警一優秀な鑑識技術者だ。もう何年も前、ライムは持てるかぎりの交渉スキルを発揮して（ついでに大都市ならではの潤沢な予算を武器にして）、小さな町の警察の科学捜査課を率いていたクーパーをニューヨーク市警に引き抜いた。クーパーは大都市の科学捜査に難なく適応したものの、故郷の町で有名な事件に類する捜査を恋しがるようなことがいまもたまにある。その有名な事件とは、キツネの剝製とサトウカエデの丸太と手製のロケットがからむものらしく、リンカーン・ライムとしては好奇心を大いに刺激されているのだが、これまでのところ詳しい説明は一度も聞けずにいた。

クーパーの情熱の対象は二つ。科学、そしてガールフレンドである北欧系の魅惑の美女をパートナーにした社交ダンス。後者でも輝かしい受賞歴を誇っている。

クーパーはライムとセリットーに挨拶の声をかけた。電話中だったセリットーは、なかば上《うわ》の空《そら》といった風にうなずいた。

ジャケットをかけ、トムがクーパーのために淹れたリプトンの紅茶を受け取ったあと（クーパー本人はよく、あっさり味が好みだからと言う）、白衣を着ながら居間を見回して眉間に皺を寄せた。

「言いたいことはわかる。証拠物件が一つもない」ライムは顔をしかめた。それから言った。「アメリアから連絡が来ていないか。クレーン転倒現場に捜索に出たきりでね。いいかげんに電話があってもよさそうなものなのだが」

クーパーは、その予期せぬ質問に手を振って答えた。サックスがクーパーに連絡する理由はない。

「あれは？」クーパーは、現場監督から渡された書類のほうに顎をしゃくった。現場の見取り図、クレーンの設計図。

「背景資料だよ」電話を終えたセリットーが言った。

ライムは不機嫌に付け加えた。「証拠としては何の価値もない」

現場の見取り図にサックスが矢印で描いた転倒の道筋を見て、クーパーは言った。「おっかないな。高さはどのくらい？」

セリットーが答えた。「自立式《セルフ・エレクティング》のモデルで……」

「え、何式だって？」クーパーはちゃかすように片方の眉を吊り上げた（erectには「立つ」ほかに「勃つ」意味もある）。

セリットーがふんと鼻を鳴らした。「そう呼ばれてるんだよ。てっぺんにマストの部材を追加しながらどんどん高くなっていくタイプだそうだ。今回転倒したやつは、最大の高さに達してた。ざっと七十メートル」

いったいどこにいる、サックス？　ライムはまたも携帯電話をチェックした。ティーンエイジャーじみた行為だと気づいて、自分に呆れた。

分析する証拠が一つもないのでは、いまできるのはライムには嫌悪しかない作業だけ——現場の防犯カメラの録画に目を凝らすことだけだ。パソコンを壁に投げつけたくなる。

やれるものなら本当にやっていただろう。かつて市警の中央科学捜査部を率いていたころは癇癪《かんしゃく》持ちで有名だった。たとえ相手が市警の上層部の人間であれ、現場を汚染した者、捜索に手を抜く者、徹底した捜査を怠る者には容赦なく怒りをぶつけた。

録画に目を凝らす。

タワークレーンに登り、カウンターウェイトの固定をゆるめたり解除したりしている人物は、ひとコマたりとも映っていない。

ない。映っていない。

どこにも映っていない。

「何か言ったか」セリットーが訊いた。

ライムは首を振った。無意識に口に出していたらしい。

ブザーが鳴って、ライムはモニターを確かめた。有能な証拠採取技術者のソーニャ・モンテスだった。勤勉で、しかものみこみが早い。鑑識作業を〝わかって〟いる。

何をすべきか直感で理解する。現場に語りかけ、現場もそれに答える。本人が率直に認めるとおり、高校時代に非行少女グループとつるんでいた経験から、ストリートを知り尽くしているおかげなのかもしれない。ただし、そのグループがどんな遊びをしていたにせよ、モンテス本人に犯罪歴はなかった。

モンテスは瓶入り牛乳を運ぶのに使うようなプラスチックケースを二つ、腕に抱えていた。ブザーのボタンは肘で押したようだ。

なぜサックスではなくモンテスが証拠物件を届けに来た？

いやな予感がした。

キーパッドのオートロック解除ボタンを押した。モンテスが入ってきた。タイベック地のジャンプスーツから、鮮やかな緑色のブラウスと黒革のスカートに着替えている。年季の入ったオーク材の床にヒールの音が響いた。胸もとのロケットには幼い子供二人の写真が入っているはずだ。初めて証拠物件を届けにきたとき誇らしげに見せてくれたものだ。

「ライム警部。これは何ですか」モンテスは、玄関ホールに並んだX線装置や爆発物と放射線の検知装置、それに小型の生物毒素検査装置の前で立ち止まった。

「万が一ということがあるからね」

モンテスはうなずき、真剣な面持《おもも》ちで言った。「どんなに用心してもし足りないような時代ですものね」

数カ月前、殺し屋がライムの命を狙っているという情報が入ったとき、ライムは科学捜査クラスの優秀な生徒たちに、その殺し屋の思考に入りこんでライムを殺すもっとも確実な手段を想像せよというお題を出した。すると一人の若者がこう答えた。殺し屋は弱点を突いてくるだろう、ライムが愛し、決して拒めないものを使うだろうと言った。事件現場から運びこまれる証拠物件に爆発物や毒物を仕込んでくるのではないかと。

というわけで、その殺し屋の身元が判明し、暗殺の脅威が排除されるまで、タウンハウスに持ちこまれる出所不明の物品はすべて検査機器に通される。

クーパーとモンテスが挨拶を交わす。クーパーとトムは証拠物件の入った封筒や容器を一つずつスキャンした。

ライムはついに訊かずにいられなくなった。「ソーニャ。アメリアに電話しているのだが――」

モンテスは眉をひそめ、ライムの言葉を最後まで聞かずに言った。「ご存知ないってことですか」居間の奥へと進み、ライムのすぐ隣に来た。

ライムの心臓が激しく打ち始めた。といっても、首から下の感覚は失われているから、鼓動が速くなったとわかるのは、こめかみの脈が速くなったからにすぎない。

「何を?」

「現場で倒れたんです……建設現場の地下で、何か吸いこんでしまったみたいで。化学薬品です。同じものを吸いこんで、作業員にもう一人死亡者が出ました」

「で、サックスは――?」

「私なら平気」玄関のほうからかすれた声が聞こえた。

アメリア・サックスが居間に現れた。


ライムは眉間に皺を寄せた。高さ五十センチほどの緑色の酸素タンクを載せたカートを引いている。そのタンクから伸びた透明なチューブの先に、酸素マスクがついていた。

サックスはマスクを口もとに押し当てて深々と吸いこんだあと、証拠物件を収めたプラスチックケース内の、ガラスの大型広口瓶のほうに顎をしゃくった。瓶のなかに白色の小型プラスチック容器が入っていた。「それを吸っちゃったのよ。そこに入ってるガス。取り扱いに注意して。犯人はそれを使ってカウンターウェイトを落としたの。作業員が一人、それのせいで亡くなった。私も失神した。救急隊が見つけてくれなかったら……」

サックスの声はそこで途切れたが、〝自分も死んでいたかもしれない〟と付け加えようとしていたのかもしれない。しかし、そのような芝居がかったフレーズは、アメリア・サックスには似合わない。加えて、最後まで言わなかったのは、単に酸素をまた吸うためでもあった。

とはいえ、来たときのサックスの発言には疑問を抱かざるをえなかった。ちっとも平気そうに見えない。

〝弱々しい〟という語はサックスの世界に存在しないが、

何が起きたにせよ、その経験がサックスから――ライムは適当な言葉を探した――生気をいくらか奪ったのは確かだ。

　また酸素を吸ってから、サックスはラボのクリーンエリアに向かった。ふだんならそこで、自分が集めてきた証拠物件をクーパーが仕分けするのを手伝う。だが、今日は途中で進路を変え、ライムがこのタウンハウスを買う前からこの居間にあった、やかましい音を立てる――しかも見た目も不恰好な――枝編み細工の椅子に近づいた。椅子にどさりと腰を下ろして一息つく。

「サックス」ライムは口を開いた。

　サックスは片方の眉を上げただけで、何も言わなかった。

　それも二人の共通点だ。体の不調を他人に知られまいとする。たとえば四肢麻痺患者であるライムは、血圧の不安をつねに抱えている。血圧の上昇を放置すると、自律神経過反射を起こしかねないのだ。万が一の場合はニトログリセリンの二パーセント軟膏などの薬剤で対処可能ではある。しかしライムは、仕事を中断するのを嫌い、症状があってもそれを軽視しがちだった。サックスも関節炎を患っているが、市販の鎮痛剤をのんで痛みをなかったことにし、捜査を続けようとする。

　サックスがかすかに頭を動かしただけで、ライムには伝わった――いまはこれに集中したい、具合が悪かろうとそれを認めるつもりはない。ただしサックスの目は、それとは別の真実を語っていた。

　サックスはまたもや酸素を吸ってからセリットーのほうを向き、小さな声で言った。「サンプルを採取するのに、爆発物処理班のロボットを行かせるしかなくて。いったいどんな薬品なのか知らないけど、ロボットのタイヤもカメラのレンズも溶けちゃった。重大犯罪捜査課に請求書が来ると思う。先に伝えておこうと思って。すごい金額だろうから」

　サックスは撮影してきた現場写真をアップロードしながら、カウンターウェイトが落下した地下一階で見つかった二人目の死者の様子を説明した。その作業員は朦朧《もうろう》として倒れ、そこにたまっていた化学薬品が皮膚を溶かした。そこから十メートルほど這ったところで力尽きた。

「私は同じ薬品が気化したものを吸っちゃったわけ」

ひとしきり軽い咳をしたあと、サックスは説明を続けた。サックスが無線連絡に応じないのをソーニャ・モンテスが不審に思い、救急隊が急ぎ現場を捜索して、地下一階に降りるはしごの下で倒れているサックスを発見した。救助チームがサックスを助け出し、即座に酸素マスクを着けさせた。緊急治療室で診てもらうよう言われたが、サックスは断った。

モンテスに別の現場から招集がかかった。サックスは礼を言い、二人は抱擁を交わした。モンテスはほかの面々に会釈をしてタウンハウスを出ていった。

サックスは座っているのに飽きたらしい。立ち上がって酸素タンクにチューブを巻きつけ、脇に置こうとした。が、一瞬ためらったあと、いらだたしげな様子でチューブをほどいてマスクを顔に当て、酸素を吸った。

「なあ、アメリア」セリットーが言った。「少し休んだらどうだ」

「またあとでね」サックスはぼんやりと答えた。

このときもまた、ライムの心配そうな視線に気づかないふりをした。

サックスはメル・クーパーのほうを向いた。クーパーは現場で採集された試料をラボのクリーンエリアに運びこみ、作業台に並べていた。

「その広口瓶」サックスはまたガラスの瓶に顎をしゃくった。「消防本部長から言われた。それを扱うときはネオプレーンの手袋とエプロン、防毒マスクを使うようにって」

サックスは、証拠物件一覧表の上にある大型モニターに表示された写真をうつろな目で見つめていた。地下室で倒れていた被害者の写真だ。溶解した皮膚、泡だったような体組織や血液。

まもなく目をそむけた。そしてラボに――現在に戻った。完全に戻ってきた。

クーパーは適切な個人防護具をそろえ、白衣とスラックスの上に着けた。

サックスはまたも軽い咳の発作に見舞われ、苦しげに顔を歪めた。それから言った。「証拠らしい証拠はほとんどなかったのよ、ライム。ソーニャがクレーンの土台で靴跡を採取した。はしごの登り口ね。マストを登る方法はそれ一つだけ。ただ、その靴跡は運転士のものと一致した。遺体の安置所から送ってもらった写真と照合したの。未詳はクレーンを上り下りするときはその靴を履いていて、建設現場に戻るときには作業靴に履き替えたんじゃないかと思う。ほかの作業員と同じような作業靴に。

カウンターウェイトを落とすのには、カウンターウェイトのトロリーが動くレール上に何らかの装置を仕掛けたんじゃないかと。どんな装置なのかはよくわからない。装置そのものもほぼ完全に溶けちゃってたから」

サックスの説明によると、問題の化学薬品はカウンターウェイトのコンクリートを溶かした。「それで後ろが軽くなって、クレーンは前にかたむき始めた。運転士は手を尽くしたけど、ウェイトのうちの二つが落下して、ついにクレーンは転倒した」サックスの声はかすれて疲れきっていた。報告を中断してまた酸素を吸った。何度か激しく咳きこみ、ティッシュで口もとを拭った。そのティッシュをさりげなく確かめる。血はついていないようだったが、ライムの位置からはよく確認できなかった。サックスの角度からは血が見えたのかもしれない。

サックスはさっきと同じことを繰り返した——作業員はみな手袋を着けて安全作業靴を履いている。似たような格好をしていれば、未詳は透明人間も同然だ。

建設現場で起きた殺人……

「最寄りの署から制服警官が十数人出て、近隣の商店やオフィスの聞き込みに当たってる。建設現場に箱を運びこむ不審人物を見かけた人がもしかしたらいるかも」

ライムは顔をしかめた。防犯カメラの映像や目撃証言が手に入ったとしても、肝心の物的証拠は小型のプラスチックケース二つをいっぱいにするどころか、二つで楽に足りてしまうだけの量しかないのだ。

話にならない。

クーパーは機器を使って試料の分析を始めていた。セリットーがそちらに声をかけた。「化学薬品の正体は判明したか、メル？」

現場写真を凝視したまま、ライムは驚いたような短い笑いを漏らした。「正体はもうわかっているよ。問題は、未詳の入手経路を突き止められるかどうかだ」

「写真を見ただけでわかるのか？」セリットーが訊いた。

「当然だろう。写真と、アメリアの症状でわかる」

「で？」

「放射性物質とボツリヌス菌を除けば、地球上でもっとも危険な物質だ」

10

「よう」アンディ・ギリガンが言った。

チャールズ・ヘイルはうなずき、ドアの小窓のカーテン越しにハミルトン・コートにもう一度目を走らせた。

ギリガンが鋭い声で言った。「ちゃんと確かめたって。尾行はついていないよ。俺だって一応プロなんだ。初めてのサーカスってわけじゃない」

それを言うなら、〝初めてのロデオではない〟がふつうでは？

ヘイルはドアを閉めて鍵をかけ、拳銃を隠し場所に戻した。用心する理由を説明する必要は感じなかった。ギリガンだって銃を握り締めてこのトレーラーハウスに近づいてきたではないかと指摘する必要も。

二人は建設事務所として使われていたトレーラーハウスの、真ん中のエリアに移動した。「コーヒーは？」ヘイルは尋ねた。

「いや、けっこう」

「首尾はどうだった？」

ギリガンは舌を鳴らした。「完璧だ。誰にも疑われずにすんだ。ほら、やるよ」ギリガンは仲のよい友達にクリスマスプレゼントを渡すような口ぶりで言った。ジャケットの内ポケットから数枚の書類を取り出す。高価そうなジャケットだ。ヘイルの下調べによれば、ギリガン刑事には市警の給料以外に複数の――それも非課税の――収入源がある。ヘイル自身、今年だけで十万ドルをギリガンの海外口座に送金していた。

「これは？」

「ライムの家にあったファイルからいただいてきた。役に立つと思う」

ヘイルは書類を開いて目を走らせた。十八の名前が並んでいた。大半は線を引いて消してある。

「残りの連中と話をしてみるといい。線を引いてある名前は俺がもうチェックした」ギリガンが言った。「何か目撃してる可能性がある」

「向こうは――ライムの家はどんな様子だった？」

「クレーンの事件で忙しそうだった。かかりきりだよ。俺の事件は後回しになってる」

〝俺の事件〟とは、都市整備建設局の窃盗事件のことだ。所有代名詞〝俺の〟は、二重の意味で適切だった――ギリガンが捜査を担当しているという意味、そしてもう一つ、都市整備建設局に忍びこんで文書やデータを持ち去ったのはギリガンであるという意味でも。

ライムとアメリア・サックスが〝未詳二一二号〟と呼んでいる犯人の正体は、アンディ・ギリガンだ。

盗み出した資料はいま、二人の前にあるテーブルに広げられていた。

「タウンハウスのセキュリティに変更はあったか」

「ない。あいかわらず小包み用のX線と生物毒素の検査機、爆発物と放射線の検知装置だけだった」

放射線検知装置が設置されていたことを初めてヘイルに報告したとき、ギリガンは笑ってこう言ったものだ。

「まさかライムは、核攻撃を受けるとでも思ってるのかな」

〝汚れた爆弾〟――放射性物質を撒き散らす小型爆弾――は、核兵器よりはるかに現実味のある脅威だが、ヘイルはいちいち説明しなかった。

「金属探知器はいまもないんだな？」

「ない」

「動画は撮れたか。SDカードをくれ」

ギリガンはためらいがちにSDカードを差し出した。

「大したものは撮れてない。気づかれないように撮影しなくちゃならなかったから」

ギリガンは、ライムのタウンハウスを訪問するたびにボタン型カメラを装着していた。タウンハウス内のセキュリティを正確に把握したいヘイルの依頼だった。

ライム本人を見たいという動機もあった。爬虫類の研究者がお気に入りの種を自然な生息環境で観察したいと望むのに似ている。

ヘイルはノートパソコンの動画閲覧ソフトを起動し、SDカードを挿入して、ギリガンが盗撮してきた映像をひととおり見た。

だいたいのところ画質は上々だった。ギリガンは、静止した状態からゆっくりと一回転していた。ただ、袖口で何度もレンズを隠している――盗撮を見抜かれるのを警戒してのことだろう。

ヘイルは一つの場面で再生を一時停止し、画面に顔を近づけた。

明るく鮮明なその画像に目を凝らす。

そこに映ったものをじっくりと観察した。

リンカーン・ライムの顔立ちは整っている。鼻が高く、きちんと手入れされた黒髪は豊かだ。車椅子生活を強いられると、太ってしまったり、逆に痩せ衰えたりしがちだが、ライムはそのどちらでもない。定期的にエクササイズに励んでいるのは明らかだ。

黒っぽい目は鋭い。額の右側に前髪が垂れて、コンマの形を描いていた。居間のガラス壁で仕切られた奥の一角——ラボとして使われているクリーンエリア——を見つめていた。そこは高級腕時計メーカーの工房のように密閉されている。製造の過程で、砂や小石はもちろん、塵一つでもまぎれこんでしまえば、腕時計は用をなさなくなる。

ギリガンが口を開いて、ヘイルは空想から引き戻された。「マイクを試してみてもいいいぜ」短い間を置く。「追加料金はいただくけどな。リスクの分だ」

二人は、ライムの居間に盗聴器を仕掛けようかと検討していた。玄関に金属探知器がないのなら、小型のマイクを持ちこむのは簡単だ。しかしおそらく、ライムか別の誰かが盗聴器の有無を定期的に確かめているだろう。とくにいまは自分が暗殺のターゲットにされていることを知っているのだ。やらないわけがない。

「いや、やめておこう」

ヘイルは三角形のボタンを押して再生を再開した。

ライムを撮影していたギリガンは向きを変え、書棚に沿って歩いた。カメラが本の背表紙をたどった。法律や犯罪捜査の本もあるが、科学に関するものも少なくない。なかでも化学や物理学、地質学など自然環境関連のものが多かった。『北米東海岸の泥の分析と分類』というタイトルも見えた。

カメラが元の向きに戻った。どうということのないカットがしばらく続いたあと、暗転して動画は終わった。証拠物件一覧表も映っていればなおよかったのにとヘイルは思った。だが、ギリガンにそこまでの度胸はなかったようだ。

ヘイルは椅子の背にもたれ、コーヒーを口に運びながらいま見たものを頭のなかで整理した。ギリガンは時計を見て回っていた。

水時計にいたく興味を引かれたらしい。高さ五十センチほどの品物だ。枠は黒檀《こくたん》で、上部と下部の丸い表示窓に十二星座が描かれている。

「あれもお手製か」ギリガンが訊いた。

「その水時計《クレプシドラ》のことか？　違う。骨董屋で見かけて、形が気に入った」

ギリガンが訊き返す。「クレプ……何だって？」

「クレプシドラ。砂時計より前に使われていた。時間の経過を計るという原理は同じだが、水の流量で計測する。砂時計より二千年も前から使われていた。しかし、いくつか問題があった。たとえば、船は揺れるから、船上では使えない。結露も厄介だ。あそこにあるような砂時計が使われるようになったのは」――そばの棚に並んだ二つを指さす――「紀元前八百年ごろだ。教会で発明された。ミサや礼拝の時間を計る目的で」

「砂には見えないな」ギリガンは目を細めて見た。

「砂時計といっても、本当に砂を使うものは少ない。砕いた大理石や焼いた卵の殻のほうが正確なんだ。そっちにあるのは酸化スズを使う。砂時計は速度を表す〝ノット〟の起源に関わっている」

「へえ？」ギリガンが訊き返した。「俺もボートを持ってる。高級なやつだ」

私が買ってやったようなものだな、とヘイルは思った。

「大航海時代、船乗りはロープに結び目を作って、先端に丸太をくくりつけた。それを船から海に投げこんで、砂時計の砂が落ちきるまでにいくつの結び目《ノット》が手のなかを通り過ぎたかを数えた」

「なるほどな。ボート仲間に話してやろう」

ヘイルはコーヒーを飲み終え、カップを洗って手の水気を拭った。「十五分ほど時間をもらえないか。ちょっと思いついたことがあってね。きみと私の双方にとって好都合な話だ。きみの意見を聞きたい」

ギリガンは自分のデジタル腕時計を確かめた。安物だ。ヘイルはけなしたりしなかった。ギリガンがしているような腕時計の誤差は、一日〇・五秒といったところだろう。一方、百万ドルの超高級機械式腕時計の誤差は、その倍くらいだ。「そうだな、十五分くらいなら」

ヘイルはまたモニターを確かめた。通りに人影はない。バックパックを肩にかけ、ギリガンとともに外に出た。

ヘイルは複数の鍵をかけ、二人は玉石敷きの埃っぽい路地を歩き出した。

「墓場だな」ギリガンがつぶやいた。

「え？」

ギリガンは腕を大きく動かし、荒廃した建物が並ぶ行き止まりの路地を指し示した。「特大の墓石みたいだろ」

二人は鎖で封じられた路地の入口からグリニッジヴィレッジのこの界隈によくあるひっそりとした通りに出た。

「車一台で行くほうがいいな。きみので行こうか」

ギリガンが言った。「三十分後に市警本部に行かなきゃならない」

「私もアップタウンで人と会う約束がある。アップタウンへは電車で行くよ」

二人は甘い香りのするレクサスに乗りこんだ。汚れ一つない。納車されたばかりなのだろう。ヘイルが買ってやったのは、ボートではなくこの車なのかもしれない。あるいは、その両方の一部ずつか。

ギリガンがエンジンをかけた。ヘイルは訊いた。「ナビはオフになっているよな」

「ああ。確認したよ」

「まずは南へ、次に東だ。ウェバーとブレナムの交差点に行きたい」

ダウンタウンの細い通りをたどるにつれ、街の雰囲気はしだいに寂れていった。二十分ほど走ったころ、目的の交差点に着いた。半ブロックほどを空き地が占めていた。未舗装で、いくつか草むらがある。枯れた木も一本。ごみも。十九世紀にローワー・イーストサイドに多く建ち並んでいたブラウンストーンの安アパート群の残骸がところどころに見えた。

「こんなところに何がある？」

「ライム暗殺計画の一部さ」

ギリガンは高級車を歩道際に寄せた――慎重に。縁石にホイールをこすったらと心配なのだろう。「それにしても、傲慢な男だよな」

「ああ、本当に」

そろって車を降り、空き地を囲む高さ一・八メートルほどの金網のフェンスに近づいた。ゲートは誰かが強引に開けたままになっていて、すり抜けるのは簡単だった。

ヘイルは空き地の奥に並んだ安アパートの残骸を指さした。

ギリガンが言った。「ライムの件だが、俺も考えていた」

「どんなことを？」

「兄貴も俺も狩りをする。子供のころからやってるから、射撃の腕は確かだ。ライムもたまに外出するだろ」

それは事実だ。ライムはマンハッタン刑事司法専門学校で教鞭《きょうべん》を執っている。毎週火曜と木曜、そして隔週の週末にスクールに行く。タウンハウスからスクールまでは七百メートルの道のりだ。いつもは介護士が運転する車椅子対応のバンで行くが、よく晴れた日など、自分で車椅子を駆って往復することもある。

「行き先で待ち伏せすればいい。二発。それで片がつく。三発目で介護士を倒す。救命なんかされたら困るものな。報酬に五万だけ上乗せしてくれればいい。どう思う？」

ヘイルはすぐには答えなかった。やがて言った。「やめておく。当初の計画どおりに進めたほうがいい」

ギリガンは笑った。「これは価格交渉か？　わかった。三万で手を打つ」

「当初の計画でいくよ」

「腕時計作りと一緒か」ギリガンは言った。「途中で設計を変更するのは失敗の元」

「そんなところだ」

ヘイルは歩く速度を落とした。ギリガンは何歩か先へ進んだところで振り返った。ヘイルは手を前に突き出していた。その手にはサイレンサーつきの拳銃が握られている。

ギリガンが驚いて目を見開く。

その目には、意外そうな色も浮かんでいた。トレーラーハウスを出るとき、ヘイルがドア脇の隠し場所にグロックを戻すのをこの目で確かに見たのに、と言いたげだった。一人の人間が拳銃を二丁も持っているなんてとうてい理解できない、と。

11

ロン・セリットーが訊く。「で、何なんだ？　クリプトナイトとか？」

何だそれは？　ポップカルチャーに疎《うと》いライムにはぴんとこなかった。きっとスーパーヒーロー映画の悪党が使う武器の名前か何かだろう。（クリプトナイトはスーパーマンを無力化する架空の化学物質）。

「無機酸の一種だ。フッ化水素酸。化学式はＨＦ。専門的には弱酸に分類される」

サックスはそんな馬鹿なというように鼻を鳴らし、セリットーは低くうなった。「弱酸だと？　その作業員が聞いたら何と言うかな」そう言って死んだ作業員の写真に顎をしゃくった。

「水溶液中での電離度が小さいというだけのことだ。イオンの大きさの違いだよ。ほかのあらゆる酸と同様、強い腐食性を示す。ただ、フッ化水素酸の何が怖いといって、腐食性ではない。猛毒とされる理由は元素の組み合わせでね。言うなればワン・ツー・パンチだ。皮膚に触れたとたん、水素が表皮を焼き通す……すぐには痛みを感じないが、一時間から二時間で絶えがたい痛みに変わる。次にフッ化物が体内に侵入して細胞を攻撃する。その結果、液化壊死《えし》が起きる。その名のとおり細胞が液化して死ぬわけだよ。中毒のきっかけは接触または吸入だ。吸いこむと肺の奥深くまで焼けてしまう。そして呼吸困難、チアノーゼ、肺浮腫を引き起こす」

　ライムがそう説明したとき、サックスはちょうど酸素をまた吸っているところだった。

「おっかねえな」セリットーがつぶやく。「だが、それはよほど大量の場合だろう？」

「いや、数滴で人が死ぬ。解毒剤は存在しない。水でも洗い流せない。できるのは、症状の治療だけだ。激痛と感染症に対処するだけ」ライムはクーパーに呼びかけた。「サンプルから、フッ化水素酸以外のものは検出されたか」

「工業用コンクリートの破片と微粉末、砂、鋼鉄、微量の鉄。どれもフッ化水素酸で溶けた状態だ」

「濃度は？」ライムは訊いた。

「三二パーセント」

「ありえない。再検査だ。または機器の再調整」

「両方ともやったよ。三二パーセントで間違いない」

　これまでにライムが耳にしたことのある最高濃度は二〇パーセントだ。しかもそれは輸送と保管のための濃度——それ専用に作られた容器を使った場合の濃度であって、販売時には大幅に希釈される。市場に流通しているフッ化水素酸の濃度は、高くても二から四パーセント。サックスが現場で採取した試料ほどの高濃度であれば、不浸透性のごく一部の物質を除き、あらゆる物体が瞬時に腐食して穴が開くだろう。気化したものを吸いこめば、数分で死亡しかねない。

建設現場の地下トンネルでそこまでの量を吸いこまずにすんだサックスは、きわめて幸運だった。

　ライムはサックスを見やった。ライムの話を聞いているのかいないのか、また酸素を吸い、天に向けて突き出した鉄筋の写真をぼんやり見つめている。鉄筋は錆びているが、うち二本はほかより黒っぽい色をしていた。乾いた血だ。

　空から落ちてきたクレーンの運転士は、おそらくあの上に着地したのだろう。

　ライムはモニター上の別の写真を顎で指した。カウンターウェイトのトロリーを撮影した一枚だ。酸を噴出させた装置は変色して形を失い、煙を立てている。

「やれやれ。犯人はそこまで何らかの手段で登ったわけだ。クレーンの最上部まで。その経路を割り出さなくてはならない。それに、酸が入った装置を仕掛けたあと、どうやって起動した？」

「起爆装置があった」クーパーが言い、別の透明プラスチック容器を持ち上げて見せた。ソリッドステートの小さな電子回路らしきものが入っている。これもやはり酸を浴びて形が崩れ、黒く焦げていた。クーパーはガスマスクを着け、それに内蔵されたマイクを介して話している。

「火薬は少量だね。大口径の銃弾を五つか六つこじ開けて、火薬を集めた程度の量」

「アンテナは」

「この状態じゃ何とも」

　ライムは低い声で言った。「それはわかっている。あったとしても跡形もなく溶けているだろう。だが、強《し》いて言うなら？」

「リモコン式じゃなさそうだ。タイマーだね」

　ライムの推測どおりだ。「既製品か」

「いや、自家製だ」

　つまり販売ルートを追跡できない。

「酸の量は」

　クーパーは肩をすくめた。「この濃度だと、二リットルってところか。多くて三リットル」

　サックスが咳をした。喉が裂けるような苦しげな咳だった。またティッシュをさりげなく口もとに当てた。すばやく確かめる。今回も一瞬むっとしたような表情をしただけで、ティッシュをジーンズのポケットに押しこんだ。そして酸素を吸ってから言った。「クレーンの知識があるってことよね。カウンターウェイトをいくつ落とせばクレーンを不安定にできるか、計算式を知ってたってこと。現場監督から教えてもらったの。モーメントっていうものがあって――」

ライムは言った。「モーメントは力と距離の積に等しい。単位はニュートンメートル」

セリットーがうなずきながら言った。「犯人は大学で工学を専攻したってことだな。一覧表に書いておこう」

「そうとはかぎらない」ライムは冷ややかに言った。「一覧表に書くなら、〝高校の理科の時間に居眠りをしなかった〟だろう。そんな公式、誰でも知っている」

ロン・セリットーはうんざり顔で天井を見上げた。「いや、誰でもってのは言いすぎだろう……ただ、一つ確実にわかることがある」

ライムとサックスはそろってセリットーを見た。

「体を鍛えてるってことだよ。クレーンのてっぺんまで登ったんだから」

「エレベーターはないのか」

「ない」サックスが答えた。「はしごで登るの」現場監督がセリットーに渡した図に近づいた。転倒前のクレーンを横から見た図だ。サックスはその図のあちこちを指でさしながら続けた。「未詳はここで旋回室に入った。旋回装置があるところね。そこから別のはしごでてっぺんまで登って、また別のはしごを下りると、後ろ側のジブに出られる」

平らな通路が後部に延びているのがライムにも確認できた。突き当たりに高さ一メートルほどの柵があり、その向こうにカウンターウェイトのトロリーが見えている。そこまでは手すりとケーブルが設置されていて、作業員は転落防止のフックを接続しておけるが、柵を越えてカウンターウェイトのある場所まで行くには、地上七十メートルにある細いレールを綱渡りのように歩く――またはこう――しかない。

それだけのリスクを引き受け、労力をかけたのだ。よほどこのクレーンを転倒させたかったと見える。

ライムは少し前に言ったのと同じことを繰り返した。「酸の出所を突き止めなくては」

サックスが言った。「クイーンズの鑑識本部に頼んでおく」

「三二パーセント以上の濃度で販売している業者を探せと伝えてくれ。薄めることはできても、濃度を上げるほうは無理だ。相当な時間と手間がかかる」

サックスは鑑識本部に電話をかけ、何度か大きく息を吸いこんでから、相手と話し始めた。メル・クーパーはサックスと証拠採取技術者が集めてきた証拠の検査と分析を続行した。結果を大きな声で伝えてきたが、どれも期待はずれだった。未詳がクレーンタワーの土台に近づくのにたどったと思われる経路の土壌サンプルは、いずれも建設現場各所のサンプルと一致していた。この場合は、一致しないほうが望ましい。一致しなければ、未詳が残したものである可能性が高くなり、それがほかにない特徴を有していて、しかも由来を特定できれば、未詳の住まいや隠れ家を突き止められるかもしれないからだ。

電話を終えたサックスが尋ねた。「防犯カメラの映像はどう？　何かあった？」

ライムは鼻を鳴らした。「まるきりない。いまいましいことに、どのカメラも下を――地上を向いている」

防犯カメラは泥棒の姿をとらえるために設置されている。上空で建設機械に破壊工作中の軽業師《かるわざし》を記録することではなく。

ライムは壁のデジタル時計を確かめた。次のクレーン転倒まで、残り二十二時間。

ボードの一つにニューヨーク市の五行政区の市街図が貼ってある。建設許可を出す部署が、現在タワークレーンを使っている現場のリストが送られてきていた。トムがそれを見ながら地図上に赤いX印をつけた。

このうちのどれが次のターゲットになる？

セリットーにメッセージが届いた。携帯電話の画面を確かめる。「くそ。市長だ。捜査の進捗を知らせろとさ」

「きみはずっと話を聞いていただろうに、ロン。未詳は酸を使ったと判明したが、その出所は見当もつかない。未詳は指紋や靴跡をはじめいっさいの微細証拠物件を残していない。人種も年齢も体格もわからない――脚力があって、バランス感覚に優れているということ以外、何一つわからない」

「だな。市長にそのまま伝えよう。それでしばらくは時間が稼げる」セリットーはまた別のメッセージに目を通した。「事故じゃなくて事件だと報じられたら、目撃証言が出てくるかと期待したんだが、名乗り出た者はいない」

　予想どおりだ。

「ところで、ロナルドはどうした」ライムはいらいらと訊いた。「あいつの手が必要だ。殺人事件の現場がまだ終わらないのか？　どれだけ時間が懸かっているんだ」

　そう言いながらも、常日ごろ自分が生徒に言っていることを意識していた——「捜索すべきものが何一つなくなるまで時間をかけろ。一時間、十時間、七十二時間。必要なだけ時間をかけろ」

「単純な殺人じゃなさそうだとわかったんだ。どでかい事件を引き当てたんだよ。エディ・タールと結びついた」

　ほほう。それは興味深い。ダブリン生まれの元生産管理エンジニア、エディ・タールは、その並外れたスキルを創意工夫あふれる装置の設計と製造に生かし、同じように創意工夫あふれる人々が設計し建設した建造物をいくつも吹き飛ばしてきた。数十の地域で指名手配されているが、タール本人はアメリカ北西部のどこか電気さえ来ていないような土地で暮らしていると言われている。そのタールがニューヨークに来ているとすれば、仕事のためか。それとも報酬をじきじきに受け取るためか。

「もうじき来るだろうが、その前にタールの件で一つ二つ確かめたいことがあると言っていた」

　ライムとサックスは目配せを交わした。二人が仕込んだ弟子に巡ってきた幸運をサックスも喜んでいるとわかる。

　ライムの電話が鳴った。ライル・スペンサーからだ。スペンサーは、テロ組織〈コムナルカ・プロジェクト〉と彼らの要求に関してＦＢＩと連携して調べを進めている。

「ライルか」

「リンカーン？　クレーン事件に関して報告があります。コムナルカ・プロジェクトについては何も情報が見当たりません。海軍犯罪捜査局《NCIS》や国土安全保障省、ＦＢＩに照会しましたが、何一つ出てこない。コムナルカの名称が含まれる通信が傍受されていないか、ＣＩＡと国家安全保障省《NSA》にも問い合わせましたが、何もありません。ゼロです。ロシア担当さえ聞いたことがないそうです。

　しかし、いまどきはいいソフトウェアやウェブサイトがありましてね。学生の期末レポートに剽窃《ひょうせつ》がないか、

ＣｈａｔＧＰＴみたいな生成ＡＩに代筆させていないかを点検するのに大学の教授が使うやつです。市長に届いた声明文を食わせてみたら、数年前の文書が一致しました。コムナルカ・プロジェクトは、アフォーダブル住宅建設を提唱するブログの投稿を一語一句そのまま引き写したんですよ。元の投稿主は、政治的抗議行動と公共物破壊行為で逮捕歴がありました」

すばらしい着眼点だ。となると、次に問うべきことは――「その投稿主を捜し出せるか」だ。

「ええ、楽勝です」スペンサーは愉快そうに答えた。

「スティーヴン・コーディですから」

「マジか」セリットーがぼそりと言った。

「そのコーディというのは、どこのどいつだ」ライムはいらだちを隠さなかった。

しばしの間《ま》があった。信じがたい思いで、とっさに言葉が出なかったのだろう。「下院議員のスティーヴン・コーディですよ」

スポーツと同様、政治もライムには無縁のものだ――事件の解決に重要な役割を果たさないかぎり。そういうことはめったにない。「初めて聞く名前だ」

「本当ですか。おたくの選挙区の議員なのに？　コーディの事務所はそのタウンハウスのすぐ近くですよ」

＊　＊　＊

アンバー・アンドルーズが正午のビジネスニュースをお伝えいたします。ニューヨークのアッパー・イーストサイド地区で発生した建設クレーン転倒事件に関し、テロ組織から犯行声明が出されたことを受けて、株価の急落が続いています。このあともテロ攻撃が予告されていることから、デベロッパーによる商業施設および住宅の建設工事の中断の発表が相次ぎ、不動産価格の暴落も予想されています。犯行声明を出したコムナルカ・プロジェクトはニューヨーク市に対し、アフォーダブル住宅の供給を増やし、今朝クレーン転倒事件が発生した八九丁目の現場のような高級高層アパートの建設許可を減らすよう要求しています。ニューヨーク市警と各連邦捜査機関が連携して捜査を行なっています。ニューヨーク市では、クレーンのある建設現場に近づかないよう、注意を呼びかけています。

12

彼は舞台袖にいた。

体重百十キロの大男。

その大男は分厚い胸の前で腕を組み、同じ質問を何度も繰り返し自分に向けていた――いまこの目が見ているあの人物は、果たして人殺しなのか。

ライル・スペンサーは、ステージから聞こえてくる言葉にじっと耳を澄ましている。討論会は十数メートル先で行なわれていて、いま立っているところから見えないわけではないが、あえてモニター越しに見ていた。そのほうが表情の変化を観察しやすい。ライル・スペンサーは好んで相手を観察する。顔の表情や首の角度。腕を組んでいるのか体の脇に下ろしているのか、手を握っているのか開いているのか。脚は落ち着きなく動いていないか、爪先は床を叩いていないか。

爪先がせわしなく床を叩いているのを見ると、うれしくなる。

今回の観察対象は、キネシクス分析――ボディランゲージの観察と分析――がなかなか難しそうだった。議論を交わしている二人はいずれも政治家なのだ。真実はつねに言葉の煙幕に隠されているだろう。

スペンサーはモニターに顔を近づけた。討論を繰り広げているのは男性と女性で、女性のほうがいま最終弁論を行なっている。スペンサーは女性には関心を向けなかった。討論の相手、観客席から見てステージの右側にいる男性の観察を続けた。男性は背が高く、元フットボール選手の経歴（スペンサーは綿密な予習を欠かさない）にふさわしい屈強な体格をしている。黒っぽいスラックスに青いシャツを着て、袖をまくり上げていた。ネクタイは締めていない。黒い豊かな髪が少し乱れているのは、きっとわざとだろう。イメージ戦略に長けているようだ。

たしかに、まじめで思慮深く見える。

では、人殺しだろうか。

ありそうにないが、それでも、ありえないことではない。ニューヨーク州北部の警察にいたころ、おばあちゃんや幼稚園の先生を殺人の罪で逮捕したことがある。許しがたいことに、司祭も。みな一見したところは善男善女の鑑《かがみ》だった。殺人とはとうてい結びつかない人々。深掘りして初めて、疑念が芽生える。目を合わせようとしないのを見て。それに、そう、爪先がせわしなく床を叩いているのを見て。

言葉の格闘技たる討論会は、マンハッタンのアッパー・イーストサイドにある堂々とした舞台芸術センターで行なわれていた。ステージ上には、マンハッタンからブロンクスにまたがる選挙区の下院議員候補二名。現職のスティーヴン・コーディ――ライムが名前さえ知らなかった政治家――と、対立候補のマリー・ウィットマン・レパートだ。五十代のレパートはマンハッタンの女性実業家だという。

コーディがメモを取った。

殺人者か。殺人者ではないのか。

さて……

例の司祭は犠牲者をいたぶり、殺害したあと、二階に上がり、詩的で、人を鼓舞するような説教を書いた。汝の隣人を愛せよというテーマの説教を。なかなか感動的な説教だった。

女性候補が弁論を締めくくり、拍手が沸き起こった。スペンサーは女性候補のことをほとんど知らなかった。

進行役を務めている白髪に赤いワンピースを着た公共放送のアナウンサーが言った。「ではコーディ議員、最終弁論をお願いします」

「ありがとう、マーガレット。そして会場を提供してくださった92Ｙの運営局のみなさんにもお礼を申し上げます」コーディはここで間を置いた。芝居がかった間だった。「今日のこのイベントは、討論会のはずでした。私にとって討論会はギブ・アンド・テークを意味します。互いに対立する立場から議論を闘わせる、そういう場が討論会です。ところが、私の耳に届いたのは、批判、批判、そして批判でした。私の討論相手は、私の政策に問題があることを指摘しているにすぎないと言い張りました。では彼女は、私の政策が解決しようとしている脅威や不正に取り組む姿勢を示したでしょうか。答えはノーです」

コーディはもう一方の演壇のほうを向いた。熱意に輝く目が画面に大写しになった。「あなたは気候変動への対策プランを批判するばかりで、代案を示そうとしませんでした。私が根拠となるデータを示して説明したように、専門家の分析によれば、今世紀末までにニューヨーク市の半分は海中に没してしまうというのに――」

相手方の女性は自分を抑えきれなくなったようだった。

「あなたが提案した予算捻出《ねんしゅつ》案は現実とかけ離れて――」

「ミズ・レパート。いまはコーディ議員の最終弁論の時間です」

「私は移民がアメリカ市民権を取得する道を提案しましたが、あなたはそれについてもあら探しをするばかりで、あなたや私の先祖と同じように母国での弾圧を逃れ、家族のために新たなチャンスを探してこの国に渡ってきた何百万人もの勤勉な人々に、あなたならどう手を差し伸べるかについては、一言も触れずじまいでした。卒業後に社会に貢献できる就労プログラムへの参加を条件に、コミュニティカレッジや四年制大学の学費を無料とする、または負担を軽減するという私の政策にも、あなたは疑義を唱えました。拡大する一方の所得格差をどう解消していくか、あなたは何一つ提案しませんでしたが、私は三つの基本的な税制を改革することで――」

「中流階級の税負担を高くしようというわけですね」

「ミズ・レパート。少し黙っていられませんか」

「彼女は、自分はテキサス州で長く連邦検事を務め、犯罪組織のメンバーを次々に刑務所に送ってきたとさかんに喧伝《けんでん》しています。その業績は私も認めますよ。社会に多大な貢献をされてきた。しかしせっかくのそのキャリアは、いま私たちが直面している問題に生かされているでしょうか。彼女は、軽微な薬物犯罪の初犯者まで刑務所行きにすれば――」

「お時間です、コーディ議員」

「事実上、その人々の将来を閉ざすことになります。さて――」

「コーディ議員」

「私の政策について、今日の討論会ではざっくりとしたお話しかできませんでしたが、公式サイトですべて詳しく説明しています。私の政策はあらゆる市民を支援するものです。バスの運転手から惣菜《そうざい》店の販売員、看護師、企業で働く人々まで。みなさんのご支持を得て再選されたあかつきには、政策を一つ残らず実現するためにたゆまぬ努力を続けていくことを誓います。ご静聴ありがとうございました」

拍手が起きた。相手方の最終弁論後に起きた拍手よりいくらか大きいようだったが、スペンサーにはそう思えたというだけのことだ。聴衆の大半はすでに、このあとどこでお茶や酒を飲もうかと考えていることだろう。

討論を終えた二人は司会者と握手を交わした。舞台袖に先に戻ってきたのはマリー・レパートで、すぐ横を通りすぎたが、スペンサーがいるのを見ても何ら反応を示さず、すぐに若い女性アシスタントと話し始めた。アシスタントは、レパートの討論のできばえをおべっかで褒めちぎった。スペンサーの見たところ、レパートはその追従《ついしょう》ぶりを不愉快に思ったようだった。あのアシスタントはまもなくお払い箱になるだろう。

コーディは司会者と二言三言交わしたあと、漆黒に囲まれた薄暗い舞台袖に引き上げてきた。身長百八十センチを優に越えるスペンサーに負けない上背があるが、体重は二十キロほど少なそうだ。聴衆の視線から解放されたいま、政敵二人は自制心を取り払って口角泡を飛ばすのだろうか。

そうはならなかった。

「やられたわ」レパートは苦笑まじりに眉根を寄せた。「法案三一七に関するあなたのつっこみ。まったく予習できていなかったから」

「そうだったね。もしきみの予習が万端だったら、こちらがやりこめられていただろう。一か八か、論争をしかけてみた。ところでエミリーはもうよくなったのかい？」

「ええ、おかげさまで。お気遣いありがとう」レパートは顔をしかめた。「でも、今シーズンの残りの試合は全滅」

「それはデッドボールより痛いな」

「その分、ほかのスケジュールを詰めこみ始めてる――つまり、私の予定もぎっしりってこと。娘専属の送迎ドライバーだから」アシスタントが化粧落としを差し出したが、レパートは受け取らなかった。鏡をちらりとのぞき、プロのメイクをそのままにしておくことにしたようだ。コーチのバックパックからダイヤモンドのネックレスと指輪を取り出し、それぞれ首と指に着けた。討論会を前に高価なアクセサリーをはずし、ブラウスのボタンは喉もとまできっちり留めておいたらしいが、ボタンのほうはいま、一番上をはずした。

イメージ戦略ではこちらも負けていないようだ。

政治家二人の会話は、カクテルパーティで交わされるような、心にもないお世辞のやりとりへと変わった。

やがてレパートが快活な調子で「じゃ、火曜の朝一番の討論会でまた」

「またか。勘弁してもらいたいよ」レパートの後ろ姿を見送りながら、コーディがつぶやいた。

それからスペンサーのほうを向いた。コーディはメーク落としを受け取り、顔を拭い始めた。「マリーと私とどちらを待っているのかなと思っていた。勝者は私のようだね。さて、きみはどこの人かな」

スペンサーは市警のバッジを掲げてみせた。

コーディはまくってあった袖を下ろしてジャケットを着た。レパートが出ていったほうに顎をしゃくる。「討論の終わりに、彼女は〝ありがとう〟と言っていたか？」

「注意して聞いていませんでした」

「私もさ。彼女は礼を言わなかったと思うが、私は言った。公の場で話すとき、聴衆に感謝するものではない。こちらが〝話をしてやっている〟立場なのだから。礼を言うのは聴衆のほうなんだよ。ついついそれを忘れてしまう」コーディは苦い顔をした。「舞い上がってしまうんだ」

「司会者には二人ともお礼を言っていましたよ」

「司会者には感謝を述べなくてはいけない。仕切りが悪かろうとな」

「接戦のようですね」

「世論調査では私がリードしているが、選挙は終わるまで何が起きるかわからないとよく言うだろう。マリーは勢いに乗り始めている。熱心な支持者がいる。彼女は極貧から成功を収めた人間じゃない。中流から出発して富裕層の仲間入りをした。犯罪組織のちんぴらどもを刑務所に放りこんだのは事実だ。いや、そんな話はどうでもいいな。用件を聞こうか、刑事さん」

「弁論術を研究してらっしゃるんですか」

「研究というほどではないよ。弁論クラブ出身だ。模擬裁判とか」

「討論会というのは、年に何度くらいあるものですか」

「十数回といったところかな」

「クレーンが転倒した事件はご存知ですね」

「もちろん知っているさ。おそろしいことだ。現場近くに知り合いの検事が居合わせた。そいつの管内でね。何者かが故意に転倒させたと聞いているが。破壊活動だと」

「おっしゃるとおりです」

「国内テロかね」

スペンサーはうなずいた。

コーディが言った。「右派か？　ネオナチ？　それとも人種差別主義者か。その手のグループは数多《あまた》ある。しかし、左派にだって何かと悪さをしがちな連中がいることを世間は忘れがちだ。一九二〇年には、ウォール街のＪ・Ｐ・モルガン銀行前で荷馬車が爆発する事件が起きて、三十八人の死者が出た。無政府主義グループの犯行が疑われた」

「今回の犯人の要求は、アフォーダブル住宅です」

コーディの携帯電話にメッセージが届いた。目を通し、短い返事を送る。それから顔を上げた。「住宅問題か」

スペンサーは続けた。「あなたが取り組んでいらっしゃる問題の一つですね。ウェブサイトを拝見しました」

「住宅は喫緊《きっきん》の課題だよ。犯人はどこのどいつだ？」

「コムナルカ・プロジェクトを名乗るグループです。旧ソ連が推進した住宅計画にちなんで」

「聞いたことがないな」

スペンサーはコーディの目を、手や脚の動きを観察した。キネシクス分析の極意は、あらかじめベースラインを把握することにある。真実と判明している内容を話しているときの表情やしぐさをひととおり把握し、犯罪に関連する質問に答えるときのそれと比較するのだ。スペンサーが最初にコーディの弁論の実績を尋ねたのは、そのためだった。その質問に対する答えは予習ずみだ。いまはどの質問でベースラインから逸脱するかを探っている。

「結成されたばかりか、これまでは表に出てこなかったかのどちらかと思われます。我々のほうにも情報がありません。しかも何か言ってくるときは、かならずダークウェブ経由です」

「クレーンを倒した動機は」

「脅迫です。数十の古ビルを公営住宅に転換せよと市を脅してきました」

「脅迫に応じなかったら？　またクレーンを倒すのか」

「はい」

「病んでいるな」それからコーディは何度かうなずいた。「そういうことか。刑事さん、本題に入ろうじゃないか。きみが来た理由に見当がついたよ。私は過去に住宅危機の解決を求める運動をしていた。逮捕歴もある。それくらいはとっくに知っているんだろうがね。ただ、容疑は住宅問題とは関係ないよ。環境保護活動で逮捕されたんだ」

「都市開発局と、州北部の河川を汚染したとされる民間企業に対する破壊行為。ブルックリンの貯油施設建設現場のゲートに、ご自分の体を鎖でくくりつけた」

「どれもちょっと調べればすぐにわかる事実だ。私の公式サイトにも書いてある。ちなみに、憲法は犯罪者が公職に立候補することを禁じていない」コーディは肩を揺らして笑った。「いちいち禁じるまでもない常識だという者もいるだろうね。つまり市警は、今回の事件に私が関与していると疑っているわけか。といっても、見るかぎり、いますぐ手錠を取り出す予定はなさそうだが」

「過去三回分のスピーチの書き起こしを読みました。アフォーダブル住宅には一度たりとも触れていませんね」

「まるで〝コムナルカ主義者〟と距離を置こうとしているように、か」

「ええ、そういう印象を受けました」スペンサーはそう言って続けた。「アフォーダブル住宅建設を要求する犯行声明で、犯人グループはあなたのブログへの投稿を引用しました」

「ああ、なるほど」

「〝ニューヨーク周辺で最大の土地所有者はニューヨーク市だ。およそ三十五平方キロメートルの土地を所有しているが、不届きなことに、アフォーダブル住宅に信心《dev》された《outed》例はほとんどない〟」

「〝信心された〟？　〝活用された《devoted》〟ではなく？　私の投稿をちゃんと読んだのか、疑問だね」

「〝it's〟や〝obscene〟の綴りも間違っていました」

コーディが訊いた。「よく引用だとわかったな」

「不正検出《チーティング》サイトを使いました」

コーディが眉間に皺を寄せた。「〈アシュリー・マディソン〉みたいな？　不倫《チーティング》専用出会いサイト？」

スペンサーは思わず笑った。「カンニング《チーティング》発見サイトです。大学教授が学生のレポートをアップロードすると、過去に発表された論文なんかをソフトウェアが検索して、剽窃がないかチェックする。あとは生成ＡＩに代筆させていないかとか」

コーディはうなずいた。「一度、スピーチ原稿をＣｈａｔＧＰＴに書かせてみたことがある。悪くない仕上がりだった」

黒スーツ姿の陰気な大男が舞台袖に現れた。「お邪魔して申し訳ありません。そろそろアライアンスとの会合に向かいませんと」

「すぐに行くよ」メークはほぼ落ちていた。コーディは鏡をのぞき、水を含ませたペーパータオルで名残を拭った。「刑事さん、一つ訊いてもいいかな。自分の過去の投稿を脅迫文に引用する——？　さすがに愚かとしか言いようがないのでは」

スペンサーは肩をすくめた。「アフォーダブル住宅を求める団体と連絡があったりは？　公式サイトの政策ページを見るかぎりでは、協調関係にあるのではと思いましたが」

「犯人グループの情報がないか、問い合わせてみようか」

「お願いできますか」

「もちろんだ」

スペンサーは名刺を渡した。コーディはそれをポケットにしまった。

それから言った。「きみ、今日は何時ごろ来た？」

「二十五分か三十分くらい前です」

「とすると、年収五万ドル以下の世帯にアフォーダブル住宅を保障する連邦法が必要だと訴えた部分は、聞き逃したわけだね」

そうだったか。

「私はその問題を避けているわけではないんだ、刑事さん。取り組むべき問題は多すぎ、そのための時間は少なすぎる。それだけのことだよ」

13

「ファランクスの到来だ。気をつけろ」

ロナルド・プラスキーはわずかに首をかしげた。

ロン・セリットーは説明する代わりに指を差した。ハトの群れ——セリットーの言う〝ファランクス〟とはそれだろう——が、猛スピードでこちらに向かってくるのが見えた。世間知らずの――あるいは〝考えなしの〟――観光客が、近くで鳥の餌を地面にまいていた。

セリットーとプラスキーは市警本部庁舎前の広場で待ち合わせ、これからマギーの店に向かうところだ。マギーの店は昔ながらのニューヨーク・スタイルのダイナーで、市警の警察官たちの行きつけだ。

「〝ファランクス〟ってどういう意味です？」セリットーと並んで歩道を歩きながら、プラスキーは尋ねた。

「ギリシャ語で〝しこたま〟って意味だ」

「クイズ番組に出ることがあったら、役に立つかもしれませんね」

「このところな、レイチェルと雑学《トリヴィア》ゲームに凝ってるんだよ。対戦するんだ。そういうバーがある。やったことあるか」

「ありません」

セリットーはマギーの店のドアを開けた。「頭の活性化に役立つ。ビールを飲むまでの話だがな。飲んだとたん、不活性化する」

二人はボックス席を選んだ。セリットーは茶色い皺くちゃのレインコートを脱いだ。その下は茶色い皺くちゃのスーツだ。

殺害された証券会社のトレーダー、フレッチャー・ダルトンが着ていた、完璧にプレスされた高級スーツがプラスキーの頭に浮かんだ。

そのダルトンを殺したアイルランド出身の爆弾屋は、いまどこにいるのか。

ニュージャージー州には赤い車がし、こ、た、まある……

ベージュの制服を着たウェイトレスが近づいてきた。

「ロンとロンね（ロナルドの愛称はロン（Ron））。若いほうのロンに年上《オールダー》のロン。〝年上《オールド》〟って言いましたからね、ロン。年寄りじゃなくて」

「優しいね、タリー」

いつ見てもコーヒーポットで武装したタリーは、問答無用で二人分のカップにコーヒーを注いだ。コーヒーを断るような客がマギーの店に来ることはない。

「お食事は？」

年上のロンはマフィンを、若いほうのロンはグリルドチーズ・サンドイッチを頼んだ。

「雑学ゲームの話ですけど。ファランクスの本当の意味は何です？」

「さあな、知らんよ。それにしても」セリットーは片手を上げた。「タールの手がかりを見つけるとは、大金星だ。合同捜査チームは大喜《オーヴァー・ザ・ムーン》びだよ。ところで、これもさっぱりわからんな。〝月を飛び越えて《オーヴァー・ザ・ムーン》〟がどうして〝大喜び〟って意味になる？」

　巨大なコーンマフィンが運ばれてきた。いつだったかセリットーがこんなことを言っていたのをプラスキーは思い出した――ブルーベリーには糖分がたっぷり含まれているが、コーンには含まれていないから、コーンマフィンはブルーベリーマフィンほど健康に悪くない。そのあたりのことに詳しくないプラスキーには、反論も同意もできなかった。だが、反論や同意の必要があるだろうか。誰だってコーンマフィンは大好きだ。

　ほどなくサンドイッチも運ばれてきた。チーズをたっぷり使ってある。プラスキーは一口食べた。

　セリットーが訊いた。「で、なんでわかった？　タールの件だよ。きっかけが何だったか、まだ聞いていなかった」

　プラスキーは、紺色の繊維とＤＡＳカメラの映像の話をした。

「へえ、それはまた」セリットーは声を立てて笑った。

　プラスキーは眉をひそめた。「即席爆弾に関する通信傍受記録とか、市内で起きた爆弾事件とか、ちゃんとチェックしてるんですけど。ここ一月《ひとつき》、脅威レベルはずっと変わっていないんですよね」

「通信傍受記録？　おまえ、セキュリティ・クリアランスを持ってるってことか」

「はい」

「いつから」

「えーと」プラスキーは特大のサンドイッチをまた一口咀嚼《そしゃく》してから答えた。「六カ月、いや八カ月前かな。審査がまた面倒くさくて。何から何まで調べるんです。友達や家族関係の調査。ポリグラフ検査。しまいにはヤンキースのファンかどうかまで確認されるんじゃないかと心配になりました。本当はファンじゃないってばれるんじゃないか、そのせいで不許可になるんじゃないかって」

　セリットーは笑った。

　なんだか妙だとプラスキーは思った。セリットーにじっと観察されているような気がする。やけにまじまじと見てくる。表情の一つひとつまで観察されているかのようだった。不愉快とは言わないが、その一歩手前ではある。

プラスキーはタールの話題に戻った。「タールの顧客と疑われてる輩《やから》をひととおり調べました。例の民兵組織も含まれていましたよ。ほら、本拠がウェストチェスターにあるグループです。反知事を掲げてる。タールはそのグループに雇われたのかな」

セリットーは話に集中した。「その線はどうかな。報酬を支払えるとは思えん。タールはおそろしく高いって話だ」

「たしかに、ちょっと無理そうですね。彼らは庶民的なショッピングセンターで、タールは高級百貨店ってところだ」プラスキーは肩をすくめた。「スパニッシュ・ハーレムで縄張り争いが起きそうだって噂もあります。M－42とジャマイカ系の組織のあいだで」

「それも違うな。ギャング連中は銃専門だ。爆弾は使わない」

プラスキーはしばし思案した。「そう言われてみれば。ATFに問い合わせました。傍受した通信をチェックしてくれてます。それらしい情報はなかなか見つからないかもしれませんが。タールほどの大物になると、用心深いですからね」

政府によるデータ監視が強化された結果、知恵の回る悪党どもは、連絡や報酬の授受には、手書きの手紙を送ったり、じかに面会したりするようになっている。ウサーマ・ビン・ラーディンはそのやり方で十年以上も寿命を稼いだ。電信送金に暗号通貨、現金でさえもいまや時代遅れだ――追跡が容易すぎる。報酬の支払いはダイヤモンドや金塊が好まれるようになっていた。

「そんなわけで」プラスキーは言った。「赤い車が駐まっていた場所で採取した微細証拠を端からつぶすつもりです。あと、現場周辺の聞き込みももう一度やってみます」

サンドイッチに戻る。グリルドチーズ・サンドイッチの欠点は、四口目には一口目ほどうまいと感じられなくなり、そこからはひたすら下り坂であるところだ。味に変化がなさすぎる。

コーヒーのお代わりが注がれた。ニューヨーク一《いち》うまいコーヒーという評判はだてではない。

セリットーはコーヒーを一口飲んで言った。「あちち。熱いぞ。気をつけろ」

それから真顔で訊いた。「なあロナルド、おまえが現場にいるところをタールや誰かに見られたってことはないか。両方の現場だ——殺人の現場と、赤い車をとらえたカメラがあった店」

「見られていないとは言いきれません。だけど、事件が起きたのは二日前ですよ。今日、タールが現場に舞い戻る理由なんかないでしょう？」

もちろん、仮にタールが現場の倉庫を見張っていれば、捜査担当の警察官を突き止めるのは不可能ではないだろう。

「まあそうだが、念のために背後に用心しろよ。ところで」セリットーは話題を変えた。「クレーンの事件だ。リンカーンとアメリアがおまえの手を借りたいと言っている」

「なんとか両立させます。このあと、リンカーンの家に行きますよ」

〝このあと〟と言ったのはわざとだ。そう言えば、この〝昼めし〟は口実で、別に何か話があるとわかっていること、早いところ本題を切り出してほしいことがセリットーに伝わるだろう。

セリットーも敏感に察し、マフィンがまだ残っている皿を脇へ押しやった。珍しい。ロン・セリットーの世界では、食べ物、なかでもペストリー類は、かならず完食すべきものなのだから。セリットーの目が、突然、落ち着きを失った。

「さてと。実は話しておきたいことがあってな……世の中、何が起きるかわからないだろう」

プラスキーはうなずいた。セリットーの無意味に等しいコメントに同意を表明するためではなく、話の先を促すためだ。

「どんなことにもいつか終わりが来る」この見解もまた、重々しい口調で発せられた。

これもまたつかみどころがなかった。

いったい何が言いたい？　プラスキーはふいに不安に駆られた。セリットーが離婚するという話でないのは確かだ。レイチェルとは結婚していないのだから。別れるというならありうるが、それにしたってそんな相談を受けるほど、プラスキーとセリットーは親しい間柄ではない。

ほかには何が考えられる？　退職するとか？　いや、想像さえできない。警備員をしているセリットー。釣りをするセリットー。公園でローンボウリングに興じるセリットー。ありえない！

「うちの科学捜査ラボは、国内ではＦＢＩに次ぐ規模だ。知ってるな？」

「はい」

「ただ、うちには秘密兵器がある。うちが特別なのは、リンカーンがいるからだ。あいつが優秀だからってだけじゃない。違う。肝心なのは、あいつが一匹狼だってことだ。市警内部の権力争いとも、中傷合戦とも、駆け引きとも無縁だ。あいつは捜査の指揮を執り、証拠を分析して、結果に基づいて法廷で証言する。ほかのことにはいっさい関知しない」

プラスキーの心臓の鼓動が急に速くなった。

どんなことにもいつか終わりが来る……

「それを……あー、何て呼んだらいいかな。そのスタイルを、か？　そのスタイルを俺たちは維持していかなくちゃならない」

「どういうことです？」

爆弾屋タールを捕まえなくてはならないし、クレーンの死者が増えるのを食い止めなくてはならない。だが、いまはそれより何より、セリットーが何を言わんとしているのか——プラスキーが恐れているとおりのことを伝えようとしているのか——一刻も早く知りたかった。

プラスキーの目に不安を読み取ったのだろう。セリットーが言った。「いまから訊くことは、単なる質問だ。俺が何か知ってるってわけじゃない。いいな？　もし……もしリンカーンに何かあった場合、引き継ぐ気はあるか？」

「何か知ってるんですね」

「いやいや、何も知らんよ。本当だ。これは仮定の話にすぎない」

「リンカーンの具合が悪いとかじゃないんですね」

「ないさ。言ってるだろう——俺は何も聞いてない。いまリンカーンがやってることをこれからも続けていけそうかどうか、それを確かめたいだけだ。今後のことをお偉方が気にし始めてる。おまえの実績はチェックした。勤務評定も、手柄も」

ますし。数年前の」

プラスキーは口ごもった。「だけど……あの件もあり

「それも知ってる」

プラスキーはその件についてそれ以上何も言わなかった。

ロナルド・プラスキーが一日に一度は思い出すあの件。

セリットーはセールストークじみた話を再開した。

「おまえはリンカーンと同じように考えるし、リンカーンと同じように行動する」小さな笑い声。「だが、おまえは威張り屋じゃない」

ニューヨーク市警の特定の輩を念頭に置いている可能性もないわけではない——が、リンカーン・ライムと比較していることは間違いないだろう。ライムはときに威張り屋になる。

「リンカーンは民間人です。僕は辞めたくない」

「当然だ、おまえを辞めさせようって話じゃない。給料も福利厚生も全部いままでどおりだよ。ただ——何て言ったらいい？　自由裁量かな。市警とは別個に活動する。いまのリンカーンみたいに。階級もそのままだ」セリットーは眉を寄せた。「刑事にも昇格できる。試験勉強の時間さえひねり出せればな」

「試験を受けようって気はあるんですけど」ずっと刑事になりたいと思ってはいるが、勉強の時間をなかなか取れずにいた。

「これまでの実績や何かはどれも無駄にならない」

タリーが来て、コーヒーポットを掲げてみせた。セリットーは首を振った。プラスキーも断った。タリーは水面を跳ねる小石のように次のテーブルに移っていった。

少し間があって、セリットーが言った。「あいつの——リンカーンの知らないところで進んでる話だと思ってるよな。そうじゃない。言い出しっぺはリンカーン本人なんだ」

「リンカーンが？」ささやくような声で訊き返す。「でも、アメリアは？」

短い間。「アメリアも知ってる。全員で話し合った」

「アメリアが引き継ぐのが筋でしょう？」

「向いてない。グリッド捜索は万全にこなす。それは確かだし、銃撃戦や高速のカーチェースのときはぜひとも味方にほしい。だが、俺たちが探してるのは頭を使うのが得意な人間だ。地下鉄駅、紺色の繊維、ＤＡＳのカメ

ラ映像、赤いセダン。よし、俺の話はここまでだ《アイ・セッド・マイ・ピース》」セリットーは眉間に皺を寄せた。「このピースは〝持ち分《piece》〟か。それとも〝安心《peace》〟か？」

「どっちかな」

「気になるか」

　プラスキーは肩をすくめた。「いいえ全然。テロリストが出した犯行声明にその語句があって、綴りが容疑者逮捕の決め手になるというなら、気にしますけどね」

　セリットーは大きな笑みを浮かべた。マフィンを食べ残すのと同じくらい、珍しいことだった。

　それから手を上げて会計を頼み、二人分の支払いを済ませた。

　店を出たところで、プラスキーは空を見上げた。密集《ファラ》隊形《シクス》であれ、ほかの隊形であれ、鳥の大群は見えない。ハトが何羽かとカモメが一羽。それだけだ。

　そうやって少し考えてから、プラスキーは振り返った。「リンカーンに何かあったらなんて、考えたくもありませんよ、セリットー警部補。だけど、万が一何かあったり、リンカーンが引退したりするようなことがあったら、僕が喜んで引き継ぎます」

　すると、何年も前に知り合って以来、初めてのことが起きた。セリットーが熊みたいに大きな手を差し出してプラスキーの手を握ったのだ。二人は堅い握手を交わした。

「今日から〝ロン〟と呼んでいいぞ」

14

天高くそびえ立つそれを見て、彼女は思った。似たものを見たことがある気がするけど――何だろう？

　何年も前。子供のころに見た何か。

　クレーンは、ぱっと見の印象では映画『トランスフォーマー』シリーズの金属生命体にも似ている。だが、それではない。彼女はさほど映画好きではなかった。何か別のものだ。

　高さ地上七十メートルのクレーンの横桁に下がった大きなアメリカ国旗が風にはためき、ばたばたと音を立てている。

　彼女は眉をひそめた。横桁そのものが左右に揺れ動いてはいないか。

動いている。

なかなか興味深い。

今日は絶え間なく吹いている弱い風に対して巨大な横桁がつねに平行になるよう、タワー全体が風見鶏のようにゆっくりと回転している。誰かが動かしているのではなさそうだ。タワーは根元で固定されているわけではないらしい。運転室は無人だ。入口に数人いるのは警備員だろう。市の指示を受けて、テロリストが捕まるまで市内のすべての建設現場が閉鎖されている。

新たなターゲットはこのクレーンだったりするだろうか。予告されている次の期限はたしか明日の午前十時だ。

また上空を見上げる。

何に似ているのだろう。

喉まで出ているのに、どうしても思い出せない。

レンタルしたバンからたったいま下ろしたばかりの荷物に目を移した。上蓋のない箱が半ダース。入っているのは、密閉容器やキャニスター、ガラス瓶、さらに小さな各種の容器だ。きっちり封をした箱も入っている。横に〈キッチンエイド・ブレッドメーカー・デラックス〉と書かれた重たい箱も一つ。荷物はすべてバンのすぐ脇の歩道に並んでいた。

見慣れた景色だ。ニューヨークに来ることはめったにないが、アパートやタウンハウスの前に引っ越しの荷物が積み上げられ、運送会社アライド・バン・ラインズやメイフラワーの作業員、引っ越しの手伝いに来る義兄弟や学生時代の友人を待っている風景を、市内の至るところで見かけた。

いまの住まいよりもっとよいところに移る者、運に恵まれず、下流に移らざるをえなくなった者。なかには市外に転居していく者もいるだろう。ニューヨークという街はときに人のはらわたを抜く。

シモーンは荷台から台車を引っ張り下ろした。台車はコンクリートの路面にぶつかって大きな音を立てた。台車の先端を車の下に差しこむような格好で置いて箱を載せ、キャンバスの固定ひもを使って台車の後部にくくりつけた。台車を押して七四四番地に向かう。ウェストサイドの片隅にあるこの閑散とした通りにあるほかの住宅と、見た目では区別がつかない。ここはかつて倉庫街だったが、いまは改装前のがらんとしたロフトが並んでいる。七四四番地の床面積はおよそ二百平方メートル。床は年季の入った美しいオークの無垢で、ちゃんと使えるトイレとシンクがあり、天井照明も備わっているが、それだけだ。

「やあ、お隣さん」

シモーンは振り返った。二十代後半くらいの男が隣家の玄関前の階段をゆっくりと下りてくるのが見えた。彫りの深い整った顔立ちをしている。豊かな髪は自信ありげにまっすぐ天を指していた。流行のスタイルだ。ジーンズを穿《は》き、Tシャツには何か文字が並んでいるようだが、何十回も洗濯されて薄れ、もはや読めなくなっていた。

「こんにちは」シモーンは微笑んだ。きみの笑顔は人をとりこにするねとよく言われる。男の背後の建物を見た。「不動産屋さんから、この通りのほかの家にはまだ誰も住んでいないって聞いたけれど」

「僕も越してきたばかりなんだ。きみのラッキーデーだね」口説《くど》こうというつもりではなさそうだ。気の利いたことを言おうとしているにすぎない。話し方から察するに、ニューイングランド地方の出身者だ。

男は右手を握り、また開いた。チームスポーツのために生まれてきたような体格だ。「今日が引っ越しか。わくわくするね」

「今日は荷物のほんの一部だけ。いまはマンハッタンの北のほうに住んでるの。本当の引っ越しは今度の週末」

男はさりげなくシモーンを観察した。後ろできっちりと三つ編みにした金髪、長い指（指輪はない）。体つきはほっそりとしているが、本人としてはお尻がちょっと大きすぎると思って自信をなくす日もある。男がいくらじろじろ見たところで――そうしたがっているのがありありとわかる――お尻以外の部分は見えないはずだ。カンザスシティ・ロイヤルズのロゴが入ったオーバーサイズ気味の紺色のスウェットシャツが、ウエストから首もとまでを隠している。男の視線は、シモーンのハート形の顔で落ち着いた。シモーンの趣味の一つは詩で、読むのも好きだが、自分でも書く。シモーンには、イギリス湖水地方あたりで活躍したエリザベス朝時代の女性文士に通じるような、慎み深い雰囲気がある。メアリー・シェリー、アナベラ・バイロン……そしてそう見えるのは、自己演出の結果だった。

スウェット姿であろうと、シモーンはまばゆいランプのように男の目を惹きつけた。いま目の前にいるこの一人のように、少し年下の男となればなおさらだ。人は誰でも、目には見えないが明確な境界線を引いて自分が快適でいられる他人との距離を保っているものだが、男はシモーンの境界線のぎりぎりまで近づいていた。

男はシモーンがバンを駐めた建物を見上げた。「やっぱり現状渡し？」

「ええ、空っぽよ。たとえば……」シモーンのなかの詩人は、ぴったりの比喩を思いつかずに言いよどんだ。

「十月のシェイスタジアムみたいに？」

スポーツのたとえか。大リーグのスウェットを着ているのだから、当然と言えば当然だ。

男は熱意あるツアーガイドに変身した。「すぐそこの角に中華料理店がある。悪くない店だよ。とりたててうまくもないけどね。その隣にデリが一軒。中東料理だ。ほかにインド料理店も二軒ある」

シモーンは目に期待を浮かべた。「インド料理は大好き。前につきあってた人がニューデリー生まれでね。彼、料理がすごく上手だったの」

性的指向がはっきりして、男はうれしそうな顔をした。それにボーイフレンドへの言及は過去形だったから、それも喜ぶ一因になっただろう。

「このへんのスポーツクラブはどう？」シモーンは尋ねた。

「いかにもトレーニングしていそうだものな、きみは」男は言い、それを口実にシモーンの全身を眺め回した。「うん、なかなかいいよ……いや、スポーツクラブの話だけど」

シモーンはそのぎこちない口説き文句に反応しなかった。男が続けた。「内装工事はいつから？」

「いま見積もりを取ってるところ。あなたのほうは？」

「三週間か四週間後。荷物を運ぶの手伝うよ」

「いえ、大丈夫。ほんとに」

男はいかめしい表情をした。「いや、ここは譲れないな」

「あなたは何なの？　弁護士さんとか？」

「株のトレーダー」

シモーンは眉をひそめた。「株を売るときも強引なの？」

「それが仕事だから。株屋はね、ノーと言われたくらいじゃあきらめないんだ」

「じゃあ、お願いする。でも、気をつけて運んでね」

男は台車を代わって押し、階段を一段一段上《のぼ》った――言われたとおり、慎重に。シモーンはほかの箱を抱えてあとに続いた。上りきったところで玄関の鍵を開け、ドアを大きく開いた。男を先に通しておいて自分もなかに入る。

「自分でパンを焼くの？」男が大きな箱のほうに顎をしゃくった。

「趣味なの」

「パン作りが趣味の魅力的な隣人か。大当たりだな！」男は室内を見回した。ペンキが浮いた壁、すすけた天井、錆ついた金属柱。「かなり手を入れる必要がありそうだね」それから床の上の緑に変色した一角を指さした。

「カビだ。気をつけて」

「業者を頼んである。真っ先に電話したわ」

「家具の配置が目に見えるな。ベッドは絶対にあそこだ」部屋の隅を指さした。

「そうね、それがいいかも」

男がシモーンに下心ありげな視線を向けた。

戸締まりをして、二人はバンのところに戻った。

「事件のニュースは見た？」クレーンを見上げて、男が訊いた。

そうだった。クレーン。何に似ているのだろう。

「見た。怖いわよね。テロリストの犯行？」

「バカたれの犯行だよ」

シモーンはしかめ面をした。「仮にあれが倒れるとして、こっちに来ると思う？」

男はクレーンをしげしげと見た。「それはなさそうだね。でも、次は明日の朝って予告されてるらしいよ」

「知ってる。十時よね」

「ほかにも何か企んでるのかもしれないよ」男はクレーンを見上げ、すばやく計算をめぐらせた。「よかったら、一緒に避難しないか。その、明日は一日ニューヨークから離れるとか。BMWに乗ってるんだ。M8。コンバーチブルでね。いい車だよ」男の目は誇らしげにきらめいた。

シモーンはその健闘をたたえるように微笑んだ。「またの機会に取っておく」

「わかった」

　シモーンは言った。「ビールでもいかが？」

　男は驚いたように目をしばたたいた。

「いいね」

　バーに行くのだと男は思っただろう。しかしシモーンはバンのリア側に回り、荷台に上った。男も続いて薄暗いスペースに乗りこんできた。二人とも腰をかがめていた。運転席の後ろにクーラーボックスがあり、バンジーコードで固定されている。そこから瓶ビールを取って男に差し出した。

「理想の女性だな。好みまでぴったり合うなんて」

　二人は蓋をねじ切り、ビールに口をつけた。

　男は一息に半分ほど流しこんだ。願ってもないことだった。ほんの数秒で薬が効果を発揮した。ビールが荷台の床にごとんと落ちた。男は床に転がって何度か体をひくつかせたあと、動かなくなった。シモーンはラテックスの手袋をはめ、瓶を拾ってごみ袋に入れ、こぼれたビールをペーパータオルで拭った。封は切ったがまだ飲んでいなかった自分の瓶とペーパータオルもごみ袋に入れた。

　仕事中は飲まない主義だった。

　バンから下りた。男に薬を盛る前に、近くに人がいないことは確かめてあった。あいかわらず通りは無人だ。

　あれだ、思い出した——シモーンは小さく微笑んだ。

　答えがわかった。

　カマキリ。

　クレーンはカマキリに似ているのだ。ある夏、実家の裏のポーチの手すりにカマキリが止まっていた。ほとんど動かずにいたが、アリの群れが、アリにしかわからない何らかの目的を持ってそばを通りすぎた瞬間だけ、ほんのわずか揺れるように動いた。

　バンのドアを閉め、運転席側に回って乗りこんだ。腕時計を確かめる。軽薄な隣人をどこかに遺棄し、バンを跡形もなく燃やしてしまわなくてはならない。いますぐ動き出さないと、約束に遅れてしまいそうだ。

タイムリミットまで：21 時間

15

　爆薬、ガソリン、毒物、火薬は指紋と似ている。同一のものは二つとないのだ。事件現場で検出される試料はすべて、製造者あるいは販売者、小売店までは無理でも卸売業者を特定できるような特徴を持つ。そういった場所で、犯人を指し示す決め手が見つかることも少なくなく……

　ライムが書いた証拠分析の教本の一節だ。微細証拠の化学組成を調べれば販売元が判明することがあると説明し、その一例としてガソリンを挙げた。

　ガソリンの組成は、約5パーセントがアルカン、3パーセントがアルケン、25パーセントがイソアルカン、4パーセントがシクロアルケン、20から50パーセントが芳香族炭化水素類である。ほかに種々の添加物（添加剤）――アンチノック剤、抗酸化剤、金属不活性化剤、鉛除去剤、アッパーシリンダー潤滑剤、洗浄剤、染料など――が加えられており、市販のガソリンには文字どおり無数の物質が含まれている。

　同一のものは二つとない《ユニーク》……

　未詳八九号が市内のクレーンを転倒させるのに使っている物質は〝ユニーク〟ではなかった。

　フッ化水素酸には水素とフッ化物が含まれている。希釈すれば、水が加わる。添加物はない。

　販売元の絞りこみに使える特質があるとすれば、濃度だ。

　だが、それも成果につながりそうにないとわかった。クーパーとサックスがクイーンズの鑑識本部の手も借りて情報を集めたところ、未詳八九号が使ったような高濃度のフッ化水素酸を販売している業者は、隣接三州だけで十八社あると判明した。

　サックスはまたも咳払いをし、酸素タンクをちらりと見たものの、吸うのはやめたらしい。ライムはサックスの様子を注意深く観察していた。少し前にみなに説明したとおり、フッ化水素酸を肺から吸いこんだ場合、皮膚に触れたときより短時間で症状が現れる。だからといって、酸の残留物が気管支の細い管や、それよりさらに細い細気管支を時間をかけてむしばむおそれがないとは言いきれない。

「サックス？　レントゲンは撮ったのか」

「いいえ」

当然だ。現場でX線検査はしないだろう……だが、ライムの質問の真意はそれではなかった。いまからでも緊急で病院に行き、検査を受けたほうがいいのではと言いたかった。

サックスは携帯電話に視線を戻した。

「販売業者がまた二つ」クーパーがガラスの仕切り壁の向こうから言った。業者の名前と所在地を読み上げ、サックスが美しい筆跡で〝殺人ボード〟に書き留めた。

十九、二十……

調べ甲斐があるというものだな――ライムは心のなかで最大の皮肉をこめてつぶやいた。

それから考えた。たとえ販売元を突き止められたとしても、犯人は身元を隠し、現金で支払うくらいの用心はしただろう。

まもなく三十七社まで増えたところで、ようやく打ち止めとなった。

ライムは言った。「これほど広く流通しているとは知らなかったよ」

ラボのクリーンエリア側で、クーパーは捜査機関にとってもっとも信頼度の高い情報ソース――グーグル――の検索結果に目を走らせた。「産業用品マーケットで一番急速に伸びてる製品の一つだそうだ」フッ化水素酸の需要は年に十パーセントほど伸びており、売上額はまもなく十億ドルを突破すると見込まれているらしい。「思ったより用途が広いんだな。エッチング、クリーニング、ガソリン精製、テフロン製造。フルオキセチン――抗鬱《こううつ》剤のプロザックだね――の製造にも使われる。あんたも気分が落ちこむことはあるかい、リンカーン？」

「時間がない」

「落ちこんでる時間が？」

「業界団体がフッ化水素酸を賛美するかのようなきみの長話を聞いている時間はない」

犯行に使われたフッ化水素酸の販売ルートを特定するのは、通りに落ちていた未登録のスミス&ウェッソンを売った人間を突き止めるのと同じように不可能だということだ。

ライムは一覧表に目を走らせた。ア《A》ルバート工業製品からジ《Z》ーグラー化学薬品まで……

無理だ。

そのとき、ライムの携帯電話にライル・スペンサーから着信があった。

「リンカーン？」

「何かわかったか。私も詳しく知っているべきなのに何一つ知らない政治家について」

スペンサーの短い笑い声が聞こえた。「コーディ下院議員は事件とは無関係のようです。コムナルカ・プロジェクトは、コーディが何年も前に書いたブログ記事を掘り出して、そこから引用しただけらしい。議員のボディランゲージも、今回の事件に驚いていることを示していました」

目撃証人の証言や犯罪者プロファイリングとは違って、専門家が行なうキネシクス分析はそれなりに信頼できるとライムも認めている。カリフォルニア州捜査局の捜査官キャサリン・ダンスの仕事ぶりを見る機会が何度かあり、被尋問者の信頼度を見きわめるスキルとしてキネシクス分析の信頼度は高いとさすがのライムも納得したのだ。

スティーヴン・コーディ下院議員は、参考人リストから除外していいだろう。

スペンサーが続けた。「アフォーダブル住宅推進活動をしている団体が暴力に訴えたという事例は聞いたことがないそうです。ただ、活動家の知り合いは何人かいて、連絡をつけてもらえることになりました」

「そうか」ライムはぼそりと言った。これも行き止まり《デッド・エンド》か。まだ死《デッド》んではいないかもしれないが、虫の息であるのは確かだろう。

ライムは通話を終え、サックスがスペンサーの結論を一覧表に書きこんだ。そのとき、サックスに宛てて電話がかかってきた。「サックス刑事です……ええ、そうです……」

ライムの視線は窓の外へとさまよった。ここから見えるだけでも、イーストサイドの上空にクレーンが三つそびえている。いずれも動いていない。その静けさが不気味に思えた。

サックスは携帯電話をポケットにしまい、酸素を吸入した。「ダウンタウンに行ってくる。建設現場で何か目撃したかもしれない人が見つかった。その人に事情聴取できることになった」また酸素を深々と吸い、黒い革ジャケットを着て玄関ホールに出た。一瞬の空白のあと、サックスは居間に戻ってくると、誰にも何も言わず、目も合わせないまま、酸素タンクを持って急ぎ足で出ていった。まもなく、サックスの車のエンジンがかかる野太い音が聞こえた。そのしわがれたような音は、フッ化水素酸を吸って以降のサックスの声を連想させた。

車の音が遠ざかるのと入れ違いに、ライムの携帯電話が鳴った。セリットーからだ。

「ロンか」

「驚くなよ、リンカーン。たったいま連絡があってな」

「またクレーンの転倒か？」

脅迫状にあった期限は明日だが、恐喝犯や誘拐犯が状況を見て方針を変えるのはよくあることだ。

「違うんだ。アンディ・ギリガンだよ。死んだ。撃たれて」

ライムとメル・クーパーは目を見交わした。

「詳細は」

「プロのやり口だな。胸に二発《ダブル・タップ》、顔にもう一発。現場はローワー・イーストサイドの空き地」

「そんなところでいったい何をしていた？」

「さあな。直属の上司も知らないそうだ。目撃者はいない。初動の制服警官の報告によれば、財布と現金と車のキーはそのまま残ってた。レクサスの新車のキーで、車もその場に駐まったままだ」

「ギリガンの担当事件は」

「ギャングがらみの軽犯罪。貨物の強奪事件。運送用コンテナの行方不明事件。あとは、俺たちも関わってる捜査だ――都市整備建設局の文書が盗まれた事件」

「プラスキーはどこだ？」

「ちょうどいまそっちに向かってる」

「ギリガンが見つかった現場の番地をメールで送ってもらえないか。プラスキーにも頼む」

「了解。おっとそうだ、リンカーン。あの件な、ロナルドに話しておいたよ。引き継ぐと言ってる」

「そうか、一安心だな」

ライムはいったん切り、次に音声コマンドでプラスキーに電話をかけた。

呼び出し音一つでプラスキーは出た。「リンカーン。いまちょうどそっちに――」

「捜索を頼みたい現場ができた。ロンから番地が届くはずだ」

「クレーンの事件ですか」

「いや、アンディ・ギリガンだ。プロの犯行らしい」

プラスキーは一瞬黙りこんだ。「いくらなんでもタイミングがよすぎませんか……」

「何が?」

「都市整備建設局の窃盗事件――市内のインフラ関連の文書が盗まれた件です。ギリガンを殺《や》ったのは未詳八九号かもしれませんよ。クレーンに細工するのに、都市整備建設局の文書を手に入れようとしたのかもしれない。それで、ギリガンが何か手がかりを見つけて、それを八九号に感づかれて消された。どう思います?」

「確かめる方法は一つだ」

「現場の捜索ですね」

「収穫があったら知らせろ」

16

「立ち止まらないでください」

こんなの楽勝だ。

警備員と変わらない。いや、もっと簡単だろう。

誰も盗もうなんて考えないものの警護。

最寄り署に所属する二十八歳のパトロール警官デニス・チャンは、八九丁目のクレーン転倒現場の警備に配置された制服警官の一人だ。

青い制服にウールのジャケットを着た、痩せ形で引き締まった体つきをしたチャンは、建設現場北側に張られた規制線の手前で張り番についている。クレーンはこちら側に向かって転倒し、現場を囲む仮設の塀とブルドーザー二台、平台型トラック二台、建材を載せた無数のパレットを押しつぶした。あらゆるものの上に石膏《せっこう》やコンクリートの塵がうっすらと積もっていた。

今回の任務は簡単であるとはいえ、手を抜くわけにはいかない。盗もうという気を起こさせるものは何一つないのは事実だが、それは泥棒が持ち去りそうな金目の資材は現場の反対側、メインの出入口の近くで保管されているからだ。たとえば石膏ボードをくすねようと思えば、こちら側でも一枚や二枚は見つけられる。ただし、ホームセンターで二十ドル出せば手に入るものを盗んで逮捕されたら、それこそ割に合わないというものだろう。

「立ち止まらないで先に進んでください」

目を光らせなくてはならないのは、つい二十年前には存在しなかったもの——自撮り行為だ。

チャン自身はSNSに関心がなかったが、惨事の現場を背景にした自撮り写真がどうやら人気を集めているらしい。それも現場に近づけば近づくほど受けるようだ。警察の黄色いテープなど誰も気にしていない。〈立入禁止〉の黒い文字は、〝立入歓迎　セルフィー撮り放題〟と読み替えられている。

そんなわけで、ここでのチャンの任務は、窃盗を未然に防ぐことではない。市民の健康を守ることだった。事件で使われた酸の中和はほぼ完了している——ニューヨーク市消防本部がクレーンのカウンターウェイトやカウンタージブに大量の薬品を噴霧した。しかし、残骸やら瓦礫《がれき》やら梁やらはまだ不安定に積み上がっているし、化学薬品もこぼれたままになっている。救急車で運ばれる原因になりそうな危険がそこらじゅうにあるのだ。

そんな場所で、猫も杓子《しゃくし》も自撮りしようとするなんて……。

数年前からチャンが不安に感じ始めていた問題を、いやでも意識せずにいられない。人々が撮りまくる写真が招きかねない事態を。

これまでにチャンは、当番中におそらく二百から三百枚の写真に写りこんでいるだろう。一緒に写真を撮ってくれと頼まれることもある。もちろん断ってはいるが、たまたま背景に写ってしまうことまでは防げない。チャンは市警の犯罪防止班に同行することが多かった。犯罪防止班が相手にするのはタフな犯罪者ばかりだ。その全員が、とは言わないが、パソコンやネットに詳しい者だってたくさんいるだろう。他人のフェイスブックやツイッターをチェックして回り、背景に警察官が写りこんだ写真を顔認識ソフトウェアに取りこんで、氏名や住所を割り出すような者がいないともかぎらない。

心配しすぎだろうか。

だが、テクノロジーの発達はめざましい。できないことはなさそうに思えた。

「はい、そこの人、立ち止まらないで」

二人組の若者がテープの上に身を乗り出して鉄筋の写真を撮っていた。クレーンのてっぺんから——地上二百メートルから落ちてきた作業員が着地した鉄筋だ。十代と見える若者は、どちらも富裕層の育ちと見えた。ウェストチェスターあたりから来たのだろうか。それともコネチカット州か。憲法修正第一条の言論の自由を振りかざして抵抗してくれれば、いっそ好都合なのに。

そうしたら、不法侵入の容疑で身柄を押さえられる。

残念ながら、二人は携帯電話をしまって立ち去った。

チャンはまた建設現場内に視線を走らせた。

妻からメッセージが届いた。義父母が夕飯に来ることになったから、仕事帰りにデザートを買ってきてほしいという。それくらいお安いご用だ。

チャンは携帯電話をポケットにしまった。

そのとき、黄色い規制線の内側で何かが動くのが見えた。かなり奥に入った位置——壊れたクレーンの土台のそばだ。クレーンのマストの根元から十メートルほどの高さまでは無傷だが、そこから上は、転倒の衝撃で折れ曲がり、割れていた。

チャンは目をこらした。

あれか。人影が見える。南から北へ——メインの出入口がある側から、作業員がブローランプやダイヤモンドブレードの電動のこぎりを使って転倒したクレーンを分解している方角へと向かっている。

ちくしょうめ。

少し前にも見かけた輩だった。

ホームレスの男。三十分ほど前、チャンの目の前を通り過ぎていった男だ。

くたびれた帽子をかぶっている。フランスの革命家やアフガンの戦士がかぶるような帽子で、茶色とオレンジの縞模様になっている。薄汚れてかぎ裂きだらけの茶色のコートは分厚く、今日みたいに寒い日でもさすがに暑そうだ。だぶだぶした染みだらけのズボンに、左右ふぞろいの靴。顔は垢にまみれ、爪の先も黒く汚れていて、手指の清潔にこだわるチャンは思わず顔をしかめた。

いったいどこからもぐりこんだ？

ただふらりと入ったのだろう。透明人間のようなものだから。

　ホームレスはみな透明人間だ。

　それにしても、見るに忍びない。年齢は五十代なかば、垢の下の皮膚は血色が悪い。病気なのかもしれない。天涯孤独か、家族とは疎遠になっているのか。

　何にせよ、不法侵入は不法侵入だ。ふだんなら、署に連行するどころか、警告を与えることさえ考えもしないだろう。だが今日は、この建設現場から追い出さなければあのホームレス当人の命が危険にさらされる。建設途中の建物の床にカウンターウェイトが開けた穴は、オレンジ色の警告のテープで囲われているだけだった。フェンスを立てたりはしていない――チャンならきっと用心のためフェンスで囲っただろう。うっかり足をすべらせでもしたら、十メートル下のコンクリート床に叩きつけられることになるのだから。

　しかも、鉄筋は地下にも突き出している。

「ちょっと！　そこの人！」

　男とは十五から二十メートルほど離れている。鋼鉄の梁を切断する電動のこの音がやかましくて、おそらくこちらの声は届いていない。

　えい、くそ。不安定なマストに危険なほど近づいていた観光客二人に向け、立てた人差し指を振ってみせたあと、チャンはテープの下をくぐり、とぼとぼ歩いていくホームレスのあとを追って瓦礫のあいだを縫うように歩きだした。

　もう一度声をかけた。今回は、甲高いのこぎりの音がタイミングよく一瞬やんだ。

　男が振り返り、動きを止めた。

　チャンは手を大きく振り、通りに出ろと合図したが、男はその場に突っ立ったままぼんやりとこちらを見返している。きっと酔っ払いだろう。

　男に動く様子がないのを見て、チャンはしかたなくそちらに近づこうとした。途中で転倒したクレーンの構造物の下をくぐらなくてはならなかった。頑丈そうだが、それぞれ何トンもありそうだ。崩れたりはしないだろうが、いざ本当に崩れればぺしゃんこにされるだろう。危険という意味では、いますぐ崩れそうな見た目をしているものと何も変わらない。

　腰をかがめてくぐるあいだ、チャンはホームレスの男から目を離さざるをえなかった。向こう側に出て体を起こし、最後に男が見えたあたりに目を走らせた。

いない。

いや、待て。あそこだ。男はまだ通りに出ていなかった。クレーンの運転室が落下したあたりにいる。

ちくしょうめ。

俺が脚でも折ってみろ、おまえは留置場行きだからな……

男は振り返ってこちらを一瞥したあと、ふたたび北の方角に歩きだした。

そのとき、チャンは男の様子がさっきと変わっていることに気づいた。少し前に見たときは、テイクアウト用の青と白のコーヒーカップを持って小銭をせがんで回っていた。そのカップはいまも左手に握っているが、右手には何かぴかぴか光る金属の物体がある。目当てはそれだったのか？　近道のつもりで現場を突っ切ろうとしているのだろうと思ったが、どうやらそうではなさそうだ。あの男は金目のものを探して入りこんだのだ。死んだ運転士の持ち物を見つけたとか？　もしそうなら不法侵入に窃盗の容疑も追加してやる。

惨事が起きた現場でごみあさりとは。卑しいにもほどがある。

ホームレスの男は、チャンが近づいて来るのに気づいて足を速めた。意外なほど機敏な動きだった。数分後、つぶれたフェンスの隙間をすり抜けた。

チャンはあとを追ったが、まもなく速度をゆるめた。足もとの瓦礫の下に危険が隠れていないともかぎらない。ようやく通りに出たとき、ホームレスの姿はすでに消えていた。

そのあとに青いカップだけが残されていた。フェンスをすり抜けた拍子に落としたのだろう。

これが犯罪らしい犯罪だったら、チャンは迷わず手袋をはめてカップを拾い、鑑識班の到着を待って引き渡していただろう。

だが、いくらホームレスの男に腹が立っても、これを事件にするつもりはなかった。

カップを拾い、なかの小銭を取り出して——あとでロナルド・マクドナルド・ハウスかどこかの慈善団体に寄付しよう——瓦礫を引き取りに来ているごみ収集車にカップを放りこんだ。

そして思った。さっきのホームレスは、カップに集めた小銭を忘れるほど値打ちのありそうなものを見つけたのだろうか。いったい何を？

　チャンは持ち場に急ぎ足で戻った。十代の少女の四人組が黄色いテープの内側に入りこんでいた。だいぶ奥のほうで――なんとも嘆かわしいことに――ダンス動画を撮影中だった。ＴｉｋＴｏｋにでも投稿するのだろう。動画を撮影している携帯電話は、手近で見つかった三脚に固定してある――巨大クレーンのマストの重みでつぶれ、小さな立方体に姿を変えた、移動式トイレの上に。

タイムリミットまで：20時間

17

　ロン・プラスキーは車を駐めた。すぐそこに多様な緊急車両が集まり、白や青や赤の光がにぎやかに閃いている。

　パトロール警官の制服の青。

　血の赤。

　死体の白。

　感傷はしまっておけよと自分を叱りつけた。車を降り、銃のホルスターをベルトに留めて、アンディ・ギリガンが殺害された現場にひとわたり視線を巡らせた。

　十数台の緊急車両、二十数名の警察官や救急隊員。

　さてと、ロカール先生。どんな微細証拠があるか、見てみましょう。

　方角を把握しようとして、通りを封鎖しているパトロールカーの向こうに何気なく目をやった。南北に走る通りをはさんだ向かい側に、セダンが一台駐まっていた。

臙脂《えんじ》色の車のウィンドウはスモークガラスで、運転手の顔はよく見えない。ほかの車と同じく、何の騒ぎかと一時停止して見物しているだけだろうか。

　しかし、プラスキーがその車を注視したとたん、セダンは猛スピードで走り去った。

　怪しいな……

　クイーンズの鑑識本部から来た証拠採取技術者二人に「すぐ戻ります」と断り、鑑識のバンのすぐ横を通り抜けて現場に近づいた。

　黄色いテープで封鎖された空き地の前の通りに、ロン・セリットーから捜査の指揮を指示された刑事がいた。近隣の商店への聞き込みを制服警官二人に指示しているところだ。アル・サンチェス刑事と仕事をするのはこれが初めてだったが、プラスキーもその名前は知っていた。市警本部の殺人課の重鎮の一人であるサンチェスはずんぐりした体つきをして、ふさふさの髪にはウェーブがかかっている。セリットーが現場近くの署の刑事ではなく、本部のベテラン刑事を選んだ理由はおそらく、被害者が市警の刑事だからだろう。

　プラスキーはサンチェスに歩み寄って自己紹介した。

　サンチェスが言った。「ああ、ロンから聞いている。きみが現場の捜索を担当すると。ふだんリンカーン・ライムと仕事をしているとか」

「そうです」

「ぜひ一度会ってみたいね。よし、概要を説明しておこう」二人は黄色いテープをくぐり、金網のフェンスに設けられたゲートを抜けた。すぐそこに遺体が横たわっていた。サンチェスがちっと舌を鳴らした。「プロの仕事だよ。計三発。二発は胸、もう一発は顔」肩をすくめた。「しかし、こんなところで何をしていたんだろうな。何の捜査をしていたのかさえ不明なんだ」

「ギャングがらみの微罪の捜査です。でも、メインは都《D》市《S》整備建《E》設局の事件でしょう」

「DSE?」

「市の都市整備建設局です。図面や見取り図、地図、建築許可証、検査予定なんかの書類が盗まれた事件」

「そんなものを盗んで何をする?」サンチェスは当惑の表情を浮かべた。盗まれたものは金でもダイヤモンドでも企業秘密でもないと聞かされた誰もが見せる表情。

「見当もつきません」

「容疑者は挙がっているのか」

「まだです。ただ……」

ギリガン殺害が糸口になって容疑者が浮上しないともかぎらない。

サンチェスは嘲《あざけ》るように鼻を鳴らした。「大量の書類を盗んでおいて、その捜査担当に三発撃ちこむ？　悪のきわみだな」

プラスキーは現場周辺を見回した。「それにしても、警察官を襲うには妙な場所ですよね。ふつうは路上でしょう。そもそもどうやってギリガンに接近したんだろう」

プラスキーはライムから教えこまれていた――現場は一つだけという事件はない。


殺人事件を例に挙げれば、死体は車輪のハブである。犯人はかならずそこへ行き、そこから逃走したはずだ。車輪のスポーク、つまり犯人がたどった道筋は、殺人が実行された中心と同じように重要な意味を持つ。

死体は、ブルドーザーで地ならしがされた空き地のほぼ中央に横たわっている。空き地に隣接する土地には、古アパートの基礎の跡らしき大きな穴が口を開けていた。この界隈は、古い時代に建てられた安アパートだらけだった。プラスキーがあらかじめ確めたところでは、この空き地に新しい建物が造られる予定はなかった。建設許可が最後に申請されたのは一九七九年。しかもその建設計画は書類不備を理由として宙ぶらりんになったまま、現在に至っている。

犯人は、ゲートからこの空き地に入ってギリガンに近づいたのかもしれないし、空き地の向こう側に六棟ほど並んだ建物のどれかから現れた可能性もある。あるいは、一ブロック先を東西に走る道路に通じている路地から来たのかもしれない。空き地全体が金網のフェンスで囲われてはいるが、高さは百八十センチ程度だ。よほど運動不足の殺人者でないかぎり、難なく乗り越えられただろう。

「あれがギリガンの車ですか」

歩道際に停まった白いレクサス。

「そうだ」

「監察医はもう――？」

「ああ、検案は終わっている。捜索を始めてもらってかまわないよ」

「聞き込みは」

「六名を充《あ》てている」

「銃声を聞いたという通報は？」

「一件もなかった」

珍しいことではない。たいがいの場合、通報してくるのは、銃声が届く範囲に居合わせた人々のなかでも一握りだ。相手は銃で武装しているとわかりきっているのだ、わざわざ危険を冒して通報する市民は少ない。

「ショットスポッターの通知もなかった」

これは奇妙だった。ニューヨーク市警が導入している銃声検知システム〈ショットスポッター〉は、銃声が発生したおおよその地点を三角法で割り出す。発砲した人物が動いていたかどうか――場合によってはどちらの方向に動いていたかまで――判定できる。このシステムはマンハッタン全域で稼働しているが、その精度は街区によってばらつきがある。

プラスキーは自分を叱咤した。動け。急げ。

証拠採取技術者に歩み寄った。二人とも若い男性で、髪は短かった。男性の証拠採取技術者が好むスタイルだ。短くしておけば、現場に自分の頭髪が落ちる確率は低くなると思うのだろう。

一人はプラスキーと捜索に当たれることを喜んでいるようだった。目を輝かせている――あのきらめきは、もしかして憧れだろうか。

おそらくそうだろう。プラスキーはリンカーン・ライムと仕事をしているのだから。

ライムの弟子が、自分たちの捜索を指揮するのだ。

弟子というだけではない。プラスキーはライムの後継者に指名された。

それを思い出したとたん、胃袋がひっくり返りそうになった。

プラスキーはその件を頭の隅に押しのけて二人にうなずいた。「始めましょうか」

「はい」

「僕は車と遺体を担当しますから、フェンスまでのルートをお願いします。フェンスも徹底的に調べてください。あそこのビル二棟も。一階から現場全体が見えそうだから」ギリガンの動向をうかがうのにもってこいの場所だ。

そこで何をしていたにせよ。

二人は宇宙服のようなジャンプスーツで全身を覆うと、さっそく仕事にかかった。プラスキーもジャンプスーツを着た。遺体のほうに歩きだしたところで、サンチェスの声が聞こえた。「おっと、まいったな」

サンチェスは、すぐそこにちょうど停まった艶やかな黒いセダンを顎で指した。後部に乗っていた人物が降りてきた。五十代後半で、体にぴたりと合ったチャコールグレーのスーツを着ている。髪は銀色だ。細長く厳めしい顔。事件現場にさっと視線を走らせたあと、マスコミのほうをうかがった。記者やカメラマンが五、六人、現場から少し離れて張られたテープの際に集まっている。

サンチェスが言った。「エヴェレット・バーディック。警視だ。本部のエリートコースを邁進《まいしん》している。知っているか」

「いいえ」

「みな〝アンカー・アンバー〟と呼んでいるよ」

プラスキーは小さく笑った。警察官は相手が上官であろうと不敬な言動を平気でするものだ。アンバー・アンドルーズというのは、全国ネット系列のローカル局で人気のニュースキャスターで、ニュースを伝えている時間よりも自分語りのほうが長いことで有名だった。つまりバーディック警視は、目立ちたがりということだ――必要もないのに記者会見を開き、手入れで押収した現金の束や麻薬の袋をこれ見よがしに並べてみせるタイプ。

サンチェスが付け加えた。「エゴと才能って話さ。その二つは――何と言えばいい？――共存できない個性ではない。悪い警察官というわけじゃない。現場でも有能だったし、本部でも能力を発揮している。それを世の中の全員に知らせなくては気がすまないというだけで」

バーディックはまっすぐサンチェスに近づき、プラスキーには目もくれなかった。

無視されたって別にかまわない。プラスキーにはやるべき仕事がある。ゲートを抜け、そこから遺体までの道筋に小型掃除機をかけて微細証拠を集めた。次に遺体を調べた。着衣の表面についた微細証拠を採集し、爪の下に入りこんだものを掻き出し、毛髪を一本採取し、弾丸を探した。弾丸はまだ体内にとどまっていた。あとで解剖医が摘出してクイーンズの弾道学ラボに送るだろう。巨大なデザートイーグル50、あるいは超小型の17HMR

が使われたような場合は別として、銃創を見ても、弾の口径はまず推測できない。ほとんどの拳銃の口径は九ミリ、三八〇、または三八で——要するに、基本的にどれも同じなのだ。今回の事件で使われた弾もそのいずれかだろうが、それを使う銃は数千種類に上る。つまり、銃のメーカーやモデルの推測は、試みるだけ時間の無駄だ。

ただ、弾丸の射出口がない点は興味深かった。狙いが正確であるところを見ると、発砲したとき犯人は被害者のすぐ近くにいたはずだ。近距離から放たれた弾は、頭蓋骨は無理としても、胸腔ならば貫通して反対側に抜ける。ところが今回は貫通していなかった。犯人はおそらくサイレンサーを使ったのだろう。サイレンサーは、銃声だけでなく弾丸の速度も抑える。そう考えれば、銃声が聞こえたという通報もショットスポッターの通知もなかったことにも説明がつく。映画で描かれるのとは違って、サイレンサーはさほどありふれた品物ではない。強盗犯や並みの泥棒にはまず手に入らない。犯罪組織やプロの殺し屋であれば、話は変わってくる。

そう考えると、サンチェスの推理はおそらく当たっている——犯人はおそらくプロの殺し屋だ。

薬莢は見当たらなかった。使われたのはリボルバーかもしれない。リボルバーは薬莢を排出しないし、シリンダーと銃身に隙間《ギャップ》はあるが、サイレンサーを使えばある程度まで銃声を抑えられる。一方、セミオートなら薬莢を排出したはずだ。とはいえ、プロはかならず薬莢を持ち去る。それでもプラスキーは、薬莢が落ちた痕跡を見つけた——発砲時に犯人が立っていた地点の右側、二メートルから二・五メートル離れた位置だ。その周辺の土壌サンプルを集めた。

ギリガン自身の銃、刑事がよく持っているグロック17は、腰のホルスターにいまもある。腰の反対側を見ると、予備のマガジンはなかった。ギリガンが現場に出ることはあまりなかったのだろう。予備のマガジンを一つは持っていなくては、ふつうなら怖くて現場には出られない。

プラスキーはスパイラルカット・ハム方式の捜索——プラスキー式の徹底捜索——を開始した。

靴跡は六つあったが、現場の地面の大半は踏み固められた粘土と砂利と草むらで、証拠として採取できたものは一つもなかった。

収集した証拠物件を鑑識のバンに預け、今度はレクサスの捜索に取りかかった。

　さてさて、きみはロカール先生と僕にどんな贈り物を隠してるのかな？

　どんな車にもありそうなものばかりだった。空のコーヒーカップ、ミネラルウォーターのボトル二つ、車検証や保険証。納車からまだ一月《ひとつき》しかたっていない。ドアのポケットやセンターコンソールに書類が押しこまれていた。車関連のものが大半だった。昨今は、有料道路の領収書が見つかることは少ない。そういった情報は捜査の役に立つが、わざわざ令状を取って、橋やトンネル、有料道路の管理当局から手に入れるしかなくなっている。

　レストランの領収書の束が見つかった。最近の日付のものも何枚かあるが、今朝のものはない。

　フロアカーペットや助手席、リアシートから土壌サンプルを収集し、ステアリングホイールやタッチスクリーン、スイッチ類や平面、左右両側のドアハンドルから潜在指紋を採取した。

　トランクにノートパソコンがあった。これも証拠品として押収した。

　最後にシートを調べた。シートの下はもちろん、シートの内部も。そこも調べて証拠を集めよと指導している指南書はなかった。さすがのリンカーン・ライムの教本にも書いていない。しかしプラスキーは、いかにも怪しげなチンピラの身体検査をして麻薬や武器を探すかのように、しなやかな革の隅々まで掌をすべらせた。

　おかげで見つけた――運転席側のリアシートの側面に入った切り込みの奥から。

　アンディ・ギリガンの殺害事件を、まったく思いがけない角度から照らすような証拠を。

18

　携帯電話を二台持ちする人は多い。携帯電話会社もご丁寧に割引プランを用意して利用者を取りこもうとする。しかしギリガンの二台目は、プリペイド式だった。

　プリペイド式と一目でわかるのは、ブランド名のおかげもあるが、型遅れのモデルだからだ。三年前のモデルではあるが新品同様で、傷も欠けもなかった。プリペイド式専門の携帯電話会社は、こういった型遅れの売れ残り品を大量に買い付け、多種多様な顧客に売りさばく。

資力の乏しい人、お金の使い方を勉強中のティーンエイジャー……それに殺人者や麻薬の売人にも。

プラスキーは、ギリガンの第二の携帯電話を証拠品袋に収めながら思案した──警察の人間がプリペイド式携帯電話を持つまっとうな理由がないわけではない。たとえば、情報屋や容疑者との連絡に私用の電話番号を伝えたくないこともあるだろう。ギリガンはおとり捜査を進めていたのかもしれない。

だが、なぜこれほど念入りに隠しておく必要があった？

盗難が心配だったなら、トランクやグローブボックスに入れておけばいい。

とすると、ギリガンは何らかの違法行為に関与しており、プリペイド式携帯電話はそのパートナー、ミスターXとの連絡に使っていたのかもしれない。

考えろ。プラスキーは自分の尻を叩いた。

ギリガンがここに来たのは、そのミスターXに会うためだったとか。そして待ち伏せしていたミスターXに殺されたのか？

順序立てて考えてみよう。ギリガンは犯人と向かい合った状態で撃たれている。これが通り魔的な犯行で、近づいてきたのが見知らぬ人間だったなら、ギリガンは少なくとも自分の銃を抜こうとしたはずだ。しかし死体の姿勢を見るかぎり、銃に手をやろうとした形跡すらなかった。

それならば、二人はパートナーで、何かの理由でこの空き地で落ち合ったと前提を変えてみよう。ほら、頭を使え！　推理しろ！

大胆に……

通りに出て、レクサスの前後の路面に目をこらした。新しいタイヤ痕はない。ミスターXは、空き地から少し離れた場所に自分の車を駐めたのだろう。

次にサンチェス刑事のところに行った。「知り合いだったようですね、ギリガンと犯人は」

「本当に？」

「はい、そう思います。犯人が車を駐めた場所を突き止めないと。レクサスの近くではなさそうなので、この通り全体を調べてみたいです。通行止めにしてもらえますか」

「了解。みんなに少し下がってもらおう」サンチェスは現場に集まっていた制服警官に声をかけ、指示を伝えた。

若い女性制服警官の一人がプラスキーに言った。「サー、全体にテープを張りますか」
サ、ー、だって？　どう見たって同世代なのに。
「はい、お願いします」

女性制服警官は金髪のポニーテールを大きく揺らして向きを変え、黄色いテープを一巻き取って作業を始めた。

証拠採取技術者二人がゲートに戻ってきた。

「何か見つかりましたか」プラスキーは訊いた。

何もなかったと二人は答えた。

その返事は、ギリガンと犯人は知り合いで、空き地のこちら側から一緒に入ったというプラスキーの仮説を裏づけていた。

プロの殺し屋の犯行以外の何ものでもないのかもしれない。ギリガンと犯人のあいだに接点は何一つなかったのだろう――一方がもう一方を殺したということ以外には。

鑑識のバンに戻り、未使用の証拠品袋を何枚か取った。

新しいタイヤ痕を捜そうとしたとき、サンチェスが近づいてきた。不満げな顔をしている。「だめだと言われたよ」

「誰が、何を？」

「バーディックだよ。捜索範囲を広げる必要はないと言っている。あとから範囲を広げるのは、何を捜していいか困った鑑識がやることだと」

プラスキーは眉を寄せた。「それ、どういう意味です？」

「さあな、言われたとおり伝えただけだ」

プラスキーは警視のほうを見た。その背後に記者たちが集まっていた。

密集隊形《ファランクス》……

黄色いテープを持った金髪の制服警官が助けを求めるようにプラスキーを見た。バーディック警視からやめろと言われたのだろう。

プラスキーは彼女に近づいてテープを受け取った。

「僕がやります」

「すみません……」

「いいんだ、気にしないで」

それからバーディックのほうを向いて言った。「みなさんにそこの交差点まで下がってもらわなくてはなりません。この通りを封鎖します」

　テープを武器のように掲げ、全員が移動するのを待った。

　記者の何人かは動きだしたが、バーディックが無用に大きな声でこう言った瞬間、立ち止まった。「巡査。いま説明しただろう。そんな必要はない」当惑したような表情は、利口な人間がさほど利口ではない相手と話すときのそれだ。「きみは考えが足りないね。そんなことをするなら、この地区全体を封鎖したほうがましだ」

　いつものように、プラスキーの心を迷いがよぎった――これは間違いだ、僕は間違いを犯そうとしている。

あの件もありますし。数年前の……

　次の瞬間、その考えを振り払った。

「発見した証拠に基づいて、この通りを封鎖する必要があります」

「証拠だって？」

　プラスキーはそれには答えなかった。「あの交差点から、そっちの交差点まで」

「馬鹿なことを言うな」

　バーディックは捜索範囲をあとから広げるのはどうのとまくし立ててはいるが、これは捜索範囲の話ではないのだ。自分が場を仕切っているように見えるかどうか、肝心なのはそれなのだろう。

アンバー・アンドルーズ……

　代わりにこう言いだしていたことも十分にありえる――「捜索範囲を十五センチ縮小せよ」。または、同じくらい意味のないことを。

　プラスキーは言った。「二人だけでお話しできませんか、警視」

　答えはノーのようだった。

　バーディックは一歩も動かず、内輪の言い争いに大喜びで聞き耳を立てている記者たちを意識してのことだろう、なおも大きな声で言った。「いいか、私はな、きみなどよりはるかに長いこと事件捜査に携わっているんだ。その私が捜索範囲を広げる必要はないと言っている」バーディックはあたりを見回し、通りの反対側に建つ、すでに誰も住んでいない古アパートを指さした。その一棟を選んだ理由があるようには思えない。「あの建物を捜索しろ。あれが重要だ。私にはわかる。プロの勘でわかるんだ」

　プラスキーは声をひそめた。「第三者の耳がないところでお話ししたほうがよいかと思いますが。たとえばあのバンのところで」

　バーディックは冷ややかな声で言った。「きみは警邏課だな？」

「はい」

「制服はどうした」

「一時的に鑑識課に配属されているので」

「名前は」

「プラスキーです。ロナルド・プラスキー」

「そうか、ロナルド・プラスキーくん、私の階級は警視だ。巡査が警視を呼びつけるような真似をして許されると思うか。警視が巡査を、ならわかるがね」

「階級の上下はこの際関係ありません。僕はこの通りを封鎖する必要があると申し上げているだけです。いまこの瞬間にも、大勢が証拠を踏みつけて歩いているのかもしれない」

「この通りを封鎖する必要などない。捜索するならあの建物だ」

　バーディックが指さしたのは、ついさっき指さした古アパートの隣の建物だった。区別がついていない。

　プラスキーは断固として言った。「これは僕の現場です。決定権は僕にあります。こちらの方角に十メートル下がってください」

　バーディックの唖然とした顔はなかなか見物だった。

　次の瞬間、驚愕は怒りに変わった。嫌らしい笑みが浮かんだ。「立場をわきまえろ、巡査」

　記者が集まる前で、警視に恥をかかせたのだ。

　それは重罪に相当する。

　プラスキーはささやくような声で応じた。「二人だけでお話しすることもできたんですよ。もう一度お願いします。下がってください。従っていただけないのなら、公務執行妨害で身柄を拘束します。必要なら、手錠だって使いますよ」

　バーディックが大声を出した。「サンチェス刑事！　サンチェス刑事！」

　サンチェスがのっそりとやってきた。「何でしょう」

「この巡査をただちに停職処分とする。別の鑑識員が到着するまで、代わってきみが現場を保全しろ」

　サンチェスはプラスキーを見て、またバーディックに視線を戻した。「この現場の指揮官はプラスキー巡査です、警視。決定権は彼にあります」

「その指揮官が無能となったら話は別だろう。しかも反抗的ときている。指揮権を剝奪する」

プラスキーは眉をひそめた。いったい何を根拠に指揮権を剝奪しようというのか。サンチェスの表情も、理解不能だと言っていた。

「それは無理です、警視。プラスキーはリンカーン・ライムの直属ですから」

「だから何だ？　私は遠慮などしないぞ」

バーディックは、シャッター音を鳴らしているカメラを意識してのことだろう、作り笑いを顔に張りつけたまま、サンチェスが動くのを、あるいはせめてプラスキーが引き下がるのを待っている。

サックスに教えられたとおり、プラスキーは、銃をすぐ抜けるようタイベック地のジャンプスーツの外側にユーティリティベルトを着けていた。

手錠もそのベルトに下がっている。プラスキーはそれに手をやる動きを見せた。

「本気か？」バーディックが声を荒らげた。

にらみ合いは数秒で終わった。バーディックがかすかにうなずいた。それから声を張り上げた。「何だと？　武装した犯人が近くにひそんでいるかもしれないと言うのか？」

バーディックは記者たちのほうを向いた。「こちらの巡査からたったいま報告があった。銃を持った者がこの近くにいる恐れがある。あの交差点まで後退したほうが安全だ。もっと早く報告すべきだったな、巡査」

プラスキーは申し訳なさそうな表情をむりやり装った。

「申し訳ありません、警視。考えが足りませんでした」

警視は両手を上げて前後に動かし、記者たちに下がるよう伝えた――自分が彼らの命を救おうとしているかのように。プラスキーは交差点近くの街灯柱にすばやく黄色いテープを巻きつけ、通りを横切って反対側にも巻いた。次にもう一方の交差点に行き、近くにいた制服警官にテープを預けて同じように封鎖してもらった。

それから歩道伝いに交差点から交差点まで歩いた。顔をうつむけ、新しいタイヤ痕がないかと目をこらす。犯人は車をこのどこかに駐めたはずだ。

しかし、タイヤ痕は見つからなかった。

しまったな。見込み違いだった。

とはいえ、犯人が残したタイヤ痕が見つかるよりも、見つからないという結果のほうがかえってありがたいとも言える。犯人と被害者は一台の車で来たことになるからだ。

プラスキーは静電プリンターを使い、ギリガンのレクサスの運転席側と助手席のすぐ下の路面の靴跡を採取した。運転席側の分はギリガンの靴跡と、助手席側は犯人の靴跡と一致した。

鑑識のバンに戻り、空き地全体を改めて見渡した。証拠物件が発見された全地点に黄色に黒い文字の番号札が置かれている。

まもなく、自分はただやるべきことを先延ばししているだけだと悟った。

何をすべきか、とうにわかっているのに。

やるのが怖いだけだ。

だが、ほかにやりようはあるだろうか。

ない。最初の四十八分が勝負という自分なりのルールを思えば、ほかに方法はなかった。

一刻を争って捜査を前進させなくてはならない。そのためにいまやれることはたった一つだ。

近くに集まっている制服警官に近づいた。「誰かガムを持っていませんか」

一人がうなずいた。「ジューシーフルーツ味でよければ」

「ありがたい」事実、ジューシーフルーツ味は好きだった。ガムを受け取って嚙む。それから、さっき立入禁止のテープを張ろうとした金髪の女性巡査のほうを向き、彼女のバッグに視線をやった。「ひょっとしたらすごく失礼な質問なのかもしれませんけど、一つ訊いていいですか」

タイムリミットまで：19時間

19

リンカーン・ライムは居間のクリーンエリアを──ロナルド・プラスキーがギリガン殺害現場から持ち帰ったプラスチックケースを見つめていた。

メル・クーパーがケースから試料を一つずつ取り出して記録し、分析を始めようとしている。

「プリペイド式の携帯電話か」ライムはプラスキーの手にある証拠品袋に視線をやった。

ロン・セリットーがうなるように言った。「だから何だ。どうせロックがかかってる。携帯電話が見つかっても、かならずロックがかかってるんだ」

「今回のはかかってません」プラスキーが言った。

「へえ？　ギリガンの奴、ずいぶん不用意だな」

「ロックされてたんですが、僕が解除しました」

「いったいどうやって？」

プラスキーは唇を結んだ。「あまり愉快な作業じゃありませんでした。ギリガンの額にこびりついていた血や脳味噌を洗い落としたあと、銃弾の穴にチューインガムを詰めて、周囲の骨のかけらを平らに整えました。それからパトロール警官から借りたメイク道具を使いました。メイク道具を持ってるはず、みたいな話ですから。でも、差別と思われるかとはらはらしましたよ。女性なら当然快く貸してもらえました」

ライムは珍しく楽しげに笑った。「顔認証のロックをだましたわけか」

セリットーがライムに視線を向けた。「チューインガムとメイク道具を使った裏ワザ。教本の改訂版に忘れずに入れろよ、リンカーン」

プラスキーが続けた。「ロックを解除したあと、すかさずパスワードをオフに設定しました」

「いいね、頭は使うものだ、プラスキー。使わなくてはもったいない。よし、さっそくなかを見てみよう」ライムは大声で呼んだ。「トム？　トム！」

トムが居間に入ってきた。「お呼びですか」

「手袋をはめろ。刑事ごっこを頼む。そこの携帯電話を徹底的に調べてくれ。通話履歴、留守電サービスの録音、メッセージ。パスワードが不明でも、メールが見られるといいな」

「なぜ僕が？」

「アメリアは手がかりを追っている最中だ」

「まあ、かまいませんけど。昇給を期待していいですか」

「いや。解雇を免《まぬか》れるだけだ」

「あとでストライキを組織しなくちゃ」トムはラテックスの手袋をはめ、携帯電話が入った証拠品袋を受け取った。

「それから、忘れずに……」

「〝保管継続カードに記入せよ〟」トムはそう言い、ダイニングルームに移動してデータ発掘作業を始めた。

プラスキーは、ギリガンと殺害犯は知り合いだったと思われると説明した。

「ギリガン？　悪党とつながっていたのか？」ライムは嫌悪を感じて居間を見回した。「もしそうなら、ここに招き入れたのは間違いだったな」

セリットーが言った。「いやいや、忘れたか、リンカーン。こっちが来いと言ったわけじゃない。向こうから来たんだ」

なおさら剣吞《けんのん》だ……ギリガンにはこのタウンハウスに入る動機があったことになる。なぜだ？

クーパーはプラスキーが集めた証拠物件の目録作りを続けた。ノートパソコン一台。ギリガンの靴から採取した微細証拠。遺体とその周辺、被害者と犯人がたどったと思われるルート、ギリガンの車や左右のドアのすぐ下から採取した微細証拠。遺体の爪の下から掻き出したもの、車にあった物品数点。

「弾丸は？」

プラスキーが答えた。「体内に残っていました。サイレンサーを使ったんだと思います」

「防犯カメラの映像か」ライムは、プラスキーがパソコンに挿入しようとしているＳＤカードを見やって言った。

「ギリガンが昨日食事をしたダイナーの領収書を見つけたんです。ここに来る途中で寄って、ギリガンが店に来た前後の防犯カメラ映像のコピーをもらいました。ちなみに、その店のバクラヴァ、最高にうまいんですよね」

プラスキーは再生ソフトを起動し、防犯カメラ映像を読みこんでチェックを始めた。

それはプラスキーにまかせて、ライムは言った。「メル、微細証拠からいこう。ロン、頼めるかな」一覧表を顎で指す。

「かまわんが、俺の字は褒められたもんじゃないぞ。小学校で書き方を習ったシスター・マリー・エリザベスからもいい点をもらえなかった」それでもペンを取り、イーゼルに立てたスケッチブックの一番上の一枚を掌でさっとなでた。いざ絵を描こうとしてるピカソのように。

クーパーが科学捜査ラボの主役――未知の物質の成分を分離し同定するガスクロマトグラフ《GS》／質量分析計《MS》――が吐き出した結果を読み上げた。

プラスキーが遺体の周囲や空き地で集めた微細証拠は、砂とローム質の土壌とわかった。これは対照試料と一致する。つまり、証拠としての価値はない。

しかしまもなく、一致しない微細証拠が見つかった。ギリガンが死んだ空き地にもともとあったのではなく、別の場所から持ちこまれたものということだ。

メル・クーパーが成分を読み上げた。「シリカ、酸化アルミニウム、酸化マグネシウム、鉄、カリウム、ナトリウム、カルシウム。アルカリ土類。腐敗した有機物。含水アルミニウムフィロケイ酸塩」

「ふむ。興味深いね」

セリットーが天井を見上げ、皮肉をこめて視線をぐるぐると動かした。ライムは無視した。

「どこで集めたものだ？」

「被害者の靴、それと被害者と犯人が歩いた道筋で採取した靴跡。運転席と助手席のドアの下と、運転席と助手席の足もとのカーペットからとりわけ多く検出された」

「おお、すばらしい！　車に乗る前にどこかで二人そろって踏んだということだ。しかし、いったいどこで？　知りたいのはそれだ。犯人のアジトか？　どこかの犯罪組織のボスの家？　もっと詳しく知りたいね。メル、顕微鏡で拡大してくれ。光学式だ」

複数のレンズを備えた複合顕微鏡も科学捜査ラボの基本と言えるツールの一つで、とくに珍しいものではない。機能は単純だ。小さなものを拡大して見せる。

ほどなく、ライムの近くのモニターの一つに粒子の映像が現れた。価格一万ドルの精密機器、ミツトヨの顕微鏡の接眼レンズ越しにクーパーが見ているものが、リアルタイムにそこに表示される。

「拡大率を上げてくれ」ライムは指示した。

映像にグリッドが重なる。薄茶色をした一番小さな粒子の大きさは、およそ〇・〇〇二ミリに届くかどうか。

ライムは言った。「よし。粒径がこれだけ小さくて、さっき挙がった成分を含む物質。粘土だな」

土壌の分類の基本六種のうちの一つだ。ほかの五種は、頁岩、ローム、シルト、泥炭、白亜。

クーパーが続けた。「砕けて粉末状になったカルシウム。貝殻に由来する。とても古い」

「粘土に貝殻？」セリットーが思案顔で言った。「それなら、海岸沿いに限定されるわけだよな。おい、その渋い顔は何だ、リンカーン」

「きみの言うとおりではある。海岸沿いから来たものだ。しかしニューヨーク市には海岸線が延べ数百キロ分ある。ボストンとマイアミ、ロサンゼルス、サンフランシスコを合わせたより多い。ほかには？　どこか一地点に絞りこめる証拠がほしい」

クーパーが続ける。「木炭。腐りかけの木片——ニス塗りだ。劣化した革とウールの繊維。銅、鉄。イソアミルアルコール、ノルマループロピルアルコール、エピカテキン、バニリン。どれも古い。おそろしく古い」

ライムはセリットーが落第点の筆跡で書き留めた分析結果を見つめた。「最後のイソアミルアルコール以下は、酒の成分だな。時代は古い。ふむ。なるほど。この微細証拠は現場の外から持ちこまれた。いったいどこだ……？」ライムは語尾を長く伸ばした。「おいプラスキ——」

「ギリガンの車のナビのデータならありません。オフに設定されていました。質問はそれですよね？」

「そうだ。もう一台の電話は？　メインに使っていたほうの電話だ」

「見つかりませんでした。犯人が持ち去ったのではないかと」

この情報を書き留めてから、セリットーが言った。

「どんどん怪しさを増していくな、ギリガンの奴」

プラスキーにメッセージが届いた。目を通し、不愉快そうに顔をしかめた。

セリットーがどうしたというように眉を吊り上げた。

「現場で警視を追い払う羽目になって」

「だから？　おまえの現場だろう」

「ええ、そうなんですけど、公務執行妨害で逮捕するって脅すような格好になったんです。マスコミが集まっている前で。本当に手錠をかけて身柄を拘束する寸前でした」

ライムは痛快な気分になった。誇らしくもある。ライムも同じような経験を何度かしていたし、市警の警部を小一時間、パトロールカーの後部座席に押しこめておいたこともある。

「その警視ってのは誰だ」セリットーが訊いた。

「バーディックです」

セリットーが言った。「ああ、あいつか。あいつの場合はそれなりの理由がある」

プラスキーが眉間に皺を寄せた。「どんな？」

「根っからのクソ野郎なんだよ」

クーパーが声を張り上げた。「靴跡を調べた。どっちもサイズ11。底にトレッドなし。メーカーの刻印もなし」

紳士物のごく一般的なサイズだ。それに、靴のサイズと身長や体格に相関関係はないと言っていい。「すり減り方に特徴は？」ライムは訊いた。かかとや爪先のすり減り具合によっては職業を推測できる場合がある。

「ギリガンの靴のほうがすり減ってるが、どっちの減り方も参考にはならないな」

クーパーはふたたび顕微鏡の上にかがみこんで言った。

「謎の立ち寄り先から持ちこまれた微細証拠がもう一つ。馬毛の細胞構造を持つ繊維だ。これもほかのものと同じく古い」

「ノートパソコンがギリガンのものだというのは確かか」ライムは尋ねた。

プラスキーが答えた。「確かです。裏のステッカーに名前と連絡先がありました。見つけた方はこちらにご連絡を、みたいなステッカーです。指紋も一致しました。付着してるのはギリガンの指紋だけです。私物ですね。市警の支給品じゃなくて」

「なぜわかる？」

プラスキーが言った。「プロセッサーがＣｏｒｅ　ｉ７なんです。しかもエヌビディアのグラフィックカードが載ってる。支給品にしては金がかかりすぎです」

「何か手がかりが保存されているはずだ。頼む、ロックはかかっていないと言ってくれ」

　キーを叩く音。「だめだ。パスワードロックがかかってる」

　プラスキーが言った。「しかも、指紋認証センサーは搭載されていません」電子デバイスに搭載されている指紋認証センサーは、指紋の凹凸や渦を光学的に読み取るのではない。指紋凸部のコンダクタンス――電荷の移動――を検知する。ただし、コンダクタンスは死亡からまもなく低下してしまう。いずれにせよ、いますぐにはロックを解除できないということだ。

「ダイナーの防犯カメラ映像でギリガンを見つけました」プラスキーが言った。

　超広角レンズがとらえたダイナー内部の映像が表示されていた。大したものだとライムは思った。この若造は――いや、もうりっぱな大人か――は、自らダイナーに立ち寄って映像のコピーを手に入れてきた。それのどこが注目すべきことなのか。鑑識と足で稼ぐ捜査活動が渾然となっている点だ。めったに見られるものではない――定められた捜査手順に反していると断じる者もいるだろう。通常なら、鑑識捜査員は集めた証拠物件を刑事に引き渡し、刑事はそれを足がかりに捜査を進める。その二段構えゆえに、時間がかかる。プラスキーはその遅れを許さない。現場の捜索で見つけた手がかりを即座に捜査に結びつけたいのだ。だから、自分ですべてやる。いつだったかライムに持論を披露したことがあった――事件解決のための四十八分ルール。ライムに異論はない。

　防犯カメラ映像のなか、ギリガンがダイナーに入ってきた。明るさは十分だ。脇のほうのテーブルに案内され、カメラに背を向けて座った。食事とコーヒーを注文した。短時間で飲食をすませた。そのあいだに電話をかけたり、メッセージを送受信したりは一度もしなかった。

「変わってますね」プラスキーが言った。「飲食店に一人で入って、携帯電話の類をいじらない人なんていませんよ。ただぼんやり窓の外をながめてるなんて」

「罪悪感でいっぱいなのだろうな」ライムは言った。「または、奴を殺した人間から受け取った金を何に使おうかと考えているか」

　そこでライムは口をつぐみ、画面に目をこらした。

「待てよ、どこかで見た覚えが……」

「何ですか、リンカーン」

「もう一度見せてくれ。奴が入ってきたところから。通常の再生速度で」

プラスキーがパソコンを操作した。「何かわかりました？」

答えは──わかったというわけではない。ただ、この映像の何かが別の何かをぼんやりと連想させた。

記憶のなかの何かを刺激した。

ダイナーそのものが関係しているのか？

違う。このダイナーは初めて見た。

では、窓の外の景色か。

これも違う。ありふれた通りが見えているだけだった。

ギリガン自身の何かか……？

考えてみれば、都市整備建設局の窃盗事件に関する報告のため、当人がこの居間で延べ数時間を過ごしているのだ。今日の午前中にも来たばかりだ。

いや、それでもない。このタウンハウスが捜査本部になっている別の事件捜査に関連する何かだ。

着衣か。

違う……

動作の癖？

次の瞬間──「それか！」

ラボにいるほかの三人が一斉にライムを見た。

どこかで見たことがあると思ったのは、ギリガンの歩き方だ。

リンカーン・ライムは、それを確かに見たことがあった。

「メル！　都市整備建設局の窃盗事件の防犯カメラ映像を見せてくれ。そこのモニターに出してくれないか」

ライムはそのモニターに近づいた。早く。内心でいらいらとつぶやく。早くしろ。

「いまやってる」

心の声をそのまま口に出していたらしい。

まもなく再生が始まった。最初に黒い背景が現れ、事件番号と日付が派手な黄色で浮かび上がった。カメラの映像に切り替わり、〈ニューヨーク市都市整備建設局・一階西廊下〉という文字が表示されている。未詳二一二号はカメラに背を向けて出口へと歩いていく。右腕に盗んだ文書のフォルダーを抱えていた。

「ダイナーのギリガンの歩き方を見ろ。都市整備建設局の泥棒の歩き方と比べろ」

　セリットーがささやくように言った。「おいおい、どういうことだよ。まったく同じだぞ」

　多くの捜査機関で、歩き方を分析するソフトウェアを導入して、容疑者や目撃証人の特定に役立てている。ほとんどの州では法廷での証拠能力を認めていないが、既知の人物の歩き方と、都市整備建設局のそれのような防犯カメラがとらえた未知の人物の歩き方を比較すれば、容疑者の身元をある程度まで特定できる。ライムのラボにその種のソフトウェアはない。しかし、必要はなかった。この二人は明らかに同一人物だ。

「それにほら、耳をいじる癖も」プラスキーが言った。

　ああ、たしかに。いずれの映像でも、ギリガンは幾度となく左手を耳にやり、強迫観念にとらわれたように耳たぶを引っ張っている。緊張したときの癖なのだろう。

　間違いない。アンディ・ギリガンこそが未詳二一二号だ。

　セリットーが言った。「いったいどういうことだ？　都市整備建設局の窃盗事件の捜査を担当してる刑事と犯人が同一人物？　頼む、誰か説明してくれ」

　ちょうどそのとき、メル・クーパーの声がスピーカー越しに明瞭に届いた。いつもは冷静そのものなのに、珍しく興奮した声色だった。「おい聞いてくれ、もう一つ手がかりを見つけたぞ。薬莢が落ちて、犯人が拾った地点。そこの微細証拠から、何が出てきたと思う？」

「メル、もったいぶるな！」ライムは怒鳴るような声で言った。芝居がかった前置きにつきあう気分ではない。

　クーパーは動じる様子もなく笑みを浮かべた。「フッ化水素酸」

「いやはや驚いたね」セリットーがつぶやいた。「ってことは、ギリガンを撃った奴は、クレーンが倒れた現場に行ったわけだ――それか、未詳八九号当人だってことか」

　ライムは言った。「とくに理由がないのにクレーン転倒現場に行ったとするなら、偶然にもほどがある。奴が実行犯だよ。コムナルカ・プロジェクトのメンバーなのか、連中に雇われたか。犯人は市庁舎に協力者が必要だった。そこでギリガンに金を渡して、アフォーダブル住宅への転換を要求するための不動産のリストを盗ませた。犯行声明に添付されていたリストの出どころはそれだな。

細工するのに適したクレーンを選ぶのに、市内で建設中のビルの図面や地図も必要だった」

セリットーは、ライムが気づかないうちに出現していたトレーからクッキーを一つつまんだ。パンや菓子作りが得意なトムは、来客のためにしじゅうちょっとしたスナックをラボに置いていく。来客は喜ぶが、ライムは目をくれたことさえない。

一覧表に目を戻し、ライムは小さな声で言った。「謎の男、実行犯……おまえはいったいどこのどいつだ？」

その疑問の答えは、まもなくもたらされた。

トム・レストンが居間に現れた。「ギリガンの電話ですけど、大した情報は残っていません。データはほとんど入っていないし、ダウンロードしたものもゼロです。あるのは通話の履歴くらいでした。市内通話が大半ですけど――おそらく相手もプリペイド携帯です――イギリスの番号と何度かやりとりがあります。市外局番を調べました。マンチェスターの番号です。何の関係もないかもしれませんが」

ライムは一瞬押し黙り、衝撃が鎮まるのを待った。

それから言った。「いいや、関係は大ありだよ。未詳八九号、クレーン事件の犯人は――ウォッチメイカーだ」

20

まもなく死ぬことになるカップルを待ちながら、チャールズ・ヴェスパシアン・ヘイルは考えた。夫婦には子供がいるのだろうか。

いるならば、子供を死なせるのは気が進まないが、かといって見逃すわけにはいかない。子供は無関係なのだから。何より重要なのは、目撃者であるカップルの夫が死ぬことだ。加えて、目撃した内容を夫から聞いているかもしれないという理由で、妻も死ななくてはならない。そのせいで子供たちが孤児として成長しなくてはならないのなら、それも運命とあきらめてもらうしかない。

子供が両親と行動を共にしていた場合――このあと両親と一緒に家に入った場合――話はまた変わってくる。その場合はそもそも成長することさえなくなるのだ。

ヘイルは、クイーンズにあるカップルのつつましやかな平屋住宅の向かいの小さな公園の雑木林の奥に身を隠した。

その家の所有者は、クレーンが転倒した建設現場で働く作業員の一人、今朝ギリガンがライムの家からくすねてきたリストに名前が載っていた一人だ。ヘイルは、ギリガンがまだ接触していなかった作業員に電話をかけた。そのうち、現場で〝奇妙な〟ものを目撃したのはこの作業員一人だけだった。定められた駐車場所でないところに駐まっているSUVを見たらしい。

そのSUVは、クレーンに細工をするため建設現場に行くのにヘイルが使った車両だった。

シェヴィのそのSUVはすでに処分したが、問題は、SUVにあったものを見られたことだ。

だから、この作業員は死ななくてはならない。

モイナハン建設の作業員用の駐車場が用意されていることを、ヘイルは知らなかった。だから路上に駐車し、建設現場用のヘルメットをダッシュボードに置きっぱなしにした。目撃証人である作業員は、場違いな車の存在に目を留めた。

それと同時に、自分の死刑執行令状にサインした。

作業員と電話で話したあと、ヘイルは大急ぎで作業員の自宅に来て、留守のあいだに忍びこみ、カップル宛の贈り物を残しておいた。

公園のすぐ隣に弁護士の事務所があった。弁護士としての能力はどの程度なのかわからないが、彼または彼女は外国語習得の能力が高いことは確かだ。窓に掲げられた看板には、スペイン語、ギリシャ語、アルメニア語、トルコ語、中国語に対応できますと書いてあった。この国はまもなく白人が少数派の国になると言われている。ヘイルのもとには、誰かが〝劣った人種〟であることを理由に殺してほしいという依頼が舞いこんだことが何度かある。

そう、彼らは〝劣った人種〟という表現を本当に使ったのだ。

ヘイルはそういった依頼は受けないと決めている。愉快な仕事にならないに決まっているからだが、その種の考えを持つ人間は、決まって愚か者だからでもある。そして犯罪業界にあって愚かさは、マイナスの要素でしかない。

一台の車が現れて速度を落とし、問題の家の駐車スペースに乗り入れて駐まった。カップルが降りてきた。子供はいなかった。これで疑問の答えは出た。いや待て……妻のあの大きなおなか。とすると、疑問の答えは半分イエスか。

ターゲットの二人は、ごく平凡な夫婦と見えた。平凡な背格好、平凡な髪、平凡な歩き方。いまどき珍しく、腕を組んで歩いている。おや……違うな。腕を組んでいるのではなかった。夫のほうが妻の腕にすがって歩いている。クレーン転倒で負傷した六名の作業員の一人なのだろう。死者は二人だけで、やや拍子抜けだった。ヘイルに加虐趣味はなかった——それとは距離を置いている（サディズムなど非効率でしかない）。がっかりしたのは、マスコミにもっと派手に取り上げてもらえると期待していたからだ。ニューヨーク市と市民の目を事件に惹きつけたかった。

見たところ二十代後半らしい夫婦は、白い杭垣の門を抜け、芝と花壇のやはり平凡な前庭を通り過ぎた。

いかにも建設作業者らしく筋肉質の体つきをした夫が立ち止まり、黄色い花をつけた茂みを見つめた。ヘイルも花の種類はいくつか知っているが、その範囲は仕事に必要なものに限られている——毒を持つもの、かぶれを起こさせるもの、麻薬作用を持つもの。

二人がまた歩き始め、真っ赤に塗られた玄関まで来た。鍵を開けた夫は、古風にも、先にどうぞと妻を促した。

妻が先に入り、夫が足を引きずりながらそれに続いた。玄関ドアが閉まった。二人の人生の扉を閉ざすかのように。

標的がキル・ゾーンに入ったのを確認したヘイルは、通りの少し先に駐めた新しいSUVのほうへと歩きだした。今度の車は一台目とは色もモデルも違っている。黒いパスファインダーだ。歩きながら、プリペイド携帯で電話をかけた。カップルの家のなかで、発信先の携帯電話が音もなく電話を受け、カウントダウンを始めた。ヘイルがここから遠く離れたころ——二十分後に、小型爆弾が炸裂するはずだ。爆薬はごく少量だから、カップルの耳に届くのはかすかな破裂音だけだ。

音は小さくても、その影響は甚大だ。爆発により、フッ化水素酸の容器が割れるのだから。

液状のフッ化水素酸は、世界最強と言われる表皮剝奪毒素の一つだが、無水フッ化水素ガスはさらに破壊的な威力を持つ。常温のフッ化水素酸溶液が空気に触れて発生するガスは、急速に広がって——家に入って装置を仕

掛けたついでに空調の風量を最大に上げておいた――一

人間がそれを吸ったら――？ 苦しみ抜いて死ぬこと
になる。フッ化水素酸が皮膚に付着しても、皮肉なこと
に、直後はさほどの痛みを感じない。だが、ガスがふわ
ふわと漂って肺や目や口や鼻に入りこむと、たちまち想
像を絶する痛みに襲われる。ただしヘイルが仕掛けたフ
ッ化水素酸の量を考えると、今回、その苦しみはさほど
長くは続かないだろう。

さて、SUVの車内をのぞき見した好奇心旺盛すぎる
男の排除はこれで完了した。計画の次のフェーズに進む
としよう。

それが今回の任務でもっとも重要な段階であることは
間違いない。

同時に、ヘイルがもっとも楽しみにしている段階でも
ある。

☠

タイムリミットまで：18時間

21

「おまえのそこまで驚いた顔は初めて見た
気がするよ、リンカーン」

"驚いた"では生ぬるいくらいだ。

「ヘイルが来ることは想定内だった」ライ
ムはゆっくりと言った。それから、しばら
く前にかなり遠回りのルートを経由して届
いた公式通知の内容を改めて説明した。テ
ロ組織の通信本部――無害な名前だが、世界一情報
収集能力の高いスパイ組織――が、イギリ
スのマンチェスターで身元不明の人物がリ
ンカーン・ライム暗殺を計画しているとい
う情報を偶然キャッチした。イギリス側はこの情報をF
BIに伝え、FBIはライムに危険を知らせた。
ヘイルは少し前からマンチェスターを仮の作戦基地と
していた。

「遅かれ早かれ本人がアメリカに来ることはわかってい

た。私を殺す仕事を下請けに出すとは考えられないからね。それにしても、いったいなぜクレーンの事件に関わっている？」

「コムナルカ・プロジェクトが奴を雇ったんだろう」セリットーが訊いた。

ライムは証拠物件一覧表から窓の外へと視線を移した。

「そうとも考えられる。しかし、ヘイルがアメリカに来ているとなると、考えうる選択肢は一気に増えるぞ。コムナルカ・プロジェクトなる共産主義グループの存在を国内のどの機関も把握していない理由にもそれで説明がつきそうだ。急進派の地下組織にヘイルの報酬を支払える資金力があるのか、はなはだ疑問だな。むろん、絶対にないとは言いきれない。コムナルカがより大規模な謀略の隠れ蓑《みの》であるなら、なおさらだ。しかし、ないと考えるほうが妥当だろう。ヘイルの目的は何かまったく別のところにありそうだ。

お手柄だな、プラスキー。顔認証式のロックを解除できていなければ、ヘイルの関与はわからないままになっていた」

しかしプラスキーは、その褒め言葉が耳に入っていない様子で一覧表を凝視していた。「それが――ギリガンの死がどういう意味を持つか、わかりますよね。ヘイルが近いうちにあなたを殺しにやってくるってことですよ」

「そのとおりだ。ギリガンがこの家に来たのは、セキュリティを確認するためだった。そのギリガンを殺したのがヘイルだとするなら、必要な情報はすでに手に入ったからだろう。私がセキュリティを強化する前に行動に移すに決まっている」

セリットーは首を振りながら言った。「アンディ・ギリガンは買収されてたわけだ。衝撃だな。いや、ある程度まで予想できた話でもあるかな。ギリガンの兄貴のことは聞いてるか」

ライムは言った。「いや」

「そうか。兄貴のミック・ギリガンは犯罪組織の一員なんだ。ブルックリンの組織でね。うちの本部ももちろん把握してた。兄弟はときどき会ってたが、アンディは兄貴の件を隠さなかった。上官に正直に伝えてた。ミックを被疑者とする捜査に自分は関わらないとな。上層部は現場の判断にまかせた」セリットーはそう言って顔をしかめた。「アンディは優秀な刑事だったよ。事件をいくつも解決した……しかし、こうなると、奴が担当した捜査を全部洗い直さなくちゃならん。押収した麻薬だの現金だのも点検しなくちゃいけない。不正流用がないかどうか」

イギリスとの電話のことを考えていたライムは、トムを呼んで尋ねた。「最後の通話はいつだ？」

トムは通話履歴を書き写したリストを確かめて答えた。「三日前ですね」

「三日前にイギリスを発ってアメリカに来たわけだな。しかし、どうやって入国した？　ヘイルの名は各種の要注意人物リストに載っている」ライムはパソコンに向かってコマンドを発した。「Ｚｏｏｍミーティングの招待リンクを発行。フレッド・デルレイに送信。日時は即時に指定」

パソコンが指示に従ってリンクを送信した。まもなくＦＢＩ捜査官のデルレイが画面に大写しになった。

「リンカーンにロン。それに、プラスキー坊ちゃまも隅っこで考えごとの最中か」デルレイはマンハッタンのダウンタウンにある連邦ビルの自分のオフィスにいた。オフィスとは名ばかりの殺風景な空間だ。壁は政府関連ビルに特有の薄茶色のペンキ塗り。背後の書棚には、大量の書物が几帳面に分類されて並んでいる。パソコンはデスクトップ型だ。

別の電話が鳴り出し、デルレイはデスクチェアの革の張り地と同じくらい濃い茶色の骨張った人差し指を立てた。受話器を取ってＺｏｏｍの音声をオフにした。

デルレイは大学院を出ているが、壁には修了証や学位記の類はいっさい飾られていない。唯一の装飾品は、古代ローマ風のトーガを着たぼさぼさ頭の男のポスターだった。その下にこう書かれている。

幸運は、準備と好機が出会って生まれるものである。
セネカ

その下にアメリカ合衆国法典第18編――連邦刑法――が置いてあった。ページのあいだから付箋《ふせん》が何枚もはみ出している。ピンク、青、黄。

デルレイは、きわめてＦＢＩ捜査官らしからぬパウダーブルーのスーツを着て、やはりＦＢＩらしからぬ黄色のシャツとピンク色のネクタイを合わせている。初代長官J・エドガー・フーヴァーの亡霊に見とがめられたとしても、デルレイなら逃げおおせるだろう。FBIのおとり捜査官や情報屋のなかで一番足が速いのだから。ときおり自ら現場に出て、桁外れに金持ちの武装組織のボスや武器商人、ギャンブル癖があって下請け事業者から喜んで賄賂《わいろ》を受け取るような政府高官を演じたりもする。

デルレイは電話を終えて戻ってきた。「よし、と。クレーン事件に何かおもしろい展開でも？　実を言うとな、ここから窓の外をちょいと見るだろう、するとすぐそこにクレーンが一つそびえ立ってる。うちのテロ対策班の連中は、あれがハンプティ・ダンプティみたいに倒れてくるんじゃないかって、ビルの反対側にこっそり避難してるんだよ。気になって仕事に身が入らないらしいな。さて、用件を聞こうか」

「三日前に不正入国した者がいなかったか調べてもらいたい。男性、白人、四十代。出発地点はイギリスだが、どこか別の国を経由した可能性もある。写真を送っておいた。逮捕時の顔写真だ」

「うちの連中に訊いてみるよ、リンカーン。すぐに返事する。で、そのラスボス級の悪党はどこのどいつだって？」

過去にライムは、デルレイの独特な語法や文法、言い回しはどこから来たのか探ろうとしたことがある。だが、これまでのところ、どこにも行きつかないままだ。

「ウォッチメイカーだ」

沈黙があった。デルレイには珍しい。「奴が来たってことは……」

「そのとおりだ、フレッド。奴の目的は私も知っている」

「このまま待ってろ。ちょいと西のほうに遠征してくる。俺の怖いもの知らずの同僚たちがクレーンの恐怖から逃げて隠れてるほうにな。すぐに戻る」

ひょろりと背の高い捜査官は画面から消えた。

22

アビーがポーチに並んだハンギングバスケットのクチナシの花に水をやっているところに、何か物音が聞こえた。

いまのは何？

ぽん、という音。

隣家の方角から聞こえた。

三人の子の母親で、パートタイムで図書館司書をしている四十八歳のアビーは、細長い横庭二つを隔てた向こうにある平屋の隣家を見やった。アビーと夫が所有する家と隣家は——というか、クイーンズのこの界隈のどの家も——見分けがつかないくらいそっくりだ。たった一つの違いは、アビーの家の窓枠は黄色だが、隣家の窓枠は赤を選んだことくらいだった。

自分たちも赤にすればよかったとあとになって思ったが、塗り直す必要さえないものを塗り替えるつもりなんてお金がもったいない。それは愚かというものだ。それに、いまさら塗り替えたら、隣家の真似をしたように思われるだろう。たとえそれが本当であっても、近所にそう思われるのは癪だ。

ぽん。

アビーは隣家を見つめた。あの音は何だろう。隣家の夫婦が見舞われた災難のことを思った。建設作業員だという旦那さんも気の毒に。今朝起きたクレーンの事故であやうく死ぬところだったなんて。

アビーの夫のティムはハービー自動車販売——〝ハーヴィー〟ではなく〝ハービー〟だ——で整備士をしている。一度、工場で火災が起きたが、そのときだってやけど一つ負わずにすんだ。

それに奥さんは妊娠中だ。もういつ生まれてもおかしくないくらいおなかが大きくなっている。

災難だ……

あなたに一杯。アビーは一番大きなハンギングバスケットの花に水をやった。そのバスケットがひそかに一番のお気に入りだった。

あなたにも一杯。

みんなおいしく飲んでちょうだいね。

アビーは花たちをかわいがっていた。毎日話しかけている。そうやって話しかけているおかげで元気に育っているのだと思う。

隣家をもう一度見やった。

あら、あれは何？

不安が胸に広がった。煙？　まさか火事？

アビーは携帯電話で９１１に通報しようとした。が、ふと手を止めた。火事ではない。アビーが見ている先はバスルームだった。煙と見えたのは湯気だろう。わずかに開いた窓から湯気がかすかにたなびいたが、それもすぐに消えた。家のほかの部分に煙は見えない。

それだ。湯気だ。

アビー自身も熱い風呂に浸かるのは大好きだった。

アビーはキッチンに入り、空になったじょうろに水を汲んだ。カーペットに水をこぼさないよう注意しながら家を突っ切って玄関側のポーチに出た。ここにも植物が四鉢ある。

「あなたに一杯」アビーは言った。ほかの三つのほうを向いて、ささやきかける。「もう少しの辛抱よ。次はあなたたちの番だから」

デルレイが戻ってくるのを待つあいだ、ライムはデルレイのオフィスにあるほかのものを観察した。妻と三人の子供が写った写真。そうか、また一人子供が生まれたのか……いや、最後に家族の話をしたときにはもう、三人目がいたような記憶がないでもない。

ライムはいまも昔も仕事仲間の私生活には疎かった。

セリットーが何か訊こうとした。ライムはあとにしてくれと人差し指を立てて伝え、まっすぐ前に視線を向けた——その視線の先は、証拠物件一覧表ではなく、窓の外だった。木の枝や葉、雲。その向こうに広がる抜けるような青空。

デルレイが戻ってきて、どさりと椅子に座った。「歴史に残る怪事件だぞ、リンカーン。俺のデスクにはこの情報は回ってきてなかった。俺はほら、白人至上主義のスキンヘッドどもを牢屋送りにするのに貴重な勤務時間と脳細胞を使ってるからな。さてと、おもしろいことになったぞ。三日前、ケネディ国際空港で事件があった。付随情報なし、通信傍受なし、警報なし。何一つなし。ここまではいいな？」

「いいかどうかは最後まで聞いたあと判断する」

含み笑い。「国際便が到着した。ボーイング777型機だ。ゲート前に駐機して、乗客もクルーも、一人残らず巨大な鉄の鳥から降りた。おもしろいのはここからだ。数時間後、同じ機の次のフライト前に、機長が出発前の点検をした。そういう決まりになってる。飛行機を外から点検するわけだよ。タイヤを蹴飛ばしてみたり、翼がちゃんとボルト留めされてるか確かめたり。で、前輪格納部をのぞいたわけだ。何があったかわかるか？　わかるわけないよな。だから教えてやる。酸素タンクだよ。八時間は呼吸できるサイズのタンク。ほかに酸素マスクと、十二ボルトのバッテリー内蔵のヒーター付き寝袋も」

旅客機の一般的な巡航高度である三万五千フィートの気温は、零下五十度を下回ることがある。しかし、それを不快に感じている暇はあまりない。巡航高度に達する前に、低酸素症——要するに酸欠——で死ぬからだ。

歴史に残る怪事件……

「どこ発の便だ？　マンチェスターか」

「そのとおり」

セリットーがつぶやいた。「ウォッチメイカーらしいと言うべきかな。ずいぶんとまた華々しい登場のしかたじゃないか」

「物的証拠は」ライムは訊いた。

「ＰＥＲＴが集めて、クワンティコに預けた」

ＦＢＩの物的証拠収集班（ＰＥＲＴ）は有能だ。そしてクワンティコの科学捜査ラボは、おそらく世界一だろう。

「指紋の照合を至急頼めないか。私……我々としては、本人だと確かめておきたい」

「名前はヘイルだったな」

「そうだ。チャールズ・ヴェスパシアン・ヘイル」

「待ってな」

デルレイが立ち上がり、画面が一瞬、青と黄とピンクで埋め尽くされた。

ライムの視線はまた窓の外へと漂った。

空高くそびえるクレーン……

ライムの頭のなかで、事実が一列に並び始めていた。だがデルレイの情報がなければ、その列は完成しない。

二分後、デルレイが戻ってきた。

「奴で間違いないよ、リンカーン。いまさら驚くほどのことじゃない——ヘイルは利口だから、飛行機に乗ってるあいだはずっと布手袋をしてた。しかし、ターミナルじゃ怪しまれると思ったんだろう。荷物係が出入りするドアのハンドルから指紋が検出された。クレーンの犯人はウォッチメイカーで決まりだな」

「そのようだ。国土安全保障省にも知らせておいてくれないか。ヘイルは向こうのリストにも載っているはずだ」

Ｚｏｏｍミーティングを終了した。

ウォッチメイカー。アメリカで、メキシコで、その計画をライムは何度か阻止してきた男。ライムが逮捕し投獄したものの、脱走は困難とされる刑務所からまんまと逃げ出した男。

ライムの耳にはひどく芝居じみて稚拙に響く語をあえて借りるなら、ライムの宿敵である男。

今度窓の外をじっと見つめているのは、セリットーだった。「奴が来たか。だが、どこにいる?」

ライムはつかの間、思案した。「ずっとそれを考えていた。ちょっと思いついたことがある」

タイムリミットまで：17時間

23

そこは制限時速三十キロのゾーンだった。

アメリア・サックスは時速九十キロで車を走らせている。交差点にさしかかるたびに減速しなくてはならないことに腹が立つ。

この車にグリルライトは備わっているが、サイレンは搭載されていなかった。サイレンも取りつけたほうがいいかもしれない。

ああ、もう。今度は減速バンプだ。時速六十キロまで落とす。

どん。ごつん。

車の腹がバンプにぶつかった……

また速度を上げた。

サックスがいまエンジンをうならせて駆っているのは私物のトリノだ。クイーンズのこぎれいな住宅街に並ぶこぢんまりとした一戸建てが背後に飛び去っていく。赤煉瓦の壁、ベージュの石壁。控えめな色で塗装された木造の家もある。サックスが子供時代を過ごしたブルックリンの住宅街とは似ても似つかない。

猛スピードで走っている理由の一つは、すでに時間をロスしていたからだ。咳の発作に襲われ、いったん車を停め、背中を丸めて酸素を吸い、発作が治まるのを待たなければならなかった。停めたところは病院の救急入口に面した駐車場だった。

そこで迷った。

しかしまもなく咳の発作は治まり、目撃証人に会うためふたたび車を飛ばした。

またひとしきり咳が出て、こんな薬品を凶器に使った男に対する怒りが胸に燃え広がった。

もっと果敢に抵抗できずにいる自分の肺への怒りも。

だが、怒りは何の役にも立たない。

走れ。

交差点をまた一つ通り抜け、右足でペダルをぐいと踏みつけた。車は跳ねるように加速した。スピードがさらに上がった。

携帯電話はスピーカーモードにし、通信指令本部を経由して、警察無線とじかにつながっている。その周波数は、目撃証人が住むクイーンズの一軒家に急行するパトロールカーに開放されていた。

「刑事五八八五、聞こえますか。どうぞ」

「はい、どうぞ」

「到着しました。火災のようです」

「違います。フッ化水素酸のガスのはず。近づかないように。少量でも吸いこめば命に関わる。消防本部には連絡済みです。いま危険物処理班が向かっています」

「了解。煙だかガスだかがすでに家全体に広がっています」

「周囲を封鎖して。くれぐれも近づきすぎないように。容疑者の捜索をお願いしたいところだけど、人相特徴がわからないの。近くから様子をうかがっているかも」

サックスはまた咳をし、助手席に置いた酸素タンクをちらりとうかがった。

やめておこう。

車を停めている時間はない。

「大丈夫ですか、サックス刑事」パトロール警官が無線越しに気遣った。

「平気」

「これ、いったいどういうことですかね」

「その家の人は、今朝のクレーン転倒事件の目撃者なの。未詳が住所を知って即席爆弾を仕掛けた――爆薬じゃなくて、酸の爆弾。絶対に近づかないように」

「了解」

横すべりしながら角を曲がった。

「あと十五分で行く」サックスはそう言って通信を終えた。

それから顔をわずかに後ろに向け、後部座席の二人に向けて言った。「気分はどう?」

運転席の真後ろに座った女性が答えた。「吐いちゃうかも。すみません」

「もう少しだけ我慢して」

「はい」

「ご主人はどう? 大丈夫ですか」

「ええ、大丈夫です。この車、最高ですね」

リアビューミラー越しに夫妻の様子が見えた。妻のほうは顔が青かった。夫は購入を検討している客のような目でフォード・トリノの内装を見回していた。

この男性こそ、未詳が殺害を企んだ作業員――目撃者だ。

少し前にタウンハウスにいたサックスに電話をかけてきたのは、この男性だった。事件の起きた建設現場の作業員の一人だと名乗った。サックスは自分で会って事情を聴こうと、車でクイーンズに来た。

まもなく男性の家に着くというころに電話をかけた。

「はい?」これから事情聴取をする予定の男性本人の声だった。

サックスは身分を告げた。「家にいらっしゃると確かめたくて。そろそろ着きます」

男性は黙りこんだ。「あの、さっきの人から連絡が行っていませんか」

「さっきの人?」

「別の刑事さんです。あなたと話したあと、別の刑事さんから連絡がありました。事情聴取はもうすんだって、その人から伝わってるものと思ってました。来ていただかなくていいって」

やられた……サックスは衝撃を感じた。咳が出そうなのをこらえ、アクセルペダルを思いきり踏みこんだ。

「いますぐ避難して。急いで」

考えるまでもない。もう一つの電話をかけてきたのは未詳かその仲間に決まっている。作業員の氏名と連絡先をどこからか手に入れ、彼が重要な何かを目撃したと知って、生かしておくわけにはいかないと考えたのだ。サックスはクレーン事件の捜査に関わっている全員を知っている。そのうちの誰かがサックスに無断で目撃証人に連絡を取るはずがない。

「いま何て――？」

サックスは言った。「その電話の相手は警察の人間じゃない。犯人です。そこにいると危険だわ。あなたが何か目撃したことを知られてる。いますぐその家を出て！」

「え？　そんな」

「私ももうすぐ着きます。裏口から真後ろの家の庭を突っ切って二四丁目に出て。そこで落ち合いましょう」

未詳はどうやって襲ってくるだろう。見当さえつかない。サックスはＥＳＵ――ニューヨーク市警のＳＷＡＴチーム――に出動を要請すると同時に、即席爆弾が仕掛けられたおそれがあることを通信指令本部と爆弾処理班にも伝えた。

その直後に目撃証人の家に到着し、不審人物が付近にいないことを確かめたあと、猛スピードで角を曲がって二四丁目に出た。夫妻は体を縮めて――いまにもはじけそうに大きなお腹が許すかぎりではあるが――トリノの後部座席に乗りこみ、車はタイヤから青い煙を上げて急発進した。

そしていま、車は最寄りの分署に向かっている。そこに夫妻を預けて保護してもらい、自分は夫妻の家に大急ぎで戻ってグリッド捜索に取りかかるつもりだった。

猛毒のガスの危険にまた身をさらすことになりそうだ。手口に関して、サックスの推測は当たっていた。未詳八九号は、夫妻の家に即席爆弾を仕掛けていた。酸を撒き散らす爆弾だ。

そう考えただけで肺が反応して、またも咳の発作に見舞われた。

一刻を争う事情と、乗客の片方の事情――妊娠中であること、車酔いを起こしかけていること――のバランスを考慮しつつ、ふたたび時速八十キロに上げた。

分署の駐車場に乗り入れ、正面玄関のすぐ近くに車を駐めて、後部座席を振り返った。

「毒なんですね？」妻が訊いた。「酸？」

「そうです」

妻は泣きだした。

「例の犯人が仕掛けたというのは確かなんですね」夫が訊く。

「確かです。もう起爆して、ガスが家中に広がってしまってるの。急行したパトロール警官が煙を確認しました」

「まいったな」夫は言った。「あのままなかにいたらいまごろ……」それからまた尋ねた。「僕が犯人のSUVを見たから？　電話の男に、犯人のものらしき車を見たと話したんです」

「カウンターウェイトを落下させるのに使った装置を仕掛けているところも目撃したという可能性は？」

「あります。自分では何も覚えていませんけど」

「あなたはクレーンのどのくらい近くにいたんですか」

夫が答えをためらい、夫妻は顔を見合わせた。サックスの質問に驚いている。サックス一人だけが大事なポイントを見逃しているとでもいうように。

夫が言った。「えーと、ものすごく近くです。僕が操作していたので」

24

サックスは言った。「運転士は亡くなったものと思ってたけど」

「え？」ギャリー・ヘルプリンの顔を困惑の表情がよぎった。だが、すぐにいっさいの表情が消えた。「死んだのはレオン・ルビドーです。鉄骨工でした。誰より信用できる奴だったのに」悲しげなしかめ面に怒りが浮かぶ。「建設中のビルの二十一階にいたんですよ。マストに板を渡してケーブルを引っかけようとして。無理だ。うまくいくわけがない。なのにあいつ……。友達でした」

「お気の毒に」あの光景が脳裏に蘇った。鉄筋、黒ずんだ血、肉片や脳。「あなたは転倒する前に地上に下りたということ？」

妻のペギーが答えた。「ラペルでね」

サックスは片方の眉を吊り上げた。

「ロッククライミングと山登りが趣味なので。運転室に長さ百メートルのザイルをいつも置いておくようにしています。万が一に備えて。はしごが壊れたとか、火災が発生したとか。転倒しかけたクレーンから脱出することになるなんて、想定外でしたよ」

「刑事を騙《かた》って電話をかけてきた男のことですけど、何か特徴はありましたか」

「いや、あまり。外国語のアクセントはありませんでした。アメリカ国内の訛——南部訛、ボストン訛みたいなものも。アダムズって名乗ったと思います。自分のことはほとんど何も話しませんでした」

「発信者番号は？」

「〝NYPD〟って表示されました。番号はなかったな。その表示があったから、何も疑いませんでした」

「発信者番号は簡単に装えるの。よくあることです。で、どんなことを話しましたか。さっきおっしゃってたSUVについて」

　サックスはメモ帳とペンをかまえた。

「ベージュのSUVです。車種まではわかりません。コネチカット州のプレートで、現場脇の路上に駐まっていました。妙なところに駐めてあったから、何かなと思って。作業員用の駐車場は別に用意されているんですよ。ただ、ダッシュボードにヘルメットが見えて、作業員の誰かの車なんだと思いました。よくそうやってヘルメットを置いておくんですよ。駐車違反の取り締まりがあっても、近くの現場の作業員だとわかれば、切符を切られずにすむことがありますから」

「ほかに気づいたことは」

「後ろのシートに段ボール箱がありました。縦横九十センチ、高さ四十五センチくらいかな。何も書かれていなかったと思います。ほかには、肘まで届く長さの分厚い黒手袋と、これもメーカーはわかりませんけど高そうな双眼鏡、ペーパーバック本が一冊。表紙はよく見えませんでしたが、派手な色でした。赤とオレンジ。カバーの文字が一つだけ見えました。〝K〟。タイトルの最後の一文字です」

「よく見ていますね」

「クレーンの運転士は——見て、気づいてなんぼですから」

「飲みもののカップや缶は？」

「ありませんでした。食べものの包み紙も」

「バンパーステッカーはありましたか」

「いや、なかったと思います」

ギャリーが見たうちの何が理由で、未詳は彼を殺さなくてはと考えたのだろう。

妻の手を取ってギャリーが訊いた。「いつ家に戻れますか」

「当面は無理。犯人が捕まるまで、ニューヨークから離れていてください。しばらく姿を消していて。あなた方は死んだと犯人に思わせておきたいから」

ギャリーはうなずいた。「何を見たか、あなたに話したことを知られないように」

「そう」

「でも、このまま?」妻がかすれた声で言った。「着替えもないのに? お金も何も持ってないのよ」

「いまお財布やバッグにあるものだけで」

夫婦は顔を見合わせた。妻のほうが言った「ベンジーに迎えを頼む? ショセットの家にしばらく置いてもらえると思う」

ギャリーは窓の外を見つめていた。まもなく腹立たしげな低い声で言った。「そいつは彼女を殺した」

サックスは眉を上げた。

「ビッグ・ブルー。そう呼んでたんです。ポール・バニヤンの雄牛にちなんで。一緒に三十四棟建てた仲間でした」

サックスは促した。「行きましょうか。まずは署に入りましょう」

分署に入り、地域防犯広報係の二人を引き渡した。五十歳くらいの優しい目をした女性係官は、二人を保護室へと案内した。

行く前に、妻がサックスをきつく抱き締めた——はち切れそうなおなかが邪魔で、いくぶんぎこちなかったが。

サックスは車に戻り、運転席の背もたれに頭を預けた。その姿勢だと、あまり咳きこまずにすんだ。酸素を吸入する。それまでと違う、ちりちりした感覚が胸に走った。

緊急救命室で診てもらう?

レントゲン検査を頼む?

やめておこう。

まっすぐに座り直してエンジンをかけ、ライムにメッセージを送った。

未詳が目撃者の家に来た。クイーンズ。夫婦の名前を知ってて、爆弾を仕掛けた。二人は無事。これから近隣の聞き込みをして、目撃者を捜す。

送信から六十秒後、ライムの返信が届いた。

文面を見て、みぞおちを殴られたような衝撃を覚えた。

目撃者の供述を取ってくれ。容疑者の身元が判明した。未詳八九号の正体はウォッチメイカーだ。ギリガンは買収されていたが、殺された。その現場の証拠物件がほしい。捜索はできそうか？

ウォッチメイカー……すべてが根底からひっくり返る。

サックスの返信は短かった。

まかせて
すばやく酸素を吸入し、小型タンクを助手席の足もとに置いた。それからギアを一速に叩きこんだ。

25

ふだんはそわそわすることなどないのに——彼以外の人々、ノーマルな人々は、こういう状態を指して〝そわそわする〟と言うのだろう——びりびりするような不安まじりの期待が腹の底で脈打っていた。

チャールズ・ヘイルの計画の成否は、いままさに起きようとしていることに左右される。

身の安全を懸念しているのではない。これから会う仕事仲間の身辺は何度も念入りに調べたし、必要な対策はすべて講じてあった。時計もそうだが、許容できる誤差の範囲をほんのわずかでも逸脱した瞬間、実用に足るはずだったものも役に立たなくなる。要するにそういう単純な話なのだ。これから会う人物には、彼の計画における役割を完璧に果たしてもらわなくてはならない。

腕時計を製作するとき、ドイツの金属細工職人にばねを作ってもらわなくてはならないのと同じ——ばねそのものが一つの芸術なのだ。

外部の専門家。

今回も例外ではない。

ハーレムの交通量は多く、通りを行き交う車は優柔不断なくせに強気で、まるで魚の群れのようだった。ヘイルはニューヨーク市立大学シティカレッジ近くの駐車スペースにパスファインダーを駐め、セント・ニコラス・パークを歩いて東に向かった。曲がりくねった遊歩道の上で、スプリンクラーが撒いたしずくがきらめいていた。土のにおい、車の排気ガスのにおい。遊歩道沿いの黄色い花の香りもした。毒を持たない花——さっきちょうど考えていたように、自分にはおよそ用のない種類の花だ。それでも、その美しさは目を喜ばせる。美を鑑賞する暇などなかろうと、ヘイルだって人間だ。心を動かされることはある。それで集中を削がれたり弱められたりしないかぎりは、という条件付きではあるが。

公園を出て、一三九丁目をたどった。そこは十九世紀に開発された住宅街で、ストライヴァーズ・ローと呼ばれている。開発を手がけたのは、一八八九年完成のニューヨーク・タイムズ・ビルや自由の女神像の台座、二代目のマディソン・スクウェア・ガーデンを建設したデヴィッド・H・キング・ジュニアだ。通りの両側に褐色砂岩《ブラウンストーン》や黄色煉瓦、石灰岩《ライムストーン》張りのタウンハウスが並び、その多くにテラコッタの装飾が施されていて、どれも建築学上の宝だ。建設当時はハーレム地区の人口の大半を占めていた中流階級の白人向けに販売された。しかしプロジェクトは頓挫し、投資家は大量の空き家を二十年にわたって抱えこんだあげく、黒人の買い手への販売にしぶしぶ同意した。

ヘイルがこの歴史を知っているのは、ここにはもう一つヘイルを惹きつけるものがあるからだ。いまちょうどそれが見えてきた——建物の壁から歩道に突き出した屋外時計。

ベーカー&ウィリアムズ・ビルディングの正面に取りつけられた直径一・八メートルのその時計の歴史は、一九二〇年代から三〇年代のハーレム・ルネサンス直後までさかのぼる。当時、そのビルには金管楽器を得意とする楽器メーカーが入居していた。社長は地域への誇りから——それにもちろん広告効果も狙って——時計の製作を依頼した。

時計の設置を決めた動機はもう一つあった。黒人のベーカーは、マーチャンツ信託銀行に融資を申し入れたものの、財政上の理由は何一つないにもかかわらず副頭取に断られた。マーチャンツ信託銀行のウォール街本店入口には、大きな時計が飾られていた。ベーカーが注文してハーレムのビルに設置した時計は、銀行のそれとそっくりだが、直径できっかり一インチ大きかった。

楽器メーカーはとうになくなり、ビルは改装された。いまは一階にコーヒーショップがあり、二階から上の八フロアはアパートになっている。

時計は単純な設計だ。コンプリケーションは一つも搭載されていない。曜日の表示窓さえなかった。しかし、この一つがほかの似たような時計と違うのは、文字盤が透明だということだ。なかの機構が見える。ヘイルは仕事でニューヨークを訪れるたびに五つか六つの屋外時計を巡礼することにしているが、この時計もそのうちの一つだった。

しかも一番のお気に入りはおそらくこれだ。理由はそのたたずまいと歴史の両方にある。時間とは、人種やジェンダー、出身国、性的指向とはまったく無関係に存在するものであることを、この時計は証明している。言うなれば、人間の作り出したそのような概念やそれがもたらした分断に、時間は〝時間を割かなかった〟のだ。

ふむ。哲学の問題として興味深い。もう少しじっくり考えてみるとしようか。

しかしもちろん、いますぐは考えている暇がない。

「しかし暇だな」

「だな。しかし、ただ座って、キューバ風サンドイッチ食って、キューバ風コーヒー飲んでりゃいいんだぜ。ヤク中を追っかけ回してるよりずっと楽だろ」

「壁紙を貼ってるのをぼんやりながめてるだけだがな」

「え？」

「壁紙を貼ってるのを見てるだけ」短い間。「ペンキが乾くのをぼんやりながめてるんじゃなくて（「ペンキが乾くのをながめる」は〝おそろしく退屈である〟という意味の慣用句）。気の利いたことを言ったつもりなんだけどな。通じなかったか」

「そっか」

つまらないジョークを言った若いほうの刑事は伸びをし、砂糖をこれでもかと入れた濃いコーヒーをまた一口飲んだ。水道工事会社のバン——手入れで押収された一台で、いまは張り込みや監視に使われている——の運転席に座っているのはこの若いほうの刑事だ。車には金属のにおいがかすかに染みついている。実際に金属のにおいなのだろうが、ニューヨーク市警車両課のクリーニングで落としきれなかった血のにおいという可能性もゼロではなかった。

この近くの第三二分署に属するこの刑事と助手席でくつろいでいる相棒は、雰囲気がなんとなく似ていた。二人とも背が低くてがっしりした体つきをしている。見分けるポイントは一つ——運転席の刑事は金髪で、もう一人は黒に近い茶色《ブルネット》だ。

「音楽、これじゃなきゃだめか」少しだけ年長のブルネットが、ラジオを無用に一瞥して言った。ラジオからはソフトロックが流れていた。

「いやなら変えていいよ。好きなのを選べ。そいつがここに来る確率はどれくらいだ?」

「その口ぶり、本気で確率を知りたいわけじゃないよな。こんなの時間の無駄だって言いたいんだろう」

ブロンドが言った。「大当たり。おいよせ、カントリーはやめてくれ。ほかの局にしてくれ」

「好きなのを選べって言っただろ。だからカントリーに変えたのに」

「ヒップホップにしよう」

「ヒップホップならまあいいか」

ニューヨーク市警の暗黙の規則では、張り込み中に音楽を聴いてもいいことになっている。目覚ましになるからだ。スポーツ中継は禁止されている。そちらに気を取られて、悪党が悪事を働いているところを見逃すおそれがある。無情なルールだ。市警の九割はスポーツファンなのだから。残りの一割はただのひねくれ者だ。

音楽に関する妥協が成立し、二人はシートにもたれて路上の見張りを続けた。

「ところで、この指示はどこから来た?」ブルネットが訊いた。

ブルネットは指示説明に居合わせなかった。ブロンドが任務のパートナーにブルネットを選んだ。一緒にいて気楽だし、たいがいのことで意見が一致するからだ。大事なことで。スポーツや政治の話で。音楽は大事なことのうちに入っていない。

「車椅子の元警察官。知ってるよな」

「誰だって知ってるさ。ライムだろう。警部。鑑識課」

ブロンドが言った。「何とかいう奴が入国したらしいんだよ。テロリストだか何だか。飛行機の車輪の格納庫に隠れて来たとかで。イギリスから」

「嘘くさいな。そんなのは無理だ。ありえない」

「百ドル賭けるか」ブロンドはポケットから紙幣を引っ張り出して数えた。「えーと、八十七ドル賭けるか」

ブルネットは及び腰になった。「しまっとけよ。でも、いったいどうやって？」

「酸素タンクとヒーターを持ちこんだらしい」

「ほんとかよ」ブルネットはその大胆さに感心すると同時に、妻と二人でディナーを楽しめる金額を失わずにすんだことにほっとした。

「で、そいつが今朝のクレーンの事件の犯人だって話だ」

「ライムが捜査を指揮してるのか？　ありえない。民間人だぞ」

「重大犯罪捜査課のセリットー、本部付きの警部補な。指揮官はセリットーだ」

「ああ、あの陰気くさい奴か」

「けど、実質はライムが指揮してる」


しばらく二人は黙って通りに目をこらした。やがてブルネットが言った。「本当に歩けないのかな。ライムは」

「歩けるに決まってるだろ。マラソンだって走れる。けど、そのほうが同情を買えるから、朝から晩まで車椅子に座ってるんだよ」

「ちょっと言ってみただけだって」

キューバ風コーヒーを口に運びながら、ブロンドは手もとのプリントアウトをもう一度確かめ、そこに印刷された写真の男がいないかと、通りにまた目を走らせた。

チャールズ・ヴェスパシアン・ヘイル。

これほど平凡な見た目をした男はまずいないだろう。一つ重要な材料があった——市内の誉《ほま》れ高い屋外時計のいずれかを見に訪れるはずだ。

セリットーによれば、ライムがそう言ったらしい。〝誉れ高い時計〟。刑事部屋にいた大半の刑事は失笑をこらえた。

ライムが指定した屋外時計は五つ。市警はそのすべてに私服刑事を派遣した。

ブルネットが身を乗り出し、通りすがりの男に目をこらした。ブロンドもその男を見た。違う。ヘイルではない。

ブロンドは、セリットーが指示説明の終わりに言ったことを何度も思い出していた。ヘイルを発見した場合、どう対処すべきかと問われたセリットーはこう答えた。「本部に無線を入れて、尾行しろ。見失うな。尾行に気づかれたり、奴が市民を襲うそぶりを見せたら、身柄を拘束しろ」ここでセリットーはやや口ごもってから低い声で続けた。「通常の手順どおりだ。ただ……」

この最後の〝ただ……〟がくせ者だった。

そうはっきりとは言わなかったが、銃の使用について言っているのは明らかだった。

警察官が容疑者を殺害して許されるのは、警察官自身あるいは他者の命が現に危険にさらされている場合に限られる。

ただ……

その一語で、セリットーはこうほのめかした――ヘイルは別個の範疇《はんちゅう》に属する。

明言はしないまま、こう伝えたに等しい。危害を及ぼすそぶりをほんのわずかでも示したら、その場で射殺せよ。

とはいえ、そんな必要が生じるとは思えない。

セリットーは的をはずしているとブロンドは確信している。ヘイルという男が本当にそれほど利口なら、逮捕や射殺のリスクを冒してまで――誉れ高かろうと何だろうと――時計なんぞを見物に来るはずがない。

なかでも、いま二人が車を駐めている向かい側にあるこんな時計をわざわざ見に来るわけがない。ブロンドの美意識に照らし合わせた場合、ここハーレム地区のベーカー&ウィリアムズ・ビルのコーヒーショップの入口の上に突き出した時計は見る価値のあるものとは思えなかった。

26

チャールズ・ヘイルは混雑した通りを歩いている。ハーレム地区によくいる男の一人だ。食事に行く途中の。広告のプレゼンテーションに向かう、最近この界隈に引っ越してきたばかりのいとこを訪ねる、短い昼休みを愛人と過ごそうとしている、あるいは妻とゆっくり昼食を楽しもうとしている男。

颯爽《さっそう》としているわけではなく、おどおどしているわけでもなく。

〝ニューヨーク・シティ・モード〟の歩きぶり。

目的ありげかと思えば、どことなく注意散漫な。

視線は、ベイカー&ウィリアムズ・ビルの時計に注がれていた。

「すみません」

振り返ると、三十代の女がいた。金色の髪をきっちりと後ろになでつけてある。タンニングマシンではなく、野外で日焼けした肌（仕事のために自分も日焼け肌を演出した経験があるヘイルは、一目で区別がついた）。紺色のスカートスーツに白いブラウス、真珠のネックレス。五八丁目の高級ブティックの紙袋を提げていた。

女は自分の携帯電話をヘイルに向けた。「この壁画を探してるんですけど」画面には、ハーレム生まれの詩人ラングストン・ヒューズを描いた壁画の写真が表示されていた。

ヘイルは画面を見つめた。それから自分の携帯電話を取り出して地図アプリを起動した。今度は女が彼の電話の画面を見つめた。

網膜スキャンが完了し、双方の画面の右上隅に小さな緑のランプが点灯した。網膜スキャンを利用した身元確認ツールは、あらゆる生体認証セキュリティツールのなかで誤認率がもっとも低かった。

「こっちだ」ヘイルは言い、二人は巨大な時計に背を向け、ヘイルが来た道を戻って窓際のテーブルについた。

ヘイルはブラックコーヒーを、女はカモミールティーを注文した。

「ハンプトンズには行ってみた電車じゃなくタクシーで彼女が首になろうが知ったことじゃないいますぐにでも要するに……」

出たとこ勝負のとりとめのない会話は、飲み物が運ばれてきて、近くのテーブルの客のなかに要注意人物はいないと双方が納得したところで、ふつりとやんだ。

濃い青色の目をヘイルに向けて、女が言った。「ブラッドから聞いた。以前にもあなたの仕事をしたことがあるそうね」

ブラッドというのはあるグループのリーダーで、彼女はほとんどの仕事をそのグループから請け負っている。早い話が傭兵の集団だが、そこに属する六名は、傭兵と聞いてとっさに頭に浮かぶような、カモフラージュ柄の上下に身を包み、大量のタトゥーを入れて顎ひげを蓄えたマッチョな男どもよりはるかに目立たない活動をしている。ヘイルが次の仕事に求められるスキルを伝えると、ブラッド・ガーランドは即座にこの女――いまヘイルの目の前に座っている女を推薦した。

「ああ、前にも仕事を頼んだことがある」その仕事ぶりに満足したと付け加える必要はなかった。不満を感じたなら、いまこうしてこの女と会っているわけがない。

女はカモミールティーを一口飲み、ゆったりと座り直した。「先に話しておきたいことが。受け渡し場所で顔を見られたの」

方言の研究家に意見を求めたら、この女はラストベルトとコーンベルトが交差する地域（アメリカ中西部）の出身と分析するだろう。

「で？」

受け渡し場所として借りた家を紹介した不動産業者が嘘をついたか、勘違いしたかしたようだと女は説明した。両隣の建物に住人はいないはずだったのに、西側の一棟が売却済みだった。若い株のトレーダーが女に気づき、荷物を運びこむのを手伝おうとしつこく言ってきた。

「断ったら怪しまれたと思う。でも、後始末は完了した」女は感情を見せずに続けた。「ビールをふるまったのよ。チオペンタールとミダゾラムを混入したビール。私が考案したレシピ。量の加減はわかってる。四、五日は意識が戻らないはず。サウスブロンクスに車を乗り捨てる途中で、その男を遺棄した。そのあたりは交通量は多くないけど、誰かがきっと見つけると思う。ウォール街のトレーダーが治安のよくない地域で麻薬を買って、過剰摂取した。それ以上のことを疑う人はいないわ」

「かならず意識が戻るんだね？」

「保証はできない」その容赦ない返事に説明が続くことはなく、女はただカップを口に運んだだけだった。

「どんな名前を使っている？」ヘイルは尋ねた。この業界では仮名を使うのが一般的だ。

「あなたとのあいだでは、本名を使う。シモーンよ」

「私はチャールズだ」

ただし、教え合うのはファーストネームのみだ。

ヘイルはシモーンの手にさっと目をやった。指輪はない。右人差し指の腹にまめができているようだ。射撃練習を長時間続けると――一度の練習で数百発も撃つと――そこの皮膚が厚くなることがある。

「きみが自分で製作したのかい？」

「一部はね。ソフトウェアは別に頼んだ。プログラミングもできないことはないの。でも、今回は特別なスキルを持つ人に頼んだ。若いけど優秀な子よ。ソースコードのリバースエンジニアリング専門でね。それにはアセンブリの知識が必要だから」

そう聞いてもヘイルには意味不明だった。仕事に必要のない知識やスキルで自分の頭脳に負荷をかけることはしない主義だ。シャーロック・ホームズは地動説を知らなかったと何かで読んだことがある。太陽が地球の周りを回っていると信じていたという。だが、それで何の不都合がある？　朝は東に太陽が見え、夕方には西に見えると知っていれば事件を解決できるなら、それ以上の知識は必要ない。

この点で、ヘイルとリンカーン・ライムは似たもの同士だ。

ヘイルはライバルについて書かれたものを大量に読んできていた。

コーヒーをテーブルに置いた。シモーンがこちらをじっと観察していた。それを隠すそぶりはない。

ヘイルの年齢は知っているはずだし、整形前の写真も見ているはずだ。あえて外見を老けさせ、醜くしたことに驚き、幻滅しているのかと思ったが、どうやらそうではないらしい。

シモーンは顔をわずかに左に向けた。

「あの水道工事のバン。市警？　それともＦＢＩ？」

「ニューヨーク市警だ」一区画離れた地点、ベイカー＆ウィリアムズ・ビルの向かい側で張り込み中のバンは、公的機関のものではなくふつうの商業用ナンバープレートをつけていたが、ヘイルがそのナンバーで検索したところ、ニューヨーク市の名義で登録されていた。押収した車両だろう。

「あそこで張り込みをしているのは、あの時計があるから？」

「そうだ。つまり、リンカーンは私がニューヨークに来ていると知っていることになる。今日ここに――あの時計の近くに来たかった理由の一つはそれだ。リンカーンに知られているかどうか確かめるため」

来ているのかことをなぜ知っているのか。それは見当もつかなかった。リンカーン・ライムには驚かされてばかりだ。

シモーンが持ってきた紙袋をヘイルに手渡した。中身は絹のソックスかブルックスブラザーズのネクタイといったところか。番地のメモと鍵が入った封筒が入っていることは間違いない。

ヘイルは胸ポケットから封筒を取り出してシモーンに渡した。重さはないが、二十五万ドル相当のダイヤモンドが入っている。一般に流通している宝石には、顕微鏡を使わなくては確かめられない登録番号がほぼ間違いなく刻まれているが――そう聞くと誰もが驚くだろう――このダイヤモンドには番号は入っていない。

海外口座への電子送金を了承するクライアントはめったにいない。この業界の人間は、暗号通貨を受け取らない。クライアントからそういう申し入れがあった場合、ヘイルは即座に依頼を断ることにしている。

シモーンが言った。「あの時計。あの大きな時計?」

ヘイルはうなずいた。

どちらも時計のほうは見ない。

「なかの歯車《ギア》が見えるでしょう。おもしろいわ」

「ギアとは呼ばない」

「そうなの?」

「車《ホイール》だ」

「歯が刻まれてるのに?」

「そうだ。ギアは自動車のトランスミッションについて使われる言葉だ。時計の場合は〝車〟と呼ぶ。それが連なった機構は輪列《ホイールワーク》」

「いまも製作中?」

「腕時計のことかい? いや、ここでは作っていない」

シモーンは首をかしげて言った。「受け渡し場所のすぐ上にクレーンがそびえてるの」

ヘイルは紙袋のなかをのぞいて番地を確かめようとはしなかった。「どこ?」

「西三八丁目」

めったに笑わないヘイルは、かすかな笑みを作った。

「いや、次のターゲットはそれじゃない。もしそうだったらなかなか毒の効いた話だったな。さて、そろそろ行こう」ヘイルは代金をテーブルに置いた。「さっき見せてもらった壁画だが。ラングストン・ヒューズだったのはなぜ？」

「詩が趣味だから」

「じゃあ、本当に見たいのか」

「そうよ」

ハーレムは双方にとって巡礼地だったことになる。

シモーンが席を立つ。ヘイルもそれに続いた。シナリオに従うなら、頬を寄せ合い、遅ればせの誕生日プレゼントに心をこめて「ありがとう」と伝えるべきであり、二人はそれに従った。

ヘイルは言った。「次のステップについてはまた連絡する。明日にでも」

シモーンはヘイルの目を見つめたまま言った。「私の時間はあなたのものよ」それから向きを変え、通行人の波にまぎれこんだ。

27

タイムリミットまで：16時間

サックスが居間に入ってきた。持ち帰った証拠物件は、プラスチックケース一つ分にも満たない量だった。表に証拠物件保管継続証が貼られた袋がいくつか。それだけだ。

玄関ホールの検知機器に袋を一つずつかざしてから、メル・クーパーに引き渡す。

酸素を吸ってから、ライム、セリットー、クーパーに向けて報告した。「クレーンの運転士は生きてた。亡くなったのは別の作業員だった」

ロン・セリットーが訊く。「どうやって脱出した？」

サックスは酸素タンクを傍《かたわ》らに置いて小さく笑った。

「クレーンが倒れる寸前に、登山用のザイルを使って下りたそうよ。高いところがよほど好きみたい。ロッククライミングと登山をやるそうなの」

「うへえ」メル・クーパーが証拠品袋を検《あらた》めながらつぶやいた。「高いところは勘弁だ」

サックスは報告を続けた。「未詳は――ウォッチメイカーは、目撃者がいることを知って、家に装置を仕掛けてその目撃者と奥さんを殺そうとした」

「近所の住人は何か見ていないのか」

「誰も何も見てない。窓から霧みたいなものが噴き出したのを見たって人は一人いたけど、湯気だと思ったそうよ。ほかには何も見ていない」

「ヘイルはどうやってその目撃者の情報を手に入れた？」ライムは訊いた。

「今朝、刑事を名乗る人物から電話があって、不審なものを見なかったかって訊かれたそうなの。全作業員に同じ質問をしてると話した。リストを持ってたわけね。ギリガンがここに来たときくすねて、ヘイルに渡したんだろうと思う」

ライムはうなずき、次の質問をした。「で、運転士はいったい何を見たせいで殺されかけた？」

「ベージュのＳＵＶ。指定の駐車場ではない場所に駐めてあった。ダッシュボードに工事用のヘルメット。後部座席に九十センチ四方、深さ四十五センチくらいの段ボール箱。文字やロゴマークを見た記憶はない。ネオプレンらしき素材の手袋。高価そうな双眼鏡。ペーパーバック本が一冊。オレンジと黄色のカバー。タイトルの最後の文字は〝Ｋ〟。それで全部」

ライムはゆっくりと言った。「なるほど。ＳＵＶを見られたことを心配したわけか。しかし、そのＳＵＶはすでに処分されているだろう。ウォッチメイカーが同じ車両を繰り返し使うとは思えない。段ボール箱に手袋にヘルメット。ヘイルが不安視しそうなものではないな。見られて困るとしたら、双眼鏡と本あたりだね。だが、なぜ見られては困る？」問うても答えは出ない。ライムはサックスに訊いた。「運転士の家には入ってみたか」

「いいえ。消防隊長が封鎖を解除しなかったから。大量の酸とガスが充満してるの。でも、窓からなかをのぞいてみた。装置はまるごと溶けてたわ。八九丁目の現場でクレーンのカウンターウェイトに仕掛けられてたものと同じように」

無理に家に入らなかったなら安心だ。サックスはすでにそれなりの量の有毒ガスを吸ってしまっている。これ以上吸ったら間違いなく病院送りだろう――いま追っている獲物はウォッチメイカーであると判明したいま、サックスが捜査からはずれるようなことになれば大打撃だ。

「それは？」ライムは、メル・クーパーがちょうど手に取った箱を顎で指した。

笑ってしまうほどちっぽけな箱。

「玄関と勝手口の靴跡と微細証拠物件」

まもなくクーパーが言った。「靴跡は、ギリガン殺害現場でロナルドが採取した靴跡と九〇パーセントの確率で同一だ。いま微細証拠物件の分析結果も出た……」GC／MSの画面を見ながら読み上げる。「前と同じだ――粘土、バクテリア、腐りかけの木片、布の繊維。酒。今度もやっぱり古いよ。とんでもなく古い……前回はなかった成分があるな。アンモニアとイソシアン酸」

「尿素だな」ライムが言った。

セリットーが肩をすくめた。「奴は、誰かが小便をした地面を踏んづけた。何の参考にもならん」

「誰かが遠い遠い昔に小便をした地面を踏んづけた。尿素が分解されるとその二つになる」

サックスが新たに判明した事実を一覧表に書き留めた。

こうして比べてみると、たしかに、セリットーの筆跡はひどいものだった。

セリットーは腕時計を確かめた。「そろそろ帰るか。シャワーを浴びてめしを食わないと。何かあったら連絡してくれ。それにしても、みんななんだってそう言うんだろうな。本当に用があるなら、誰だって連絡するに決まってる」

セリットーはタウンハウスを出ていった。メル・クーパーも帰っていった。

ロナルド・プラスキーはダウンタウンに行っていた。一時的にエディ・タール事件の捜査に切り替え、アッパー・イーストサイドで目撃者を殺害したとき爆弾屋が乗っていたと思われる赤いセダンの情報を追っている。しかしどうやらそれも行き詰まったようで、これからこちらに戻ってきて、市内でタワークレーンを使っている建設現場のうちでも狙いやすそうな現場をサックスと一緒に見て回ることになっていた。セキュリティの確認が主目的ではあるが、ウォッチメイカーが細工をしている現場に行き合わないともかぎらない。

世の中、何が起きるかわからない。

トムがドア口に顔をのぞかせた。「夕食にしますか」

「そのうちな」ライムは上の空で答えた。目は殺人ボードに注がれていた。

ちょうどそのとき、ライムのパソコンにメールが届いた。Ｚｏｏｍミーティングの招待だ。

メールに設定された送信者の氏名は、殺人ボードに書かれている一つだった──目下選挙活動中の下院議員、スティーヴン・コーヴィ。今日、ライル・スペンサーが事情聴取したばかりの相手だ。

この選挙区からワシントンＤＣに送りこまれた議員なのに、ライムが名前すら聞いたことがなかった人物。

ライムは言った。「サックス。議員の話を聞いてみようじゃないか」

サックスは、一番大型のモニターが接続されたパソコンの前に腰を下ろしてタイプした。ほどなくコーディが画面に映し出された。いかにも実業家といった風の整った顔立ち。豊かな髪はほんのわずかに乱れている。水色のシャツの袖はまくり上げてあった。ネクタイは締めておらず、シャツの一番上のボタンははずされている。眼鏡のフレームは濃い赤色だった。ライムはふと思った──フレームの赤色は、視覚から脳に伝わる画像に何らかの影響を及ぼすだろうか。ふむ、興味深い思いつきだ。フレームの色によって視力が影響を受けるのかどうか、調べてみるとしよう。現場捜索で考慮に入れるべき要素になるかもしれない。

「コーディ議員。サックス刑事です」

「よろしく、サックス刑事。ライム警部、お目にかかれて光栄です」

ライムはうなずいた。

政界に入る前は連邦検事だったのだとコーディは話した。その仕事を通してライムの噂を耳にしていた。ライムを主役に据えたシリーズ本──とりわけ有名な事件を取り上げたもの──も何冊か読んでいると言った。以前からライムは、そのシリーズの著者は何を考えてそんなものを書くのかと不思議でしかたがない。

「スペンサー刑事から、クレーン転倒事件に関していくつか質問を受けました。アフォーダブル住宅推進活動グループが関与しているそうですね。住宅問題の解決は、私の重要な政策の一つです。アメリカのどの都市でも起きている問題ではあります。でも、ニューヨーク市はとりわけ深刻です。犯人側の主張にも一理あります。市が所有している不動産には有効活用できそうなものが多数含まれていますが、それに反対する声もある。大きな抵抗勢力が存在するんです」

「ほう。それは実に遺憾《いかん》だね」ライムはぼそぼそとつぶやいた。サックスがじろりとねめつけた——そういういやみは言わないの、あとで議員の力が必要になるかもしれないでしょう。ライムは譲歩のしるしに片方の眉を吊り上げた。

「こんな演説めいた話にご興味はありませんよね。さっそくですが、調べてわかったことをお伝えします。アフォーダブル住宅関連団体にひととおり尋ねてみましたが、そのコムナルカ・プロジェクトとやらは誰も知りませんでした。それに、アフォーダブル住宅建設を要求に掲げたテロ事件なんて誰も聞いたことがない。考えてみれば、暴力を振りかざして要求するのに向いた主張でもありませんしね。開発中のスキーリゾートに火を放つとか、林業地の木に釘を打つとか、造成地のブルドーザーに妨害工作をするとか、そういう事件なら起きるでしょう。しかし、いずれも敵を想定して起こす行動です。たとえば石油会社、不動産開発業者。一方で、アフォーダブル住宅を求める運動のゴールは、誰かが何かするのを止めることではない。現場では家を購入できない人々にも手が届く住宅を造りましょうと訴えているだけです」

「参考になった」ライムは言った。本心だった。その観点からは考えていなかった。

「ほかに何かわかったら、すぐに連絡しますよ」

サックスから議員に礼を言い、ミーティングを終えた。

サックスは言った。「どう、コーディに投票する気になった？」

「何とも言えないね。選挙はいつだ？」

「十一月。毎回十一月と決まってる」

「そうだったか？　対立候補は誰だ？」

「マリー・レパート。この人も元検事よ。サウス・テキサスのカルテルを追い詰めた。私は彼女を応援してる」

「ほう」ライムは心ここにあらずの様子で応じた。「これで確定だな。アフォーダブル住宅？　それも奴のコンプリケーションの一つにすぎない」

チャールズ・ヴェスパシアン・ヘイルは、殺人者で、詐欺師で、泥棒で、傭兵だ。

だがそれだけではない。ヘイルは魔術師《イリュージョニスト》でもある。腕時計製作における〝コンプリケーション〟の概念を念頭に置いて犯行計画を練る。コンプリケーションとは、機械式の腕時計や置き時計が備える時刻を表示する以外の機能を指す。ハンマーがピンを叩く音で報せるアラーム機能など、ムーブメントに隠されているコンプリケーションもあれば、月齢や潮汐《ちょうせき》、季節を表示する文字盤の小窓のように外から見えるものもある。そういった機能を数多く搭載した腕時計は〝グランド・コンプリケーション〟と呼ばれる。

そのフレーズは、ヘイルの計画の特徴をそのまま表していた。

ライムは、敵を理解するため、時計製作技術について広範囲にわたるリサーチをした。史上最多のコンプリケーションを搭載する腕時計は、フランク・ミュラーのエテルニタス・メガ4だ。機構の総数は三十六、部品数はおよそ千五百に上る。

ヘイルはそれを所有しているだろうか。それよりもっと多くのコンプリケーションを搭載した腕時計を自作したことだってあるのかもしれない。

「よし」ライムは考えをまとめながら言った。「アフォーダブル住宅の件は、ひとまず考慮からはずすとしよう。その場合、奴を雇ったのは誰で、奴の狙いは何だ？」

サックスが言った。「目的が別にあるなら、それとタイムリミットの関係は？」

ウォッチメイカーは、いまから十三時間後にまた別のクレーンを倒すと予告している。

「犯行はまだ続くのだろうな。何を企んでいるにせよ、クレーンの破壊工作も奴の計画のうちだ」

玄関のブザーが鳴った。ライムとサックスは同時にモニターを見た。二人とも〝夜のこんな時間に？〟という表情をしていた。

カメラを見上げているのは、特徴らしい特徴のない人物だった。黒人、中年の男性。紺か黒のスーツに白いシャツ、ネクタイを締めている。ベルトに市警の金色のバッジが下がっていた。

「どちらさま？」

「ライム警部。内部監察部のローレンス・ヒルトンです。夜分に申し訳ありません。少しお時間をいただけませんか」おそらくカリブ諸島のアクセントだ。ジャマイカあたりだろうか。

ライムはオートロックを解除し、サックスが迎えに出て居間に案内してきた。

居間に足を踏み入れるなりラボを見回し、その充実ぶりに感心した顔をした。その目は最後にライムの上で落ち着いた。このときもまた、へつらうように顔を輝かせた。

対して、ライムの表情は曇っていた。客人の存在やその追従ぶりに苛立ったからではなく、ウォッチメイカーが何を計画しているのかまるで見当がつかないことが、たったいま改めてはっきりしたからだった。

トムが居間に顔を出し、客がいることに気づいて驚いた。それから、コーヒーか何か召し上がりますかと尋ねた――ヒルトンの滞在時間を必要以上に延ばすようなことをしてくれるなと伝えるライムのしかめ面に気づかないまま。あるいは完全に無視して。

ヒルトンは感謝をこめてうなずいたが、けっこうですと断った。

サックスが咳をこらえながら、身ぶりで椅子を勧めた。

腹立たしいことに、ヒルトンは座った。ライムの期待に反して長居をする可能性があるということだ。

「ギリガン刑事が都市整備建設局の窃盗事件に関与していたこと、クレーン転倒事件の犯人に協力していたことは、内部監察部でも把握しています」

「ああ、その二件については間違いなさそうだ」

ヒルトンは内ポケットから使いこまれた小型の手帳と金色のペンを取り出した。ページの一番上に何か書いた。おそらく日付と場所だろう。昔、一刑事として事件捜査をしていたころ、ライムもまず日付と場所を書いたものだ。ただ、その当時でさえ、目撃者の供述より証拠物件について現場でメモを取る量のほうがはるかに多かった。それどころか、目撃者の話をまるで聞いていないことさえあった。

「犯人というのは、誰ですか」

ヘイルがニューヨーク市に来ていると判明したとき、ライムはすぐに市警本部と市長に連絡した。内部監察部の人間は、その縄張り外の事件については関知していないのだろう。ただ、ヘイルの悪名や、過去にニューヨーク市でいくつも仕事をしてきた経緯を考えれば、まるで知らないというのも不思議に思えた。

「チャールズ・ヴェスパシアン・ヘイル。プロの犯罪者。もっと詳しく知りたければ、ニューヨーク市警とＦＢＩの両方に記録があるはずだ」

「ギリガン刑事を殺害したのはその人物ですか」

「我々はそう考えている」

メモが書きこまれ、読み返され、新たな記述が加えられた。「理由は？」

「まだ不明だ」

ヒルトンの目はふたたびラボを見つめた。ラボのことで何か訊きたそうにしたが、ライムのいらだちが伝わったらしい。笑みに似た表情を浮かべたあと、ライムに視線を戻した。「ギリガン刑事の容疑を裏づける証拠は？」

ライムはサックスにうなずき、サックスがこれまでに判明したことがらを伝えた。

聞きながらメモを取ったあと、ヒルトンは眉根を寄せた。「しかし、貧困層に住宅をと訴えるためだけに、こんな手のこんだことをするでしょうか」

サックスは肩をすくめた。「ヘイルの目当ては別にあると私たちは考えています。それが何なのかはまだわかりませんけど」

「奴の目的の一つは把握できている」ライムは言った。「私を殺すことだ」

金色のペンの動きが止まった。

「どこかの組織が殺し屋を雇ったわけですか。犯罪組織――マフィアとか？」

「そうではない。個人的な動機だ。ヘイルがギリガンを買収した理由の一つはそれだろうね。このタウンハウスに入って、セキュリティ態勢を確認するため」

ヒルトンはＸ線検査装置や爆発物検知器のほうに目を向けた。「どうしてあんなものがと不思議に思っていました」それからこう尋ねた。「ヘイルの居場所に心当たりは？」

「ない」

居場所を知っていたら……

「ギリガン刑事は、協力している相手に関する情報を何か漏らしませんでしたか。この事件に限らず」

ライムとサックスは顔を見合わせた。サックスが首を振った。

ヒルトンは手帳とペンをしまい、ジャケットのボタンを留めると、最後にもう一度だけラボを見回してから玄関に向かった。途中で立ち止まって振り返った。「そのヘイルという男はあなたを狙っていて、ギリガンはヘイルに協力していたわけですね。どこまで重要かわかりませんが、お伝えしておいたほうがよさそうな事実があります。ギリガンに関する書類を受け取ったあと、ギリガンの行動記録を確認しました。先週、ギリガンはＥＳＵから、スタン手榴弾六発とドア破壊用Ｃ４爆薬四個を持ち出しています。

一度に使えば、人を殺せる量です。ギリガンのオフィスと自宅は捜索しましたが、見つかっていません」

ヒルトンは玄関ホールの爆発物検知器を一瞥した。

「知らない人物から荷物が届いたら、しっかり確認してください。くれぐれもうっかり落としたりしないように」

28

チャールズ・ヘイルはタワークレーンを見上げた。ハーレムのコーヒーショップで会ったとき、シモーンがちらりと話していたクレーンだ。

クレーンのジブは、まるで風見鶏のように風向きに合わせて回転していた。マストにかかる風荷重を軽減するために旋回プレートのロックが解除されているのだ。地上二百メートルで巨大なアメリカ国旗がばたばたやかましくはためいていた。あんなものを垂らしていると性能に悪影響が出るのではと思ったが、ヘイルには関係のないことだ。

向きを変え、シモーンが受け渡し場所に借りた家の西側の建物を見やった。警察が来ているのでは、その建物の住人の若い男が麻酔カクテルを過剰摂取した背景を調べているのではと、なかば覚悟していた。

警察は来ていない。この通りにいるのはヘイル一人だ。

シモーンから渡された〝ギフト〟の紙袋に入っていた鍵を使ってドアを開けた。その鍵は偶然にも、今回のアジトを含め、ヘイルが自分の隠れ家すべてに使っているのと同種のものだった。短い鎖でできた珍しい種類の鍵。それを使う錠前のピッキングは事実上不可能だ。

ウェストバンドに下げた銃のそばに手をやって屋内に入り、緑色の天井灯をつけ、シモーンが製作した装置が入った箱に近づいた。段ボール箱の横に印刷された文字を見た。

キッチンエイド・ブレッドメーカー・デラックス

愉快な偽装だ。箱の前に膝をついて蓋を開け、なかをのぞいた。

装置はこぢんまりした造りだった。ホームセンターで売っている類の発電機に似ている。光沢仕上げの金属の土台の上に、金属と黒いカーボンファイバー素材のボックスやチューブ、付属パーツ、ワイヤが並んでいた。片側には大型バッテリーがいくつか。てっぺんに主役が鎮座していた——長さ六十センチ、直径十五センチの艶消し仕上げのアルミの筒型容器。

破壊を目的とした装置はたいがい雑に造られている。真の即席爆弾は、ワイヤと回路板と爆薬の寄せ集めにすぎない。秩序のない、いかにもやっつけの、こんがらかった塊。

ところがシモーンの手になるこれは、スタイリッシュで洗練されていて、どこか官能的ですらあった。二十世紀初頭ドイツのバウハウス・デザインを連想させる。

筒型容器にゆっくりと手をすべらせた。ラテックスの手袋をはずせないのが残念だ。手触りをじかに確かめてみたかった。

道楽で腕時計を製作しているヘイルは工具の扱いに長け、たいていのものは自分で製作できる。たとえばクレーンに仕掛ける酸の放出装置や、クイーンズに住む目撃者を殺した装置などはすべて自作した。

しかしこれは別格だ。これほど特別なものは、自分にはとても作れない。

敬意はなおも深まった。それから蓋を閉じて封をし、かさばった荷物をカートに載せて運び出した。ＳＵＶの後部に苦労して押しこむ。

いったん建物に戻り、ハーレムでシモーンから渡されたメモに書かれていたもう一つの段ボール箱をのぞいた。小麦粉の袋とショートニングの缶が入っていた。シモーンの装置が置いてあった周辺の床に袋の中身——金属的な色を帯びた粉——を撒いた。次に缶を空け、茶色のゼリー状の物質を玄関から粉のところまで線状に広げた。

箱から最後に取り出したのは、独立記念日の線香花火だった。

玄関口で向きを変え、花火に火をつけ、ゼリー状の物質の上に落とした。火は瞬時に燃え移った。ガソリンとナフタレン、パルミチン酸塩――ナパーム――についた火は、粉に向かって走り出した。酸化鉄とアルミを混合した粉は、一般にテルミットと呼ばれている。ナパームは摂氏およそ一千度の高温で燃焼する。それだけでもかなりのダメージを与えるが、テルミットの燃焼温度は四千度に達し、DNAの分子一つ残さない。

ヘイルはSUVに乗りこんで、グリニッジヴィレッジに戻った。ハミルトン・コートの行き止まりの手前に会社名義で借りた駐車場にSUVを置き、トレーラーハウスに帰った。

セキュリティ・アプリをチェックし、行き止まりの道やトレーラーハウスに侵入した者がいないことを確認してから、トレーラーハウスに入った。ドアを閉め、防犯システムを解除し、寝室に入った。上着とスラックスを脱いで小さなクローゼットにかけた。そのスーツは特殊な作りで、裏地がネオプレン素材になっている。酸の放出装置を仕掛けるときはつねに用心していたが、それでも事故は起きるものだ。フッ化水素酸のように不安定な物質が相手ではなおさらだ。

ちっぽけなバスルームの薬品棚を開け、整形医に処方された保湿剤の瓶を取った。蓋をはずし、白い軟膏を額から顎先まですりこんだ。切ったり削ったりして顔の造作を根底から変えたため、保湿剤を塗っておかないと皮膚が乾燥してひび割れてしまう。鉄の意志の持ち主であるヘイルも、さすがにかゆみが出ると、かきむしりたい衝動を抑えるのに難儀した。

鏡に映った見知らぬ男をまた一瞥する。鏡を見るたび、いまだにぎくりとする。

軟膏を棚に戻し、ジーンズと黒いTシャツとスウェットシャツを着た。拳銃――グロックのなかでも小型のモデル43――をベルトの内側に下げたホルスターに収めた。この拳銃にサイレンサーはつけていない。接近戦では、やかましい音がするほうがありがたい。

パソコンを起動してログインし、ローカルニュース局のURLを打ちこんだ。ヘイルは活字メディアの終焉《しゅうえん》を悲しんでいない者の一人だ。ニュースは日々大量に読む。『ニューヨーク・タイムズ』からブルガリアの『ステート・デイリー』まで十六紙を匿名で購読しているが、オンライン版の速報性が必要な場面は多い。

表彰歴のある市警刑事、遺体で発見
ローワー・イーストサイドの空き地で

その記事は、市警に十六年勤務していたベテラン刑事アンドルー・レイモンド・ギリガンが処刑スタイルで射殺されていたと伝えていた。犯人は、ギリガンが携わっていた捜査の中止を狙った犯罪組織のヒットマンと見られている。容疑者はまだ浮上していない。

「有能な刑事で、善良な人間でした」兄のミック・ギリガンさん（43）は言う。「こんな目に遭うなんて」

ヘイルはほかのニュースサイトもチェックしたが、ギャリー・ヘルプリンとその妻に対する酸攻撃の記事はどこにもなかった。つまり二人は死んだのだろう。遅かれ早かれ死体は発見されるだろうが、順調にいけば、そのときヘイルはもうニューヨーク市にはいない。

ヘイルはニュースサイトを閉じた。コーヒーを淹れ、防犯カメラのモニターを確認したあと、ゆったりと座って熱いコーヒーを味わった。

ギリガン殺害を報じた記事の内容を検討した。そこから多くの情報が得られる。犯罪組織のヒットマンによる犯行という見方は馬鹿げている。組織の者が警察官を殺せば、トラブルを防ぐどころか、自ら災難を招くようなものだろう。あの記事は手の内を隠すための煙幕だ。つまりリンカーン・ライムをはじめ捜査陣はギリガンとヘイルの関係も、ギリガン殺しの犯人はヘイルであることも、すでに知っているのだ。

不運ではあるが、予想外というわけではない。

ギリガンとヘイルの関係に気づいたリンカーンは、どんな手を打ってくるだろう。

それは依然として謎だった。

しかしヘイルの計画は短期決戦だ。決着したら、即座に姿を消すつもりでいる。

コーヒーを飲む。ゆっくりと味わった。ふと新たな減量メソッドを思いついた。重視すべき数値は？　カロリーでも糖質でも脂肪でもない。時間だ。ゆっくり食べると満腹感を得やすく、食べる量が減る。しかも、食べるという行為を長時間楽しめる。実際にビジネスにできる日は決して来ない、画期的なアイデアの一つ。めったにないことではあるが、こういうとき、絶対に名前や顔を知られないようにして生きていることが恨めしくなる。

　死んだアンディ・ギリガンが強い関心を示していた水時計に目が吸い寄せられた。古代ローマの人々は、時刻を知るのに日時計やオベリスクを使っていたが、曇りの日や夜間はこのような水時計に頼っていた。

　ローマ皇帝カリグラの話を読んだことがある。興味をかき立てる人物だ。フォトショップで自撮り画像を修正するように、自分の頭像をジュピター像に切り貼りして、自分のイメージを加工修正した世界最初の人物だった。正気を完全に失っていて、復讐心が強く、病的に疑り深い人物でもあった。自分に対する崇拝の気持ちが足りないとの理由で大勢のユダヤ人を殺そうという狂気じみた考えに取り憑《つ》かれた。しかし臣下の一人が、カリグラの私室にある水時計には魔法の力があり、あなたはその魔法で時をさかのぼったのだとカリグラに言って聞かせた。あなたはすでに数百のユダヤ人を殺したのだから、これ以上殺す必要はないだろうと助言したのだ。

　カリグラはその話を信じ、水時計を何時間もいじり回すようになった。時間を行ったり来たりできると信じたのだ。

　コーヒーを飲み、最後の一口を味わうあいだ、ヘイルの思考は古代ローマを離れ、リンカーン・ライムからも離れて別の場所へと漂った。

　一分後、未使用のプリペイド携帯を手に取った。

「いや、やめておこう」そうつぶやいて――本当にそう口に出して――電話を置いた。

　しかし思い直してふたたび電話を持ち上げ、ある番号を入力した。

29

　車でトライベッカ地区を北に向けて走りながら、ロナルド・プラスキーはアルコー《A》ル・たばこ・火気《T》・爆発物取締《F》局の管理官と電話で話していた。

「いや、こっちでも協議はしたんだ、巡査」ネイト・ラスロップの声は必要以上に大きかった。電話で話し始めたときからそうだった。ＡＴＦの捜査官にはよくあることだ。爆発物処理に繰り返し出動したために耳が遠くなってしまっている。

ブルートゥースのイヤフォンで通話していたプラスキーは、電話機に手を伸ばして音量を下げた。

「こっちと言うと？」

「え？」

プラスキーは声を張り上げた。「こっちって誰ですか！」

「うちとFBIと国土安全保障省。盗聴記録のどこにもタールは出てこない。新しい標的の情報もいっさいない。転職でもしたのかとみな思い始めてる」

「つまり、優先度が下がってるわけですね」

ネイトが怒鳴る。「そんなわけで、タールの優先度は下がってるわけだ」

「わかりました。でも赤いセダンは捜してくれてるんですよね」

「セダン？　捜してはいるよ。しかしな――」

「ええ、赤いセダンなんてごまんとある。だけど、情報は送りましたよね。ニュージャージーに帰るのに橋かトンネルを通過した時間帯を知らせましたよ。カメラの録画をチェックすれば見つかるはずです」

「手配はしてある」

プラスキーはこう迫りたくなった。「その協議とやらで、次の標的があろうがなかろうが、タールは現に人を殺したらしいという情報は検討したんでしょうね？」だが、そう言って何になる？

ATFなど連邦捜査機関も、マンハッタンで殺人事件が起きれば、もちろん関心は持つだろう。だが、プラスキーほど強い関心は持たないはずだ。

プラスキーは大声で礼を言って電話を切った。

正直なところ、ATFが無関心だろうと別にかまわない。爆弾屋タールの捜査はプラスキーの事件だ。ときに高圧的に出る連邦捜査機関の指示に従う必要はないのだ。この仕事には管轄権をめぐる縄張り争いがつきものだった。ほかの機関が無関心なら、タールの捜査はプラスキーが一人で進めるだけのことだ。

かえって好都合だった。

マンハッタンのこの地域に特有の入り組んだ路地をたどった。移動手段といえば馬か荷馬車だった時代に計画された町並みだ。手がかりは実を結ばなかった。ホランド・トンネル入口付近の民間の防犯カメラが赤いセダンを記録していたが、行政が管理するカメラは、不具合があったのか、ナンバーの読み取りに失敗していた。プラスキーはほかのカメラを一つひとつ当たり、ようやくナンバーを手に入れた。

赤いセダンの所有者は、ある製薬会社の営業マンだった。事件とは無関係だ。

そろそろウォッチメイカーとクレーン事件の捜査に戻らなくてはならない。このあとアメリア・サックスと一緒に、ターゲットにされそうな建設現場を確認して回る予定だった。

時計を見る。だいぶ遅くなってしまった。ホランド・トンネル周辺の捜索を短時間ですませ、ジェニーや子供たちと夕食をとろうと思っていたのだが、無理そうだ。

車を運転しながら、セリットーからリンカーン・ライムの後継者に指名された件を考えた。

勝利のうちには勘定できない。跡を継ぐには、リンカーンが引退するか、あるいは……やめよう、そのことは考えたくない。

むろん、ジェニーには話すつもりでいる。グリニッジ・ヴィレッジの第六分署の警邏課に所属している双子の片割れトニーにも。

どの店でビールを飲みながら伝えようかと考えた。今度の木曜がいい――いつもトニーと二人きりで食事と酒を楽しむことにしている木曜日にしよう。

携帯電話が鳴った。クイーンズの鑑識ラボからだ。

「もしもし」

「プラスキー巡査？」

「はい」

「こんな遅くにすみません」女性の声は言った。

「いえ、大丈夫です。ご用件は」

「ダルトン殺害事件の証拠物件を登録しているところなんですけど。今朝あなたが捜索した現場です」

「はい」

「保管継続記録にちょっと問題が――」

クラクションの音が夜空に鳴り渡ったかと思うと、プラスキーの車は、目の前に出現したSUVにノーブレーキのまま突っこんだ。ヒョンデのSUVは一回転し、プラスキーが乗っているアコード――家族で使っている車――は横にかたむき、ひっくり返って、ルーフを路面にこすりながらすべっていき、街灯柱にぶつかって止まった。街灯柱が倒れた。歩行者二人があわてて飛びのいた。

プラスキーは茫然として目をしばたたき、どこか骨が折れたりしていないか確かめた。大丈夫そうだ。体はちゃんと動く。電話を手探りしながら、相手の車を見た。乗員の様子を知るには、車を降りて近づくしかない。

シートベルトをはずし、天井に頭から落ちた。そのとき、ガソリンの強烈なにおいが鼻をついた。ごおおおという音を立て、オレンジと青の炎が噴き上がった――SUVが現れたときと同じように突然に、猛烈な勢いで。

プラスキーの周囲で炎が閃いた。それはモノクロに沈んだ夜を背景に、色鮮やかに楽しげに輝いた。

30

「複雑だな」ヘイルは言った。

トレーラーのこの一角、オフィスを改装した寝室の照明はさほど明るくないが、観察している対象はすぐ目の前にあって、ディテールまで見分けられた。

「いつ覚えたのかい?」

二人は薄いマットレスと洗濯したてのシーツと羽布団の上に、一糸まとわぬ体を並べて横たわっていた。

シモーンが答えた。「若いころ。まだ子供だったころよ」

ヘイルは彼女の作品にいっそう顔を近づけてもう一度観察した。彼女のにおいを感じた。自分のにおいも。傷痕が見えた。シモーンはそれをまったく隠そうとしなかった。左乳房の下に、ぎざぎざした切り傷の痕。肋骨のすぐ下にももう一つ。

シモーンはタトゥーもいくつか入れていた。肩甲骨のあたりに五・五六ミリの銃弾のシルエット、もう一方の肩甲骨に中国語らしき文字。意味はわからなかった。

「触ってもいいかな」この一時間、二人がしていた行為を思えば、いまさら訊くのはかえっていやみだろうか。だが、許可をもらうべきだという気がした。

「どうぞ」

ヘイルは黄みがかった茶色をした三つ編みの髪を手に取り、複雑な編み方をしげしげと観察した。

左右対称で等間隔の編み目……それはヘイルの心の底の何かを揺り動かし、何とも言いがたい喜びが湧き上がった。

「お母さんに教わったのかい？」

「母とは疎遠だった」

「それなら、誰に？」父親だろうか。三つ編みのやり方を子供に教えるのは母親という決めつけは、古い時代のものだ。しかし、母親との関係に立ち入ってはいけないのなら、父親についても同じかもしれない。「もしよかったら教えてもらえないか」

「かまわないわよ。教えてくれたのは、私が師と呼んでいる人。元修道女。サハラ砂漠以南のアフリカで食糧支援をしていた人よ。その拠点をしつこく襲撃してくる軍閥がいた。慈善団体に配分されている倍の食糧を仕入れて自分に渡せと脅してきた。言うとおりにしなければ、村の少女たちを代わりにもらっていくぞとね。結局は食糧の半分以上と村の女の子の何人かを奪われた。私の師は、こんなことは終わらせてくださいと神に祈った。祈りが通じないとわかると、教会と縁を切った。次に襲撃をする前に、軍閥のリーダーは死んだ。射殺されたの」

「何がどうなってきみの師に？」

「私もアフリカにいたのよ。ある人と一緒に」短い間《ま》。

「状況が変わった。急いで仕事を探す必要に駆られた。修道女が軍閥との交渉役として頼りにしていた男たちの一人が、彼女に敵意を向けた。私がその状況を解決することになった」

ヘイルも仕事で同じ遠回しな表現をよく使う。

解決……

「私には才能があったらしいわ」

身の上のこの時期については詳しく話すつもりはないようだった。いま聞いたかぎりでは、人格を疑わせるようなこと、他人に知られないほうがよいことは何一つ含まれていない。きっと彼女にとって退屈でしかない物語であり、したがって聞くほうにも退屈に違いないと思っているのだろう。

しかし、三つ編みの話題には饒舌《じょうぜつ》だった。「三つ編みの歴史は古いのよ。考古学の発掘で、二万五千年以上前の人形や彫像が見つかってる。アフリカとフランスで。アジアでも。いつも何日かおきに編み方を変えてる。こういう日もあれば」

今日はシングルロープという基本の三つ編みだ。

「フィッシュテールやファイブロープ、フレンチブレード、ウォーターフォールのこともある。自己流で編むこともある。一部のカルトでは――この時代になっても――女は髪を三つ編みにしなくちゃならない。夫が要求するのよ。従属のしるしとして。その皮肉がいいわよね」
「いざ闘いの場面では、さっとまとめてピンで留めるだけですむね」

シモーンの表情は、実際にそのとおりにしていると物語っていた。

三つ編みの先に、青いリボンが結ばれていた。

シモーンは横を向いてヘイルを見た。小ぶりな乳房がつぶれて大きな皺のようになった。ヘイルも同じ姿勢を取り、シモーンの肩に手を置いた。銃弾のタトゥーがある側だ。筋肉が張り詰めている。ヘイルに触れられたせいではなく、先ほどまでの激しい行為のせいだ。脚の筋肉も同じだった。きっとランニングを日課にしているのだろう。ストレスや不安を発散するためか。内にある炎を冷ますためか。表向きは、無表情といっていいほど冷静だ。しかしヘイルはそれを真に受けなかった。

彼女の体にいくつもの傷痕があるのを見た。今度はシモーンが彼の傷痕を見つめている。射撃練習のまめができた人差し指で、皮膚が盛り上がった銃創をたどる。次に細長い傷痕に触れた。それは何年か前、ヘイルを狙った即席爆弾が破裂したときのものだ。ヘイルは爆風では死ななかったが、ふだんは無害なコカ・コーラの缶が切れ味のよい破片に姿を変えて襲いかかった。

またも三つ編みに手を触れた。

こんな風に――金を払わずに――女とベッドをともにしたのは数年ぶりだった。夢中になった。チャールズ・ヘイルが目の前のことに夢中になるなど、めったにないことだ。危険なことでもある。

シモーンはふと時計の音に気づいたようだった。すぐそこの棚に飾られたロイヤル・ボンの白磁の置き時計。シモーンはそれを見つめたあと、ゆっくりとヘイルに向き直った。「あなたのことを遠くからずっと見てた。あなたから伝言が届いたとブラッドから言われたとき、引き受けるとすぐに答えたわ。あなたと仕事をしてみたかったから」

ヘイルは、顔や薄くなりかけた頭髪を手で指し示した。

「想像していたのとはだいぶ違っていただろう?」

シモーンは表情をかすかに歪めて鼻を鳴らした。外見に興味はないと言いたいのだろう。ヘイルはコーヒーショップで初めて会ったときのことを思い返した。シモーンは、整形前後の違いを確かめるようにヘイルの顔にさっと視線を走らせただけで、そのあとはずっと彼の目だけを見ていた。

「不思議に思ってた。どうして時計が好きなの？」

「腕時計を作っているときは、退屈の入りこむ余地がない」

「退屈。それね」シモーンはごくわずかに唇を引き結んだ。気持ちが理解できるのだろう。

いまとなっては思い出すこともなくなった話をシモーンに聞かせた。子供時代、アリゾナの砂漠、いつも不在だった父母。何もすることのない長い時間。「退屈でしかたがなかった。流れる時間に刻み目をつける機械に心惹かれた。腕時計を勉強し、収集し、やがては作るようになった。おかげで退屈を感じずにすむようになった。

しかし時計は……時計だけでは物足りなくなった。もっとスケールの大きなことにその原理を使いたくなった。同じように複雑で、同じようにエレガントな何かに。もっと強烈な体験に。

あるとき友人の人生が打ち壊されて、答えが見つかった。飲酒運転の車にぶつかられて、友人は車椅子生活を強いられた」

「リンカーン・ライムと同じね」

「そうだな。酔っ払いドライバーは、良心の痛みを感じていなかった。まったく感じていなかった。私はそいつを殺すことにした。時計師《ウオッチメイカー》が作品を設計するような精密さで計画を立案しなくてはならないと思った。人を殺すこと自体はむずかしくない。たとえば――」

「鉄パイプで頭を殴ればいい」

ヘイルは口ごもった。まさにそう言おうとしていた。

自分の例では、凶器は鉄パイプではなく煉瓦だったが。

それから言った。「だが、それはエレガントではない」

「しかも、逃走手段も用意しなくては」

ヘイルは続けた。「計画はうまくいった。ドライバーは死んだ。私は逃走に成功した。一線を越えた。もう二度と元には戻れないとわかっていた」

「この件が終わったらどうするつもり？」シモーンは訊いた。

「地下にもぐる。少なくとも当面は。リンカーン・ライムが死んだら、大勢が私を追ってくるだろう」

シモーンは言った。「そうね、世間に知られた人物を殺したら」

「きみの次の予定は?」

「殺人。大学街で。大学の関係者ではないの。犯罪組織の密告者。でも、大学の教員を装うつもり。詩人になるの」

その計画の車《ホイール》やばねがどのような構成になっているのか、ヘイルには量りかねた。

シモーンはあおむけになり、シーツを脇の下まで引き上げた。裸体を隠すためではなく、このトレーラーハウスは隙間風が多いからだ。「置き時計や腕時計を何百個も持っているんでしょうね。とくに気に入ってるものはあるの?」

「いつだって次の一つさ。そのとき製作中のもの」

シモーンはうなずいた。その心理もやはり理解できるのだろう。

「過去の作品のなかで選ぶなら、そうだな、隕鉄で作った置き時計だ」

シモーンが言った。「カマサイトとテーナイト。ニッケルと鉄の合金ね。以前の仕事で地質学者に化けたのよ」

「地球の自然界に存在する唯一の遊離鉄。隕石だ」

シモーンは天井を見上げて何か考えていた。「でも……ばねはどうするの? 鉄に弾性はないわよね」

「ばねは使わなかった。錘式の脱進機を使った。隕鉄を彫って細い鎖を作って。お気に入りといえばもう一つある。私が作ったものではないが。購入したものだ。骨で作られている。金属の部品もいくつか使われているがね。しかし、骨でぜんまいを作って時計を動かすことも不可能ではないと思う」

「骨って、人間の?」

「わからない。検査に出せばわかるだろう。DNAが残っているかもしれない」

「誰が作ったもの?」

「ロシアの囚人だ。政治犯。刑務作業の工具を房に持ち帰る許可を得ていた。一年がかりの工程だった。その時計で看守を買収して、脱獄に協力させるつもりでいたんだ。売れば数千になっただろう。米ドルで数千。それに相当する額をルーブルでそろえたら、人の手で持ち運べないかさになっただろうな」

「で、うまくいったの？」

「時計はうまく動いた。脱獄計画はうまくいかなかった。看守は時計を受け取ったあと囚人を射殺した」

「その話、どうして知ってるわけ？」

「時計の世界はせまいからね」

「あなたの話に出てくる時計はどれもアナログよね。車、ばね、重り、鎖。デジタル時計に興味はない？」

「デジタル時計もいいものだとは思うが、それほど興味はない。例外は一つだけ。原子時計だ」

「聞いたことがある。世界の時刻の基準になってる時計でしょう」

　ヘイルはうなずいた。

「完璧な状態で動いていたとしても、機械時計や電気時計、電子時計はどれも、気温や太陽フレア、磁場、高度変化に影響される。もっとも正確なのは――誤差がほぼゼロなのは――原子の共振周波数に基づいて時間を測定する時計だ。アメリカ国内にある時計で言えば、国立標準技術研究所のものは、絶対零度近くまで冷却したセシウム原子を使っている」

「ほぼゼロ？」

「三億年ごとに一秒の誤差が生じる」

「日常にそこまで正確さが必要かしら」

「商談、ランチ・デート、芝居の開幕、結婚式にはノーだ。航空機の発着、列車、ガン治療の放射線照射のタイミングには、イエスだよ。宇宙船の運航なら、十億分の一秒の誤差が原因で、再突入時の姿勢に三十センチのずれが生じるかもしれない。宇宙船はばらばらになる。原子時計は光格子時計に取って代わられようとしている。原子時計よりさらに正確なんだ。きみは何かコレクションしているのかい？　詩かな？」

「それと、ミニチュアの蒸気機関。アルコールで動くの」

「そんなのは見たことがないな」

「催眠効果があるのよ。青い炎、炎のにおい」

「それで何が動く？」

「車輪やベルトを回す。ガバナーを回転させる。実用に足るものもあるのよ。私の隠れ家の一軒は電気が通じていないんだけど、蒸気機関で発電機を動かせる。電子にできることは、だいたい蒸気にもできるわ。チャールズ・バベッジは蒸気で動くコンピューター、〝アナリティカル・エンジン〟を設計した。一八三四年のことよ。未完成のままだけど、いつか設計図を手に入れて、自分で作ってみたい気もしてる。蒸気で動く時計って存在する？」

「一つだけ。やはり一八〇〇年代のものだ。イギリスのバーミンガムで製作された。蒸気の有用性を宣伝するためのものだった。現在ではあちこちの観光スポットに設置されている」

「正確なの？」

「脱進機と同レベルに正確だ。蒸気で針を回しているわけではない。蒸気が錘を持ち上げ、それが車《ホイール》を駆動する。中西部に一つある。時報は鐘ではなく汽笛だ」

「ライムを殺したいのはなぜ？」

「時計師が置き時計や腕時計を製作する空間は、科学者が宇宙望遠鏡を作る空間と同じように清潔だ。毛髪の一本、埃や砂の一粒も落ちていない。私のヨーロッパの作業場は、負圧室になっている」

「バイオハザードのラボみたいに」

「リンカーンは、私の輪列《ホイールワーク》にしつこくまぎれこんでくる砂粒だ。長年のあいだずっとニアミスを繰り返している。去年、私はある仕事に関心を持った。ターゲットはロシアの新興財閥《オリガルヒ》。場所はロンドン。ロンドン市内でもっとも厳重な警備態勢に守られていた。国王の警備より厳重だった」

「ドミトリー・オルシェフスキーね」

「そう。報酬は五百万ドル」あのときの怒りが蘇ってきた。「私には声がかからなかった。ピエール・ルクレールが選ばれた。依頼者にそう言われたわけではないが、リンカーンのせいで私の評判に傷がついたせいだと思う」

「彼にしてみれば、あなたが砂粒よね。いくつかのプロジェクトは阻止したけれど、あなたはいまもこうして自由の身でいるんだから」

言えている。だが、大した慰めにならなかった。

ヘイルは何気なく監視カメラのモニターに目をやった。何者かが――おそらく男だ――が、行き止まりの路地の入口、立入を禁じる鎖の向こう側に立っていた。あと少しでも近づいていたら、アラームが鳴り響いているはずだ。

珍しいことではない。人は解体現場を見るとのぞきこまずにいられない。

崩壊しかけた建物に気づいた通りすがりの人間だろうか。

この土地の購入を検討しているとか？

盗みの下見に来たとか？

手入れの前触れか？　もしそうなら、脱走計画は用意できている——ギリガンが盗んだ市内の地下通路の地図が大いに役に立った。そして、彼の逃走先を探る糸口を求めてこのトレーラーハウスに侵入する者は、捜す間《ま》もなく死ぬことになる。

ヘイルは立ち上がってボタンを押した。男が立っているすぐ隣の建物に取りつけてあるスポットライトが点灯した。

ふいにまぶしい光で照らされたのに、男が動じる様子はなかった。光の下でも、顔立ちは見分けられない。わかるのは人種——白人だ——と、中肉中背の体格らしいことだけだ。野球帽で隠されていて髪の色はわからない。服装はビジネスマン風ではなく、カジュアルだった。男の前に瓦礫の山があって、胸から下は見えなかった。しばらくそこに立っていたが、やがて向きを変えて立ち去った。

ヘイルが動きを止めていることに気づいて、シモーンがこちらを見上げた。

「何でもない」

シモーンは起き上がって身支度《みじたく》を始めた。

もう帰るのか——ヘイルは自分の反応を推し量った。結論は最後まで出なかった。

シモーンが言った。「病気なんでしょう、ライムは。いろんな記事を読んだわ」

「障害を負っている。問題をいくつも抱えている。だが、近く自然死すると考えるべき理由は何一つない」

シモーンはかちかちと時を刻む時計を見つめたまま、器用な指でブラウスのボタンを留めた。「でも彼は十分な成功を勝ち取ったわよね。最高の状態で終わりを迎えるのが美しいと思う」

彼女のなかの詩人がそう言わせたのだろう。チャールズ・ヴェスパシアン・ヘイルは感傷と無縁だ。その意味で、リンカーン・ライムとあまりにも似ていた。

終わりが迫っていることをヘイルなりに表現するなら――誰の時間もいつか尽きるものだ。

タイムリミットまで：12時間

31

その晩の十時十五分、アメリア・サックスが言った。「そろそろ建設現場の見回りに出たいのに。ロナルドからまだ連絡がないの」

新たにメッセージを送った。すでに何通も送っているが、まだ一度も返信がない。プラスキーらしくなかった。

ジーンズと黒いTシャツを着たサックスは、全五行政区で現在稼働中のタワークレーンが赤い〈X〉で示されたニューヨーク市の地図を見つめている。ローヒールの黒いブーツを履いた左右の足に交互に体重を移していた。携帯電話で地図の六カ所の写真を撮って位置を記録した。その六カ所を選んだ理由は説明するまでもない。高さがあるもの――明日の朝、ウォッチメイカーが予告どおりに転倒させた場合、地上の損害が甚大になりそうなもの――から六つ。

サックスが苛立ってそわそわし始めていることはライムにもわかった。手がかりはあっても捜査は一歩も前進していない。それがストレスになっているのだ。サックスには、ストレスを解消するのに爪で甘皮を剝いたり、頭皮を引っかいたりする癖があるが、それを克服する努力を続けている。ついやってしまいそうになると、やめなさいと自分自身に注意する。それが功を奏する場面もなくはない。

「一人で行ってくる」防弾チョッキを着けて面ファスナーで留めた。銃と予備のマガジンを確認した。実際にはもう確認の必要はないはずだ。ライムが気づいただけで今日すでに二度、点検している。しかし、妻はそういう人間だ――短気でありながら、どこまでも冷静なプロフェッショナル。その相反する個性は、一人の人間のなかに同居可能だ。

マガジンを収めたホルスターを二つ左の腰に装着し、ジーンズの左ポケットに三つ目を押しこもうとしていたサックスが、ライムの視線に気づいた。

「仮にヘイルに遭遇して、銃を使うしかないとなっても、負傷させるだけにする」

　ライムは肩をすくめた。

　ニューヨーク市警は、負傷させることを目的とする発砲を禁じている。銃が製造され、携帯されるのは、殺すためだ。ほかの目的に使用してはならない——風の強い日にペーパーウェイトが入り用になった場合を別として。だが、今回の相手はウォッチメイカーだ。ぜひとも生け捕りにしたい。

　サックスはジャケットをチョッキの上から着直し、棚から車のキーを取った。キーは二つ。イグニションキーと、トランクのキーだ。フォード・トリノが誕生したのは、電子制御という奇跡——あるいは災い——が登場する前の時代だった。キー二つがぶつかり合って鈴のような音を奏でた。

　ウォッチメイカーをとらえたいという強い思いがサックスの目の奥でめらめらと燃えているのが見える。しかし今夜は、その炎の勢いを削いでいるものがある——苦しげな息遣い、ふらついている足もと。

　それに、あの咳。

「サックス」

　サックスが振り返った。

「戦術としては申し分ない。だが、だめだ。きみの仕事ではない」

　サックスが唇を引き結ぶ。

「Ｘ線検査を受けないのは、まあいいだろう。きみが決めることだ。だが、今夜は少しゆっくり休め」

「でも、彼なのよ、ライム。ウォッチメイカーなの」

「今夜きみがやろうとしていることは、単なる見回りだ。誰にだってできる。スペンサーに頼もう」

　ライムの意見を後押しするかのように、サックスの呼吸のリズムが乱れ、不本意そうに酸素を吸った。ライムはこのとき初めて気づいた。二つ目の酸素タンクだ。最初の一つが空になって新しいものと交換したのに、サックスはそのことを黙っていた。

「仮に次のターゲットを突き止められなかったら、明日、現場捜索の必要が生じる。きみの力が必要なのは、そちらだ」

　その発言に隠れた意味を見つけて、サックスは腹を立てただろうか。ライムが上からものを言ったと受け止められてもしかたがない。夫婦であるという事実に目をつぶれば、退職しているとはいえ、ライムのほうが階級は上だ。ライムは警部、サックスは一刑事にすぎない。

険悪な沈黙があった。それは激しい言い争いの予兆だったかもしれない。

だが、衝突は回避された。サックスの目は、ライムの言うとおりだと譲歩を伝えていた。

サックスは凍りついたように動きを止め、やがて肩を落とした。「そうね」

安堵《あんど》がサックスの全身に広がるのが見えたような気がした。サックスは椅子に腰を下ろし、ライル・スペンサーに電話をかけ、明日のターゲットになりそうな建設現場をいくつか見回って、警備員がきちんと監視していることを確認したいと話した。ウォッチメイカーその人が現場に来ているかもしれない——明日に備えてタワークレーンに細工をしているところに行き合わないともかぎらない。

スペンサーに代役を頼んで電話を切ったあと、サックスは二階に顎をしゃくった。「まだ早いけど、もう寝ることにする」

ライムが小さな笑みを浮かべ、口を開きかけたとき、玄関が開いて——オートロックの暗証番号を知っている人物だということだ——外の車の音が一瞬聞こえたあと、ドアがまた閉じた。

居間のアーチ形の入口にロナルド・プラスキーが現れた。

そこで立ち止まって顔をしかめた。顔色が悪い。大きく見開かれた目で二人を順に見つめた。

「ロナルド。大丈夫？」サックスが訊いた。

「事故に巻きこまれて。ダウンタウンで。別の車とぶつかったんです」

「あなたは大丈夫なの？」

「衝撃から立ち直っていないだけです。もう一台の車は炎上して、ドライバーは病院に運ばれました。まだ子供みたいな年齢の学生です。病院に行って、容態を確かめようとしたんですけど、何も教えてもらえなかった。教えられないのかもしれないな。家族じゃないと」

「病院で診てもらって、ロナルド」サックスが言った。

「現場で救急隊に診てもらいました。僕は大丈夫です。節々が痛いだけで」

ライムが言った。「タールの次の標的は定まっていないらしいと聞いた。焦る必要はないぞ、ロナルド。一日くらい休んでも何も変わらない」

「そうなんですけど」プラスキーは悔しそうな声で続けた。「休むのは一日じゃすまなそうです。交通事故後の標準的な血液検査を受けたんですが、フェンタニルが陽性でした」

ライムとサックスは目を見交わした。

ライムは尋ねた。「使用者と接触――」

「はい、接触しました。今日手入れした密売組織のメンバーに救急措置を施そうとして。そのとき、手袋をしていませんでした」そう言って顔をしかめる。「馬鹿ですよね、フェンタニルの使用者とわかってたのに（フェンタニルは麻薬鎮痛薬。近年、過剰摂取による死者が急増している）」

フェンタニルの危険性はライムも知っていた。応急手当を試みた警察官が、過剰摂取者に手を触れただけで失神した例がいくつも報告されている。何人かは命の危険にさらされた。現在では、全パトロール警官がオピオイド拮抗薬《きっこうやく》のナルカンを携帯している――過剰摂取者を救うため、そして自分のためにも。

「調査まで休職処分になりました」

「調査といっても、形式上のものでしょう」サックスは言った。「よくあることよ」

「まあ、そうなんでしょうけど、今回は楽観していいのかどうか」プラスキーは溜め息をついた。「僕のミスです。何もかも僕の責任なんです。赤信号を無視したんですから」

サックスは言った。「そういうことなら、ロナルド、弁護士が必要ね。まずは組合に相談してみて」

プラスキーはうつろな目をしてうなずいた。「わかりました」

ライムは言った。「今日はもう帰りなさい。少し休むといい」

サックスが訊いた。「車はある？」

「公用車を借りました。車両管理部が同情してくれて。明日には返さなくちゃいけませんけど。明日からは、どうしようかな……レンタカーでも手配しますよ」プラスキーは呆《ほう》けたように言った。「とにかくお二人には知らせておかなくちゃと思って……」

「明日また電話して」

「はい。かならず。じゃあ、お先に」

プラスキーは肩を落としてのろのろとタウンハウスを後にした。

サックスは言った。「厳しいかもしれないわね。ドラッグ、赤信号無視に、負傷者となると。ドラッグの件は弁明がきくとしても、心証はよくない。もっと軽い事故で解雇された人を何人も知ってるわ。それに、マスコミはいつだって警察の不祥事を探してる。警察官の発砲事件もそうだけど、この手のネタが大好きだから」

「根回しをしておこう」ライムは言った。ただ、ニューヨーク市警内でライムの政治的影響力が及ぶ範囲は限られている。ライムと市警本部との職務上の関係は、ドラッグストア〈ライトエイド〉の販売員やウーバーの運転手のそれと大差なかった。

サックスが言った。「二階に行ってるわね」

二人はおやすみのキスを交わした。サックスは酸素タンクを抱えて大儀そうに階段を上っていった。エレベーターもあるのに使わないのは、そこまで体調が悪いとは意地でも認めたくないからだろう。

ライムはうなずき、サックスを見送ってから、殺人ボードに向き直った。一番上に書かれていた〈未詳八九号〉は、〈ヘイル〉に書き換わっていた。

リンカーン・ライムは頭のなかでつぶやいた。

ビショップにルークにポーン……

私たちのチェス盤が見える。その駒の動きも見えるよ、チャールズ。

どの駒も、いつもどおり、そう、時計のように正確な動きをしている。無駄も迷いもない動きを。

黒と白の盤上を動いている。

ビショップにルークにポーン……

一度に一マス。二マス、十マス……

しかし、チャールズ、駒の動きは見えても、きみの戦略が見えてこない。きみが私のキングをどう攻めようとしているのか、手がかり一つない。なのに、この動きに、あるいはその動きに、どう対抗しろというのだ?

ヘイルの戦略を見抜けるまで、ライムに失策があればその代償をニューヨーク市民が命で支払わされることになる。ライムはそのことを痛切に意識していた。

それに、言うまでもなく、ライム自身の命にも関わる。

ライムの脳裏には、かつてヘイルから送られてきた短い手紙の文面がこびりついていた。いつかまたニューヨークに戻ってくると予告し、その目的が何であるか、ひとかけらの疑いも残さない文面。

次に会うときは——かならず会うことになるよ、請け合ってもいい——きみと私が会う最後の機会になるだろう。それまでしばしの別れだ、リンカーン。いまの気持ちをきみに届けるよ。その意味を考えて、きみがいくつもの眠れぬ夜を過ごすことを期待して。
Quidam hostibus potest neglecta; aliis hostibus mori debent.

敬具
チャールズ・ヴェスパシアン・ヘイル

最後のラテン語の一文の意味は——〝放っておけばいい敵もいれば、生かしてはおけない敵もいる〟。

第二部　一粒の砂

32

次のターゲットにほど近い路地に朝日が落とす影の奥から、チャールズ・ヴェスパシアン・ヘイルは建設現場を偵察していた。

厳密には、現場の入口にいる三人の男の様子をうかがっている。入口はここ以外にもう二カ所あるが、いずれも幅一メートル縦二メートルほどのベニヤ板でふさがれていた。

男たちは話に花を咲かせている。話題はスポーツか。配信ドラマか。それとも女か。

三人とも本来は作業員で、臨時で警備員を務めているだけだったが、油断なく周囲に目を配って職責をきっちり果たしていた。自分たちの聖なる職場に小便を引っかけるような真似をしたならず者を捕まえるチャンスを期待しているのだろう。

ジーンズに濃色のウィンドブレーカー、黒い野球帽という出で立ちのヘイルは、三人に目をこらした。そろって茶色の作業着に黄色とオレンジのベストを重ね、黄色いヘルメットをかぶっている。太く短い指、広い額、日焼けした顔。給料はいいはずだ。きっと故アンディ・ギリガンのように、週末のお楽しみ用のボートを持っているだろう。一人は――規則違反を意識してか、こそこそと――煙草を吸っていて、別の一人はコーヒーを飲んでいた。もう一人は茶色い紙袋をときおり持ち上げて口をつけた。飲酒する建設作業員の割合は驚くほど高いらしい。とりわけ鉄骨工に多く、転落死する者の数は過少申告されていると聞く。

三人はときどき顔を上げて周囲を見回している。しかし、そこは警備ビジネスの素人だ。見逃しているものが多すぎた。

たとえば、ヘイルの存在だ。

ヘイルは上空を見上げた。天高くそびえるスウェンソン＝ソールベリABタワークレーン。骨組みは仕上げに血を塗りつけたような色――同社のシンボルカラーの濃赤色――をしていた。

巨大なターンテーブルのような旋回ユニットのロック

は解除されており、昨日、受け渡し場所で見たクレーンと同じように、風が吹くたびジブがわずかに向きを変えていた。

　こうして地上から見ると、この現場のクレーンはひどく無骨な代物と思えた。一方で、今回のニューヨークでのプロジェクトに備えて徹底的な下調べをしたヘイルは、クレーンがひじょうに精緻な機械であることも知っていた。その発展は、意外にも時計の進化と似ている。

　エジプトなど近東の国々で灌漑《かんがい》を担うはねつるべ《シャドゥーフ》から（エリザベス一世時代の有名な絞首人トマス・デリックにちなんだ）デリッククレーンを経て一九七〇年代の高層ビル向けタワークレーンまで、クレーンは時計と同じように、業界の、ひいては社会全体の原動力となっていた。ところがある時点で都市は拡大の限界を迎え、水平方向に領土を広げるだけでは機能を果たせなくなった。都市が空を目指す後押しをしたのがクレーンだった。都市はますます多くの人々を引き寄せ、その力も強大になった。

　だが、ヘイルに言わせれば、クレーンと時計には決定的な相違がある。腕時計や置き時計を自分が破壊することなど想像さえできないが（むろん、即席爆弾のタイマーは別として）、見上げるばかりのモンスターを打ち負かすことには何の抵抗も感じない。

　数時間後にこのクレーンが倒壊したら、さぞ壮大なショーになることだろう。

　クレーン自体は、昨日倒したものよりわずかに高く、わずかに重いだけだ。だが、今回の運転室は無人であり、地上の被害を最小にできそうな場所へとジブを誘導する勇気ある運転士はいない。スウェンソン＝ソールベリABは、息絶えるその瞬間、多くの人間を道連れにするはずだ。ジブがそびえる真下には、一九六〇年代に建てられた建造物がある。その上部構造はむろん鋼鉄で支えられているが、それ以外の大半は柔らかいアルミとガラスで構成されている。クレーンが倒れてきた衝撃で、そのアルミとガラスは鋭く尖った破片を詰めた一千個の手榴弾のように破裂して飛び散るだろう。そして跡地に残されるのは、建材と骨と血の地層だけだろう。

　ヘイルは腕時計を確かめた。

　午前七時三分。

　クレーンのカウンターウェイトを積んだトロリーに、

酸を噴出する装置をどうやって仕掛けるのかという問題はもちろん残っている。警備が強化された分、前回ほど簡単ではないはずだ。

　にわか警備員たちの目は、通りを、歩道を、歩行者を、行き来する車を、抜かりなく追っていた。通り過ぎざまに速度を落とした車にはとりわけ鋭い視線が飛んだ。そしてそういった車のドライバーや乗員は、真っ赤な脚を蜘蛛のように空に伸ばしているクレーンを不安げに見上げていた。

　そうやって見上げているうちの誰かがクレーン殺しなのか？

　臨時警備員たちの様子をしばらく観察したヘイルは、細工の現場を見つかるリスクはなさそうだと判断した。

　三人組は、全方位に抜かりなく視線を走らせている。だが一つだけ、一度も目を向けない方角があった。

33

タイムリミットまで：3時間

　フッ化水素酸の製造販売元は特定できずじまいだった。

　アフォーダブル住宅を要求するテロ攻撃ではないと判明したいま、ウォッチメイカーに仕事を依頼した人物やその理由に迫る手がかりは失われた。

　チャールズ・ヘイルが飛行機の前輪格納部にぬくぬくと収まってケネディ国際空港から入国したというＦＢＩの情報は、その先の捜査に結びつきそうにない。ギリガン刑事が射殺された現場でプラスキーが集めてきた土壌サンプルも、サックスがクイーンズのギャリー・ヘルプリン宅で採取したサンプルも、やはり手がかりとはならなかった。

　ついていない。そう考えてからライムは、〝ついていない〟などと考えた自分に腹を立てた。ＦＢＩ捜査官フレッド・デルレイのオフィスにあったポスターの偉大な哲学者がどのような金言を残していようと、科学捜査に——あらゆる分野の科学に——〝運不運〟が入りこむ余地などないのだから。

昨日の晩、建設現場めぐりをしたライル・スペンサーの報告では、タワークレーンが稼働中の現場すべてに、臨時警備員に志願した作業員または警備会社の警備員が最低でも三名、張りついていた。出入口はどれも封鎖されているか、警備員の目が光っているか。クレーンの土台周りには投光照明器が設置され、二十四時間体制で周囲を照らしている。

しかし、今朝の七時半に、〝幸運〟が舞いこんだ。

ニューヨーク市警のサイバー犯罪捜査課から、現場で押収されたパソコン一台のパスワード解除について連絡があった。捜査課にはそれに必要なスーパーコンピューターがないため、ふだんから民間サービスを利用しているという。そこで、今朝はだいぶ顔色がよくなったサックスがギリガンのノートパソコンを持ち、サイバー犯罪捜査課の刑事と現地で落ち合うことになった。

〝運がよければ〟——とライムは皮肉をこめて考えた——ウォッチメイカーのアジトや次の標的のヒントになる情報が見つかるかもしれない。

ノートパソコンを一方の手に、緑色の酸素タンクをもう一方に持ってサックスが出かけたあと、ライムの視線はたまたま近くのテレビへと漂った。地元局のニュース映像が流れていた。腹立たしいことに、朝食をラボに運んできたときトムがつけっぱなしにしたようだ。ライムはテレビを消そうと、車椅子を前に進めてリモコンを取ろうとした。が、そのとき、ちょうど流れていたニュースの内容が耳に飛びこんできた。

ライムの視線は、テレビの画面から、クレーンの所在地を示す赤いX印が無数に散ったニューヨーク市街図に瞬時に飛んだ。

「トム！　トム！」

やってきたトムは、両眉を吊り上げていた。「ずいぶんと……何でしょうね、あわてた声？　ですね」

「何を言う。切迫した声だ。その二つは大違いだ」

「そうですか。で、何がそう切迫しているんです？」

「新しいミッションだ」市街図をにらみつけたまま、ライムは言った。「事件解決に貢献するチャンスだぞ。それだけではない。私と同じやり方で解決できる——尻を椅子に据えたまま、な」

＊　＊　＊

今朝の株式市場は住宅関連株が軒並み下落し、投資家の資金は株式や社債へと移動しています。昨日、マンハッタンのアッパーイースト・サイドで発生したクレーン転倒事件を嫌気《いやけ》しての動きです。犯行声明を出したテロ組織は、アフォーダブル住宅を求めた昨日の要求が満たされないかぎり、さらなる攻撃を行なうと予告しています。

第一の事件は、エヴァンズ開発が85階建て高級高層アパートを建設中の現場です。1階から3階までのフロアはショッピング街に、4階から上は日系建築家ニソウ・ハマムラの設計による、専有面積170から1200平方メートル、総戸数984の高級アパートとなる予定です。

警察および連邦当局の捜査が続くあいだ、市内の建設会社は現場での建設作業を中断しています。隣接三州《トライステート》建設協会のレジー・ノヴァク会長は、中断が数日以上続いた場合、会員企業が倒産の危機に直面しかねないと懸念を表明しました。今朝の平均株価は下落傾向にあります。

34

タイムリミットまで：2時間

想像していたようなオタク、とは違っていた。

サックスは、ダウンタウンにあるエメリー・デジタル・ソリューションズの本社前で待っていた。玉石敷きのマーキス・ストリート沿いにやってきたアーノルド・レヴィーンがサックスを見つけ、挨拶代わりにうなずいた。ぴかぴかに磨き上げられた靴、水色のシャツ、紺色のネクタイに紺色のスーツ。そのしゅっとした統一感を、金バッジを収めたケースの茶色とそれを下げたベルトの黒が冒瀆《ぼうとく》している。だが、というほどではない。

それにしても、コンピューター界の制服は、パーカまたはスウェットではなかったのか？

レヴィーンが属するニューヨーク市警サイバー犯罪捜

査課は、サイバーテロや児童搾取、詐欺と闘う国内有数の捜査機関の一つだ。

彼にオタク的なところはないように見えた。

が、それも口を開くまでのことだった。

意気込んだ様子でサックスと握手を交わすなり、とりとめもなく話し始めた。「スパコンを入れてくれって、本部にもかけ合ったんですけどね。手ごろなモデルも見つけたし。ＨＰＥクレイのＳＣ２５０kW　ＮＡ。液浸冷却方式のやつ。お買い得です。二十三万五千ドルぽっちですからね。なのに却下された。だからこうやって外注するしかないわけで」そう言ってすぐ目の前のビルに顎をしゃくる。「彼らにできないようなら、パスワードの解除は不可能です」

サックスは息を吸いこんだ。マンハッタンの朝に特有の、排気ガスと濡れたアスファルトが混じったにおいがした。息を大きく吸ったおかげで咳の予兆は追い払えたが、喉のむずむず感は完全には消えなかった。車に置いてきた緑色の酸素タンクが一瞬脳裏をよぎったものの、取りに行くのはやめた。弱さの象徴と思えた。

二人は、ビルの入口がよく見える位置に駐まっている警備車両――市警のパトロールカーと、政府機関のナンバープレートをつけた無印のセダン――の脇を通り抜けてなかに入った。エントランスホールにも警備員が控えていた。銃を帯びた大柄な男たちは、二人の身分証にとっくりと目をこらしたあと、パソコンで二人の名前を確かめた。二人は磁気探知機を通過し、出口側で金属の所持品の返却を受けた。

「こちらでお待ちください」警備員の一人が言った。「ミスター・エメリーがすぐに参ります」

完全なるオタク・モードに入ったレヴィーンがいわくありげなささやき声で言った。「さっき話したクレイのスパコンですけどね。うちで使っていない時間を外部にリースしたりもできるって提案したんですが、それも却下されました。セキュリティ上問題があるとかって言って。でもそんなの、ファイアウォールのスクリプトをちゃちゃっと書けばすむ話じゃないですか。それくらい僕にだってできる。あなたにもできますよ。本部はとにかく――」

「二十三万五千ドルの小切手を書きたくない一心だった」

「そう、そういうことです」

レヴィーンは結婚指輪をしていた。家でもパートナーにこういうハイテク話を延々と聞かせるのだろうか。そうか、パートナーのほうもオタクなのかもしれない。

レヴィーンは脈絡のない話を続け、サックスは聞いているふりを続けた。時刻は午前八時十分。

ウォッチメイカーが予告したタイムリミットが迫っている。

まもなく電子錠がはずれる音がして会社内部につながるドアが開き、男が一人現れた。三十代のなかばくらい。長身で痩せていた。手足がひょろ長く、オレンジ色のジーンズに錆色のTシャツ、青いランニングシューズという服装だ。

「サックス刑事とレヴィーン刑事ですね？　ベン・エメリーです」

握手が交わされた。

サックスの顔を見た瞬間、エメリーの目にあからさまな関心が浮かぶのがわかった。その目はサックスの左手をチェックし、結婚指輪に気づいた。そこでほんのわずかに肩をすくめてから、いま出てきたドアの奥へと二人を手招きした。

ひんやりとした薄暗い空間が広がっていた。どのデスクにも大型モニターと淡いベージュのコンピューターがあり、コンピューターからは無数のケーブルが伸びている。電子機器の使い道は見当もつかないが、たとえレヴィーンとエメリーから二人がかりで解説されたとしても、サックスにはちんぷんかんぷんだっただろう。

エメリーは長い廊下を歩きながら、それぞれの部署がどんな仕事をしているか――誰が頼んだわけでもないのに――詳細に説明した。レヴィーンは心得顔でときおりうなずき、熱心に質問をした。

ほどなく三人はフロアの一番奥のスペースに来た。アロハシャツとカーゴパンツに黒いビーチサンダルというなりの大柄な男性がいた。その男性、スタンリー・グリアーが今回、ノートパソコンの解析とパスワード解除を担当するという。

サックスは夜間裁判所の判事からサインをもらったばかりの令状をグリアーに手渡した。グリアーは令状に目を通し、ラテックスの手袋をはめてから、サックスが差し出した袋を受け取り、パソコンのシリアル番号と令状の番号が一致していることを確認した。袋からパソコンを引き出し、整理整頓の行き届いたデスクの真ん中にまっすぐに置いた。最後に証拠物件保管継続証に氏名を記入し、サインをした。

「爆発物と放射性物質の検査は完了しています」サックスは言った。

「了解。さてと。さっそくかかりますよ。やれるだけのことをやってみます。複製を作ってそっちで作業しますが、場合によっては、このオリジナルを解体してハードディスクを取り出すことになるかもしれません」

「かまいません」サックスは言った。「ただ、裁判になった場合、データの書き換えはいっさいしなかったと証言していただかなくちゃいけないかも」

「ええ、毎度のことですから慣れてます」グリアーが言った。

サックスの咳の発作が出た。三人がそろってサックスを見た。レヴィーンとエメリーの二人はサックスを心配している様子だったが、グリアーの眉間《みけん》の皺は、吐き出された息や飛び散った飛沫がサーバーに悪影響を及ぼしたらどうすると言いたげだった。サックスが生理学上ではなく、デジタルなウイルスを撒き散らそうとしているかのように。サックスは毒性のガスを吸ってしまったことを説明するより、発作を収めるほうに労力を集中した。

「あの、大丈夫ですか……」エメリーがおずおずと言った。

「ご心配なく」サックスはそっけなく言ってから、感謝の笑みを見せた。「どのくらいかかりそうですか」サックスはグリアーに尋ねた。

「まったくわかりませんね。こいつの持ち主は善玉でした？　それとも悪玉？」

「悪玉のほう」

「とすると、そう簡単に破れないパスワードを設定してるだろうな」そう言って苦い顔をした。「悪党はたいがいそうですから」

サックスは言った。「ぜひともデータを吸い出したいんです。できるだけ早く。ガイシャ――被害者は、八九丁目のクレーン転倒事件の犯人に協力していたの。次の標的を割り出すヒントが何か保存されてるかもしれません」

「なるほど。そうか。次は十時でしたっけ」

サックスはうなずいた。

「さっそく始めますよ」グリアーはケーブルをひとつかみ引き寄せ、ノートパソコンと自分のパソコンをつなぎ始めた。

エメリーが見送りに出て、手に入る望みのないアメリア・サックスを最後にもう一度だけ無念そうに一瞥してから、別れを告げた。

外に出るなり、サックスにライムから電話がかかってきた。サックスはレヴィーンにうなずいた。レヴィーンもうなずいて、市警の共用車のセダンでダウンタウンの方角に走り去った。

「ライム？」

「連絡がないということは、奇跡は起きていないのだろうな」

「パソコンの話？　まだよ。たったいま作業を始めてもらったところ」

「体調はどうだ。新しい仕事を頼めそうか」

「もちろん」サックスは即答した。

サックスの体調について、ライムはそれ以上触れなかった。それから、ライムらしからぬもったいぶった口調で言った。「先に断っておく。いくぶん変則的な仕事だよ」

35

テレビニュース。

リンカーン・ライムが、ケーブルテレビ局のニュース番組から捜査のヒントを得る日が来るとは。サックスは愉快な気分になった。だって、ライムはふだんテレビをまったく見ないのだから。しかもトムに手伝わせて、〝異例の〟調査の計画を自ら練り上げたらしい。

サックスはいま、その調査に取りかかるため、アッパーイースト・サイドの駐車場内にゆっくりと車を乗り入れた。

野太いエンジン音を響かせるマッスルカーに気づいて、駐車場の管理人が険悪な顔つきで近づいてきた。この駐車場は、超高級車が統治する帝国なのだ。異端の車はお呼びではない。しかし市警のバッジと身分証を突きつけられて、管理人はすごすご撤退した――しかめ面はそのままだったが。あとで出るとき、一時間二十八ドル九九セント也の駐車料金を請求されることになるだろうか。きっと請求されるだろう。公務で来ているという言い訳はきっと通用しない。

ライムの新たな仮説は、ウォッチメイカーを雇ってクレーンに細工をさせている黒幕の正体に関するものだった。ライムと捜査チームはすでに、クレーン転倒事件とアフォーダブル住宅を要求するグループはおよそ無関係と断定している。

ただし、不動産業界とは関係しているかもしれない。

ライムが見たテレビニュースは、高層ビル建設の中断により株価に影響が及んでいることを報じていた。ライムはこう話した。「ウォッチメイカーの目的は、株価の操作ではないか」

「どういうこと？」

「ヘイルを雇ったのは開発会社なのだとしたら？　ヘイルはクレーンを次々と倒す。株価は急落する。ニュースキャスターはみなその言葉を気に入っているようだな。〝急落〟。今朝だけで四度も耳にした。株価が急落したところで、黒幕は値崩れした不動産を買いあさる。あるいは、ＲＥＩＴ――不動産投資信託に出資する。ＲＥＩＴについてはトムに調べさせた。株ではなく、不動産を対象としたミューチュアル・ファンドのようなものらしい。テレビニュースのどれかで、今回の建設作業停止のせいで完成が大幅に遅れる現場もありそうだと言っていた。建設会社に融資している銀行は差し押さえに動くかもしれない。そうなったところで犯人グループは、土地を安く買い叩くわけだ」

トムは開発会社を六社リストアップした。マンハッタンの四社、クイーンズの一社、ブルックリンの一社。いずれも株式非公開で、公開の会社に比べれば違法行為に対する抵抗感が低いだろう。

ライムはそのリストを二つに分け、一方をサックスに、もう一方をライル・スペンサーに割り当て、偵察に送り出した。

いま、サックスは高層オフィスビル併設の駐車場に入った。このビルに、サックスが受け取ったリストの最初の一人が経営する会社のオフィスがある。ラシード・バーラニ。総資産額はわずか二百十億ドル。このリストのなかでは最下位だ。

各階をつなぐスロープを上り下りしながらサックスが

捜しているのは、バーラニ本人ではなく、彼が所有する車だった。

　交通課から借りたMPH－900ナンバー自動読取機を、フォード・トリノの運転席側のウィンドウに――粘着テープで――固定してある。駐車場に並んだ車の前を通るたび、読取機のレンズがそのナンバーをスキャンする。

　バーラニは車を四台所有していた。そのメーカーと車種をもとに手作業で捜してもいいのだが、それでは時間がかかりすぎる。タイムリミットが迫っているいま、時間を無駄にはできなかった。読取機は一瞬のうちにナンバーを解析する。おかげで駐車場の構造上許されるかぎりのスピードで移動していても、該当の車のいずれかの前を通ると同時にアラートが鳴る。

　駐車場の天井は低い。ギアを二速に上げると、エンジンの低い音が大きく反響した。地球上のどこの駐車場もそうだが、ステアリングを切るたびにタイヤが軋んで、甲高い――そしてサックスの耳には中毒性の高い――音が鳴った。

　二フロア完了。三、七、十、十二……タイヤのゴムが焼けるにおいが鼻をついた。

　最上階まで来た。煙を残してぐるりと一周し、今度はスロープを下り始めた。アクセルペダルから足を離し、エンジンブレーキを頼りに下っていく。

　九階でアラートが鳴り、サックスは急ブレーキをかけて止まった。

　あった。

　バーラニが所有するベントレー・ミュルザンヌ。世界一の高級車と言われるうちの一台。

　超富裕層の金銭感覚は想像もつかないが、この車の価格は二十五万ドルを下らないだろうし、エンジン出力は五百馬力を越えるに違いない。しかもターボつきに決まっている。真新しいベントレーのロックを解除する方法はおそらく存在するだろう。しかし、それにはエメリー・デジタル・ソリューションズで見たようなスパコンが必要になる。たとえばサックスのトリノをピッキングするのは大してむずかしくないが、機械式のロックを物理的にピッキングするのとはわけが違うのだ。

　車内を調べるのは無理でも（どのみちそのための令状を持っていない）、バーラニ本人や同乗の人物、できればウォッチメイカーがこの車を降りたとき足を下ろした位置、つまりドア四枚の直下から土壌サンプルを採取できれば十分だ。

　急傾斜のスロープで車が動きださないよう、ギアを一速に落としてからエンジンを切り、ハンドブレーキをかけた。酸素を何度か吸入し、後部座席からバックパックを取った。バーラニがクレーン転倒事件に関与している場合、こういった内偵を予期して、バーラニまたは警備の人間がカメラ越しに監視していないともかぎらない。サックスはこのフロア一帯を撮影している防犯カメラに近づき、超広角レンズに窒素ガスを吹きつけた。霜は十分ほどで解け始めるはずだが、そのころにはサックスはこの場を立ち去っているし、防犯システムも通常どおりの機能を取り戻して強盗や車の強奪に備えるだろう。

　ラテックスの手袋を着け、急ぎ足でベントレーに近づいた。静電シートを使って靴跡を取り、小型掃除機で微細証拠を集めた。サンプルを四つの袋に分けて入れた——ドア一枚につき袋一つ。それぞれの袋の表面に車種とナンバー、ドアの位置を書きこんだ。トランクの真下からも微細証拠を採集した。トリノのトランクに用意したプラスチックケースに五つの袋を収めた。

　探索を再開した。

　この駐車場にはバーラニ所有のほかの車は駐まっていなかった。十五分後、サックスは容疑者2の偵察に移った。ウィリス・タンブリン（総資産二百九十億ドルと、なかなかの好成績だ）が経営する会社の駐車場を調べたが、タンブリンが所有するメルセデス、ロールス・ロイス、フェラーリは見つからなかった。

　駐車場を出て、容疑者3の会社があるアッパーウェスト・サイドに向かった。リストにあるうちではこの三人目の総資産額が最も高かった。三人のいずれにせよ、すでにそれほどの資産があるのに、死傷者が出るリスクを冒してまで新たに一億ドル程度の金を稼ごうとするだろうか？

　だが実際の資産額は、バーニー・マドフがそうだった（アメリカの金融詐欺師。被害総額は史上最高とされる）ように、マスコミやウィキペディアで言われているほどではないのかもしれない。

　あるいは、不動産や富のコレクションに取り憑かれているのかもしれない。ほかの種類の中毒者と同様、〝もっと、もっと、もっと〟という衝動から逃れられないのかもしれない。

そんなことを考えていると、アンプゲージの右横にあるオイルゲージの上の時計がたまたま目に入った。

時刻は八時五十分。

次の事件が起きるまで、あと一時間。

どこだ？　今度はいったいどこで事件が起きるのだ？

36

聖フランシス病院の八階、S病棟の真ん中あたりの病室で、ドクター・アニタ・ゴメスが患者のメアリジーン・マカリスターに励ましの声をかける。「あと少しよ」メアリジーンは痛みにあえぎ、うめいている。「八センチ。もうじきよ。その調子」陣痛は予定より早く始まった。出張中だった夫は急ぎニューヨークに向かっている。メアリジーンの電話はその夫につながっていた。妻の口から漏れる声を聞いて、夫はひどく不安がっている。メアリジーンは言う。「何か薬はないのかって、夫が。痛くてもう無理」これくらいの痛みはまったく正常だと言いたいところだが、ドクター・ゴメスはその言葉をのみこむ。だいたい、麻酔薬を使った無痛分娩という選択肢もあったのに、赤ちゃんに影響が及ぶという誤った不安から断ったのは、患者のほうだ。ドクター・ゴメスはそのことを指摘する。「夫が……」うめき声。「ううう！……夫が代わってほしいって」メアリジーンはそう言って電話を差し出す。ドクターは受け取るなり電話を切り、テーブルに置く。「どうして！」メアリジーンが抗議の声を上げる。だが、すぐに激しい息遣いだけを残して黙りこむ。二人はそろって眉をひそめる。奇妙な音が聞こえたからだ。低い音。外から聞こえている。何だろう。しかしその音はまもなく、メアリジーンの悲鳴のような声にかき消される。子宮口は九センチまで開いた。「夫に電話して」メアリージーンがわめくように言う。ドクター・ゴメスは朗らかに応じる。「さあ、いきむわよ」

産科分娩室の真下、七階の外科11番手術室では、神経外科医のカーラ・ディヴィートがタイラー・サンフォードの未破裂脳動脈瘤《どうみゃくりゅう》手術の準備をしている。患者は〝人生最悪の〟激しい頭痛を訴えた。検査の結果、脳動脈に瘤が見つかった。まだ破裂していないが、危険な大きさに達していた。手術室には、ドクター・ディヴィートと麻酔医、看護師二名、後期研修医《レジデント》がいる。手術室はむろん清潔で無菌だ。しかし室内のタイルは、一九六〇年代の患者や医師がいまの感覚では想像すらできない理由から好んだらしい、胆汁のような黄緑色のものから張り替えられていない。麻酔で眠っているサンフォードの頭骨の一部は取り除かれている。鋸《のこぎり》の摩擦のせいで焦げたような不快なにおいがまだ残っていた。瘤のサイズが大きいため、クリッピング術ではなくフローダイバーターステント治療を行なう予定だ。「やはり楽ですか」看護師の一人がそう尋ね、露出した脳のすぐ上にあるエースクラップ・イーオス・ロボット顕微鏡を顎で指す。
「最高に楽よ」ドクターは答える。ロボット顕微鏡の普及以前、神経外科医は腰痛など姿勢の悪さから来る問題に悩まされていた。患者の上に何時間もかがみこんでいたからだ。ロボット顕微鏡の登場により、直立した状態で4Kモニターを見ながら手術を行なえるようになった。以前は一日に一件が限界だったが、いまでは二件を楽にこなせる。ドクター・ディヴィートは手術チームをさっと見回して宣言する。「始めましょう」

11番手術室の真下、六階の術後回復室3E。ヘンリー・モスコウィッツの妻と成人した息子がベッド脇に座っている。「パビリオンを会場にしてもいいね」息子のデヴィッドが言う。まだ八カ月も先のことだというのに、いまここで自分の娘の十六歳の誕生会の話を持ち出したのは、すぐに手配を始めなくては間に合わないからではなく、母に父の容態を案じる以外のことをさせたかったからだ。母はパーティの計画に口をはさまずにいられないのだ。母は少し考えてから言う。「パビリオンはいいわね。でもエドナの誕生会のときは、芝生の手入れがなっていなかった」「そうだったね」デヴィッドはうなずく。さまざまな医療機器に取り巻かれてまだ眠っている父親を二人は見つめた。執刀医は、冠動脈バイパス手術は成功したと請け合い、もうじき麻酔から覚めるはずだと言っていた。そのとき、デヴィッドはわずかに首をかしげる。外から何やら低い音が聞こえた。雷か？　いや、空はよく晴れている。しかしその雷に似た短い音で、屋外の会場につきまとう問題を思い出した。「テントのサイズを確認したほうがよさそうだね。十月は雨が多いから」「そうね」母が言う。「雨の多い季節だわ」

その三フロアに共通して――さらに言えば、この病院のすべてのフロアに共通して――ちょうど中央あたりに、およそ六メートル四方の部屋がある。どのドアも錠が二つついていて、大きな警告が掲示されている――〈火気厳禁〉〈禁煙〉。後者は、常識がいまと異なっていた過去の時代の遺物だが、そのまま残されていた。歴史に――または遺伝に――よって刻みこまれた危機意識をいまも刺激するメッセージだからだろう。そのドアの奥には、酸素や炭酸ガス、窒素、亜酸化窒素、ふつうの空気のタンクが数十本も並んでいる。ここに保管されているだけのものもあれば、壁のソケットにホースで接続されているものもあった。吸入麻酔薬セボフルランのタンクもある。セボフルラン自体は不燃性だが、麻酔処置に炭酸ガス吸収剤として使用される水酸化バリウム石灰と反応して、火災や爆発が発生する危険がある。水酸化バリウム石灰の容器も同じ部屋にいくつか保管されていた。加えて、シクロプロパン、ジビニルエーテル、塩化エチル、エチレンの貯蔵容器もある。各階に設けられたこの保管倉庫を、病院のスタッフは〝ダイナマイト・ルーム〟と呼んでいた。

そして、縦に積み上がった手術室や病室の二十五メートル上空には、スウェンソン＝ソールベリＡＢタワークレーンのジブが浮かんでいる。稼働を停止している市内の全クレーンと同じく、昨日の事件を受けて、この一つもやはり動いていない。フロントジブにかかる荷重はケーブル類とトロリーとフックの重量のみであるため、カウンターウェイトは運転室ぎりぎりまで寄せられ、そこでロックされていた。いまから数分前までは、モーメント――バランス――が保たれていた。ところがいま、ジブは目に見えないほどゆっくりと病院のほうにかたむき始めている。その原因は、業界で〝アシッド・アタック〟と呼ばれている現象だ。〝酸攻撃《アシッド・アタック》〟という言葉が一般に指す、政敵や浮気をした恋人に腐食性の酸をかける非道な暴力行為のことではなく、単に何らかの化学反応が発生している事実を指す。この場合は、プラスチック容器から漏れ出したフッ化水素酸がまずコンクリート中の水酸化カルシウムをケイ酸カルシウム水和物のペーストに変え、次にそのペーストを液体に変えていた。その混濁液が滴って、今度はトロリーやコンクリートブロックをトロリーに固定している金具を溶かしている。無人の建設現場にその残渣が小雨のように降り注いでいるが、出入口を警備している少数の作業員は気づいていなかった。うめき声のような音を聞いた者は何人かいた。それはクレーンのマストがかたむくにつれ、旋回プレートの締め具が発した音だった。だが、出入口はこうして自分たちが見張っているのだ。この現場のクレーンに細工をするのは不可能に決まっている。だから、あれは風の音だろう、あるいは飛行機の音、遠くのトラックの音だろうと誰もが考え、つい最近終わったばかりのＮＦＬドラフト指名の議論に戻っていった。

タイムリミットまで：１時間

37

やれやれ。結局はこれ頼みか。

監視カメラの映像のチェック。これでは子供がネックレスやチョコレートを万引きした場面を探す、ショッピングセンターの警備員ではないか。

しかし今回の犯人は、決め手になりそうな物的証拠を片端から酸で溶かすという科学捜査官泣かせの性癖の持ち主だ。ほかにやれることはないに等しい。

リンカーン・ライムは苛立ちを押さえつけ、映像を遠い過去に巻き戻し、そこからさほど遠い過去ではない日時に向けて再生しながら目をこらした。ライムだけではない。メル・クーパーも近くのパソコンで同じ作業をしていた。ニューヨーク市が誇る科学捜査官が二人そろっているのに、分析すべき物的証拠は何一つない。

作業にはげんなりしても、それを通じて黄金のかけらが見つかる可能性があることは否定できなかった。ライムはどれほど協力的であろうと目撃証人は頭から疑ってかかるくせに、自分の目は信用している。事故であまりにも多くを奪われたのと引き換えに、残された感覚は事故前より研ぎ澄まされたつもりでいる。それは当人の思いこみにすぎないかもしれないが、この目でたしかに見たものが真実だと考えるようになっていた。

映像に目をこらしながらも、事件発生当初から捜査チームにつきまとっている疑問について熟考を続けていた——ウォッチメイカーはいったいどんな手段を使ってカウンターウェイトにフッ化水素酸を仕掛けたのか。

昨日の朝、第一のクレーンの周辺にいたことはわかっている。運転士のギャリー・ヘルプリンが現場近くでウォッチメイカーのベージュのSUVを目撃しているのだから。

ならばおそらく、監視カメラの映像にその姿が映りこんでいるだろう。クレーンに近づき、マストを登って装置を仕掛けている姿がとらえられているはずだ。運転士が仕事を始めたのは午前九時。それ以降に侵入者がマストを登ったのなら、間違いなく目撃しているだろう。とすると、装置が仕掛けられたのは午前九時より前だ。だが、どのくらい前なのか。ジョン・F・ケネディ国際空港で飛行機の前輪格納庫に残っていた荷物が発見されたタイミングから、ウォッチメイカーがアメリカに入国したのは数日前であると推定でき、したがって映像のチェックも数日前までさかのぼれば十分だということにはなる。それでも、監視カメラの映像は計数百時間分に及んだ。何せ七台分をチェックしなくてはならないのだ。

七台のうち五台は民間のもので、解像度は〝そこそこ〟から〝かなり粗い〟までさまざまだった。二台は最近になって市のドメイン・アウェアネス・システム（DAS）に追加されたカメラで、映像もわりあい鮮明だ。

「何もないな」クーパーがつぶやいた。

ライムは近くの壁時計を見上げた。

九時十四分。

それから市街図を見やった。一瞬、こう考えた。次のターゲットはいったいどのクレーンなんだ、チャールズ？

モニターに目を戻し、前日の夜と事件当日の朝に範囲をしぼりこみ、早送りでチェックを進めた。

しかし、事件発生以前にクレーンのマストを登った人物はたった一人——午前九時前のギャリー・ヘルプリンだけだった。

監視カメラの映像は、信号待ちで停まったトラックや、建設現場や周辺のオフィスビルやアパートに配達に来たトラックで頻繁にさえぎられた。なんとも腹立たしいのは大きな広告板を荷台に搭載した広告トラックだ。テレビコマーシャルが禁止されている煙草の広告、宣伝文句からはどんな症状を改善するものなのかさっぱりわからない医薬品の広告。選挙広告も多かった。そのうちの二つは、現職で元活動家（逮捕歴あり）のスティーヴン・コーディ——ライムの住所のある選挙区からワシントンDCに送り出された下院議員——の対立候補、マリー・レパートへの投票を呼びかけるものだった。

大きな黒い鳥がカメラにあやうくぶつかりかけた瞬間もあって、ライムはぎくりとした。

明らかな容疑者は一人として浮上しなかった。ライムは次に、事件後に集まった野次馬をチェックすることにした。実際、犯人が現場に舞い戻る例は少なくない。とりあえずは二度にわたって現場周辺に現れた人物をとく

に注意して探すことにした。

ライムが注目したのは、猫背で歩く小柄なホームレスの男だった。十九世紀の兵士を思わせるオレンジと茶の奇妙な帽子をかぶり、薄汚れた茶色の厚手のコートを着ている。その突飛な格好も目を引いたが、男が現場に対して示した異様な関心も理由だった。小銭を入れてもらうための青と白のコーヒーカップを掲げているのに、それにはさほど熱心とは見えなかった。一人のビジネスマンが紙幣を差し出しているのに、その目の前をあっさり素通りした場面もあった。消防本部の生物毒素処理班が到着し、酸の中和作業の前に野次馬を追い払うまで、その男はひたすら現場の周囲を歩き回っていた。

ホームレスの男は、その数時間後にもまた現れた。建設作業員の大半はすでに帰宅しており、男は誰にも見とがめられずに現場に侵入した。

何かを探しているようだった。貴重品をあさっているのか？そうかもしれない。やがて何か見つけたのか、光を反射する物体を持って何かしていた。これほど長い時間、現場をうろうろしていたのなら、サックスに事情聴取してもらおうか。男の居場所がわかればの話ではあ

206

るが。

　現場を二度訪れたもう一人が印象に残ったのは、ミュージシャンだったからだ。〈マーティン〉という文字がプリントされた薄い灰青色のギターケースを提げていた。ライムは何年も前に指揮したある事件を通じて、マーティンとは世界最高のギターメーカーの一つという知識を得ていた。ギターケースの男は、中肉中背の白人で顎髭を生やし、ロゴの入っていない黒い野球帽を目深にかぶり、サングラスをかけていた。着衣は黒い革ジャケットにブルージーンズ。

　その男が最初に現れたのは、クレーン転倒から一時間後で、二度目はその四時間後だった。現場に来た目的は、男の様子からは見当がつかなかった。現場の瓦礫に興味を示していたホームレスの男とは違い、ギターケースの男は、待ち合わせの相手を探すかのように、集まった野次馬を何度も見渡していた。

　二度目に現れたときは、現場を二周回った。探していたのが物であれ人であれ見つからなかったらしく、向きを変えて立ち去った。ライムは男の画像をキャプチャーしたが、サングラスをかけて帽子を目深にかぶっていたのでは、顔認識プログラムも機能しないだろう。

　ホームレスの男と同様、ギターケースの男の存在におそらく意味はないのだろう。単なる偶然だ。

　ライムは映像のチェックを続けた。三日前、二日前、昨日。日中。夜間。クレーンの土台に近づいた者は、やはり運転士だけだった。

　ライムはつくづく思った──どんな種類のものであれ──たとえばタワークレーンを登るとか──犯罪行為を検出できるアルゴリズムがすでに開発されていてもおかしくなさそうなものなのに。

　アルゴリズム。コンピューター。データ……

　ふとこんな考えが脳裏をよぎった。デジタルデータは、エドモン・ロカールの時代の〝塵〟の現代版だ。容疑者の土壌サンプルや血痕と同じように、0と1の連なりが容疑者の住まいや勤務先をまっすぐ指し示す。

　だが、この事件は例外らしい。

　溜め息を漏らし、モニターに目をこらす。黒い鳥があやうくぶつかる場面を早送りしようとした。

　いや、ちょっと待て……

　ライムは再生を一時停止し、一コマずつ前に戻した。

黒い物体がモニターを埋め尽くした。

鳥ではない。

「メル。これは私が思っているとおりのものだろうか」

メル・クーパーがライムのモニターを見た。「そう思う。こいつはドローンだ」趣味でドローンを飛ばしているクーパーは、〝無人航空機〟に詳しかった。

静止した画像には、回転するプロペラが二つ映っている。

「くそ。ドローンを使ったのか」

ニューヨーク市では、市街地でドローンを飛ばす行為は法律で禁じられているが、相手はウォッチメイカーだ。その程度の軽罪に怖じ気づくわけがない。

「必要な荷を運べる大きさはありそうか」

「商用モデルなら、運べると思うよ」

「ドローンの飛行は当局が追跡しているんだったな」

「してる。連邦航空局とFBIと国家安全保障省。とくに積極的なのはあとの二つだね」

ライムは携帯電話に向けて音声コマンドを発した。

「デルレイに電話」

FBI捜査官フレッド・デルレイは、最初の呼び出し音が鳴り終わる前に応答した。

「リンカーンか」

「フレッド、クレーンの件で力を借りたい。ウォッチメイカーはドローンを使って装置を仕掛けたのではないかと思う。メルによると、FBIと国土安全保障省が飛行を追跡しているそうだね」

「ああそうさ。ドローンのことなら、うちの対テロ課の若い衆に訊いてくれ。朝から晩までドローンを探してるから。俺の知り合いに電話をつないでやるよ――ちなみに、連中はあいかわらず建物の反対側でかくれんぼ中だ。面倒くさくて閉口してる。待ってな」

ライムの視線は、市内の〝クレーン地図〟へとさまよった。昨日の深夜のことを思い返す。次のターゲットになりそうな現場を巡回して戻ってきたライル・スペンサーは、クレーンの土台周辺の警備はどこも万全だと報告した。

しかしドローンを使っているなら、土台を見張っても無駄だったことになる。

そのとき、電話からよく響く声が聞こえた。「ミスター・ライム？　FBI対テロ課のサンジ・カーンです。

どんなご用件でしょう」

　ライムは、アッパーイースト・サイドのクレーン転倒事件で装置を仕掛けるのにドローンが使われたようだと説明した。「ＦＢＩではドローンの飛行を監視しているのだろう？」

「ええ。連邦航空局や国土安全保障省も監視していまして、互いに情報を共有しています。レーダーと無線信号を利用して、無人航空機――ドローンが飛んでいれば、その位置情報がこちらにも通知されます。無線信号を元に割り出したＧＰＳ情報が一番正確ですね。都市部ではレーダーは当てになりませんから」

「最近は通知があったかね」

「通知ですか？　いいえ」カーンはそう答えてから補足した。「空港や公官庁、大使館、コンサートホール、パレードなど、脅威レベルの高い場所の近辺を飛行している場合に限っては、無線信号を攪乱《スクランブル》するアルゴリズムがあります。飛行時間が十分以内かつ低脅威の場所であれば、詳細を記録するだけで、とくに対応はしません。後者はたいがい、誕生日やクリスマスのプレゼントにドローンをもらって、法で禁じられているとは知らずにさっそく遊んでみたような市民ですから」

「時刻と場所を伝えたら、ドローンが飛行していたかどうか調べてもらえるだろうか。それと――これが肝心なんだが――市内の別の場所に同じドローンの記録があるかどうか」

「ええ……ドローンが同一であれば。それぞれ固有の機体情報が割り振られているので」

「メル、詳細を伝えてくれ。カーン捜査官、クーパー刑事に電話を代わる」

　メル・クーパーが日時と位置情報を確認し、スピーカーフォン越しにカーンに伝えた。

　一分とたたず――そのあいだはずっとカーンの力強いタイピング音が聞こえていた――カーンが言った。「ありました。先ほどうかがった場所の記録があります。八九丁目、クレーンが転倒した日の早朝。建設現場に飛んできて、しばらく上空にとどまったあと、東八八丁目で無線信号が途絶えました」

　ヘイルのＳＵＶが駐まっていた通りだ。ギャリー・ヘルプリンが後部座席にあるのを見たという大きな段ボール箱は、ドローンを入れておくためのものだったのだろう。

「カーター・マックス４０００シリーズの機種ですね」

「数リットル分の液体を運べるサイズだろうか」

「ええ、余裕で運べます」

「で、そのドローンはほかにどこを飛んでいた？」

「計三回の記録があります。ランダムな飛行に分類されていて、捜査などは行なわれていません」

「どこだ？」

「一つ目は、ブルックリンのタウンソン・ストリート、四〇〇番台のブロック。次はマンハッタンのオフィスビルの前ですね。ハドリー・ストリート五五六番地。ＳＯＨＯとダウンタウンのあいだです。最後の一つは、東二三丁目。それ以降の情報はありませんが、いま警戒リストに登録しました。また飛行することがあれば、追跡を開始して、戦術チームを派遣します。その際はそちらにもお伝えしたほうがいいですか」

「ああ、頼む」ライムは上の空で答えた。目はクレーン地図を凝視していた。ブルックリンのその一角にクレーンはない。ハドリー・ストリートにもなかった。しかし東二三丁目にはある。鮮やかな赤い印がついていた。

「メル。そこの番地に何がある？　東二三丁目だ」

ライムは時計を確かめた。次の事件が発生するまで、残り三十分と少し。

クーパーが近くのキーボードを叩いた。ライムの目の前にあるモニターに鮮明な写真が映し出された。衛星画像データベースに登録されている写真だ。

黄土色の煉瓦壁のＵ字型をした建物がある。そのＵの字の真ん中に、巨大なクレーンがそびえ立っていた。赤いマストに、黄色い運転室とジブ。

聖フランシス病院。

「メル、病院の警備室と最寄り署に連絡だ。全員を避難させろと伝えろ。それから、アメリアを急行させるんだ。急げ」

38

アメリア・サックスは急ブレーキをかけて病院前に車を駐めた。すぐそこにクレーンがそびえていた。

クレーンは建設現場の中央に立っている。ジブは、Ｕ字の北側の一辺、病院のメインの棟の真上に伸びていた。

午前十時にはまだ間があるが、クレーンはすでにかたむき始め、コンクリートの砕片と液体のしずくが降っている。フッ化水素酸がすでに侵食を始めているのだ。

モーメントは失われた。

サックスの目は頭上のクレーンに引き寄せられた。鮮やかな赤い色。流れたばかりの血の色を思わせた。転倒したら、クレーンは八階建ての病院の最上階、ちょうど真ん中にぶつかるだろう。フロントジブはいま、建物の屋上の二十五から三十メートルほど上空にある。転倒の衝撃で、何トンもの重量を持つ鋼鉄のジブは、加速度も手伝って途方もない力で建物に食いこみ、少なくとも上階三フロアか四フロアを切り裂くに違いない。

昨夜、ライル・スペンサーはこのクレーンも訪れ、マストの土台周辺と建設現場の出入口に警備の目が光っていることを確認した。しかし、ついさっき届いたライムのメッセージは、スペンサーの労力が無駄だったことを説明していた——ヘイルはフッ化水素酸を仕掛けるのにドローンを使ったのだから。

サックスは助手席に置いた酸素タンクを見つめた。酸素マスクなしで深く息を吸ってみた。

軽い痛み。軽い咳。

いまいましい薬品は、いまもサックスの肺をじわじわと冒し続けているのだろうか。すぐ目の前で崩壊を続けているカウンターウェイトのように。

酸素を吸った。

建設現場をざっと見渡す。第一の転倒現場と同じように、さまざまな色や形をした緊急車両や回転灯や制服姿の人々が集まっている。

目を閉じ、下を向いて、さらに五回、酸素を肺に送りこむ。

これでしばらくは大丈夫だろう。行こう。

トリノから降り、ニューヨーク市警の現場指揮官を探す。あれだ。灰色の髪をした五十歳くらいの制服姿の警部。痩せていて、青白い肌をしている。そのとなりのニューヨーク市消防本部の分隊長は、対照的に、黒い肌とずんぐりした体つきだった。黒いスラックスに白いシャツ、黄色いストライプが入った消防本部の黒いジャケット。消防士に建設現場用のヘルメットは必要ない。消防隊の定番、ファイアファイター形のヘルメットがある。ジャケットの胸ワッペンの一番上に大きく〈隊長〉とあり、その下に隊員番号が書かれていた。名前はウィリアムズ。

サックスはベルトに下げた市警のバッジを二人に見せた。「重大犯罪捜査課のサックスです。この捜査の指揮を執ります」

「ああ」市警の現場指揮官が言った。胸の名札にオライリーとある。「リンカーン・ライムのパートナーの？」

サックスはうなずいた。受け取り方によって複数の回答がありうる質問を受けたときは、黙ってうなずくことにしている。

上を見た。「向きは変えられませんか」九十度回転させられれば、ジブは通行止めになった表通りを向き、被害を最小限に抑えられるだろう。

消防の部隊長が言った。「ライム警部から電話があって、ここが次のターゲットだと知らされたとき、現場監督にまずそれを確認しました。しかし、クレーンは一ミリたりとも動かせないそうです。旋回プレートがすでにたわんでしまっているので」

サックスはジブが向いている先の建物にふたたび視線を走らせた。どう見ても頑丈そうとは言いがたい。一九六〇年代に建設された建物で、アルミとガラスとメタルパネルでできている。青いメタルパネルは、縁に錆が浮いていた。骨組みは鋼鉄なのだろうが、それ以外の素材は巨大なナイフのようなジブにあっけなく切り裂かれてしまうだろう。

患者や見舞客、職員が建物から慌てた様子で出てきた。だが、大半は動きがゆっくりだ。それがせいいっぱいなのだろう。足を引きずり、あるいは車椅子に座っている。点滴スタンドを自分で押している患者もいた。その光景はまるでロボットが共生する未来を描いたSF映画のようだ。

「避難の進捗は？」

現場指揮官のオライリーが答えた。「自分で歩ける患者や見舞客、補助職員の大半の避難はすんでいる。一階から五階まで。問題は六階から上でね。クレーンの真下にある部屋で医療処置の真っ最中なんだ。手術中なんだよ。開腹手術、心臓手術、脳外科手術。分娩中の患者もいる。そのまま運び出すわけにはいかない。中断できる処置は中断して、機器や生命維持装置ごとストレッチャーで避難してもらっている。しかし何人かは――動かすに動かせない状況にある」

「下のフロアに移動するわけにはいきませんか。あれが倒れてきても、建物がまるごと壊れるということはなさそうですよね」

「いや、全員を避難させなくては」消防隊長のウィリアムズが言った。「クレーンの真下に、可燃物の保管倉庫があるんですよ。タンクが数百本保管されているし、壁のソケットに接続されているものもあります。酸素タンク、可燃性のガス。病院というのは穀物倉庫みたいなものでしてね。火花一つで丸ごと吹き飛ぶ」

クレーンの土台からうめくような音が鳴ってマストがかたむき、ジブがまたもや何十センチか下を向いた。

消防隊長が続けた。「うちの者にケーブルをつながせています」マストのなかほどを指さす。ケーブルがくくりつけられ、増築中の棟の大梁と結ばれていた。「どこまで役に立つかわかりませんが。無駄な努力になりそうです。梁のほうがもう歪み始めているんですよ。それでも少しは時間を稼げるかもしれない」

ひとしきり咳をしたあと、サックスは危なっかしくかたむいたクレーンを見上げた。「運転士は来ていますか？」

「クレーンの？」オライリーが訊き返した。「いや、来る理由がないから。今日の作業は中止されている。どうして？」

「運転士なら、たとえば――カウンターウェイトを移動させるとか、落ちるのを防ぐ方法を知っているかもしれない。私たちには考えつかないような方法を」

「残念ながら来ていない」

それで閃いた。

サックスはポケットから携帯電話を取り出し、ある番号を探してスクロールした。第一のクレーンの運転士、ギャリー・ヘルプリンの携帯番号だ。それをタップする。

呼び出し音。また一つ呼び出し音……

お願い、出て。

お願いだから……

応答はなかった。

留守電に転送された。

藁《わら》にもすがるしかない。

サックスは咳払いをして言った。「ギャリー、サックス刑事です。またクレーンが倒れそうなの。病院を直撃しそう。時間を稼ぐ方法を探してるところ。消防がケーブルをつないでるけど、長く持ちそうにない。私かリンカーン・ライムに連絡してください」

二人分の連絡先を吹きこんでから、現場指揮官に向き直った。「避難を手伝います。折り返しの電話があったら連絡しますから」

またクレーンを見上げる。かたむきがさらに二度ほど大きくなっていた。

時間はあとどのくらいある？

考えていてもしかたがない。サックスはトリノから酸素タンクを取り、通信指令本部のバンに立ち寄って無線機を受け取ると、病院のエントランスに走った。

大混雑した薄暗いロビーに入る。エレベーターの扉は開けっぱなしになっていて、その上のランプは点滅を繰り返していた。そうか、火災の危険があるから、消防モードに切り替わっているのだ。サックスは階段室を見やった。大勢がぞろぞろと下りてきている。

階段か。

急な階段。

八フロア分。

行くしかない。

甘い酸素を深々と三度吸い、緑色のタンクを肩にかけ、階段を上り始めた。

一段ごとに大きくあえぎながら。

39

上階は予想以上の混乱ぶりだった。

最上階の八階には、患者と見舞客と職員がまだ三十人ほど残っていて、廊下の東西にある出口は大渋滞を起こしていた。いや待て——人数を倍に勘定したほうがよさそうだ。この病棟にあるのは産婦人科と分娩室なのだから。

主たる出口であるエレベーターが停止しているせいで、使えるのは間口のせまい非常口二カ所だけのようだ。そしてこれだけの人数が残っているのは、大半の患者が自分では歩けないせいだった。分娩や帝王切開を終えたばかりの母親たち。看護師によれば、産婦人科以外の患者も何人かいるらしい。下のほうの階で手術を受けたあと、スペース不足から、この階の回復室に移されていた患者だという。後者二つのグループ——手術直後の患者——はベッドから動けない。まだ麻酔から覚めていない患者も何人かいる。

サックスは救急隊を手伝い、自力では歩けない患者を乗せた車椅子やベッドを非常口に向けて押した。

南に面した窓からクレーンが見えていた。鋼鉄のパイプが朝日にきらめいている。すぐ目の前にあるというわけではないし、クレーンそのものは危険な要素の一つでしかない。いざ転倒したとき、クレーンのマストは病院の側壁を直撃し、ジブは屋上から下に向けて建物を切り裂くだろう。

サックスが見ているあいだにも、クレーンはまた何十センチかかたむいた。

ケーブルはそれを食い止める役に立っているのだろうか。

そうでもなさそうだ。

避難すると言っても、階段伝いに地上まで下りる必要はないらしいとわかって、サックスは胸をなで下ろした。五階の連絡橋から東棟に移れるという。東棟のエレベーターは通常どおり使用できる。

看護師の一人が尋ねた。「刑事さん、非常口の前まで移動したら、そこで待機するわけにはいきませんか」

「いいえ、この棟から出ないと。火災の危険があるんです」すぐ後ろの倉庫のほうに顎をしゃくる。さっき消防隊長が話していた、可燃性のガスの保管倉庫がある。〈危険物〉の札は小さい。〈禁煙〉はそれより大きい。だが〈火気厳禁〉の札が一番大きかった。

サックスは、片隅にぽつんとある車椅子に目を留めた。出産を終えたばかりの母親だろう、毛布にくるまれた赤ちゃんを抱いている。母親も赤ん坊に負けないくらい激しく泣いていた。サックスは車椅子のハンドルを握り、急ぎ足で廊下を押していくと、非常口前にできた列に並ばせた。「歩けそうですか」

女性は片言の英語で答えた。「はい。自分で歩きたかった。でも、だめと言われた。頼んだんです。規則だと言われました」

サックスは微笑んだ。「今日だけは特別」そう言って女性を立ち上がらせ、非常口まで連れていくと、ちょうど階段を上ってきた看護師に預けた。男性看護師が女性の肩を支え、二人は階段を下り始めた。「一段ずつ、ゆっくり。そう、その調子。男の子ですか。それとも女の子?」

二人の話し声は、薄暗い階段を遠ざかっていき、やがて聞こえなくなった。

無線機からせわしないやりとりがあふれ出した。

「リロイです。七階にいます。患者が残っている手術室はあと三つです。動かせないそうで。二人は人工心肺につながれていて、もう一人は腎臓移植の最中です。脳外科にもう一人、動けない患者がいます。動かすと命の危険があると。最低限のスタッフだけ残して、ほかは避難させているところです」

六階の救急隊からも似たような報告が入った。六階には術後回復室があって、麻酔から覚めておらず、術後の容態が不安定な患者が大勢いる。

無線から、叫ぶような声が聞こえた。「ベッドが十二台。大型トレーラーハウス並みのサイズです。6－Wで人手が必要です。急いで!」

サックスは、母親と新生児をまた一組非常口に移動させた。そのとき、廊下と曇りガラスで仕切られた回復室に人の気配を感じた。患者が三人。麻酔で眠っている。高齢の女性、年配の男性、十代の少年。家族や友人らしき付き添いも五、六人いる。病人を放って避難するのを拒んで残っているのだろう。

あるいは、惨事が迫っていると言われても、高をくくっているか。

ほかのものと同じように、この回復室のベッドにもキャスターはついているが、いずれも壁やラックに設置された六つほどの機器類に接続されていた。看護師やヘルパーがあわただしく機器を取り外し、眠っている患者の傍らに置いている。

そのとき、うめくような低い音が外から聞こえた。

サックスは窓の外を見た。

クレーンのかたむきがまた少し大きくなっていた。

「急いで! 早く避難を!」サックスはそう叫び、カラフルなワイヤと針で患者に接続されたプラスチックの大型の機器を持ち上げた。それを男性見舞客の手に押しつける。重みで男性がよろめいた。「そこのあなた」サックスは三十歳くらいの女性に言った。「ジム通いで鍛えたその筋肉が役に立つときが来たわよ。あれを持って」そう言って別の大型医療機器を指さす。十五から二十キロくらい重量がありそうだ。

「持てるかな――」

「いいから持って！」

女性は命令に従った。無事に持ち上げられた。

機器はすべてバッテリー駆動に切り替わっているのを確かめて、サックスは電源ケーブルを抜き、廊下を指さした。

三台のベッドは、待っている人が少ない西側の非常口に向けてそろそろと動き始めた。

咳をし、つばを吐きながら、サックスは廊下を急ぎ足で進み、各部屋をのぞいて回った。

どれも無人だった。

S－12を除いて。

部屋に入る前から、苦しげな声が――矛盾するようではあるが、野太い悲鳴が――聞こえていた。見るからに臨月といった大きなおなかをした女性が横たわっていた。たくさんの枕が首を支え、両脚はあぶみに載せられている。担当医――名札によれば、ドクター・A・ゴメス――は患者のほうにかがみこんでいた。「はい、いきんで」

女性は汗みずくで、黒っぽい髪が額に張りついている。喉から漏れるこの世のものと思われぬ声にときおり痛烈な罵《のの》り言葉がまじった。

出産にまつわる話も女同士なら当然通じるはずと思ったのか、医師が言った。「十センチなのよ」

「十センチ……？」

「看護師は避難の手伝いに取られてしまって……ほら、いきんで！」

本当に〝いきんで〟と言うのは初めて聞いた。

サックスは咳きこんだ。

「何かの病気？」医師が訊いた。

「いいえ、酸を吸ってしまって」

医師は聴診器をサックスの胸に当てた。「吸って、吐いて」

言われたとおりにした。

「もう一度」

また吸って吐く。

「異常なし」

「はい？」

「心配はいらない。肺の病気には詳しいので」

一安心と言うべきか……

「さあ、手伝ってちょうだい」

「あの、誰かほかの人に頼んだほうが」

「誰かって、誰がいるの？」医師は本心から困惑したように訊き返した。

この一角の廊下にはもう誰もいない。

「警察学校で習わない？」

「さあ、習った覚えはありません」

「でもね、刑事さん。世界には八十億の人間がいて、その全員がこうやって生まれてきたのよ。大してむずかしいことじゃない」一瞬の笑み。

「大丈夫、できるわ。きれいな手袋をはめて」それから患者に向き直った。「息を吸って。いきんで！」

「あああ、もう無理」女性が情けない声を出す。

「あの、彼女……大丈夫なんですよね」

「大丈夫よ。何の心配もない」

サックスは青いラテックスの手袋をはずし、透明の医療用手袋を取った。現場捜索で使うものより分厚い。手指が湿った状態ではうまく着けられなかった。サックスは指に息を吹きかけた。


手袋を着け終え、医師のほうを向いた。医師が言った。

「バイタルを確認して。そこのモニターよ。数値を読み上げて。体温、脈拍、呼吸数、血圧。いまのところそれだけでいい」

い、い、いまのところ？　このあと何が起きるというのか？

起きたのは——産婦の悲鳴だった。

いやはや、大した肺活量だ。

「痛い！　薬をください！」

「大丈夫よ、心配いらない。ほら、いきんで！」

サックスは数値を読み上げた。

産婦が泣き声を上げる。「鎮痛剤——」

そのとき、外で大きな音が轟いた。大砲がぶっ放されるような音。ガラス片とプラスチックと金属と石膏《せっこう》ボードが飛び散り、すぐ隣の処置室が見えなくなった。

サックスはガラスの間仕切り壁越しに目をこらした。

消防隊長の指示でクレーンに取りつけられたスチールケーブルだった。破断した先端が処置室に飛びこみ、もぎ取られたドアが廊下の壁にめりこんでいた。

廊下に大勢の悲鳴が響いたが、ケーブルにぶつかられた人はいないようだった。もし当たっていたら、スチールケーブルは肉や骨を易々と切り裂いただろう。

一瞬、血まみれの鉄筋が脳裏をよぎった。

ケーブルはあと何本あるのか。さっき見たときは、五、六本はありそうだった。

「何か薬！　薬をちょうだい」

「いきんで！」医師は言った。

外からまた金属がねじれるような低い音がした。クレーンがさらにかたむく。

「何かくす――！」

サックスは産婦に顔を近づけて言った。「いいから黙っていきんで！」

40

「病院に会いに行ったんです。でも、入れてもらえなくて」

ロナルド・プラスキーは言い、正面に座った刑事がうなずく。

「お見舞いを伝えたかったんですよ。お菓子を持って。花束なんてもらっても困るだけですから。でも、病室に入れてもらえなかったんです」

「法律上のことかもしれないね。きみはほら、突っこんでいったほうの車のドライバーなわけだから」

「とにかく申し訳なくて。きっとひどい顔をしてたんだと思います。看護師も気の毒に思ったのか、患者の命に別状はないって教えてくれました。やけどと脳震盪《のうしんとう》だけだから、二、三日で退院できるそうです」

プラスキーは内務監察部の聞き取り調査に呼ばれていた。調査担当の刑事エド・ガーナーのオフィスは雑然としていて、プラスキーはなんとなく安心した。デスクには資料のフォルダーが積み上がり、レッドウェルドのアコーディオンファイルが床で列をなしている。家族写真を見るかぎり既婚で、プラスキーとジェニーの子供たちと似た年ごろの子供が二人いるようだ。一家で釣り好きらしい。

二人ともダークスーツに白いシャツを着ていた。白い襟や袖口がガーナーの黒い肌と好対照をなしている。プラスキーのネクタイは赤、ガーナーは深緑色。どちらもこの格好のまま本部から葬儀に直行できそうだなとプラスキーは思った。

ガーナーは目の前にノートを広げている。その隣のICレコーダーの〈録音〉ランプが赤く輝いていた。

「さてと、プラスキー巡査――」ガーナーが本題を切り出そうとした。

「ロナルドでけっこうです」

ラストネームで呼ばれると、ひどく堅苦しく聞こえた。薬物の影響による業務上過失ですでに有罪が確定し、厳めしい判事から量刑を言い渡されようとしているかのように感じる。

「そうか、では、ロナルド」ガーナーは親しげな声で言った。「そうだな、こうしよう――私のことはエドと呼んでくれ。さてと、きみはだいぶ動揺しているようだね。当然のことだ。この調査も短時間ですませよう。すぐに帰れるさ。とりあえず予備調査だけは片づけておかなくちゃならない。今日の事情聴取はあくまでも内部調査のためのものだ。犯罪捜査とは違う。私の質問の目的は、パーカー・ストリートで発生した事故について、ニューヨーク市警の管理および手順規則の違反がなかったことを確かめることだよ」

プラスキーは調査ファイルの一つを凝視していた。自分のファイルだ。分厚くはない。厚みは五、六ミリか。もっと薄いかもしれない。

「巡査？　ロナルド？」

ぼんやりしていた。ファイルを見つめていて、聞いていなかった。

「きみには弁護人を依頼する権利がある。それは知っているね？」

「何人かに連絡してみました。今日の今日で来てもらえる人は見つかりませんでした。でも、一刻でも早く捜査に戻りたいので」

爆弾屋エディ・タールと赤いセダンは、いまも所在がつかめていない。

「ですから」プラスキーは掌を上に向けて肩をすくめた。「一人で来ました」

「報告書は事故調査委員会に送られる。その委員会のことは――」

「知っているか、ですか？　はい、知ってます」

「規則違反があったかどうかは委員会が判断する。違反が認められた場合、処分もそこで決まる。これは犯罪捜査ではないとさっき話したが、のちのちそうなる可能性がまったくないわけではない。最寄り署の刑事が捜査と聞き込みをすでに行なっている。それとこれとは別ということだ。結果によっては、検事に送致される。要するに、二つの調査が同時進行で行なわれている。ここまでは理解したね？」

さほどややこしい話ではない。「はい」

「犯罪捜査では自己負罪拒否の権利がある。しかし、今回のこれは内部調査だから、質問にはかならず答えてもらわなくてはならない。答えない場合――調査に協力しない場合、処分の対象となる」

「わかりました。ただしここで話した内容が犯罪捜査で使われることはない、ですよね？」

ガーナーは笑みを浮かべて微笑んだ。「そのとおり。まあ、犯罪捜査が行なわれることになったとしての話だがね」

会話を録音してかまわないかと事前に確認されていないことに、プラスキーはいまさらながら気づいた。『パトロール警官の手引き』のどこかに、虫眼鏡サイズの文字で書かれていたのかもしれない――市警入局と同時に、赤目のスペースモンスターに供述を記録されることに同意したと見なす、と。

「よし、事前の注意はここまでだ。何があったか、きみ自身の言葉で説明してもらえないか」そう言ってから、ガーナーは小さく微笑んだ。「きみ以外の誰の言葉で説明するんだって話だけどな」

プラスキーは笑わなかった。それでも、ガーナーの冗談で、張り詰めていた空気がいくぶんやわらいだ。プラスキーは一つ息を吸った。「僕が捜査を担当している重大犯罪捜査課の事件の手がかりを調査したあと、リンカーン・ライムのタウンハウスに車で戻る途中でした。突然、SUVが現れたんです。どこからともなく。ブレーキをかける暇もありませんでした。気づいたときにはもうぶつかっていました」黙りこむ。相手の車が見えた。衝撃音が聞こえた。

「どのくらいスピードが出ていたか、覚えているかい？」

「いいえ。たぶん六十キロくらいだと思いますけど」

「その道路の制限速度は？」

「最後に見た標識では、五十キロでした」

「事故の時点でどのくらいスピードが出ていたかはよく

覚えていないわけだ」

「僕は……はい、そうです。よく覚えていません」

「事故が起きたのは、交差点のどの位置だったかは覚えているかな。たとえば、相手の車はハルモント・ストリートの右折レーンにいたとか、直進レーンにいたとか」

「わかりません」

ガーナーは手もとの書類を確かめた。

「きみは携帯で電話中だった。通話記録で確認されている」

「はい、電話中でした。クイーンズの鑑識本部からかかってきたんです。昨日の朝、捜索した現場について質問があるとかで」

「電話がかかってきたとき、パーカー・ストリートのどのあたりにいた？」

「本当に覚えていないんです。おそらく交差点まで二十メートルくらいだったかと」

「きみがハルモント・ストリートとの交差点にさしかかったとき、歩行者は何人いた？」

「覚えていません。よく見ていませんでした」

「では、ほかの車は？」

「それもまったくわかりません」

「交差点に近づいたとき、信号が黄色に変わって、次に赤に変わったのは見なかったんだね？」

「えーと……はい、見なかったんだと思います。最後に見たときは青でした」

「それはどのタイミングかね？」

「わかりません。ふつうに信号を確かめるタイミングだと思います。ちらっと見て、青だったら、そのまま進む」肩をすくめた。「信号がちゃんと動いていたか、誰か確認したんでしょうか」

「したよ。交通課が確認した。きちんと動作していた。電話に意識が行って、信号を見ていなかった可能性はないかな」

「相手の話は聞こえていましたけど、そこまで集中していませんでした」

ガーナーは片方の眉を吊り上げた。「きみは車を降りて、炎に飛びこんでSUVに近づいた。大した勇気だね」

「褒めてもらうほどのことじゃありません」

実際、意識的な行動でさえなかった。自分の車の開いていた窓から這い出し、相手のＳＵＶのタンクが破裂して漏れたガソリンから炎が上がっているのを見て、何も考えずにＳＵＶに突進し、乗員を助け出そうとした。だが、唯一の乗員――ドライバーはすでに自力で脱出して、車道に横たわっていた。

「よし、いいだろう、ロナルド。残るは、薬物検査で陽性が出た件だね。わかっているとは思うが、今回、警報を鳴らしたのはその検査結果だった。きみは娯楽用の麻薬を使っているのかな」

「いいえ、一度もやったことがありません。あ、いや、正直に打ち明けると、マリファナは一度だけ試しました。まるで好きになれませんでした。もう何年も前の話です」

ガーナーは言った。「私も大学時代に何度かやったよ。眠くなるばかりだった。英語の講義で居眠りをした――といっても、担当教官の話は退屈で、どのみち毎回居眠りだったがね。きみはどうだった？」

「よく覚えていません。眠くはなったと思います」

「だが、それ以来、ドラッグは一度もやっていないわけだ」

「はい」

「酒は？」

「ワインやビールを少し。週に二、三度です」

「フェンタニルが検出されたのはなぜだと思う？」

「自分では、密売人を逮捕したときじゃないかと思います。イースト・ニューヨークを拠点にしているＭ－42の手入れのとき。全員を逮捕して引き上げようとしたところで、組織のボスの副官を見つけました。うつ伏せに倒れていて、呼びかけに反応しませんでした。それであおむけにして、ナルカンを投与して、心臓マッサージを始めました。助かりませんでしたけど」

「そのとき、手袋は？」

「規則で義務づけられているのは知ってます。でも、急いでいたので。助けられると思ったんです」プラスキーは首を振った。「あいつの取り巻き連中は知ってたんですよ。そいつが倒れて死にかけてるって。なのに何もしてやらなかったんです。何一つ」

「だが、少なくともそいつらを刑務所に送ってやったじゃないか」

「そうですけど……こういうことってよくあるんですよ

ね？」

「こういうこととは？」

「手入れのとき他人に触れたために検査で陽性が出る」

「それならよくあることさ。委員会もそのあたりのことは承知している。健康状態はどうだ？」

「首が鞭打ちぎみです」

「いや、事故の話ではなく。最近の健康状態だ」

「良好です」

「怪我などはないんだね？」

「ありません」

「よし、ロナルド。これで結腸ファイバースコープ検査は完了だ。おっと、忘れるところだった。事故発生時、きみの車が交差点内のどこにあったか、見取り図を描いてもらえるかな」

「絵ですか」プラスキーは短い笑い声を漏らした。「絵は下手くそなんですよ。うちの娘に頼んだほうがましかもしれない」

「ははは。うちなら息子が一番うまいな。それらしいものを描いてくれるだけでいい」プラスキーに紙とペンを渡し、紙を置くためのファイルも差し出した。デスクは散らかっていて、紙を広げるスペースがない。

　プラスキーはせいいっぱいの図を描いて、ガーナーに返した。

　プラスキーは無言でガーナーが家族と写った写真を見つめた。そのまましばらくぼんやりしていた。

「ロナルド？」

　ガーナーが何か質問をしたらしい。

「すみません。何ですか」

「もう行っていいよと言ったんだ」

　プラスキーは立ち上がった。「きっと市警が訴えられますよね」

「そうだな、多額の損害賠償を請求されるだろう。だが、保険もあるし、優秀な弁護士もいる。ところで、弁護士と言えば、委員会の判断にかかわらず、弁護士は雇っておいたほうがいい。相手方は訴状できみを名指しするだろうから」

　プラスキーは答えなかった。法廷の被告席に座っている自分の姿を想像していた。

　ガーナーがいたわるように言った。「市警付きのカウンセラーがいる。話を聞いてもらうといい」

「いえ、必要ありません。カウンセラーならもういますから」

「へえ？　誰だい？」

「妻です」

41

アメリア・サックスは勢いこんで訊いた。「叩かなくていいんですか」

「え？」

青い布に載せて医師に抱かれた、血まみれで濡れた皺だらけの小さな生物に視線をやる。

「お尻を叩くとか何とかしなくていいんですか？　ほら、息をさせるのに」

「いまはそういうことはしないのよ。もう何年も前からだけど」

ドクター・ゴメスは、赤ん坊の鼻や口から粘液のようなものを吸い出し、布で体を拭った。たしかに、赤ん坊は問題なく息をしていて、弱々しい声で泣いていた。

医師がサックスを見やった。「へその緒を切らなくちゃ。手伝ってもらえる？」

そうだった。へその緒を切らなくてはならない。それくらいの知識はある。サックスは後ろのポケットに手をやり、つねに持ち歩いているイタリア製のしゃれた飛び出しナイフを取り出した。ボタンを押す。かしゃりと刃が開いた。

医師が驚いたようにナイフを見つめる。

サックスは言った。「消毒します？」

医師は眉をひそめた。「クランプで留めるあいだ、抱っこしていてもらいたかっただけなのよ」

そうか。

サックスはナイフをしまい、おずおずと赤ん坊を受け取った。

へその緒をクランプで留めて切断するのに一分とかからなかった。赤ん坊は母親の腕に移されて、サックスは胸をなで下ろした。母親は泣いていた――ケーブルがまたぶつかったら、タワークレーンが倒れてきたらと怯えて泣いているのかもしれないが、おそらくは出産を終えた安堵の涙だろう。もしかしたらその両方かもしれない。

「お母さんを歩かせても平気ですか」サックスは尋ねた。

「出血が止まるまでは、車椅子のほうが無難ね」

母親――「出血！　血が出るなんて、わたし聞いてない！」

医師の朗らかな返事――「いいえ、ちゃんとお話ししましたよ。大丈夫ですからね」

隅に車椅子があった。医師とサックスは母親をそこに移した。

サックスは車椅子を押して廊下に出た。

東西の出口はどちらも人の流れが完全に滞っていた。ちぎれたケーブルがぶつかってきたせいでパニックに陥った人々が出口に殺到したからだ。数人が巨大なベッドを階段から運び下ろそうとしたようだが、重くて無理だとわかったのだろう、放置された何台ものベッドが階段の下り口をふさいでいた。

救急隊が人々を落ち着かせ、ベッドを移動させようとしているが、ほとんど効果がない。

サックスはライムとの約束を思い出した――ウォッチメイカーを見つけたら、負傷させるだけにする。

出口に殺到する人々を見た瞬間、サックスの気持ちは変わった。

母親と赤ん坊を乗せた車椅子を近いほうの出口に向けて押す。ドクター・ゴメスは、反対側の出口にいた看護師が転んだのを見て眉を寄せ、急ぎ足でそちらに向かった。

「鎮痛剤をちょうだい！」出産を終えたばかりの母親が要求した。

サックスは無視した。

その刹那《せつな》、また別のケーブルがちぎれ、怪我をした看護師に駆け寄ろうとしていたドクター・ゴメスのすぐ横の窓が砕け散った。

まさか……

「ドクター！」

ケーブルが医師に当たったのかどうか、サックスの位置からは見えなかった。サックスは車椅子を西側の出口に止め、ドクター・ゴメスが最後に見えたところに向かった。

被害の程度はまったく確認できない。煙と土埃が濃くて、何一つ見えなかった。

そのとき、奇妙なことに気づいて、サックスは立ち止まった。

すぐそこのリノリウム張りの床に影が落ち、ゆっくりと移動を始めている。

何の影……？

影は――黒い線でできた格子は、床一面に広がった。

クレーンのマストの影。

サックスが窓のほうを向くと同時に、大勢の悲鳴が廊下に響き渡った。

「倒れるぞ！」誰かが叫ぶ。

サックスは床に身を投げ出し、そのまま壁際まで転がった。そこなら多少なりとも安全だろうと思った。もちろん、クレーンが衝突してフロア全体が崩壊すれば、ここにいる全員が瓦礫に埋もれて窒息することになる……

閉所の恐怖……

その恐怖に長時間耐えなくてすみそうなのがせめてもの救いか。フロアごと崩壊すれば、可燃性のガスや溶剤に引火し、ここにいる全員がものの数分で焼け死ぬだろう。

もう一つ気づいたことがあった。咳が止まっている。

衝突の瞬間を待った……

待った……

いつまで待っても何も起きなかった。

鋼鉄とガラスが押しつぶされる轟音の代わりに、別の音が近づき、少しずつ大きく聞こえてきた。

どっどっどっ……

サックスは立ち上がり、そろそろと窓に近づいた。左に目を向けると、ドクター・ゴメスが怪我をした看護師に歩み寄ろうとしているのが見えた。

クレーンはいまもすぐそこに大きく見えている。しかし、こちらに向けて動いてはいなかった。

どっどっ……

クレーンの十五メートルほど上空にヘリコプターが浮かんでいた。ドアが開いていて、ウィンチから下ろされたフックがフロントジブをつかまえていた。

大型のヘリだ。それでもクレーンを持ち上げるだけのパワーはない。ストラップをつけてドア口に立っている男性がウィンチのコントローラーを操作していた。ついにマストが折れて自由落下を始めたら、フックを解除するほかないだろう。つないだままにしていたら、ヘリコプターまで墜落しかねない。

しかしいまのところ、ヘリはクレーンの重みに耐えている。マストがゆっくりと倒れてきた。

下へ、下へ、ゆっくりと……

病院の屋上まであと六メートル。

三メートル。

金属同士がぶつかるうつろな音が轟いて、マストは屋上の鋼鉄の大梁にそっともたれかかった。ヘリコプターの位置は変わっていなかった。

ケーブルがたるむ。マストもジブも動かない。

ピンが抜かれ、ケーブルが切り離された。ケーブルがきらきらと陽射しを反射しながら落ちていく。ヘリコプターは、膝を折って降伏したクレーンの上空にまるで天使の光輪のように一瞬浮かんでいたが、まもなく雲一つない空へとゆっくり昇っていった。

42

サックスはメインの棟の前に立ち、作業員の仕事ぶりをながめた。クレーンやジブに接続したケーブルを、増築中の棟のコンクリート基礎の鉄筋に固定している。

クレーン運転士ヘルプリンの友人におぞましい死をもたらす凶器となった鉄筋が頭に浮かぶ。

だが今回は、結末に救いがあって幸運だった。

メインの棟の屋上にも作業員がいて、ジブを解体し、パーツを屋上の別の位置に下ろしている。あとで別のヘリが回収するのだろう。

携帯電話が鳴った。

「ライム？」

「聞いたよ。投げ縄でつかまえるのに成功したと」

サックスは経緯を説明した。クレーン運転士のギャリー・ヘルプリンがサックスのメッセージを聞き、新たな惨事が迫っていることを知って、自分の会社の社長に連絡した。社長は、西五五丁目とハドソン・ストリートの交差点近くの現場で稼働中だった同社所有の重量物運搬ヘリ、シコルスキーS－64を急遽現場に向かわせた。パイロットは吊り荷を下ろして病院に急行した。一度はフックをマストに引っかけそこねたが、二度目で成功し、バスを釣り上げるようにマストを吊り上げた。

ライムは言った。「FBIの対テロ班によると、同じドローンがほかにも二度飛行していた。ただ、いずれも建設現場のそばではない。ブルックリンの住宅街の一角と、マンハッタンのオフィスビルの近くだ。いまその二つの共通点を探っている。そこのグリッド捜索を頼むよ、サックス。物的証拠が必要だ。ついでに、防犯カメラの映像を集められるだけ集めてもらいたい」

「え？」驚いて、思わず声がかすれた。「防犯カメラの映像？　あなたが？」

「安心しろ、サックス。ロカールが特別に許可してくれた」

電話は切れた。

サックスは、現場のすぐ外側で防護服を準備していた証拠採取技術者に手を振り、そちらに歩きだした。途中で若い制服警官二人に声をかけた。二人とも市警に入局したばかりの新人と見えた。「病院の警備部と近隣のオフィスビルや商店から、防犯カメラの映像を集めて。SDカードでもいいけど、できればファイルをアップロードしてもらえるとありがたいわ。これを参考にして」サックスは二人に名刺を渡した。ニューヨーク市警のシステム内にサックスが構築した動画専用データベースに安全にアップロードする方法が説明されている。

時代は変わった……

「了解しました」二人が同時に言った……不気味なほどぴたりと息が合っていた。

二人がきびきびと立ち去るのを見送ってから、サックスは証拠採取技術者三人に合流した。物証をくれとライムは言うが、あまり多くは期待できない。証拠を集めるには、マストが安定し、登れるようになるのを待たなくてはならないし、登ったところで回収できるのは、酸を放出する装置の溶けた残骸くらいのものだろう。そこから手がかりを得られるとは思えない。

ライムから送られてきたメールに、ドローンを特定できたと書かれていたが、そのドローンは普及モデルで、過去一年間に一千台が販売されていた。それにクレーンに装置を仕掛けたとき、ウォッチメイカーはすぐ近くまで来ていたかもしれないが、一キロ離れた民家のリビングルームでドローンを操作していた可能性も否定できない。

背後から声が聞こえた。「あの、すみません。おまわりさん……刑事さん？」

振り返ると、サックスが出産を手伝った女性がいた。車椅子に乗っている。ヘルパーに押してもらって来たらしい。

「メアリジーンです。Nが二つのMaryJeanne。メアリジーン・マカリスター。さっきはちゃんとした自己紹介もできなくて」二人は握手を交わした。黒っぽい髪は、分娩室ではくしゃくしゃだったが、いまはきっちりとポニーテールに結われていた。

サックスは、毛布でくるまれて眠っているちっぽけな女の子を見つめた。生まれたばかりでは、かわいいともきれいとも言いがたい。だから何も言わなかった。サックスは尋ねた。「二人ともお元気?」

「この子は元気です。わたしはまだちょっと痛くて。でも薬はのんじゃいけないらしいの。ほら……」メアリジーンは娘に目をやった。「おっぱいをあげるから。わたし……だいぶうるさかったでしょう。ごめんなさい」

「いいえ、全然。ほんとよ」

「あれ、ね」メアリジーンはささやくような声で言ってクレーンに顎をしゃくった。「もうおしまいだと思った」

「私もよ」サックスは言った。「ご家族か誰かに迎えに来てもらえそう?」

「夫が来ます。赤ちゃんは想定外で。いえ、そういう意味じゃなくて、予定日よりずっと早かったから。夫は出張に行ってたんだけど、いま急いでこっちに向かってるの」

「毛布、もっとあったほうがいい?」

「大丈夫です。実は、夫もわたしも女の子のいい名前を思いつかなくて。男の子なら、一ダースくらい候補を用意してたのに。トロイ、Cじゃなくて Kのエリック《Erik》、テイト……でも、女の子は一つも。それで思ったんですけど、あなたの名前をもらってもかまいませんか」

その微笑ましい申し出に、サックスは思わず笑顔になった。「私の名前はアメリアよ」

メアリジーンは首をかしげた。それから眉を寄せた。「それはだめ。あまり好きじゃないかも。ほかには?」

サックスの笑みは押し殺した笑い声に変わった。「ラストネームはサックス。これは女の子の名前に向かないわよね。そうだ。ちょっと変わった名前はどう?」

「どんな?」

「夫のラストネーム。ライムよ」

「〝韻《ライム》を踏む〟のライム?」

「そう」

「それ、よさそう。ライム・マカリスター。うん、気に入った」

　サックスは最後にもう一度だけ赤ん坊を見た。小さな女の子はすっかり泣きやんで、静かに眠っていた。無邪気な眠りに守られ、うらやましいほどまだ何も知らずにいる——自分が生まれたとき、悪がすぐ目の前まで迫っていたことを。

43

　アメリア・サックスは、クレーン——タワー型ではなく自走式のクレーン——が、本体から取り外されたマストとジブの一部を持ち上げ、それがもたれかかっていた聖フランシス病院の建物から地面にそろそろと下ろすのを見ている。まもなくトロリーを調べられるようになるだろう。フッ化水素酸で大方溶けてしまってはいるが。

　捜査に役立つ証拠物件を見つけられる可能性は？

　あまり高くはないが、回路のメーカーくらいはわかるかもしれない。あるいは、フッ化水素酸の濃度がユニークだと判明し、販売元を突き止める材料になるかもしれない。

　電話が鳴った。

「ライム？」

「サックス、いまどこだ？」

「まだ病院。クレーンのそば。もうじきサンプルを採取できそう。写真も」

「現場の捜索は証拠採取の者にまかせろ。こっちで手がかりを見つけた。至急それを追ってほしい」

「どんな手がかり？」

「きみとライルが駐車場で集めたサンプルだ。分析をしたら、大当たりが出た。リストに挙がっていた開発業者の一人だよ。超高級車の助手席側ドア分から、微量のフッ化水素酸が検出された」

「どの車？」ベントレーだろうか。

「ライルが調べたメルセデスだ。ニューヨーク最大の開発会社の社長、ウィリス・タンブリンの車」

　サックスがベントレーの次に捜したものの、見つけられなかった車だ。

「犯罪歴はないが、ロンが市の入館記録を調べてね。この一年で、都市整備建設局を十回以上訪れている」

ライムの推理が当たったということか。その開発会社の社長は、ウォッチメイカーを雇い、不動産価格を下落させておいて、自分が安く買い叩こうとしたのだ。

「ナンバー自動読取システムに登録しておいたんだが、五分前に通知が来た。その病院から三ブロックほどのところにいる」

「じゃあ、現場に来てるのね。ヘイルの仕事の成果を確かめに。私たちが転倒を防いだのを見て、きっと怒り狂ってるでしょう。メルセデスはいまどこ?」

ライムが番地を伝えてきた。「タンブリンの免許証写真も送る」

サックスは携帯に送られてきた画像を見た。五十代の男、薄くなりかけた髪、笑うと顔が痛いとでもいうみたいな厳めしい表情。見たところ……そう、いかにも不動産開発会社の社長といった風だった。

「すぐに行く」

電話を切り、かさばって扱いにくい白いタイベックのジャンプスーツを脱いで、私服の黒いスポーツジャケットに着替えた。新たな手がかりが浮上したことを証拠採取技術者三人に伝え、この現場の捜索を続けるよう指示した。自分もすぐに戻ってくるからと。

肺と気道が荒れていることを思うと、できれば走りたくない。

しかしドクター・A・ゴメスは、問題なしと診断した。

サックスは走った。

父の口癖が耳の奥に聞こえた。それは娘の人生の指針になっていた。

動いてさえいれば逃げきれる……


ニューヨーク市警でキャリア十年を誇るベテラン巡査、イヴリン・メイプルは、自撮りを試みる市民が現場に立ち入らないよう見張っている。

クレーン倒壊の危険は去り、解体された。

建設作業員たちは万事心得て作業に当たっている。

しかし二人の子の母親であるメイプルは、現場から一定の距離を保っていた。人生、何が起きるかわからない。なぜ世間は自分から災難に近づくような真似をするのだろう。

「そこのあなた、ロープの内側に入らないで」

「ロープじゃなくてテープだよね、おまわりさん」チアリーダー・タイプの金髪の小娘が言い返す。

メイプルは背が低い。百五十五センチくらいしかない。横幅もない。もっと威圧感を与える体格に恵まれたかったと思う。

一方で、市警のバッジ、銃、凍りつかせるような冷たい視線という強みはある。その三つを合わせると、たいがいの相手はメイプルの指示に従う。

ロープじゃなくてテープ……

はいそこ、立ち止まらないで。危険です。ここは私有地ですから立ち入らないで。安全そうに見えても、あっけなくぺしゃんこにされますよ……

メイプルは真っ赤な巨大クレーンのカウンターウェイトのほうに目をこらした。クレーンのブームの後ろ側の端のほう、金属のトロリーの留め具が酸だか何だかで溶けたせいで、コンクリートのカウンターウェイトは、見るからに危なっかしくぶら下がっていた。

おや、あれは、人……か？

そのようだ。

どうしてあんなところに人が？

何者かがクレーンの土台——巨大なコンクリート塊の周囲をうろうろしている。下を向いて、地面に落ちているものを拾っている。

ごみあさりか。

メイプルは不本意ながらテープをくぐり、その男に近づいた。どうやらホームレスのようだ。薄汚れた茶色のコート、オレンジと茶色の不格好な帽子、左右がふぞろいの靴。靴下は履いていない。

事件現場に不法侵入している。

小銭や、被害者の貴金属でも探しているのか。

恥知らずめ。

「すみません」

男が驚いて振り返った。

「身分証を見せていただけますか」

男がメイプルをまっすぐに見た。その目は異様にぎらついていたが、他人に危害を加えそうではない。

男は熱を帯びた口調で言った。「ニューヨークは生まれ変わった」

「身分証を見せてください」

「持っていない。道路は前よりも広くなったと思わないか。歩道は前よりも清潔になった。街灯から吊るされたゼラニウムの花も、並木も、よく見えるようになった」

やれやれ。

よくいるタイプだ。

今回の連続テロ事件の目的は、住宅不足を解決し、ホームレスを――この男のような人々を路上暮らしから救うことだと聞いた。

男が腕を大きく動かす。「ごらん。みな家に閉じこもっている。それが怖いから」男の手はクレーンを指した。「通りで目につくのは誰だ？　銅像だよ！　有名な指導者たちの銅像。それに百貨店のウィンドウのマネキンだ。みな本来の色合いに戻っている。気づいただろう？

街が静まり返っている！　ハンマードリルの音も発破前の警報も聞こえない。クラクションだってほとんど聞こえない。サイレンは聞こえるが、それもごくたまにだ。車が通っていないのだから、銃撃事件の現場に駆けつける途中であろうが、心臓発作を起こした患者を運んでいようが、サイレンを鳴らして進路を譲ってもらう必要もないわけだよ。

生まれ変わったのだ。クレーンが倒れ、街は百年前に戻った。これは一九〇〇年のニューヨークだ。内燃機関の車が鳴らすラッパみたいな警笛の音や、馬の蹄《ひづめ》の音が聞こえないだけで。それに馬のふんもない。そのころのニューヨークには十万頭の馬がいて、一日当たり十万キロのふんをしていた」

なるほど。斬新な視点ではある。ただ、メイプルはそろそろつきあいきれなくなっていた。「どこかのシェルターに寝泊まりしていらっしゃるんですか」

「ダウンタウンの」

「そこに帰ったほうがいいですよ。ここは危ないですから」

男はカップを揺らして小銭を鳴らした。「さっきの女。一セント硬貨ばかりちまちま選《よ》り分けてよこした。一セント硬貨とはな！　しかし、けちってよけいな手間を食ったのは女のほうだ。まあ、二十四セント儲かったのだからこっちに文句はないが」男は首をかしげた。「一日の時間と同じ数か。何か意味がありそうだ。きみはお告げを信じるかい？」

「そろそろ帰りましょうか」

「わかった。わかったよ」男は歩道に戻り、ついさっきあの刑事が急ぎ足で立ち去った方角へと歩きだした。

アメリア・サックス。長い赤毛の刑事。

長身の。

うらやましい……

ホームレスの男は立ち止まって振り返った。「それをどう始末したと思う？」

「え、何を？」メイプルはうんざりしながら訊き返した。

「一日当たり十万キロのふん」

男は歩道をまた歩きだした。

完全におかしくなっているらしい。ビジネスマンが男に気づき、札を男のカップに入れようとした。しかし、うまく入らず、札はひらひらと歩道に落ちた。

ホームレスの男は振り向いて一瞥しただけで——十ドル札か二十ドル札と見えた——拾わず、そのまま歩道を歩き続けた。明確なゴールに一直線に向かうような足取りで。

44

サックスは肩で息をしながら歩道を急ぎ足で歩き、ナンバー自動読取システムがウィリス・タンブリン所有のメルセデスを検知した番地へと向かった。ニューヨークの不動産市場を混乱させるためにウォッチメイカーを雇ったのは、ひょっとしたら——十中八九、か？——開発会社を経営するウィリス・タンブリンだ。

サックスは無線でライムを呼び出した。「ライム、聞こえる？　いま向かってるところ」

「あとどのくらいで着く？」

「三分か四分。タンブリンがこの現場でウォッチメイカーと落ち合った可能性はどのくらいありそう？」

「わからない。いまちょっと考えていたんだがね」ライムはゆっくりと言葉を継いだ。「これは罠かもしれないぞ。ヘイルは我々の一歩先を行っているのかもしれん。あるいは、そのつもりでいるか」

「メルセデスは罠かもしれないということ？」

「ことによるとな」

「ギリガンはスタン手榴弾とドア破壊用の爆薬を盗んでいたのよね？　メルセデスに即席爆弾があるのかも」

ライムが言った。「今度もフッ化水素酸かもしれない。誰も乗っていなかったら、退避して爆発物処理班を待て」

「了解。そろそろ着く」

　無線を戦術作戦専用の周波数に切り替えた。

「刑事五八八五からＥＳＵへ。二三丁目の未遂事件に関して連絡があります。どうぞ」話すだけでも息が苦しい。ダメージはないのかもしれないが、肺にはその診断を受け入れるつもりがないようだ。

　雑音に続いて、声が聞こえた。「アメリア。ボー・ハウマンだ。どうぞ」

　今回の作戦には、現場リーダーだけでなくＥＳＵ隊長もじきじきにお出ましらしい。

「ボー」

「いまどこだ」

「あと三分で着く。徒歩で移動中。そっちは？」

「六分か七分」ハウマンの声はしわがれている。昔から不思議だった。サックスの知るかぎり、ハウマンは煙草を吸わない。ただ、すらりと引き締まった体つきをした白髪交じりのボー・ハウマンは、声の感じから誰もが想像するような風体をしている。「連絡事項ってのは？」

「ウィリス・タンブリン所有の車を発見した。不動産開発会社の社長。彼がチャールズ・ヘイルの――」

「ウォッチメイカーだな」

「そう。ウォッチメイカーの雇い主かもしれない。クレーンを倒す仕事を依頼したのかも」

「目的は？」

「お金」

「犯罪には欠かせない動機だな」

「私はそろそろ着く。車が見えてきた。まずは偵察してみる。どうぞ」

「了解」

　前方に、艶やかな黒いリムジンが見えている。速くて、美しくて、知的な車。ただし、今朝見た華麗なベントレーとは違い、このメルセデスを走らせるのは電子機器であって、熱い魂ではない。サックスなら絶対にほしいと思わない種類の車だ。

　歩く速度を落とし、通りすがりのビジネスパーソンといった足取りで通りを横断して、メルセデスが駐まっている側を歩きだす。呼吸を落ち着かせる。この一角に並んでいるのは卸問屋と倉庫ばかりで、歩行者はほとんどいない。容疑者の身柄を押さえるには絶好の場所だ――市民を巻きこむリスクはない。一方で、人通りが少ないことにはデメリットもあった。いくら私服でいるとはいえ、あのめざといウォッチメイカーがサックスやほかの警察官の接近を見逃すはずがない。ウォッチメイカーのサバイバルスキルの高さは伝説的だ。

しかし、たとえこれが罠だとしても、サックスがメルセデスの外にいるかぎり、その罠は作動しないだろう。ギリガンが盗んだ爆薬はさほどの量ではなかった。車外にいる人物まで負傷させるのはまず不可能だ。

車のなかではなく近くにいる警察官を死なせるだけの爆発を起こすには、何キロ分ものＣ４爆薬を使った大型即席爆弾が必要になるだろう。

それでも、サックスは慎重に車に近づいた。

すぐ横まで来たところで、さりげなく車内をのぞく。人が乗っていた。罠ではなさそうだ。

車のボディカラーに負けないくらい黒い肌をした大柄な男が携帯電話を手に運転席に座っていた。メッセージを読んでいるのか、それともゲームで遊んでいるのか。男は黒いスーツと白いシャツを着ている。後部座席に茶色のキャスター付きスーツケースが見えた。蓋は閉じてある。

運転席の男がこちらを見る前に、サックスは左に向きを変え、すぐそこのボタン専門の卸問屋に入った。何万個ものボタンが陳列されていた。

花柄のワンピースを着たアジア系の女性が言った。

「うちは卸専門ですよ」

元モデルのサックスは、ファッション撮影の日々を連想した。デザイナーブランドのプロダクトマネージャーが、いまついているボタンは〝自分のイメージに合わない〟から別のボタンを調達してこいと言って、緊張した面持ちの若いアシスタントをこういった専門店に走らせるようなことが日常茶飯だった。

サックスはバッジを掲げた。「警察です。奥に行っていてください。出てこないように」

女性は目を見開き、しばたたいた。それから回れ右をして奥に向かった。

「誰かに電話をかけたりもしないで」

女性は熱いものを放り出すように携帯電話をカウンターに置き、店の奥に消えた。

サックスは無線で連絡した。「ボー、フェルドスタイン・ボタン＆フィクスチャーにいる。車には人が乗ってた。黒人男性、三十代。きっとボディガードね。銃の有無はわからない。私には気づかなかった。後部に閉じたままのスーツケース。罠ではなさそうだけど、スーツケースは要注意だと思う」

ハウマンが言った。「爆弾処理班はサイレンなしで接近中だ。あと六分か七分で到着する。ESUは四分で着く」

メルセデスの運転手がイヤピースに指先で軽く触れ、わずかに身を乗り出した。エンジンがかかった。

「ボー？　運転手が電話を受けて、エンジンをかけた。背後を見てる。タンブリンが来るんだと思う。ウォッチメイカーも一緒かもしれない。私が行って、ボディガードを車から降ろす」

「応援を待てないか」

「時間がない。逃がしちゃう。ボディガードを拘束してこの店に連行する。タンブリンはきっと運転席をのぞきこむから、背後から近づくわ。ウォッチメイカーが一緒だったら、二人まとめて膝をつかせる。その状態でESUの到着を待つ」

ハウマンのためらいが伝わってきた。「わかった。こっちも急ぐ。以上」

ハウマンは〝気をつけろ〟とは言わなかったが、口調にその気持ちがにじみ出ていた。

サックスは静かに店を出た。

通りの左右を確かめる。

歩行者が五、六人。タンブリンの姿はない。

メルセデスに近づく。ボディガードは携帯画面の文字を目で追っていた。

バッジを左手に持つ。右手は銃のそばに置く。

ボディガードを拘束する法的根拠は――？

憲法には引っかかりそうだ。一般に開放された駐車場で採取した靴跡から微量のフッ化水素酸が検出されたというだけで、身体を拘束する相当な根拠になるだろうか。

タンブリンはともかく、ボディガードについては？　微妙なところだ。

法律の問題はまたあとで心配すればいい。

まずは捕まえることだ。

何と言っても、相手はウォッチメイカーなのだから。

サックスは車に近づき、必要なら銃を抜くつもりでウィンドウをノックしようとしたとき、さっき確認した歩行者のうちの一人が背後に近づいてきたことに気づいた。

振り返ると、ホームレスの男がいた。染みだらけのコートを着て、中東の武装組織のリーダーのような風変わりな帽子をかぶっている。どこかで見た顔だ。ああ、そうか、第一の現場にいた男だ！

アメリア・サックスは、逮捕戦略における重大なミスを犯した——わかりやすい容疑者に気を取られ、無関係と見えたそれ以外の人物に対する警戒を怠った。

しかし、帽子やコート、すり切れた靴、薄汚れた顔を無視してよく目をこらすと、八九丁目の最初の現場以外でも見たことのある人物だとわかった。

ついさっきリンカーン・ライムから送られてきた運転免許証の顔写真。

顔の汚れを拭い、髪に櫛を通したら……この男はウィリス・タンブリンだ。ウォッチメイカーの雇い主ではと捜査チームが疑っている男、ニューヨーク市内のクレーンを倒すためにウォッチメイカーを雇った人物だ。

45

クイーンズ地区にある自宅玄関のドアを閉め、鍵を二つかけてから、ジェニーにキスをし、子供たちに向けてただいまと声を張り上げた。その声が届いたかどうかはわからない。二人は二階で携帯電話やパソコンをいじっている。今日は学校を休ませた。父親の交通事故とそれを受けての停職処分が報道されていることを踏まえての判断だった。

それにもう一つ、子供たちにはもちろん伏せてあるが、爆弾屋エディ・タールの捜査が動きだしたことで、プラスキーに何らかの危険が及ぶおそれも完全には否定できないからだ。

主人の帰宅を察知した飼い犬二頭が駆けつけてきて、熱烈に歓迎した。雄のオーギーは、人間で言えば二重国籍の持ち主だ——ミニチュア・オーストラリアンシェパード、またの名をアメリカン・シェパード。はらわたを抜かれたばかりのぬいぐるみの残骸をくわえてプラスキーに突進してくる。

「おお、ありがとう」プラスキーはぼろぼろになったドラゴンのぬいぐるみを受け取ると、廊下に投げてやった。オーギーは走っていき、またもぬいぐるみを嚙み始めた。飼い主に認められてうれしいのだろう、いつも以上に激しく嚙みちぎっている。

雌のデイジーは、遺伝子の万華鏡だった——パピヨン、シェルティ、オーストラリアンシェパード、ジャックラッセルテリア、チワワ。とても甘ったれな性格で、子供たちはときどき、きみの祖先はオオカミなんだよとデイジー本人に言い聞かせなくてはならなかった。何の効果もなかったが。

ほっそりとした体つきのジェニーは、家ではいつもスウェットの上下なのに、今日は黒いフレアスカートに赤いブラウスという出で立ちだった。女友達と夕食に出かけるときのような服装だ。「読書クラブの集まり?」プラスキーは訊いた。

「いいえ。今日は夫と家で過ごす予定」

笑み。またもキス。

そばかすの浮いたジェニーの顔に真剣な表情が浮かんだ。「記者が来たわ。夫が調査対象になっている妻として感想を求められた。薬物摂取後に携帯電話で話しながら運転していたそうですねって」

プラスキーは顔をしかめた。事故が報道されることは想定内だが、電話中だったという事実はいったいどこから伝わったのだろう。

「追い返したら、こそこそ帰っていった。ペッパースプレーを噴射してやりたいところだけど」ジェニーは言った。「こっちにその権利はないのよね?」

「法で禁じられてる」

「州議会の誰かに働きかけて、法律を変えてもらわなくちゃ」

プラスキーはまたキスをした。今回は妻の額に。身長差が三十センチほどあるせいで、プラスキーの唇の着陸先はジェニーの額になることが多い。ジェニーの外見は、何年も前に知り合った当時からほとんど変わっていなかった。いまの髪形はボブスタイルで、なぜか顔の輪郭が変わったかのように、それまでとは違うパーツが際立って見える。ジェニーは髪を短くしていてもすてきだし、長く伸ばしていても同じようにすてきだ。ジェニーは美人だ。プラスキーにとってはこれまでも、これからも変わらず美人なのだ。

そう考えたとき、自分は事故のせいで感傷的になっているようだと気づいた。その感情を頭から追い出した。

「お昼ごはんよ！」ジェニーが二階に向けて言った。

数秒後、マーティーンとブラッドが撮影のスタントのようなスピードで階段を駆け下りてきた。競走らしい。年上のブラッドが鼻の差でマーティーンに勝った。思春期前の子供らしく、二人とも明るいグレーのパーカを着ている。下はもちろん、だぶだぶしたショートパンツだ。ブラッドは格子縞、マーティーンは鮮やかなオレンジ色。マーティーンは小さいころからファッションで冒険したがるほうで、近ごろではタトゥーって痛いのかななどと言いだしていて、親としては先行きが不安だ。

二人とも髪は金色で、母親と同じく頬にそばかすがある。食事前の手伝いは心得ていた——水やソーダやミルクのグラスを用意し、ハムやポテトチップス、ピクルス、サラダ、薄切りのスイカを持った大皿をテーブルに運ぶ。

プラスキーはいつもどおり肘掛けのついた椅子に座った。その椅子を定位置にしているのは、家長だからではない。ダイニングテーブルを囲む椅子のなかでいちばん座り心地が悪いからだ。そろそろ買い換えるか。いまのように時間ができたらやろうと思っていたことの一つがそれだった。

それぞれ取り皿に食べ物をよそい、食べ、おしゃべりをした。

ドノヴァン先生、覚えてる？　メトロポリタン美術館に行くんだってさ。ボストン美術館も。絶対つまんないって……そうだね。キャンプ、行ってもいい？……ルイスとハーヴィーは行くって……ウェストポイントの近く。ツアーがあるんだって。軍の博物館か何かがあって。フルートには飽きた……モーガンはギターだよ。お父さんがフェンダーを買ってくれたんだって……ほら、去年の夏に行ったところだよ、ジョージ湖……ＴｉｋＴｏｋに動画があってさ……猫……夕飯のあと……テスト？　うん、まあまあだと思う……

会話はありとあらゆるトピックに及んだ。パパがしばらく家にいることになったのはなぜか、という話題以外のあらゆるトピックに。子供は好奇心旺盛で、おそろしく洞察力が高い。一日の大半は、サッカーの練習やバーチャルな世界、友達との遊び、メッセージのやりとりに占められている——が、ニュース速報や掲示板もやはり日常のうちであり、父親が停職処分を食らった経緯もちゃんと把握している。おそらくはニューヨーク市警職員の九割より詳しく知っていた。

だから、全員の腹が満たされ、テーブルが片づけられたところで、プラスキーは宣言した。

「よし。家族会議だ」

この家庭で家族会議が開かれるのは初めてだった。プラスキーの父親は年に一度か二度は家族会議を招集した。ロンと双子のトニーがカーペット敷きの床に、母親は揺り椅子に腰を落ち着けたところで、父親は会社で進行中のリストラのこと、ブルックリンからクイーンズに引っ越すと生活にどんな変化がありそうかを話した。あるいは、ビルおじいちゃんが亡くなったとか、病院で異常が見つかってしばらく入院することになったとか……

プラスキーが家族会議と不幸を結びつけるようになったのも無理からぬことであり、それゆえ自分から招集することはなかった。

今日までは。

一家はリビングルームに移動した。

プラスキーは肘掛け椅子を選んで座った——ジェニーがすぐ隣に座れないように。両親が並んで座ると深刻さが強調されて、子供たちをよけいに怯えさせてしまう気がした。

「二人も薄々は知ってるよな。でも、パパの口からきちんと説明しておきたい」

事故のこと、交通違反の切符を切られたこと、もしかしたら信号無視と過失致傷で起訴されるおそれもあることを説明した。事故の相手は怪我をしているが命に別状はないこと、警察の決まりでしばらく仕事を休まなくてはならないことも。

子供たちのことはパパとママがかならず守る。これは一時のことにすぎない。子供たち二人の生活は何一つ変わらない。

そして、これも包み隠さず話しておかなくてはならなかった。

ドラッグのこと。

悲しい事実ではあるが、子供たちは学校の保健の時間に違法薬物について教えられている。

プラスキーは、フェンタニルが依存性が強力な薬物であることを説明した。プラスキーもジェニーも、娯楽用の麻薬をやったことはない。ただし、マリファナを試しに吸ってみた経験はある（子供にはすべて正直に話すのが一番だが、正直すぎるのも考えものかもしれない）。〝ただし〟以下はよけいだった。あとで説明を補ったほうがいいだろう。

子供たちは理解のしるしにうなずいた。

だが、どこまで本当に理解しているだろうか。

それを言ったら、説明を補うにしてもどう説明したらいいのかわからないのだ。説得力などあるわけがない。最終バージョンでは語られなかった事実が一つだけあった——逮捕され、刑務所行きになるおそれもあること。その橋を渡るのはいまでなくていい。必要が生じてからでいい。

質問は、とプラスキーは尋ねた。

ブラッドが訊いた。「うち、引っ越すことになる？」

「いや、その必要はまったくない」

マーティーンは何か訊きたそうな顔をしていたが、黙っている。世の親はみな超能力の持ち主だ。プラスキーはマーティーンの質問を察して言った。「パパが首になることはないよ。たとえそうなっても、新しい仕事を探すだけのことだ。何の心配もないさ」

マーティーンはほっとした顔になった。

父親の内心は不安だらけだったが。

警察官以外の仕事に就きたいと思ったことは一度もない。その仕事を失うかもしれないと考えると、あるいは解雇は免れても内勤に回されるのではと思うと、胸が苦しくなった。泣きたい気持ちを抑えつけた。あやうく涙がこぼれるところだった。

妹に比べると内気なブラッドが言った。「僕らもうちにいたほうがいいんじゃないかな」

プラスキーは息子の腕にそっと手を置いた。「それはだめだよ。ふだんどおりの生活を続けよう。これくらいのことで何かを変える必要はない。力を合わせて困難を克服しよう。〝困難を克服する〟の意味はわかるな？」

二人がうなずく。

「よし。二人ともふだんどおりにできるね？」

兄妹が答えた。「うん」「わかった」

そうは言っても、本心が透けて見えるようだった。二人とも実際には混乱し、動揺し、おそらくは怯えている。

ロナルド・プラスキーは胸が痛んだ。

自分も内心を押し隠して言った。「テーブルの後片付けをして、宿題をすませてきなさい。デザートを食べながら、モノポリーをやろう」

二人の笑顔は本物だった。兄妹のお気に入りのモノポリーは、犬バージョンの〈ドゴポリー〉だった。以前から犬をもう一頭ほしいと言い続けていて、犬がテーマのゲームはそれを話題に出すきっかけにもなるからだ。

「宿題は？」プラスキーは訊いた。

小学生のマーティーンは宿題がなかった。

「僕は終わった」ブラッドが言った。

その口調は、路上で職質されたちんぴらが「何《なん》も持ってねえって」と言い張るときのそれと同じだった。

「全部？」プラスキーは確かめた。

「だいたい」

「〝だいたい〟？」プラスキーは笑った。「テーブルランプは点いてるか、点いていないか、二つに一つだろう」

リンカーン・ライムは、〝もっとも唯一無二《ユニーク》〟などという表現を耳にすると、こんな風に言う。「唯一無二か、そうでないか、二つに一つだろう。〝少しだけ妊娠している〟ことがありえないのと同じだ」プラスキーとしては、テーブルランプのたとえのほうが適切だろうと思ってアレンジを加えた。

「作文が残ってる。でも、だいたい終わってるんだ」

「わかった。あとでかならず終わらせること。さあ、ゲームの用意を」

ブラッドは顔を輝かせた。

兄妹は娯楽室のテーブルにボードを広げ、頼れる助っ人――オーギーとデイジー――を連れてきた。プラスキーとジェニーはキッチンに戻って食事の片づけをすませた。カウンターを拭きながらジェニーが言った。「昨日の話にも影響するかしらね。ほら、ロンから言われた話」

リンカーン・ライムのあとを継ぐ話。

仮に解雇されたら、リンカーン・ライムのように市警と捜査顧問契約を結べばいい。ただし、専門家証人としての信頼度はゼロになる。つまり、顧問として契約できる可能性もゼロになってしまう。

起訴され、有罪になったら……話はまったく変わってくる。

「調査結果による」

「あなたを解雇するとしたら、市警は馬鹿よね。昨日の現場の成果を考えただけでもそうじゃない？　爆弾屋の何とかって人の手がかりをつかんだんでしょう。テロ対策班は大喜びでしょうに」

大喜び《オーヴァー・ザ・ムーン》……

「政治的な駆け引きもあるし、世間の反応も考えなくちゃいけない」

「今日の調査はどうだったの？」

プラスキーは肩をすくめた。「内務監察部の刑事がいい人でね。粗探しみたいな質問をされるかと身構えてたけど、そうでもなかった」

ガーナー刑事との三十分のやりとりを思い返す。

それから窓の外を見つめた。

ジェニーが近くに来て両腕を回し、プラスキーの胸に額をもたせかけた。「何があろうと、私たちなら乗り越えられる」

暖炉の上の飾り棚に目が吸い寄せられそうになったが、プラスキーはそれに抵抗した。

「用意できたよ」ブラッドの声がした。

「パパは何になる？　あたしは猫。ブラッドは郵便屋さんだって」

プラスキーは大きな声で答えた。「消火栓がいいな」

「変なの」

ドゴポリーで消火栓になりたがる者はあまりいないが、プラスキーはほかにどんな駒があったか思い出せなかった。

そこでプラスキーはふと動きを止め、ふたたび窓の外に目をやった。

「どうしたの？」ジェニーが訊く。どこか遠くを見つめている夫の目をのぞきこむようにする。

プラスキーはジェニーの額にキスをした。「僕もすぐに行くよ。一つ電話をかけたらすぐ」

ジェニーはアイスクリームの大箱を冷凍庫から取り出した。プラスキーは裏庭に面したポーチに出た。

携帯電話を取り出し、連絡先をスクロールして電話をかけた。

「やあ、ロナルド」ライル・スペンサーが応答した。

「調子はどうだい？　聞いたよ。災難だったな」

「元気です。ありがとう。いまちょっと時間をお借りできませんか」

「きみのためだ、もちろんだよ」

46

アメリア・サックスは身分証を返却した。

ホームレス風の身なりをした男がウィリス・タンブリンであることが確認できた。

コスチュームと汚れた顔を無視すれば、ライムが送ってきた運転免許証の男であることは間違いない。

総資産はたしか二百九十億ドル。とはいえ、それはグーグル検索で出てきた数字であって、事実かどうかは誰にもわからない。大学卒業後はずっとニューヨーク市とニュージャージー州で不動産開発の仕事に携わってきた。貧しい家庭の出身らしい。タンブリンに関する記事には、〝一代で巨万の富を築いた成功者〟という表現が頻繁に使われている。〝良心の人〟という表現も何度か見たが、一つの文に〝不動産開発〟と〝良心〟という語が出てくることに、執筆した記者自身が驚いているような書きぶりだった。

ボー・ハウマンとESUの戦術チームは近くで待機していた。脅威レベルは低いと評価されたが、脅威なしとは断定できない。

タンブリンの運転手の身元も確認できた。民間に転職して月収を——おそらくは余命も——三倍にした元ニューヨーク市警警察官。犯罪歴はなく、銃器隠蔽携帯証も有効だった。

「第一のクレーン転倒現場とあなたを結びつける証拠を見つけました」

「当然と言えば当然だな。あの現場に行ったからね」タンブリンは小さく笑った。「きみも私を見ただろうに。覚えていないだけで」

「いいえ、覚えています」

タンブリンはわずかに首をかしげた。「どんな証拠だ？　ぜひ知りたいね」

「微細証拠です」尋問の相手には、話の糸口になる情報を適宜与えるのが得策だ。ただし、相手が利用できるような情報は伏せておく。

タンブリンの皺の多い顔に、さらに皺が刻みこまれた。

「なるほど。私の車の周辺の地面を掃除機か何かで吸ったわけだね。いや、全大手開発会社の経営者の、か。ほかは誰だろう。リーバーマン。フロスト。あとはバーラニあたりか。そのうちの誰かが殺し屋を雇い、趣味と実益を兼ねてクレーンを倒させたと推理したわけだ。そしてパトロールカーがこの車を発見し」メルセデスに顎をしゃくる。「応援を呼んだ。そういうときは〝応援を呼ぶ〟と言うのだろう？」そう言ってから、タンブリンは大きくうなずいた。「それか。フッ化水素酸だな！　ニュースで聞いた。微細証拠というのはそれだろう。恐ろしい薬品だ。現場に行ったときも、近づかないように用心したよ」

自分も近づかずにすめばよかった――サックスはそう思わずにいられなかった。肺の症状は明らかに快方に向かってはいるが。

「たしかに、八九丁目の転倒現場には行った。病院にも」そう言って北の方角に顎をしゃくった。「それだけではないぞ。エレベーターが二十メートル落下し、作業員が背骨を折る事故が発生したビンガム建設の現場にも行った。ハドソン・ストリートのリチャード・ヘンダーソン開発の現場にも行った。ガラスの高層ビルだよ。建設廃棄物の固定が甘かったんだ。強風で廃材の山が崩れ、二百メートル下の地上にいた作業員三名に時速百五十キロで衝突した。一人が死んだ。別の一人は片方の腕を失った」

タンブリンは、コートのポケットから取り出してメルセデスのボンネットに置いてあった携帯電話に視線をやった。「現場の動画を撮影し、どうすれば事故を防げたかを考察して報告書にまとめている。北米労働者国際連合、大工兄弟会、配管および配管工組合、板金労働者国際協会、塗装工および関連職業労働組合……事故が発生すると、建設業に関わる各労働組合から私に連絡が来る。それを受けて、私は探偵ごっこをするわけさ」タンブリンはサックスのベルトに下がった市警のバッジをうらやましげに一瞥した。

「建設作業員の命を守る改革運動に取り組む経営者、というわけですか」

そのフレーズは、タンブリンのお気に召したらしい。

「市長や、都市整備建設局の安全対策官とも定期的に面会している」

都市整備建設局の入館記録に名前があったのは、だからか。

タンブリンは奇妙な帽子とコートを脱いでいた。垢まみれと見えたが、実際にはどちらも芝居の小道具にすぎない。泥汚れや脂汚れはスプレー塗料だった。きっと鼻が曲がるようなにおいがするだろうと思っていたが、現にこうして近づいてみると、ほのかにラベンダーの香りがした。シャンプーだろうか。いや、タンブリンはコロンを香らせそうなタイプだ。

「どうして変装を？」

「レストランの審査員と同じさ。建設界隈で私の顔は知られている。何らかの危険が放置されているような現場に私が現れたら、隠そうとするだろう。それか、現場から追い出そうとするはずだ。だから、観光客にまぎれることもあれば、ストリートミュージシャンの変装をすることもある。だが、ホームレスが一番だよ。透明人間も同然だから」タンブリンはふんと鼻を鳴らした。「いまだって、いつのまにか真後ろに私がいただろう？　私がクレーンに細工をした犯人だったら、いまごろきみは死んでいるぞ」

反論のしようがない。

「精神を病んでいる芝居をすれば、追い払われるだけで、それ以上の詮索はされない」病院の現場でも、見張りの警察官に拘束されそうになったという。しかし支離滅裂な話を始めたとたん、警察官は早々にうんざりしてタンブリンを追い立てた。

「フレデリック」タンブリンは運転手に向かって言った。「水とタオルを頼む」それからサックスをちらりと見た。サックスはかまわないとうなずいた。

運転手がメルセデスの後部に回り、トランクから水とタオルを取り出した。トランクのなかは、サックスとESUで確認ずみだった。タンブリンに水のボトルとタオルを渡す。タオルは贅沢な品物と見えた。あんなに分厚いタオルは見たことがない。

タンブリンは手についた土汚れを洗い流した。水が盛大に跳ねた。誰が、何が濡れようと、まるでおかまいなしだ。サックスは一歩下がった。タンブリンは手を洗い、タオルで水気を拭うと、爪切りのやすり部分を使って爪の下の土を掻き出し始めた。「汚れた爪。不運続きの気の毒な人間を装うなら、爪がきれいなままではいけない。おとり捜査の参考にしてくれ」

サックスは何も答えなかったが、悪くない助言だと思った。

　タンブリンは念入りに掻き出した土汚れを小さな玉に丸めては歩道に捨てている。「私の容疑は晴れたかな。いや、その顔はまだ疑っているね……わかった。この番号に電話してみたまえ」

　タンブリンが電話番号をそらで言い、サックスはその番号に電話をかけた。呼び出し音が鳴り出したとたんに相手が出た。「はい？」面倒くさそうな男の声。

　サックスは訊いた。「どちらさまですか」

「いきなり何だ。そっちこそ誰なんだ？　この番号を誰から聞いた？」

「ニューヨーク市警のアメリア・サックス刑事です。いまウィリス・タンブリンと一緒にいます。失礼ですが、あなたは？」

「トニー・ハリソンだ」

　ニューヨーク市長だ。

「ウィリスに何かあったのか」

「いいえ、何も。市庁舎の番号にかけ直します」

「おい――」

　サックスはいったん電話を切り、市庁舎の代表番号にかけた。十秒後には市長とふたたび回線がつながっていた。

　市長の不機嫌そうな声が言った。「何かの陰謀ではないと納得したか？　私が本物の市長だと納得できたか、サックス刑事？」

「はい」ここは〝サー〟と付け加えるべきか。だが、そういう気分ではなかった。

「ミスター・タンブリンがクレーン転倒現場に行っていたことが判明しました」

「知っているよ。いつものことだ。ほかに何か？」

「いいえ。あの――」

　電話は一方的に切れた。

　サックスは言った。「クレーンは細工されていました。それについてはどう説明を？」

　タンブリンは肩をすくめた。「強風。金属疲労。テロ。建設会社はあらゆる事態に備えなくてはならない。八九丁目の現場はどうだった？　運転士は運転室にロープを用意していた。百ドル相当のロープが一人の命を救った。報告書にはそのことも書いたよ。病院はどうだ？　フリースタンディング式クレーンの使用を認めないよう市に勧告するつもりでいる。建設中の建物に固定する規則の変更を求める」

サックスは尋ねた。「いずれかの現場で、事件への関与が疑われる不審な人物を見かけましたか」

「いや。惨事の現場で自撮りを試みるハイエナじみた連中だけだ。さて、そろそろ解放してもらえるかね」

サックスの電話が鳴った。

サックスはタンブリンに言った。「まだです」それから電話に向かって言った。「ライム。ミスター・タンブリンを見つけた。でも、私たちが考えていたようなこととは違うみたいよ」タンブリンの活動を説明し、市長もそれを裏づけたと話した。

「ホームレスか……」ライムが言った。「防犯カメラの映像で見たな。ちょっと待ってくれ、確認する……ああ、たしかに。タンブリンだ。手に持っているのはそれだな、携帯電話だ」しばしの沈黙があった。「電話を替わってくれ」

サックスはスピーカーモードに切り替え、電話機をタンブリンに近づけた。「リンカーン・ライムです。市警の……」

タンブリンが言った。「彼のことなら知っているさ……ミスター・ライム？」

「ミスター・タンブリン。知恵を拝借できないだろうか。いまからこちらの考えをいくつか挙げる。それについて意見をもらえるとありがたいのだが」

「かまいませんよ。急を要することならしかたがない。ただ、このあと予定があるんですよ」今度は右手の爪の掃除に取りかかった。

ライムは言った。「急を要する話だ。たったいま、期限までのカウントダウンを確認した。リセットされていた。これまでより時間のゆとりがない。数時間後にはまた次のクレーンが転倒する」

47

「四時です」

時刻の話ではない。

脅威が存在する方角だ。

二人はローワー・マンハッタンにいる。ウォール街の北側の一角だ。

四時の方角に四十代の男がいた。ジーンズ、黒い野球帽、ロゴの入っていない紺色のスウェットシャツ。強盗が好む種類の服装だった。〝使い捨て〟と連中は呼ぶ。強盗を働いたあと、逃げる途中で服を脱いで捨て、追っ手の目をごまかすのだ。

「なぜ脅威と判断した？」

長身で肩幅の広い〝パーソナル・セキュリティ・スペシャリスト〟のピーターが答えた。「こっちが信号で止まるのに合わせて立ち止まり、電話をかけるふりをしました。本当に電話で話しているようには見えませんでした」ピーターの禿頭《とくとう》に陽射しが反射した。

「前にも見たことのある顔か」

「いいえ」

「用心しよう」

ニューヨーク州選出の上院議員エドワード・タリーズは、所属する党の大統領選挙対策本部長の会合を終えたばかりだった。会合は上首尾に運び、タリーズは今後良好な関係を築くべき大口寄付者のリストを手に入れた。

タリーズは五十九歳、体つきはがっしりとしていて、金色の髪はクルーカットに刈りこんである。そのスタイルのおかげで髪の薄さが目立たずにすんでいるとはいえ、薄いことを気にしているわけではない。顔はブルドッグのようにくしゃりとした印象だが、顎は別の犬種を連想させた——ブラッドハウンドだ。自分の外見が犬にたとえられがちなことは、タリーズ当人も知っている。別にかまわない。犬は四頭飼っていた。ウルフハウンド、ベルジャンマリノワ、ブルーティック、チワワ。四頭のうち、タリーズが自ら選んで家族に迎え入れたのはチワワの〝バターカップ〟だけと聞くと、みな意外そうな顔をする。バターカップの体重は三キロにも満たない。それでもチワワとしては太りすぎだ。

タリーズとピーターは、いつもは防弾仕様のリムジンで移動する（〝防弾仕様《ブレット・レジスタント》〟というフレーズを耳にするたび、どういうわけか、自分の車は弾丸を嫌って抵抗《レジスタント》しているだけのように思えて愉快になる）。しかし今日の初会合はダウンタウンの選対本部で行なわれ、そのあとウォーター・ストリート・ホテルに直行してある大口寄付者と面会する予定になっていた。いつだって渋滞している金融街を車で移動するくらいなら、歩いたほうが早い。

徒歩での移動はやはり無謀だっただろうか。

背後をまた確かめた。

さっきの男がまだいるかどうかわからなかった。昼休みのビジネス街はごった返している。

よく晴れた日だった。強烈な陽射しがななめに照りつけ、数百の窓がそれを反射している。複製された光は熱さも明るさも本家にはかなわないとはいえ、まぶしいことに変わりはなかった。

前方に市庁舎がちらりと見えた。いつ見ても壮麗な建物だ。ふだんなら市庁舎前のスティーヴ・フランダーズ広場を突っ切るのに、今日は警察の黄色いテープが張られ、通行止めになっていた。

「何があったんだろうな」タリーズは尋ねた。

「あれでしょう」ピーターは建設現場を指さした。途中まで組み上げられたタワークレーンがある。建設作業員の姿はない。

「あれか、アフォーダブル住宅がどうとかというテロ事件」

いま見えているクレーンの高さは二十メートルか三十メートル程度だ。それでも万が一倒れれば、地上の損害は相当のものになるだろう。アフォーダブル住宅――犯人グループの要求はそれだ。気持ちはわからないでもない。都市整備建設局とその件を協議したこともある。しかし、主義主張のために人の命を奪う行為は許しがたい。

「こっちへ」ピーターは指さし、ジャケットの前を開けた。銃が見えた。

せわしなく進路を変えながら――携帯電話に釘づけの人々をよけながら――歩くこと数分、タリーズとピーターはふたたび陽射しのもとに出た。交通量の多い通りを渡って目的のホテルに向かう。鋼鉄とガラスが好きなら、美しい建物だ。〝ぬくもり〟という語とは対極にある。

「まだいるか?」タリーズは振り返った。

「進路を変えました。何でもなかったようです」

明るく機能的なロビーに入る。選挙資金の寄付者――膨大な資産を築いたヘッジファンド・マネージャー――が待っているかと思ったが、姿が見当たらず、タリーズは携帯電話を取り出した。しかし電話をかける前に、ダークスーツに白いシャツを着た長身の男がまっすぐに近づいてきた。隣でピーターが身がまえた。

「タリーズ上院議員」

答えを求めているのではない。家にテレビがあれば、誰だってタリーズの顔を知っている。

「ミスター・ロスはお目にかかれないことになりました。しかし、別の人物があなたをお待ちしています」

ピーターが言った。「身分証を拝見します」

男が身分証を差し出した。

男の雇用主を見て、タリーズは眉を吊り上げた。

今回の会合は、タリーズが想定していたのとはだいぶかけ離れたものになりそうだ。

タイムリミットまで：5時間

48

自宅タウンハウスにいるリンカーン・ライムは、携帯電話越しにウィリス・タンブリンに言った。「クレーン転倒事件の実行犯は、プロの殺し屋でね。一件数百万ドルで今回のような仕事を請け負う人間だ」

「いやはや、すごい額だね」

本心から驚いているのではなさそうだ。数百万ドルくらい、タンブリンに取っては〝プライベートジェット一機程度〟の額なのだろう。

「その殺し屋の雇い主を突き止めたい。雇い主がわかれば、殺し屋の居所もわかる。そのためには動機を知らなくてはならない」

ライムが〝動機〟と言うのを聞いて、サックスはいまごろにやりとしているのではないか。

ライムは続けた。「事件発生当初は、報道されているとおりの事件と思われた。市が所有している古い不動産をアフォーダブル住宅に転換せよと要求するグループの犯行だと。だが捜査の結果、その可能性は除外された」

「それはそうでしょう」タンブリンは冷ややかに言った。「最初から私に連絡してくれていれば、それは怪しいと言っていましたよ。アフォーダブル住宅運動なんぞに関わっているのは、いんちきな連中ばかりだ。しかも大半は愚か者ときている。少なくとも世の中を知らない。とはいっても、脅迫？　連中らしくない。そもそも、プロの殺し屋を雇うような資金を持っていないだろうし」

ライムは言った。「次に浮上した可能性は――」

タンブリンがさえぎった。「道徳観念に欠けた不動産開発業者のしわざ。私のような」

「そのとおり。不動産価格を下落させ、安く買い叩こうと目論んで」

ふんという鼻息が聞こえた。「それでいったいどうやって儲けるんです？」

ライムは答えた。「不動産投資信託とか」

そう聞いて、タンブリンは困惑したらしい。「それは長期ものですよ。それに、評価は営業キャッシュフローと金利に左右される。『ニューヨーク・ポスト』の見出しでもあるまいに。ほかには？」

サックスが言った。「株式市場の操作とか？」

タンブリンは今度はあからさまに笑った。「冗談でしょう。株価を操作して儲けたいなら、銘柄を一つ選んで空売りし、匿名ブログを起《た》ち上げて、電気自動車や皮膚治療薬は危険だとかの嘘っぱちを投稿し、株価が下落したところで売り抜ける。ついでに、刑務所に行くことにもなりますがね。証券取引委員会も馬鹿じゃありませんから。クレーンを転倒させたら？　ウォール街もしゃっくりくらいはするでしょうが、その日のカクテルアワーにはもう忘れていますよ」

ライムはもう一つ可能性を挙げた。「工期の遅れ。建設プロジェクトが資金切れで中止される。開発業者がその土地を――」

「ただ同然で買い取る、ですか。そんな話、いったいどこで？」

「ニュースで……」

「なるほど、テレビのニュースか。テレビで言っているくらいだから、ええ、きっと事実なんでしょうよ……言っておきますが、銀行が何より嫌がるのは、担保として持っている不動産の所有者になることだ。工期の遅れ？　そんなこと、誰も本気で心配しませんよ。最後に帳尻が合えばいいんです」

　ライムは証拠物件一覧表に目を走らせた。その視線は居間のクリーンエリアへと漂った。メル・クーパーは、サックスとプラスキーが持ち帰った微細証拠の分析を進めている。顔つきから察するに、新たな発見はなさそうだ。

「サックス、コムナルカ・プロジェクトが送ってきた不動産のリストをミスター・タンブリンに見てもらってくれ」

　タンブリンの不満げな声。「人と会う予定があるんですがね」

　ライムは言った。「五時間。あと五時間でまたクレーンが倒される」

「ルーシアンの店を予約しているんですよ。何カ月も待ってようやく取れた予約なんだ」

　サックスが言った。「これがそのリストです」

「ミスター・タンブリン？」ライムが促す。

「見ている。いま見ている」

「そこにある不動産の所有権を民間に移せば犯人の利益になるような理由はあるだろうか。かつて公の施設だった不動産もいくつか含まれている。そこに保管されている記録が目的とか？　研究施設のデータ？　あるいは地理的な理由か。重要な施設に隣接しているとか。あとは、そうだな、売却を阻止しようとしているとか」

　なかば上の空といった調子でタンブリンが言った。

「あなたはずいぶんとへそ曲がりな思考の持ち主らしいな。感心してしまう。しかし……答えはノーです」

　ライムは訊いた。「どうして？」

「ここにある不動産の九割方は当面のあいだ売却されないから。凍結されているんです。売却禁止リストに載っている」

「売却禁止リスト？」サックスが訊く。

「毒が埋まっているからですよ。文字どおりの意味で。スーパーファンド（有毒廃棄物が投棄された土地の浄化を目的としたアメリカ政府の基金）の対象になっている不動産もある。それ以外のものも、清掃浄化には何年もかかるでしょう。犯人も知っていたんでしょうね。市が所有する不動産のなかから、目をつぶって適当に選び出したような印象だ」

ライムは尋ねた。「とすると、きみの意見は――専門家としての意見は――今回の犯行は、不動産とは何の関係もないということか」

「この一件数百万ドルの殺し屋のことはよく知りませんがね、いま聞いたかぎりでは、そういうことになりそうです。そいつの目的はまったく別のところにあるんでしょう」

49

「大統領」

「やあ、エドワード」

タリーズ上院議員は応接間に足を踏み入れた。ホテルの外観やロビーは無骨だが、この部屋の内装は豪華だ。プレジデンシャル・スイートを称するだけのことはある。

大統領は書類の海に沈んだソファから立ち上がり、ふかふかしたクリーム色のカーペットを踏んでこちらに来ると、タリーズの手を握った。ウィリアム・ボイド大統領は背が高く、骨張った体つきをしている。肌が柔らかな色をしているのは、祖先に多彩な人種がいる証《あかし》だ。よく笑うことで知られていて、いまもにこやかに微笑んでいる。

タリーズは対立政党の重鎮の一人だ。ついさっきまでの二時間、タリーズは十一月の選挙でボイドを大統領の座から追い落とすための戦略を練っていたわけだが、ボイドはそれを知っているだろうか。タリーズはすぐに思い直した。たとえ知っていたとしても、大統領は何とも思っていないだろう。それもゲームのうちなのだから。現に、タリーズとボイドはこれまでたびたび党派を超えて知恵を出し合い、折衷案《せっちゅうあん》を議会に提出してきた。

「タリーズ上院議員」長身で威厳のあるファーストレディが戸口に立っていた。

「ミセス・ボイド」

「エミリーやお嬢さんたちはお元気？　お孫さんは？」

「おかげさまでみな元気にしています」タリーズは答えた。大統領夫妻の十歳の娘もいた。やはり元気そうで、ｉＰａｄの画面をせっせとタップしている。

「ごゆっくり」ファーストレディが出ていき、両開きのドアが閉まった。

二人は座った。ボイドが言った。「この仕事はマジシャンのようだと思ったことはないか？　目くらましに誤導。トランプを使った手品を何か知っているかね、エドワード？」

「知っていますよ、大統領。よく孫たちとハーツ（トランプを使ったゲームの一種）をやって、小銭を消されていますから。このホテルで私が会うはずだったヘッジファンドのマネージャーは——手品のように消えたわけだ」

「わざわざ大金持ちと引き合わせたりして、政敵の資金調達を手助けするはずがないだろう。驚かせたようだね」

「ええ、驚きましたよ」

　大統領は伸びをした。健康に問題はなさそうだが、疲れがたまっているようだ。三代の大統領を見てきた経験から言えば、大統領はつねに疲労困憊《こんぱい》している。気力と体力をすり減らす仕事なのだ。

「世論調査の結果を見たが……十一月の選挙の行方はまるで予想できそうにない」

「接戦ですね」

「よいＣＥＯは長続きしないものだ——ビジネスの世界でも、政治の世界でも。この〝よい〟とは、才能や能力の有無ではない。良心に従うという意味だ」ボイドは立ち上がり、自分のカップにコーヒーを注いだ。タリーズを振り返って眉を吊り上げる。タリーズはけっこうと首を振った。「『未知への飛行』という映画を知っているか、エドワード」

「ずいぶん昔に見ました。誤った命令が発信されて、アメリカの爆撃機がモスクワを核攻撃する話でしたね。まさか開戦の危機が迫っているとか？」

「いやいや、そういうことではないよ。あの映画のアメリカ大統領がロシア駐在のアメリカ大使に、モスクワが破壊されたらそうとわかるよう犠牲になってくれと頼む場面を思い出していた」

「その大使は、核攻撃によって通信が途切れるまで電話をつないだままにしておくんでしたね。ニューヨーク駐在のロシア大使も同じことをした」

「全面戦争を避けるために、それぞれ自国の都市を犠牲にした。チェスでクイーンを犠牲にするように」

　背筋が凍るような映画だ。

　タリーズは続けた。「互いに犠牲を払う、か。あまり幸先のよい会話ではありませんね、大統領」

「例のインフラ法案なんだが、エドワード……」

「あの法案ですか」タリーズはこの話の行方を悟った。

そして、来し方が走馬灯のように浮かぶという表現の意味をふいに理解した。この場合は、人生そのものというより、政治生命の終わりを実感した。

笑い声。

ボイドの法案が議会を通過すれば、全国の道路や橋、トンネル、空港、鉄道などあらゆるインフラに大規模改修が行なわれることになる。安全性が向上し、何万もの雇用が創出される。

一方の反対勢力は、国が破産しかねないと言って激しく反発していた。

タリーズはうつむき、バーズアイメープル材のコーヒーテーブルを見つめた。

ボイドが言った。「私の草案には目を通したね。きみの意見は？」

「成功の可能性はあります。理屈の上ではね」

ボイドは意味ありげな声で言った。「私の耳にもいくつか感想が届いている……非公式なチャンネルを通じてだが。きみは賛成なのだろう」

いったいどうしてそんなことまで知っているのか。

「エドワード、法案の成立に力を貸してもらえないか」

「しかし、大統領……」

ボイドが身を乗り出す。「きみの水質保全法。引き換えに私があの成立に協力するとしたら？」

そう来るか。

奇跡でもなければ成立させられないとあきらめかけていた……

タリーズは溜め息をついた。「先日の夕食のテーブルで、私の法案《ビル》が通過したら十二億ドルの予算が必要になると話したんですよ。そうしたらサミーがこう言うんです。〝誰かが蛇口を開けっぱなしにしたみたいな料金《ビル》だね〟」

含み笑い。「議会には十二歳の子供がもっと必要だね」

対立政党の議員の孫の名前と年齢を正確に覚えていた。さすがボイドだ。

「あなたの法案に賛成票を投じたりしたら、私の政治家生命はそこで終わります」

「改選まであと四年ある。世間は忘れるさ」

「党は忘れてくれませんよ。議員でなくなったら、犬の散歩係にでもなるしかない」

　タリーズは窓の外に視線を投げた。ニューヨークの美しい街並みを強烈な太陽がじりじりと炙《あぶ》っていた。

　ニューヨーク州選出のエドワード・タリーズ上院議員は、政治家、夫、父親として、そして祖父としても、一時の感情で動く人間ではなかった。このときも即答はしなかった。彼の回転の速い頭脳は、事実と結果を天秤にかけてから答えた。「やりましょう、大統領。賛成票を投じます」

　犬の散歩係……

　大統領はさっと立ち上がり、タリーズの手を両手で握った。

「いつか自伝を書くことがあったら、どんなタイトルにしようかとよく妄想しているんです」タリーズは言った。「まあ、実際に書くのはゴーストライターでしょうがね。たったいまタイトルが決まりました。『悪魔と取引した男』」

　大統領は、誰もが魅了されるあの笑い声を上げた。

　二人は戸口まで歩いた。

　タリーズは言った。「例の映画ですがね。大使が核攻撃で死ぬ映画。おかげで第三次世界大戦は回避されました。犠牲から善が生まれたわけです」

50

タイムリミットまで：4時間

　リンカーン・ライムの電子メールの受信ボックスが点滅し、Ｚｏｏｍミーティングの招待が届いたことを知らせた。開始は五分後、ホストはホームレスの億万長者ウィリス・タンブリン。

　三十分前の電話のやりとりの続きだろう。

　ウォッチメイカーの動機に関する捜査チームの仮説がことごとく論破されたあと、ライムはほかの角度からタンブリンの知恵を拝借できないかと考えた。

「六カ月待ちだぞ」タンブリンがつぶやいた。

「え？」ライムは言った。

「ルーシエンの予約は六カ月待ちなんですよ」

ライムは訊き返した。「その店は、いまから半年後もまだ営業しているだろうか」

しばしの沈黙があった。「ジャックが聞いたら悲しむな。で、別の質問というのは？」

ライムは言った。「不動産開発に携わっていれば、街の歴史や地理にかなり詳しくなるのではないかと」

「当然でしょう。ウィリス・タンブリンほどニューヨークの街を知り抜いている者はほかにいないと書かれたことがありましてね。腹が立った。〝ほかにいない〟だって？　そこらのろくでもない開発業者と一緒にしないでもらいたい。褒めるなら、否定語を使わずにストレートに褒めるべきですよ。私は誰よりも間違いなくこの街に詳しいんだから」

「場所を特定するのにその知識をお借りしたい。クレーン転倒事件の共謀者二人が会った場所はどこか」

「共謀者」タンブリンはゆっくりと言った。その言葉の響きを、あるいはその意味するところを――もしかしたらその両方かもしれない――じっくりと味わっているかのように。

「土壌から検出された微細証拠の一覧だ」ライムは〝殺人ボード〟の写真を送信した。

アンディ・ギリガン殺害現場

・粘土
・牡蠣殻（古い）
・腐食した物質。いずれも数百年前のもの
・ウール
・皮革
・ニス塗りの木材
・酒
・馬毛
・木炭

ギャリー・ヘルプリン殺害未遂現場

・粘土
・牡蠣殻（古い）
・腐食した物質。いずれも数百年前のもの
・ウール

・皮革
・ニス塗りの木材
・酒
・馬毛
・木炭
・アンモニアとイソシアン酸

「調べてみましょう」

Ｚｏｏｍミーティングはおそらくその調査結果の報告だろう。

ライムは〈参加〉をクリックした。

タンブリンの顔が画面に表示された。携帯電話の広角レンズで撮影されている。どこかの高級レストランのテーブルについているようだ。

ルーシエンとやらか？　結局行ったわけか。

タンブリンは隣に現れた白ジャケットの男に小声で言った。「そのとおり、私は携帯電話を使っている。通話禁止なのは知っているよ。だが、いまこの場で小切手を書いて、この店をアービーのチェーン店の一つにする力が私にあることも知っている。私がどこの誰なのか、ボーイ長に訊いてみるといい。さあ行った行った。ああ、ミスター・ライム？　さっきの証拠物件の話ですがね。私に言えるのは、作業員が基礎を掘っていて遺構や何かが出てきた場合、何であれ市に報告しなくてはならないということくらいです。建設は中断され、古き良きものが破壊されるのを嘆く市民がしゃしゃり出て、詳しい調査のための保存命令を裁判所に求めたりする。それで建設会社が倒産しようが、勤勉な労働者が職を失おうが、おかまいなしです」

タンブリンは憤りを抑えて続けた。「あなたのリストに並んでいるのは、以前に見たことがあるものばかりでした。軍の関連です。独立戦争時代の。木材は銃床。馬毛は、まあ、改めて言うまでもないな。鍵を握るのは酒です。知っていましたか。当時の兵士は酒を飲みながら戦っていたそうです。ケーブルテレビのドラマで見ました。もっともな話ですよ。だってそうでしょう、しらふで銃弾や銃剣に向けて突進できますか。私ならごめんこうむりますね。

しかし、そこまでは絞りこめても、可能性はまだまだ残っています。戦場、訓練場、野営地。ニューヨーク市には昔から陸軍と海軍の駐屯地がありました。粘土と牡蠣殻は、おそらくマンハッタン南部、ブルックリン南西部、スタテン島北部、ニュージャージー州東部からニューアークを指し示しています。範囲が広すぎて、参考になるとは思えませんが」

海岸線が延べ数百キロ分ある……

ライムは天井を見つめ、いまの話を反芻《はんすう》した。

一つ考えが浮かんだ。

軍事施設か……

アンモニアとイソシアン酸。

尿素。

尿素は硝石——火薬の製造に使われる硝酸ナトリウム——の主な原料だ。

科学捜査官は誰しも爆薬や火薬を詳しく学ぶ。だからライムは知っていた。十九世紀を通して火薬は常時不足しており、尿をもとに作られる硝石を何としても手に入れたかった製造業者は、牧師に金を渡して教会の信者席から乾いた尿を採集していた。何時間も続く説教を聞くあいだ、信者は席にじっと座っていなくてはならない。生理現象も座ったまますませた。屋外便所に行くために説教を抜け出して神の怒りを買ったり、不敬な者と周囲に思われたりすることを恐れたからだ。

ライムは尋ねた。「当時、ニューヨーク周辺で火薬を製造していて、のちに遺物が発見されて建設作業が中断した場所に心当たりは？」

「もちろんありますとも。火薬を製造していた古い軍事施設が発掘されて、建設が中断している場所があります。十八世紀終わりごろの施設でしてね。グリニッジヴィレッジです。かつてはガンナーズ・ロウと呼ばれていたが、何年も前に名前が変わった。いまはハミルトン・コートと呼ばれています」

すぐ目の前、およそ六十メートルの上空に、エングストロム＝アーバーの自立式タワークレーンがそびえている。

ヘイルの下調べによれば、鮮やかな黄色の本体に青い運転室を備えるこのクレーンは、ニューヨーク市のあちこちで活躍してきた働き者だった。称賛の念を禁じ得ない。三・五メートル角のマスト。十一の部品で構成されるフロントジブは全長およそ八十メートルあり、カウンターウェイトを搭載する後ろのジブは全長およそ二十メートル。最大およそ二十五トンの荷を吊り上げる能力を持つ。当然のことながら、リース料は高額だ。タワークレーンを自社で所有する建設会社は少ない。毎週休みなく稼働しなくてはリース料の元が取れないが、タワークレーンが必要な高層ビル建設を請け負う会社ばかりではない。このエングストロム＝アーバーのリース料は月額一万五千九百ドルだ。

費用は一分ごとにかさんでいく。作業が止まって使わなかったからといってリース料が免除されるわけではない。しかも、〝クレーンを倒して回る頭のおかしな男〟は、リース契約の免責条項にある天災などの不可抗力には該当しない。

ヘイルは現場から半ブロックほど離れたところに車を駐めた。周囲に視線を走らせ、無人であることを確かめる。車は行き交っているが、ヘイルにもSUVにも無関心だった。タブレットをタップしてスリープを解除し、不運なアンディ・ギリガンが都市整備建設局から盗み出した見取り図の一つを表示した。艶やかな画面から目を上げ、あたりを見回す。

あれか。幅一・二メートルのコンクリート敷きのトンネル。地中に吸収されなかった雨水や雪解け水を集め、近隣の道路の下をくぐってハドソン側へ排出するためにかつて使われていたものだ。

すべて順調だ。臨時警備員を務める現場作業員はみな勤勉で、与えられた任務に真剣に取り組んでいる。コーヒーや煙草を手にしてはいても、警戒は一時《いっとき》たりともゆるめない。

第二次世界大戦中のイギリスの空襲監視委員と同じで、自分たちが目を光らせるべき危険は、空からやってくるものと信じている。

フッ化水素酸を運ぶドローンを探している。

アマチュア警備員たちは全方位に抜かりなく目を光らせているのに、今回もまた誰も見ていないところが一つだけあった。

車を降り、どこの建設作業員もかぶっている黄色いヘルメットをかぶり、カーハートの作業服のファスナーを喉もとまで上げた。車の後部に回って荷台の扉を開け、重たいバックパックを取り出す。

トンネルの入口に近づき、体をくねらせるようにして奥へと進んだ。十五メートルほど先の出口を抜け、コンクリート壁に埋めこまれた金属のはしごを伝ってクレーンの土台近くに出た。頭上にフロントジブが見えた。強めの風がマストの黄色い格子や黒い支持ワイヤのあいだを抜けていく笛のような音が聞こえた。運転士が旋回ユニットのロックを解除しておいたのだろう。風向きの変化に合わせてジブが風見鶏のように静かに向きを変えていた。

マストの土台を調べた。ドローンはいつでも飛ばせる状態で待機しているが、今回の計画にドローンの出番はなかった。万能のフッ化水素酸も必要ない。

今度のクレーン転倒事件は、これまでと様相の違うものになる。

数分後、仕掛けを終えて、ヘイルはふたたびトンネルをくぐって車に戻った。

運転席に乗りこみ、ヘルメットを後部座席に置いて、ハミルトン・コートのアジトへの帰途をたどった。去り際にもう一度だけ建設現場を振り返った。

このクレーンは、高さはあるとはいえ、ほかのタワークレーンほどには目を引かないはずだ。半径百五十メートルほどは完全に更地《さらち》になっている。つまり、たとえテロ組織やサイコパスの男がなぜかこのクレーンを選んで倒壊させたとしても、それで押しつぶされるアパートやオフィスビルは一つもない。

だからといって、クレーンが届く範囲にターゲットになりうるものが一つもないわけではない。

それどころか、今回のプロジェクト中もっとも重要な標的が存在していた。

51

玄関を開けると、ライル・スペンサー刑事が立っていた。プラスキーより三十センチ背が高く、黒いスーツに白いシャツを着ている。ネクタイは締めていない。プラスキーはスペンサーを見上げ、肉づきのよい手を握った。

二人はリビングルームに入った。プラスキーはジェニーにスペンサーを紹介した。二人も握手を交わした。

〈ドゴポリー〉のボードを前に座っていた子供たちが顔を上げた。ジェニーが言った。「子供たちです。マーティーンとブラッド。こちらはスペンサー刑事よ」

「うわ、でかい」

「ブラッド！」ジェニーが叱った。

　スペンサーは笑った。「いいんですよ」居心地のよいリビングルームを見回す。分相応な家具、写真、休暇旅行の記念品、スポーツのユニフォーム、家族に代々受け継がれている小物。そして、住居を〝家〟にしている品物――ビデオゲームのカートリッジ、雑誌、レシピカード、サッカーやソフトボールの道具、左右がそろっていない靴、プレッツェルやポテトチップスの袋。

　ジェニーはおどけたうんざり顔を夫に向けた。そうだった。来客があるとジェニーに話すのを忘れていた。

「裏にいるから」

「ゲームが途中なのに！」マーティーンが叫ぶ。

「すぐにすむよ」

「コーヒーは？　ビール？」

　二人とも飲み物は遠慮した。

　ブラッドが言った。「ねえ、スペンサー刑事。特殊部隊とかにいたの？」

「ああ、海軍特殊部隊《SEALS》にいた」

「すげえ……チーム6（海軍特殊部隊を母体とする対テロ特殊部隊）？」

「違うよ」

「でも、極秘作戦には参加した？」

「もちろんさ。ただし、極秘だから何も話せない」

「かっこいい！」

　プラスキーはキッチンのほうを顎で指し、二人はキッチンを通り抜けて裏庭に面したポーチに出た。ポーチは屋根つきだが、虫除けの網戸には囲われていない。そこから見える芝生の小さな裏庭は花壇で囲まれている。花壇は何も植えられていないが雑草はなく、プラスキーが子供たちと一緒に敷いた堆肥《マルチ》のにおいが漂っていた。つい一月《ひとつき》ほど前のことなのに、その土曜の午後の喜びに満ちたひとときは、十年も前のことのように思えた。

　スペンサーの顔に、来たときにはなかった陰鬱な表情が浮かんでいた。

　二人は無言で芝生の裏庭をながめた。

　やがてスペンサーの小さな声が沈黙を埋めた。「それはいつ？」

　それ……

「いや、その話をしたくなければいいんだ。ちょっと訊いてみようと思っただけだから」

「大丈夫です。数年前でした。どうしてわかったんです？」

「奥さんは〝子供たちです〟とは言わなかった。〝うちの子供たちのなかの二人です〟と言った。年上の坊やと年下のお嬢ちゃんを紹介されたが、暖炉の上の写真には、ブラッドと、お姉さんらしき女の子が写っていた」

さすが刑事だ。観察が鋭い。

大きくて厳《いか》めしいスペンサーの顔にかすかな悲しみを見て取り、プラスキーはライル・スペンサーに関する事実をまた一つ知った。互いに共通点があるのだ。

プラスキーは言った。「癌でした。あっという間で。あらゆる手を尽くしましたが……それでは足りないときもある」

「お気の毒に」

「あれ以来、たぶん百人くらいの客がうちに来ていると思います。みんな同じ写真を見たはずですけど、気づいた人は初めてですよ。いや、みんな気づいていたけど何も訊かなかっただけかもしれない。きっと違うと思いますけどね。やっぱり誰も気づかなかったんだと思います。あなたもお子さんを――？」

裏庭に目を向けたまま、スペンサーは答えた。「ああ、似たような事情で。娘がいた。しかし……希少疾患《オーファン》が見つかった。

医者はみなしご疾患《オーファン》と呼ぶ。要は患者がほとんどいなくて治療法もない病気のことだ。アメリカだと、国内の患者が二十万人に満たないとそう呼ばれるらしい」スペンサーはうつろな笑い声を漏らした。「リンカーンにはリンカーンらしい反応だったよ。〝orphan〟の語源はギリシャ語だそうでね。親のいない子だけでなく、子を亡くした親という意味もあるらしい。

病気の種類によっては治療薬が存在するが、製薬会社は市販に向けた開発をしない。利益が見込めないからね。一錠で二百五十万ドルなんて薬もある」

「そんなに！」

「うちの娘の治療薬がそうだった。そのころ俺は州北部の小さな町の保安官事務所にいてね。麻薬密売人の金をくすねて治療費に充《あ》てた」

スペンサーが複雑な道筋を経てニューヨーク市警の刑事になったことはプラスキーも知っていた。犯罪歴があったが、知事の恩赦を受けて記録が抹消され、晴れて市警に採用されたという。恩赦の陰にはいったい何があったのだろう。

「薬は効いたんですか」

「しばらくはな。全快はしなかった」

　正当な動機による犯罪というものがあるなら、スペンサーの犯した罪こそそれだと思える。

　スペンサーが尋ねた。「リンカーンやアメリアは知っているのか」

「いいえ」自分でもなぜ話していないのかわからない。なんとなく打ち明けていないだけのことだ。「あなたのほうは？　リンカーンには話したんですね」

「話す前に気づかれていたよ。ほら、〝解錠師〟の事件があっただろう。あの捜査のなかで、俺がビルの屋上から飛び下りかけたのを見て、なぜなのかと思ったらしい」

　つまりスペンサーは、自殺を考えたことがあるのだ。妻も亡くなっているのか、娘の死と自身の逮捕をきっかけに離婚したのか。何年も前、事故で脊椎を損傷したあと、リンカーン・ライムが自殺を決意し、それに手を貸してくれる医師を探したことはプラスキーも知っていた。

　プラスキー自身は、娘の死後も、自殺を考えたことは一度もなかった。残った家族のために生きなくてはならなかった。だからといって、プラスキーの――そしてジェニーの――人生がまったく変わらなかったわけではない。あのとき死んだ心の一部は、もう二度と生き返らない。

　スペンサーが言った。「何よりつらかったのは、バグ――家族は娘をそう呼んでいた――が知っていたことだった。何もかも知ったうえで受け入れ、残りの日々をふだんどおりに過ごそうとしていた。〝晩ごはんは何？〟とか〝パパ、それマジ？　ネットフリックスのパスワード、また忘れたの？〟とかな」

　プラスキーはうなずいた。あふれそうな涙を必死にこらえた。「クレアもそうでしたよ。勇気なのか、ただ否定しているだけなのか、最後までわかりませんでした。そのどっちでもなかったのかもしれないな」深呼吸を一つ。「最後までわからなかった」

　グリーフ・カウンセラーからはこう言われた。「思い出を大切にしましょう。きっとお嬢さんはこう言うはずです――〝前向きに生きて〟」

そんなのはきれいごとだ――プラスキーとジェニーの意見は一致した。クレアが望んだのは、ディズニー映画を見て泣き、女の子同士でゴシップに花を咲かせ、男の子とデートをして、十三歳でママとパパに反抗を始め、大学を選び、理想の相手と巡り会って、いつか子供を持つことだったはずだ。

娘が望んでいたのは、そういう平凡な人生だ。

両親の気持ちなど案じてはいなかっただろうし、思いやるべきことでもなかった。

だから、プラスキーとジェニーは娘を亡くしたあと、悲しんだ。いまも、この先もずっと、悲しみはなくならない。

ジェニーがさっき言っていたとおりだ――二人は娘の死を乗り越えた。しかし、何ごともなかったかのように前を向いて生きる？　それはありえない。

長い沈黙ののち、プラスキーは言った。「さてと。お願いした件ですが」

スペンサーはスポーツコートのポケットから手帳を取り出した。「調べてみたよ。言いにくいことだが、ロナルド、きみは大ピンチに追いこまれているようだ」

タイムリミットまで：3時間

52

状況を思えば、これ以上の戦術作戦は望めない。

行き止まりのこの通り、ハミルトン・コートには、身を隠せるところがほとんどなかった。人間による破壊と歳月による荒廃のさまざまな段階にある建物が通りの左右を埋めている。一時期は商業地区としてにぎわった通りだ。おそらくは食品卸の会社や店が並んでいたことだろう。精肉業者が集まる〝食肉加工地区〟が目と鼻の先にあるのだから。しかしその後、マンハッタンの不動産価格の上昇を見た不動産開発業者が、一帯を買い占めた。

ウィリス・タンブリンの話によれば、直後に開発プロジェクトは頓挫した――旧軍事施設の遺構と微量のラム酒のせいで。

サックスは鎖が渡された入口から、長さ七十メートルほどの玉石敷きの通りに注意深く目を走らせている。

物的証拠は、ウォッチメイカーとギリガンがここに来たことを示していた。問題は――この奥にウォッチメイカーのアジトがあるからなのか、それともたまたま通りかかって立ち話をしただけのことなのか。

ライムとサックスは、後者ではないと判断した。ハミルトン・コートの空撮画像には、建設会社の現場事務所として使われるようなトレーラーハウスが映っていた。使い古されて埃まみれになっており、表通りからはのぞけない。アジトにはもってこいだ。

それにもう一つ、サックスはこう推測した――この通りは古く、そこに並んでいる建物も古い。過去の一点で時が止まったようなこの場所は、ウォッチメイカーの好みに合うはずだ。

とはいえ、あいかわらず心理プロファイリングに否定的なリンカーン・ライムには、その考えを話さなかった。

三つの突入チームを配置につかせたところで、サックスはここがウォッチメイカーの仮住まいであることを裏づける新たな事実に目を留めた。行き止まりの通りの入口に監視カメラがある。煉瓦の山に隠されたそれは、通り全体が映る角度に設置されていた。トレーラーハウスそのものにカメラがあっても不思議はないが、そこに至る通りまで監視する理由は何だ？　警察の接近を知らせるためと考えるのが妥当だろう。

突入チームはそれぞれ四人編成だ。サックスはチームの一つを従え、監視カメラを避けた瓦礫の山の陰で待機している

「こちら七号車。いつでも行けます。どうぞ」

イヤピースから流れた声は割れていた。サックスは音量を下げた。「了解、七号車」

二十メートルほど先のハドソン・ストリートに、私服刑事二名を乗せた実在の不動産会社のロゴをつけたSUVが駐まっている。

サックスの指示がありしだい、SUVはハミルトン・コートの入口に移動し、少し入ったところで停車して監視カメラの視界をふさぐ手はずになっている。

「こちら五八八五」サックスは無線機に向けて言った。

「チーム2と3、どんな状況ですか」

「チーム2です。ハミルトン・コート二〇八番地裏で待

機中。裏口を解錠し、トレーラーハウスまでのルートを確保ずみ」

「了解、チーム2。チーム3?」

「チーム3です。ハミルトン・コート二一六番地の二階で配置についています。ターゲット周辺の視界を確保。スナイパーと観測手も位置につきました」

「了解」

サックスはM4を装塡した。フルオート、バースト、セミオートの三つのモードに切り替えられる。サックスはセレクターをオートの位置に合わせた。

死なせない努力はするつもりよ、ライム。でも、チームのメンバーの命を優先するから。

心拍数は平時を少し上回る程度だ。そのわずかな上昇の理由は、作戦自体やその成否への不安ではない。気持ちが高ぶっているからだ。戦術作戦開始直前にはいつも、純然たる喜びが胸のうちでふくらむ。掌に汗がにじんだりはしていない。若いころからストレスにさらされると爪の先を甘皮や頭皮に食いこませたい衝動を抑えられなくなるのに、珍しくそれもない。サックスはいま、ストレスをかけらも感じていなかった。


深呼吸をした。息苦しさはほんのわずかしかない。意識しなければわからない程度だ。

異常なし……

サックスは一瞬だけ振り返って背後のチームを見た。男性二人、女性一人。サックスよりも若い。どの目も動かない。体を丸めている。みなしゃがんで待機している
——若さに満ちた膝がうらやましくなった。

男性の一人は銃をきつく握り締めていた。目は地面を見つめ、唇は一直線に結ばれている。顔はノーメックス素材のフードで覆われていて、見えるのは目だけだ。サックスの視線に気づく。目と目が合って、サックスはうなずいた。

ほんのつかの間、男性メンバーの心は不安に誘われてどこかへ漂っていたようだが、瞬時に現実に戻ってきた。きっとこれが初めての戦術作戦なのだろう。

「チーム3」サックスは無線で呼びかけた。「現在の状況を教えて。どうぞ」

「日よけが下りています。なかの様子は確認できず。ただし熱を感知しています」

「人間?」

「おそらく。体温程度の温度です。動いていますし」

ウォッチメイカーがなかにいるのだ。

「了解。チーム2。二〇八番地の表側に移動。報告して。〝ジロー・ガール〟、配置について（ジローはアメリカの四大〝不動産テック企業〟の一つ）」

七号車で待機していた刑事の笑い声が聞こえた。「了解」

SUVがサックスとチーム1のすぐ前を通り過ぎ、行き止まりの通りに入ってすぐのところに停まって監視カメラの視界をふさいだ。女性刑事――もともと小太りなうえに、花柄のワンピースの下に防弾チョッキを着こんでいるせいでますます太って見えた――が車を降り、後部座席から分厚いファイルを何冊か取った。こちらもESUの刑事である〝見込み客〟も助手席側から降り、五億ドルを投じる価値のある不動産かどうか思案している表情であたりを見回した。

「チーム3、トレーラーハウス内に何か反応は？」

「ありません。容疑者はトレーラーハウスの真ん中あたりにいます。いまは動いていません。テーブルについているものと思われます」

「五八八五よりチーム2へ。チーム1が先に入ります。あとに続いて」

「了解。どうぞ」

「全チームへ。事前説明を思い出して。交戦には特別の規則が適用されます。一度の降伏命令で容疑者が従わず、わずかでも反撃のそぶりを示した場合、殺傷力のある武器の使用が許可されます」

すべてのチームから了解の返答があった。

サックスは深呼吸をした。濡れた石のにおい、SUVの排気ガスの刺激臭。銃のセーフティを解除し、トリガーの外に指を置いて、銃口を安全な場所に向けた。

「チーム2へ。突入します」

背後にさっと視線を向けた。チームメンバーがうなずく。

四人は身を隠していた場所を出ると、腰をかがめて小走りにトレーラーハウスに近づいた。

「チーム3。熱画像は？」

「五十センチほど移動しました。入口から遠い側へゆっくり移動中。こちらの動きは察知されていないようです」

「了解」

入口ドアまであと十メートル。

ねえ、ウォッチメイカー……これが最後の対決になるのかしらね？

六メートル……

チーム2を率いているのはシャロン・ブラウン、サックスが何年もともに仕事をしている女性ＥＳＵ隊員だ。サックスと似てすらりとして背が高い。大きな違いがあるとすれば、ブラウンは日に少なくとも一時間をトレーニングジムで過ごし、ベンチプレスで百キロ持ち上げても一粒の汗もかかない点だろう。

サックスはチーム2にうなずいて合図した。ブラウン率いるチームは互いに間隔を空けてサックスのチームの背後についた。散開したほうが敵に対して効率的に射撃でき、また敵が撃ってきた場合、複数が一度に倒されるおそれを最小化できる。

あと三メートル。

「チーム3。入口前まで来た。熱画像は？」

「あれからまた一、二メートル移動していますが、窓に近づいてはいません」

サックスの頭をある考えがよぎった。ギリガンは都市整備建設局から文書を盗んでウォッチメイカーに渡した。そのなかには地下道の地図も含まれている。地下道の大半はこの界隈から南の地区に集中している。トンネル伝いに逃げるルートを確保しているのだろうか。

ありえる。だが、このタイミングでの突入は予期していないはずだ。

どのみち、このトレーラーハウスの配置と緊急性を思えば、これ以外に有効な作戦は思いつかない。

サックスは窓を指さした。ブラウンが部下二名をそこに配置した。ヘイルが窓から脱出するとは思えないが、反撃してくるとすればそこからだろう。日よけの内側に鋼鉄のプレートを取りつけていて、そこに開けた小さな穴から撃ってくる可能性だってある。

チーム3から報告が入った。「また少し動きましたが、やはり窓には近づいていません。こちらの動きは察知されていないようです」

または、サブマシンガンを入口ドアに向けて待ちかまえているか。

トレーラーハウスの入口前の配置についた。

これは無警告の急襲作戦だ。突入隊員がすばやく動き、錠前にC４爆薬を手早く取りつけた。通常の倍量だった。

フッ化水素酸とそのガスに備え、メンバーはそれぞれガスマスクとネオプレン素材の上着を携帯している。しかしサックスは、装備を着けるのは突入後と判断していた。視野がせばまり、銃の動きが妨げられて危険だからだ。仮にウォッチメイカーがなかにいるのであれば、いきなりフッ化水素酸に曝露するリスクはほとんどないと考えていい。

しかしそう考えているあいだにも、第一の現場のトンネルを抜けた先に倒れていた作業員の姿が脳裏をかすめた。皮膚が溶け、血が泡立っていた。その光景が消えたかと思うと、今度は血と肉がこびりついた鉄筋が目の前に浮かんだ。

サックスはチームをさっと見渡した。全員がうなずいた。突入隊員が起爆パッドをかまえたが、「爆破！」と宣言するのは控えた。ウォッチメイカーにこちらの存在を決して気取られてはならない。

サックスはうなずいた。

乾いた鋭い音とともに爆薬が炸裂し、サックスは足を踏み出した。

53

ロナルド・プラスキーは、ライル・スペンサーから渡された文書を開いた。

スペンサーが言った。「伝手《つて》をたどって手に入れた。まだ草稿の段階のようだ。完成版じゃない」

プラスキーは手もとの文書に目を落とした。

――

面談の開始から終了まで、調査対象者プラスキーは「調査対象者？」プラスキーは驚いて言った。「僕はそう呼ばれてるわけだ」

――事故発生直後であるにもかかわらず、前後の記憶は曖昧で、自分は軽傷を負っただけだと主張した。〝わからない〟〝思い出せない〟というフレーズを頻繁に口にした。衝突時、運転に集中していなかったことを認め……

電話に注意を取られてはいなかったと言ったのに。運転に集中していなかったなんて言ってない。

面談の途中で虚空を見つめて面談担当者の質問を聞いていない場面もあった。

それはガーナーの家族写真を見て、自分の死んだ娘のことを思い出していたからだ……

ドラッグの使用を認め、使用後は眠気を催すことも認めた。

なんでそうなる？　マリファナを試したことがあるとは話したが、二十年も前の話だぞ。

交差点にさしかかったとき、自分の側の信号が青だったかどうか、はっきり思い出せなかった。

負傷についても事実を申告しなかった。過去の事件捜査で頭部を負傷し、長期にわたるリハビリを受けた。記憶喪失と混乱の症状があった。ニューヨーク市警の人事ファイルには、この負傷に関する記録がほとんど残っていない。当時の医療記録を探し、警察官が関わる交通事故調査委員会の勧告に添付すべきと考える。

調査対象者が描いた現場の見取り図は、まるで子供の絵のようだった。直線さえまともに描けていない。

わざわざ散らかったデスクの前に座らせたからだろうに。膝に紙を広げて描くしかなかったからだ。勘弁してくれよ……

以上から、調査対象者の体内に残留していた薬物は微々たる量ではあるが、非合法薬物が検出されたこと、返答に混乱と記憶喪失の影響がうかがわれることから、調査対象者プラスキーを解雇するか、市警内の管理部門への異動を勧告する。市警として、調査対象者プラスキーが人命に関わる事故をふたたび起こすリスクを容認すべきではない。

以上

T・J・バーディック警視

バーディックか。

あの野郎。

「くそ、こじつけもいいところだ」プラスキーはつぶやいた。ふだんは〝くそ〟などというよろしくない言葉を吐くことはめったになく、家族と暮らす自宅ではまず口にしなかった。「きっと録音を再生する速度を思いきり落として、ゾンビがしゃべってるみたいにしたんだろうな」

スペンサーが尋ねた。「過去の負傷というのは?」

プラスキーは芝生を見つめて黙りこんだあと、答えた。「捜査中に負った怪我です。リンカーンやアメリアと知り合うきっかけになった捜査で」

未詳を捜索していてある建物の角を回った先で――プラスキーは外壁に近づきすぎていた――待ち伏せしていた未詳に棍棒で額を殴られた。

たんこぶはほどなく引っこんだが、脳に損傷が残った。記憶を一部失い、判断力が低下して、簡単な問題も解けなくなった。

両親やジェニー、双子のトニーは献身的に支え、リハビリに協力してくれた。警察の仕事に戻るよう励まされた。

だが、本人はどうしてもその気になれなかった。

怖かったのではない。〝落馬してもこりずにまた馬に乗れ〟という格言があることでもわかるように、人は一度痛い思いをすると、また痛い思いをするのではと怯えるものだ。しかしプラスキーは、痛みはおろか、殴打された事実さえ覚えていなかった。

プラスキーが怖かったのは――相棒を、無関係の市民を、危険にさらすことだった。

即座に行動しなくてはならないとき、自分はためらうのではと不安だった。

目の前の状況を的確に分析できず、正しい判断を下せないのではと怯えた。

だから、リスクをまるごと避けた。パトロールの任務は楽しく、それをあきらめるのはつらかったが、プラスキーは隠れることを選んだ。家にこもり、コーヒーを飲んで、試合中継をながめた。ほかの仕事に就こうともがいた。ニューヨーク市の統計課のプログラマーになるとか。それだって大事な仕事だぞと自分に言い聞かせた。予算申請の時期に正確な数字がなくては困るのだから。

そんなとき、リンカーン・ライムに言われた。

いかにもライムらしく、そっけなくて焦《じ》れったそうな声で、周囲の誰もが気を遣って言わずにいたことをずばりと言った。要約すれば──「いいかげんに忘れろ」。

「弱点が一つもない人間がいったいどこにいるんだ、ルーキー？」ライムが動かない自分の脚を一瞥する必要はなかった。

二カ月後、頭部損傷のリハビリを卒業した翌日、ロナルド・プラスキーはふたたび制服に袖を通した。

いま、ちっぽけな裏庭を見渡しながら、プラスキーはライル・スペンサーに言った。「事故そのものが仕組まれていたんだな」

「しかし、どうして？」

「僕が捜索中の現場をバーディックが汚染しかけたんです。二人きりで話そうと提案したのに、バーディックはマスコミの前でいい格好をしようとした。だから公務執行妨害で逮捕すると脅したんですよ。本当に手錠をかけようとした」

「それを恨んでガーナーをけしかけたわけか」スペンサーは首を振った。「私的な報復。いやはや、そこまでは堕ちたくないものだな……しかも、これほど手間暇かけるとはね。よほど恨みが深いと見える。その医療記録やら──このあと面倒の種になりそうだな。まさかとは思うが、改竄《かいざん》だってしかねないぞ。深刻に見せかけようとするかもしれない。回復不能な脳障害を負っているとか何とか」

医療記録か──プラスキーは心のうちでつぶやいた。

医療記録……

「ありがとうございました、ライル」

「どういたしまして。こういう嘘っぱちはどうにも許せないね。味方のはずの人間の嘘となればなおさらだ」

プラスキーと家を回ってスペンサーの車のところまで一緒に行った。「何かあったら、いつでも話を聞きますから」

スペンサーはうなずいた。バーディックの罠の話をしているのではないとわかっているのだろう。「きみも話したいことがあったら、いつでも」

二人は握手を交わし、スペンサーは覆面車両に乗りこんだ。ダッジの車がスペンサーの重みで左にかしいだ。

つねに丹精こめて手入れしている芝生に立ち、プラスキーはスペンサーの車が遠ざかるのを見送った。

そしてまた考えた——医療記録か。

そしてもう一つ別のことを考えた。心にこびりついて離れなくなったことを。

私的な報復。いやはや、そこまでは堕ちたくないものだな……しかも、これほど手間暇かけるとはね。

タイムリミットまで：2時間

54

「においでわかったのよ、ライム」

タウンハウスに入ってきたアメリア・サックスは、見たこともないような奇妙な証拠物件を運んでいた——セロファンでくるまれた金属製のドア。蝶番《ちょうつがい》があったはずの場所に、いくつもの弾痕。

しかもサックスが着けているのは、現場捜索用のラテックス手袋ではなかった。黒い手袋だ。おそらくネオプレン素材。となれば、サックスのいう〝におい〟ものの正体に推測がつく。

「建設現場用のトレーラーハウス。ドアをこじ開けたとたんににおいがしたの。作戦を中止して、チームを後退させた。罠だった——フッ化水素酸の容器がいくつかあって、そこに爆薬が仕掛けられてた。トレーラーハウスのなかはめちゃくちゃになった」

「負傷者は」

「いない。全員無事だった」

　またもヘイルにしてやられたのだとサックスは説明した。ウォッチメイカーがトレーラーハウス内にいることを〝裏づけた〟熱の源は、小型のランプか三十六・五度に設定した温熱器で、ルンバの上に載せられていた。

「ルンバ？」

「自走式の掃除機」

　ほう、いまはそんなものがあるのか。

「爆薬の量が少なくて幸いだった。これがプラスチック《C》爆《4》薬半キロとかで容器を吹き飛ばしていたら、いろいろ厄介だったと思う」

　アメリア・サックスには、自分の身に及んだ危険を控えめに話す癖がある。

「で、それは？」ライムはサックスが運んできたドアを顎で指した。

「だって、何か一つくらいは持ち帰りたかったから」サックスはうめくように言った。「マスクを着けて、ガスが充満する前にマガジン二つ分の弾を蝶番に浴びせて、ドアをむしり取ったわけ」それから憤慨した調子で付け加えた。「ほんと腹が立つ。おかげで銃器使用報告書を書かなくちゃならない。確認したら、相手が人間じゃない場合でも省略はできないって」

　たとえ故意ではなかろうと、一発でも発射した場合、銃器使用報告書を提出しなくてはならないと市警の規則に定められている。記入事項はやたらに多かった。ニューヨーク市は銃器の扱いに厳格だ。発砲したとなればなおのこと厳しく対応する。

　サックスはメル・クーパーにドアを差し出した。「これ。受け取って」

　クーパーがクリーンエリアから出てきた。やはりネオプレン素材の手袋をはめた手でサックスからドアを受け取った。

　ライムは言った。「ノブか」

　サックスはうなずいた。「朝から晩までつねに手袋をしていたとは思えないでしょう。それにドアが破られたら、フッ化水素酸が侵入者を殺すだけじゃなく、室内に残った微細証拠物件と一緒にドアノブも跡形もなく溶けるはずだったわけだから」

　十五分後、答えが出た。ドアノブからウォッチメイカーの指紋が検出された。ギリガンが殺害された空き地で採取されたものと同一と思われる数粒の砂と、ウィリス・タンブリンがハミルトン・コートを特定する根拠となったほかの微細証拠も見つかった。毛根がついたままの短い頭髪も一本。これでDNA型も照合できるが、それは形だけのものになる。すでに指紋で身元は確認できている。

「微量のシリコーンが検出された」クーパーが報告した。

　ライムは額に皺を寄せた。「由来を突き止めるのはまず無理だな。地球上のどこにでもある物質の一つだ。メーカーも数百は下らない。シリコン《silicon》元素からトリメチル、ジメチル、メチルクロロシランができる。語尾に〝e〟が加わったシリコーン《silicone》は、柔軟性と耐熱・耐寒性を備えていて、その用途は多岐にわたる——潤滑剤、食品加工や医薬品、コーキング材、パッキン、シーリング材。しかも厄介なことに、優れた非粘着性と粘着性を備えている。矛盾する性質を兼ね備えているわけだよ」

　リンカーン・ライムは化学の知識の宝庫だ。

　インターコムからクーパーの声が聞こえた。「可能性がありすぎて、ウォッチメイカーが何に使ったかはわからないってことだね」

「そうだ」ライムは言った。

　サックスが訊く。「フッ化水素酸の保管容器がシリコーン素材だったとか？」

「おそらく違うな。フッ化水素酸で劣化するだろうから。それに、ドアノブに付着していたなら、ゼリー状か液体だっただろう」

　サックスが命を賭したのは無意味だったのか？

　それでもライムは、いつも生徒に向けて言っていることを忘れたわけではなかった——見つかったのが小麦粉だけなら、大したことはわからない。しかし微量のイースト菌や卵の黄身、牛乳、塩も見つかったら、殺人犯はおそらくパン屋だ。

　この場合はどうか。捜査の焦点を絞りこむのに役立つものがほかに見つかってはいないか。証拠物件一覧表をざっと見渡す。そこに答えはなかった。

　ラボの固定電話が鳴った。

　フレッド・デルレイの携帯電話からの着信だった。

「フレッド？」

　英国風のアクセントが応じた。「こちらで興味深い事実が発見されたのだよ、リンカーン。なかなか興味深い」

　いったいこいつは誰だ？

「おい、フレッドなのか？」

「おとり捜査中でね。小生はパーシー・トンプソン卿、ロンドンにあるカジノのオーナーで、プレイボーイだ。プレイボーイなどすでに絶滅した人種かもしれないがね。演技を中断して地を出すわけにはいかない。イギリス風の発音に手こずっている。ハードルが高い。コヴェントガーデン風を狙っているのだが」

「興味深い事実というのは？」

　フレッド・デルレイの話は遠回りしがちだったが、珍しくバックストーリーもサブプロットもいっさい省いて本題に入った。「例のドローンの件でね。病院以降に飛行したという報告はない。しかし、それ以前の記録に興味深い点が見つかったのだよ」

　ライムは記憶をたどった。飛行の記録は二度。だがその二度は建設現場の周辺ではなかった。「どことどこだったか」

　デルレイが言った。「ブルックリンはタウソン・ストリートの四百番台の一角。もう一件は、マンハッタンのハドリー・ストリート五五六番地のオフィスビル近辺。その二つの飛行はどのような家族関係にあるのかとふと気になってね。きょうだいか？　はたまたいとこか」

　いつもの〝デルレイ語〟は完全に封印されていた。誰と話してるのか、こちらが不安になる。サックスにつきあって『ダウントン・アビー』とかいう配信ドラマを数エピソードながめたが（なかなかおもしろかった）、このデルレイの話し方は、あのドラマの登場人物とそっくりだ。

　デルレイが続けた。「番地を見ただけではとくに関係があると思えなかった。しかし、新型の玩具のことを思い出したのだよ。ORDAというソフトウェアだ。世間では頭字語と言うのだろうが、厳密には――」

「現に意味のある語でなければ頭字語とは呼ばない」

「まさしく。ちなみにこのORDAは、曖昧関係《オブスキュア・リレーシヨン》データ分析《アナリシス》の略《シップ》だ」

「知っている。使ったこともある」

「ほほう。物的証拠第一主義のきみがか？」

　当初はライムも懐疑的だった。ORDAは、場所や人、できごとなど、一見無関係と思える複数の事項に関する何兆ものデータを解析し、人間が考えつかないようなつながりを見つけ出す。

「で？」ライムは訊いた。

「ＯＲＤＡの電子脳は、その二つの番地から興味深い事実を引っ張り出した。ブルックリンのその番地には、ある人物が住んでいる。ドローンがかすめ飛んだマンハッタンのほうの番地には、その人物の事務所がある」

ライムとサックスは顔を見合わせた。

ライムは訊いた。「その人物とは？」

「今日は社会科の公民の授業にうってつけの一日になりそうだね、リンカーン……」

55

そんなことをするなんて、どうかしている。

党派を隔てる有刺鉄線つきのフェンスを越えて、大統領のインフラ法案に賛成票を投じるなんて。

良心に従う……

エドワード・タリーズ上院議員は、インタビュー番組出演のため、ボディガードのピーターとともにテレビ局に徒歩で向かっていた。頭のなかでは、議場で賛成を表明したあとのことでいっぱいだった。

重要な委員には任命されなくなるだろう。

犬の散歩係……

口もとに笑みが浮かんだ。

バターカップへの愛情が胸に湧き上がる。三キロに満たないチワワへの愛が。

さらに半ブロックほど歩いたころ、タリーズは空腹を覚えた。「ロスの店で何か食おうか」

「了解です」

ストレスを癒やすには、ロスの店の〝メガ盛り〟パストラミサンドが一番だ。店員は無愛想そのもので、皿は乱暴にカウンターに置かれる。追加のピクルスなど頼もうものなら、銀行強盗に小額紙幣でそろえろと要求されたかのように、いかにも面倒くさそうな顔をする。

しかしタリーズは、ロスの店をこよなく愛していた。

二人は混雑した通りをしばし無言で歩き続けた。ついさっき逆向きにたどったばかりのルートだが、一つ違っているところがある。行きはあれだけまぶしかった太陽は、雨を予告するような雲に覆い隠されていた。

今日のインタビューを楽しみにしていた。話題の中心はおそらくタリーズが提案している水質保全法だろう。そう思うと、まぎれもない歓喜が全身に広がった。なんといっても大統領の支持を得たのだ。法案は間違いなく議会を通過するだろう。インタビューではほかの話題も出るだろうが、自分は再選を重ね、政治闘争をいくつも切り抜けてきたベテランだ。記者からどれほど鋭い——が予定調和的な——質問が出ても、答える、またははぐらかす自信がある。

「いないようですね」

ピーターが言っているのは、行きの道で見かけた〝使い捨て〟の服の男のことだろう。マンハッタンの通りを歩く、数百万の市民の一人にすぎなかったのだ。労働者か、大学教授か。あるいは観光客だったのかもしれない。

そのとき、頭にこんな考えが浮かんだ。たったいま大統領と交わした会話の内容を知っている者、タリーズがボイド大統領の法案——巨額の予算を要するインフラ全面改修案——に賛成するのを阻止したいと考える者がいたら、ロビー活動よりはるかに物騒な手段に訴えないともかぎらない。

もしタリーズが死ねば、知事は別の議員を選んで残りの任期を務めさせるだろう。その議員は大統領の法案を絶対に支持しようとしないだろう。

ちょうどそのときタリーズは、広場の反対側に立つ男に目を留めた。こちらをじっと見ている。大柄で、肌の色は濃い。複数の民族の血を引いているのではなかった。小麦色に焼けた白人だ。

男は携帯電話に目を落としながら歩きだした——まもなくタリーズとピーターズの進路と交差する方向に。

男のスーツのジャケットは、ほんのわずかに大きすぎる。銃を持っているせいだろうか。

「ピーター」

「あの男のことなら、私も気づいています」

「一人きりか」

「わかりません。この通り沿いに仲間はいないようですが、建物のなかにいるかもしれません」

無数の窓がこちらを見下ろしている。そのどれに狙撃手がひそんでいてもおかしくない。

行きの道でタリーズを尾行した男の仲間か？

そうだとして、そしてタリーズが標的なのだとして、大勢の市民がいる広場で任務を実行するだろうか。

検事時代に扱った案件を思い返すと、混雑した街中《まちなか》でターゲットを銃撃するプロの殺し屋は驚くほど多い。しかも、捜査に進んで協力するような人々でさえ、逮捕の決め手となるようなものは何一つ見ていないことがほとんどだ。

例の大柄な男は近づいてきたが、タリーズとピーターには見向きもせずにいる……ように見えた。周囲に視線を走らせている。行き交う人々、周囲の建物の窓、通り過ぎる車……

タリーズの心臓はふだんの三倍の速さで打ち始めた。立ち止まりかけた。

とそのとき、背後から鋭い声が聞こえた。

「タリーズ上院議員」

タリーズは勢いよく振り返った。

命運尽きたのか？　銃弾が飛んでくるのか？

ピーターもジャケットの内側に手を入れながら振り返った。

しかし、背後から近づいてくる男のベルトには、金色のバッジがあった。

ニューヨーク市警の刑事だ。

タリーズはいぶかしげな表情を作った。あたりをさっと見回す。広場を横切ってこちらに向かっていた男は、もうすぐそこまで来ていた。

「刑事さん、不審な男が――」タリーズは言いかけた。

すると刑事は腹立たしげにそれをさえぎった。「携帯の電源が入っていませんね」

「携帯……しまった」タリーズはポケットに手を入れた。大統領と面会する際の規則に従って――携帯電話で会話を録音したり、ヘルファイア・ミサイルの誘導装置に利用したりできないよう――電源を落としたきりだった。

「市警のロン・セリットーです」

ピーターはこのときもまた言った。「身分証を拝見します」

皺くちゃのレインコートを着たこの図体のでかい男はきっと文句を垂れるだろうとタリーズは思った。市警のバッジをベルトに下げているのだから、身分証までは要らないだろうと。ところが意外にも、すんなり身分証を差し出した。

ピーターがそれを確かめ、携帯電話でメッセージを送信した。数秒で返信が届いた。タリーズにうなずく。

「本物です」

「刑事さん」タリーズは肩越しに背後に顎をしゃくった。

「不審な男がそこに――」

最後まで言う必要はなかった。セリットーがタリーズが指し示した男に向けて〝よう、ここだ〟というように片手を上げたからだ。

よく日に焼けた大男が来て、バッジを提示した。昔ながらの保安官バッジにそっくりだった。

「タリーズ議員、連邦保安官のマイケル・クエイルです。携帯の電源が落ちたままですね」

「わかっている。わかっているよ」タリーズは携帯電話の電源を入れ直した。とたんに着信音が次々と鳴って、新着や新着留守電メッセージを通知した。

「で、きみたち、いったい何の用かな」

セリットーが言った。「こんな人ごみで話すのは危険です。安全な場所に移動してからにしましょう、タリーズ議員」

「いやしかし、これから――」

「ここは危険です」クエイルも有無を言わさぬ口調で言った。

黒いSUVがタイヤを鳴らして歩道際に停まった。保安官が先に乗れと身ぶりでタリーズに伝え、タリーズは従った。車は、銃弾以上に威力のあるものも防げる仕様と見えた。

全員が乗りこむのを待って、セリットーが運転手に指示した。「連邦ビルに行ってくれ」

「了解」

サバーバンは猛スピードで走り出した。路面の凹凸で車体が盛大に跳ねる。誰もシートベルトを装着しなかった。タリーズはドア上のアシストグリップを握り締めた。

「話を聞こうか」タリーズは刑事をまっすぐ見つめた。

セリットーが言った。「市内で発生したクレーン転倒事件はご存じですね」

「もちろん。国内テロ組織の犯行と聞いている。要求はアフォーダブル住宅だろう」

「違います。それは隠れ蓑です。未詳の真の目的から警察の目をそらすための」

「真の目的というと？」

「あなたの暗殺」

タリーズはゆっくりとうなずいた。今日心配していたことは、かならずしも大げさではなかったわけか。

「犯人の正体は？」

「実行犯の身元は判明していますが、雇い主はまだわかりません」

「私の家族は……」

「ご家族は無事です。ご自宅に警護チームを派遣しました」

「その……実行犯だが。いまどこに？」

「わかりません。捜索しているところです」

「どうやって真相がわかった？」

「クレーンはドローンを使って細工されていましてね。国土安全保障省から、ほかの飛行のデータを入手しました。犯人は、あなたのご自宅のあるブルックリンの一角と、事務所があるマンハッタンの一角にドローンを飛ばしていました」

「なんということだ」

ピーターが言った。「念のためお伝えしておきたいことが、セリットー刑事。一時間ほど前、いや、もう少し前かな、ある人物に会いに行くとき、何者かに尾行されていたようです。私に気づかれて、別の道にそれましたが」

セリットーが手帳を取り出した。ドラマの刑事がかならず持っているようなぼろぼろの手帳だった。「どんな男でした？」

タリーズとピーターは男の人相特徴を伝えた。

「あなたが狙われる理由に心当たりは？　悪事を告発しようとしているとか？　検察局時代に刑務所に放りこんだ奴の報復とか？」

「いや……」

タリーズは、窓の外を見つめて考えていた――さっき不安に思ったようなことはありえるだろうか。大統領の法案に賛成票を投じる前に殺そうとして狙われているのか？

「見当もつかない。たしかに、私が刑務所に送りこんだ悪党は何人もいる。何年も前の話だ。ソシオパスも多かった。氏名を確認して、最近になって出所した者がいないか調べてみよう」

セリットーは一瞬、タリーズを見つめたが、手帳をしまって携帯電話を取り出した。

タリーズは言った。「一時間後にテレビ出演の予定だ。テレビ局に寄ってもらえないか」

「お断りします」

「CNNだぞ」タリーズは食い下がった。

メッセージを打ちこみながら、刑事が言った。「答えはやはりノーです。それと、お願いだからゆったり座っててもらえませんか」

「ゆったり？」

「そう、窓から離れて。その姿勢でいられると、俺まで弾丸の通り道にいることになるんでね」

56

タイムリミットまで：1時間

「タリーズを連邦ビルに保護した」

携帯電話のスピーカーからロン・セリットーの声が居間に流れ出した。

ライムは尋ねた。「本人に心当たりは？ 暗殺を狙っているのは誰だ？ 動機は？」

「本人にもわからんそうだ。わからんと言っても、三割くらい心当たりがありそうだったな」

ライムは尋ねた。「もう少し締め上げられないか」

「やってはみる。ただ、相手は政治家だからな。はぐらかすのと嘘をつくのが仕事だ。組織のヒットマンの尋問のほうがまだましだよ。連中はすぐにシジュウカラみたいに歌う」

「技術サービス部には相談してくれたんだろうね」

「おまえの頼みとはいえ、あんな妙なことを頼んだのは初めてだよ、リンカーン」

「だが、手配はすんだ」

「まあな」

「その件はまたあとで」

電話を切るなり、新たな着信があった。

「ライムだ」

「ライム刑事。ベン・エメリーです。エメリー・デジタル・ソリューションズの。市警の刑事さん二人から、パスワード保護を解除してほしいとパソコンを預かっています。途中経過を報告しておこうと思いまして」

いいぞいいぞ。ライムはまだ希望を捨てていなかった。ギリガンのノートパソコンに保存された電子メールを見れば、ヘイルの雇い主や犯行の目的、そして次のターゲットが判明するかもしれない。ハミルトン・コートのメインのアジトが自爆したいま、別のアジトのありかも突き止められればなおいい。

「何かわかったかね」

「残念ながら、まだ時間がかかります」

スーパーコンピューターの時代なのに？　ティーンエイジャーでも、携帯電話でメッセージを打ち、ビデオゲームをプレイしながら、同時に他人のノートパソコンに侵入できる時代になったのではなかったか？

エメリーが続けた。「総当たりを試していますが、SHA－256が使われていまして」

「それは何だ？」内心の苛立ちがまともに声に出た。

「セキュア・ハッシュ・アルゴリズム256」

溜め息。「〝ハッシュ〟とは？」

「一つのデータを別のデータに変換するソフトウェアです。何かをパスコードで保護したいとき、まずはパスワードを考えますよね？　そのパスワードをハッシュ・ジェネレーターに入力すると、別のデータに変換される。例として、あなたの名前をパスワードに設定するとしましょう。〈Lincoln Rhyme〉。ところで、あなたのことを書いた本、とてもおもしろく読みました……」

「ミスター・エメリー」ライムは不機嫌につぶやいた。

「ああ、すみません。たったいま、あなたの名前のハッシュを送信しました。そちらの携帯電話に」

メッセージが届いた。

49b14a858f2c023331d308310de984acad
097cd510ed2e5cb0185fab284be511

「続けましょう。パスコードはあなたの名前です。そのパスコードを解読する必要が生じたとします。ハッシュを手に入れるのは簡単です――ハッシュは一方通行ですから、隠す理由がありません。ただ、パスワードに戻すのは不可能です。挽肉《ひきにく》をステーキ肉に戻すのが不可能なのと同じです。では何ができるか。ハッシュ・ジェネレーターに文字を打ちこむことです。ランダムに。どれかが当たることを祈って。数時間も打ち続けたあと、そうだ、〈Lincoln Rhyme〉を試してみようと思いついて――」

「ビンゴ。そのハッシュとパスワードのハッシュが一致して、ハッキングが成功するというわけか」

「そのとおりです！」ライムが理解したことを心から喜んでいるらしい。「こちらでいまそれをやっているわけです。単語や文字をひたすら入力して、一致するハッシュを探している。もちろん、人力でタイプしているわけではありませんよ。全部自動です。一秒につきおよそ一兆種類のハッシュを入力しています」

「すばらしいね。つまり、そろそろ解読できそうだという話だな。さっきは数時間と言ったか」

一瞬の間。「いえ、ライム刑事、先ほどの話はあくまでも例でして。こうしてお電話したのはですね……まだ解読できないということは、大文字と小文字、数字、それにクエスチョンマークやパーセント記号などの特殊文字を混合したパスワードが使われているからだとお伝えするためで」

ライムは眉をひそめた。「あと一日か二日はかかりそうだということか」

前よりも長い間。「それがですね。仮に十五文字のパスワードだったとして、いや、それくらいの長さはごくふつうなんですが、その解読には二億年ほどかかります」

「二億年……さては冗談だな？」

「いいえ、これは冗談ではありません」エメリーは言った。おそらくコンピューター関連のことで決して冗談を言わない人物なのは明らかだった。

「ずいぶんと高性能なコンピューターを使えるのではなかったか」

「性能は関係ないんです。たとえ日本の富岳《フガク》」――エメリーは恭《うやうや》しい調子でゆっくりと発音した――「を使えたとしても、数十万年短縮できるかどうかです。運がよければ、パスワードはもっと短いかもしれませんが」

ふむ。またも〝運〟か。

ライムは無用のひとことを付け加えた。「解読できたらすぐ知らせてくれ」

「ええ、もちろんです、ライム刑事。ああ、そうだ、一つお尋ねしても？」

「何だ」

「サックス刑事のことがちょっと気になったもので。彼女は結婚しているんですよね？」

本気で訊いているのか？

「あー……している」

「そうですか。すみません」

通話を終えた。

ライムは携帯電話に音声コマンドを発した。「プラスキーに電話」

まもなく――「リンカーン？　捜査のほうはどうです？」

「一波乱あってね。不動産は関係ないと判明した。クレーンの転倒は誤導だ。ドローンはフッ化水素酸を運ぶ手段であると見せかけて、実際には真のターゲットを偵察するのに使っていた。ヘイルは、エドワード・タリーズ上院議員暗殺のために雇われた」

「理由は？」

「まだわからん。ギリガンのパソコンには期待できそうにない。専門家の話では、パスワードを解読するのに二億年かかるそうだ」

「え、何年ですか」

「二億年」

「なんだ、二億年ぽっちか。二兆年かと思いました」

「ユーモアのセンスは停職中ではないらしいな。ところでいま何をしている？」

エメリーのそれに似た重い沈黙があった。「いまはまだその質問に答える準備ができていません」

ライムはその返答の意味を測りかねたが、追及しようとは思わなかった。

「一つ質問がある。靴のサイズはいくつだ？」

「それは犬笛みたいな質問ですか」

「犬笛？」

「わかる人にだけ通じる、真意がまったく別のところにあるような質問」

「いいかプラスキー、私が発する問いに隠れた意味などない。で、サイズはいくつだ？」

57

また一つ歴史が葬られた。

サイモン・ハロウ、八十八歳、禿頭で、背骨は曲がっている。だが、まだまだ矍鑠《かくしゃく》としていた。春と夏のじめついた日は要注意だが……そういう日も快適に過ごすには？　春と夏のじめついた日は出歩かないことだ。

家のバルコニーに腰を落ち着けて、マンハッタンのダウンタウンをながめて過ごすこと。

だが、開発業者の手で、また一つ歴史が葬られようとしていた。

ハロウの視野の先には、ホランド・トンネル近くの建設現場のパッチワークが広がっている。ホランド・トンネルは、堂々たる大河ハドソンの下をくぐり、ニューヨーク市とニュージャージー州の工業地帯を結ぶ大動脈だ。

ハロウの住まいがあるこの界隈は、解体用の鉄球からいまのところ守られている。SOHO地区に建つ古びたアパートは家賃統制の対象に指定されており、家主にとってはそれが足枷《あしかせ》なのだろう。赤煉瓦造りのこのアパートにたびたび管理人をよこす。〝ハロウの無事を確かめるため〟とは言うが、要するに、ハロウが好都合にも死んでいてくれれば、家賃を一気に引き上げられるからだろう。

しかしハロウは、子供のため、孫のため、ひ孫のため、そしてランボーという名のペットのオウムのために、まだしばらく生きるつもりでいる。そう、家主のためにも。

最初の四つのカテゴリーのために生きる原動力は、愛だ。最後の一つは、当てつけだ。

冷めかけたコーヒーと『ニューヨーク・タイムズ』を膝に下ろし、建設現場をながめる。建物の解体は完了し、新しい建物群が姿を現し始めているが、作業は一時中断している。頭のおかしな男が建設現場を破壊すると予告しているからだ。

マンハッタンの歴史ある一角——この場合はSOHO地区南西の一地域——がまた一つ終わりを迎えることに

ついて、ハロウは決して否定的な意見を抱いてはいない。ニューヨーク市は生きて呼吸をしている動物だと言う者もいるが、ハロウはこの街をそういった限りあるものとは見ていなかった。五つの行政地区から成るニューヨーク市は、進化を続ける樹木のようなものだと思っている。多様な種が出現し、時代に適応し、適応できなければ消えていく。

自然淘汰《とうた》。その大都市バージョン。

このあたりは、大変革を経験した界隈の一つだ。二十世紀最後の二十五年で、〝ハウストンの南〟（South of Houston。ハウストン・ストリートより南側の地域。SOHOの語源）は、すすけた工業地帯から、知的プロフェッショナルやクリエーターが集まるお洒落な地区へと変貌を遂げた。

変化……

SOHO地区の発展に大きな役割を果たした一つは、いままさにハロウの視線の先にあるもの——ホランド・トンネルだ。換気塔や進入路を建設するため、周辺地区の大規模再開発が行なわれた。

ハロウはトンネルの入口を見つめた。一九二〇年代の終わりにトンネルが開通した当時まだ子供だったハロウの父親は、ほかの子供たちが飛行船やカウボーイやドジャースに夢中になったように、トンネルに魅了された。ハロウ・シニアは建設時の話をよく息子に話して聞かせた。巨大なブリキ缶みたいなシールドが、ニューヨーク州とニュージャージー州の両側から川の下を掘り進んだ。ニュージャージー側のほうが速く進行した。歯磨き粉のようなゆるい泥を掘るだけの作業だったからだ。一方のニューヨーク側の地下作業員は、岩と格闘しなくてはならなかった。建設中に水や泥がトンネルに染み出てくるのを防ぐ目的で作業エリアは高圧状態に維持され、作業員は潜水病にかからないよう、毎日の作業の終わりに減圧室に入った。

街が古くなった皮を脱ぎ捨てていくこと自体にはとくに文句はないが、建設中の高層ビルの一棟が完成すると、パリセーズの断崖が見えなくなってしまうのは腹立たしい。

ただ、あのビルは居住用かもしれず、スイミングプールの周りに広がる絶景を想像すると、自然の絶景が見えなくなってもまあいいかと思えた。

「居住用のビルであることを祈ろう」ハロウは言い、冷めたコーヒーをまた一口飲んだ。

すぐそこの止まり木にいるランボーは、羽づくろいに忙しく、とくに意見を述べなかった。

そのとき、ハロウは眉間に皺を寄せた。建設現場でまばゆい光が二つ閃くのが見えた。一瞬遅れて、大きな爆発音が耳に届いた。

クレーンの土台あたりで何か起きたようだ。

あれか！　クレーンを狙うテロ事件！

巨大なクレーンがかたむきはじめた。

ハロウは眼鏡をはずし、レンズを拭いて、またかけ直した。

サイレンの音が鳴り渡った。

クレーンがどんどんかたむいていく……

次の瞬間、操り人形の糸が切れたかのように、一気に倒れた。ハロウのアパートとの距離は五百メートルほど。衝突音が聞こえたのは、一秒か二秒たってからだった。

「くそ」ハロウは息をのんだ。携帯電話を取って九一一にかけた。きっと数百とは言わないまでも、数十の市民が同じように通報しているだろうとわかってはいても。

ふいに声が聞こえて、ハロウは飛び上がった。「くそ！」

目を上げた。かなたの土煙を見つめていたランボーがまたけたたましい声を上げた。「くそ。いかんな。くそ」

58

マーティーンが生まれたとき、ジェニーがこんな冗談を言った。

「ね、このにおい。オー・ド・ホスピタル」

ロナルド・プラスキーは大きく息を吸いこんだ。「たしかに。病院はどこでも同じにおいがする。でも、起業してこの香水を売り出そうなんて考えないでくれよ。ものすごくニッチな市場だろうから」

やはり同じにおいがするなと思いながら、プラスキーはいま、顔を伏せて病院の事務管理棟の廊下を歩いている。

イースト・サイド総合病院には不法侵入した。少なくとも、ここ——病院内でも奥まったこの一角——に勝手に立ち入るのは不法だ。これが待合室なら、何時間そこで過ごそうとこちらの勝手だろう。しかし、有効期限切れのニューヨーク市警の身分証と、映画の撮影スタジオの見学ツアーの最後にブラッドが売店で買った銀色のバッジを使ってセキュリティを突破したとなれば、明らかに不法侵入だ。許されることではない。制服は着ておらず――それはさすがにやりすぎだろうと思った――ダークスーツに白いシャツという格好だ。それに、ふだんは年に三度も引っ張り出すかどうかのネクタイも締めている。

銀バッジの私服刑事。ありえない組み合わせだとはおそらく誰も気づかない。

入館簿に記入はしたが、署名は誰にも読み取れない殴り書きだ。〈氏名を活字体で記入してください〉の欄も同様だった。エド・ガーナーに事故現場の下手な見取り図を描かされたことを思い出す。バーディックが過去の医療記録を悪用してプラスキーを閑職に追い払おうとしていることも。

怒りがぶり返して、すぐには収まらなかった。

すれ違った看護師――太った陽気な男性二人だった――と愛想よく会釈を交わす。食堂の前を通り過ぎ、コピー室を通り過ぎ、会議室をいくつか通り過ぎて……次の犯行を予定している現場に到着した。〈カルテ室〉。

部屋は広々としていた。奥行き十五メートル、幅六メートルはありそうだ。なかは無人だった。プラスキーは近くのデスクについてパソコンを起動した。ここにはカルテの紙版と電子版の両方が保管されているようだ。目的のカルテを探すには、まず患者の氏名と生年月日を、次の画面では入院日を入力する。それで電子版のカルテが呼び出され、同時に紙版の保管場所も示される。

患者のプライバシーは医療保険の携行性と責任に関する法律《HIPAA》のもと厳重に保護されているという警告がでかでかと表示された。しかし二秒後には自動で消えた。

よし、狩りの開始だ。

もどかしさと試練が幾重にもなって行く手を阻んでいるはずだ。

胃袋が身をすくめ、額と掌にじっとりと汗がにじむことだろう。

その予想はあっさりと裏切られた。

パスワードの入力は不要だった。目当ての記録を見つけるのに一分とかからなかった。

二十分後、急ぎ足で病院を出た。結婚式／卒業式／葬式用のスーツの右の胸ポケットに、折りたたまれた書類が十数枚入っている。

任務が首尾よく運んで、いい気分だった。

さてと、任務の後半に取りかかるとしよう。行き先はクイーンズの廃品集積場だ。

いちばんの近道はどれかと考えていると、すぐ横を通りかかった一台の車が速度を落とした。

右に――白い傷だらけのバンにさっと視線を振った。運転席側の窓が見えた。プラスキーの足が止まる。二つのものが同時に見えた。一つは、目出し帽のドライバー。

もう一つは、こちらを向いた銃口だった。次の瞬間、光が閃いた。


「大統領。問題発生です」

シークレットサービスの警護官グレン・ウィルバーが、スイートルームの小さいほうの寝室をのぞきこんだ。きちんとしたスーツを着たウィルバーは、長身でがっしりした体つきをしている。

娘の荷造りを手伝っていたウィリアム・ボイド大統領は顔を上げた。ぬいぐるみとディズニーのスウェットシャツとアグの靴が多すぎて、スポーツバッグ一つにはとうてい収まりそうになかった。

ボイドは、家族には話し声の届かないリビングルームのほうに顎をしゃくり、ウィルバーと合流した。妻は電話中で、こちらの様子には気づいていない。おそらく次の選挙に備えて運動プランを練っているのだろう。妻は事実上の選挙対策本部長で、しかもおそろしく有能だった。十一月の選挙でボイドが再選されたら、最大の功労者は妻ということになるだろう。

「どうした?」

「クレーンの事件はご存じですね」

「建設現場で倒された事件だね、聞いている」

「たったいま、別のクレーンがやられました」

「また? すぐに声明の草稿に取りかかろう。負傷者は?」

「車に乗っていた計四名。重傷です。死者は出ていません」

「セキュリティ上の懸念が発生したと考えているのだね。私の移動に関して」

「警護チームで検討しました。大統領のインフラ法案が大勢を敵に回しているという情報が入っていましたので。たったいま発生した事件ですが。倒れたクレーンがホランド・トンネルの入口をふさいでいます」

「ニューアーク行きのルートだったね」

「はい。ジョージ・ワシントン橋はすでに大渋滞です。みながそちらに迂回を始めているので。脱出プランBで行くしかなさそうです」

「プランBか」

「マリーンワンを緊急発進させます。国連本部の近くにヘリパッドがあります。三十分で行かれます」

「ヴェラザノ＝ナローズ橋は目と鼻の先だ。エアフォースワンをJFK空港に移動させるのではだめなのか」

「そっちも大渋滞です。今回のクレーン転倒は偶然かもしれませんが、すべての空港に向かう幹線道路が危険にさらされていると見なすべきです」

「〝念には念を入れて〟」大統領は微笑んだ。

それはウィルバーの口癖だった。

ウィルバーがうなずいた。ウィルバーの場合、それはにやりと笑ったのと同じだ。

「地上道路経由でヘリパッドに向かいます。おとりの車列をクイーンズボロ橋からラガーディア空港に行かせます」

ウィルバーは電話をかけ、スピーカーモードに切り替えた。

「マーフィーです」相手が出た。

「ダンか。ウィルバーだ。いま大統領と一緒にいる」

「こんにちは、大統領」

「やあ、ダン」

ウィルバーが言った。「プランAは中止だ。Bで行く」

「国連本部、ヘリパッド。了解しました。何か具体的な脅威が？」

「現時点では具体的ではない。至急マリーンワンをヘリパッドに向かわせろ。いま〝サーディ〟に新しいルートを探させている。確定しだい、運転手とチームにメッセージで知らせる」

時代は変わったものだ。ボイドはしみじみそう思った。どこかの巨大コンピューターに搭載されている〝サーディ〟――安全なルートを検索・決定するアルゴリズム――は、数百の要素を超高速で考慮しつつ、政府高官がある地点から別の地点に移動するもっとも安全な経路を探し出す。そのソフトウェアを開発した会社は、売りこみのプレゼンで一つの例を提示した。一九六三年十一月二十二日、ケネディ大統領が遊説のためテキサス州ダラスを訪問した際の既知のパラメーターをすべて考慮に入れ、ラヴフィールド空港から演説予定地のトレード・マートに向かうには、ディーリー・プラザに入ってテキサス教科書倉庫ビルの前を通るルート（実際に車列がたどったルート）はもっとも安全ではないと結論づけた。

マーフィーが言った。「ニューヨーク市警にはこちらから連絡しておきます」一拍の間があった。「一つ不安があります。地上のルートには監視を配置できますが、国連本部までの地下道すべての安全を確認する時間がありません」

ウィルバーは大統領をちらりと見やった。「いまは動かず、トンネルの通行止めが解除されるのを待つ手もあります。七時間か八時間程度かと」

ボイドは言った。「ヘリパッドに行くルートはおそらく百通りはある。どこに爆発物を仕掛ければいいか、正確に予想できる者がいるとは思えない」

ウィルバーは電話に向かって言った。「ホテル入口に車列を待機させてくれ、ダン」

マーフィーが言った。「すぐに手配します」電話は切れた。

廊下で待機しているエージェントに計画の変更を伝えるため、ウィルバーが部屋を出ていった。

「パパ」

ボイドは寝室の入口に戻った。娘は、青いギンガムチェックのスカーフを頭に巻いた大きなウサギのぬいぐるみを両腕で抱えていた。「エリザベッタが入らないの」

十歳の子供のスポーツバッグにもっとも効率よく荷物を詰める方法を計算できるソフトウェアがあればいいのに。

ボイドは娘に歩み寄ってぬいぐるみを受け取った。

「大丈夫だよ。エリザベッタはパパの荷物に入れてあげよう」

59

「これで任務完了ね」シモーンが言った。

プロジェクトの最終段階に至ったいま、やりとりに電子機器を使うことはなかった。直接会って話すのみだ。

チャールズ・ヘイルは自分のSUVの運転席に座り、フロントガラス越しに外の様子をうかがっている。ニューヨーク市のこの一帯は閑散としていた。近隣にクレーンが三基もそびえているのだ。住民はみな家にこもっている。食品の買い出しの行き帰りは誰もが走った。

ラジオのアナウンサーの声が流れ出したのがかすかに聞こえて、ヘイルは音量を上げた。

……今日の午後、ヴァリック・ストリートの建設現場で爆発によりクレーンが倒壊した事件の影響により、ホランド・トンネルは現在通行止めになっています。市当局によりますと、通行止めが解除されるまでには八時間から十時間かかると見込まれています。クレーンの転倒はこの二日間ですでに三度目で……市警はまだ有力な手がかりをつかんでいません。周辺の建設作業はすべて中断したままで……

ヘイルは助手席の女を見た。黒いレザーパンツに焦げ茶色のセーター、パンツと同じ素材のジャケット。あれから黒に近い茶に染め直した髪は、二つに分けて三つ編みにし、先端を真紅のリボンで一つに結んである。

「一つ訊いていいかな」ヘイルはゆっくりと言った。

シモーンが片方の眉を上げた。

「誰かいるのかい？」

そんなことを訊くとは、ヘイルも自分で驚いた。

ただし、彼女が返事をためらったことに驚きはなかった。

ヘイルの質問はいくらでも解釈のしようがある曖昧なものだった。それでも、何を訊いているか、彼女は察したはずだ。

長い沈黙のあと、シモーンが答えた。「そういうことは得意じゃなくて。続かないの。かならず終わっちゃう。相手のためを思って。自分のためを思って」また間があった。「きっとあなたも同じよね」

「同じだ」

シモーンは言った。「結婚してたことがあるのよ。短期間だけ。私から言いだしたことだった。まだ若かったしね。あれは間違いだった」

アフリカにいた時期があると彼女が話していたことをヘイルは思い出した。

ヘイルは首を振り、自分は一度も結婚したことがないと暗に伝えた。

状況が変わった……

シモーンが言った。「世の中には境界線が引かれていて、私たちはそのこちら側で生きるしかないのよ。私たちみたいな人間は。なんだかおそろしく哲学的な話になっちゃったわね」

ヘイルはまた微笑んだ。「だが、言っていることは事実だ」

遠くでサイレンが鳴った。近づいてくる。ヘイルは動じなかった。表情をうかがうかぎり、シモーンも動じていない。いまここで二人を逮捕するなら、サイレンは鳴らさずに接近するだろう。

警察車両なのか救急車なのか、サイレンの音はドップラー効果でふいに低くなり、遠ざかっていってまもなく消えた。

ヘイルは腕時計を確かめた。

次のステップに進まなくてはならない。

時間は刻々となくなっていく。

いつも。いつだって……

ヘイルは尋ねた。

「プラハに行ったことは？」

「仕事で一度。チームのメンバーと一緒に。もっとゆっくり見て回りたかったけど、撤収しなくちゃいけなかったから」

「旧市街広場に中世の天文時計がある。〝オルロイ〟と呼ばれていて、観光名所にもなっている。週末ともなればものすごい人出だ。監視がいても、何も見えやしない。来年、そこに行くよ。五月の第一土曜に」

シモーンは彼の手を握った。指をからめたその感触は、キスよりもよほど親密だった。

誰かがSUVをちらりと見るのがリアビューミラーに映った。その姿勢は、前の晩にモニターに映し出された男——ハミルトン・コートの入口から奥をのぞきこんでいた男にどことなく似ていた。男は何か持っている。スーツケースのようなもの。

ヘイルはじかに見ようと振り返った。

だが、人影は消えていた。

後ろを向いたついでに、ヘイルは床からバックパックを持ち上げ、なかに手を入れた。

　白い箱を取り出す。一辺が十五センチほどの正方形で、厚みは五センチほど。蓋を輪ゴムで留めてあった。それをシモーンに渡す。シモーンは眉根を寄せたあと、蓋を開けた。

　なかにあったのは、骨の時計だった。ヘイルが話していた時計。ロシアの政治犯が刑務所で作ったもの。

「すごい」シモーンは時計をじっくりとながめた。「あなたにも何か贈り物をと思ってはいたの。歯車よ。蒸気機関に使っているような、ね。蒸気機関の〝歯車《ホイール》〟は、本当に歯車なのよ」

「歯車にしか見えないのに、車《ホイール》と呼ばれている部品とは違って」

　目と目が合った。

　ヘイルは時刻の合わせ方や、小さな錘のロックを解除するスイッチの場所を教え、実際に動かしてみせた。

　シモーンは時計を耳に当てた。時を刻む音が心地よいらしい。ヘイルも昔からそうだった。

　彼女は時計を箱に戻し、自分のバックパックにしまった。大型セミオートマチック拳銃の握りが一瞬だけのぞいた。シモーンは車を降り、開いたドアからなかに身を乗り出した。「このあとやるのね？」

　ヘイルはうなずいた。

　彼女がまだ何か言うにしても、陳腐なせりふでないことをヘイルは祈った。〝がんばって〟とか〝気をつけて〟とか。

　シモーンはそんなことは口にしなかった。

たったひとこと言っただけだった。「プラハで」

60

終盤戦……

　リンカーン・ライムは、前の晩に抱いた不安をまたも感じていた。命を懸けたチェスの試合での勝利を目指して、ウォッチメイカーがどんな戦術を描いているのか、まるで見当がつかない。

　しかし、その問いかけがそもそも間違っているのだとしたら。

　こう尋ねるべきなのかもしれない。きみの真のゴールは何なのか。

キングを取ることが目的ではないのだとしたら。

狙っているのはクイーンなのかもしれない。それとも、クイーン側のナイトか？　キング側のビショップ？

ひょっとしたら、つまらないポーンか？　一歩ずつ粘り強く前進を続け、いつのまにかチェス盤の世界の終わりに到達して、女王と同格に成り上がるポーン。

たとえそこできみがチェックメイトになり、キングを奪われたとしても……きみは悔しいとは思わないのだろう。真の勝者はきみなのだから。

ロン・セリットーに電話がかかってきた。やりとりは長引いた。どうやらよくない知らせらしい。

セリットーは電話を切って言った。「リンカーン、いろいろと動きがあった。いまの電話は市長室からでね。例のウェブサイト、〈13chan〉から、髑髏のカウントダウンが消えたそうだ。サイバー犯罪捜査課とＦＢＩがずっとネットを監視していた。キーワードは〝コムナルカ〟。サイバー犯罪捜査課がメールを一通傍受した。フィラデルフィアの匿名アカウントから、マンハッタンの匿名アカウントに送信された。〝そのときが来た。これが最後の仕事だ。前もって打ち合わせた代替ルートにブツを仕掛けろ。コムナルカの隠れ蓑は維持すること。監視してる連中がいて、疑っている。我々を探す手がかりをやるわけにはいかない。忘れるな。『人間は自らの歴史を作る』――カール・マルクス〟」

「コムナルカ・プロジェクトが見つからなかった理由はそれだな。別の過激派グループのカモフラージュだった。グループＸの」

メル・クーパーが言った。「〝これが最後の仕事だ〟。またクレーンを倒すって意味かな」

セリットーが言う。「つまり、ウォッチメイカーを雇ったのは、グループＸで……」着信音が鳴って、セリットーは電話に出た。今度のやりとりも不穏だった。「本当か。詳細を送ってくれ」電話を切って言った。「まただ、リンカーン。クレーンだ」

「どこで？」

「ダウンタウン」

メル・クーパーが携帯電話でニュースサイトを確認して言った。「ホランド・トンネル入口近くの建設現場だな。死者はいない。負傷者が出た。重傷者も何人か」

　セリットーは携帯電話を耳から離し、おそらくまだ公表されていないのであろう情報を伝えてきた。「今度は手口が違うぞ。奴はＣ４爆薬を使った」

「なるほど、それは重要な違いだ」

「どうして？」

「時刻だ」

「時刻？」

「わかりきった話だろう」ライムはぶつぶつと言った。「フッ化水素酸では、クレーンのカウンターウェイトが侵食されて落ちるのがいつになるか、確実には予想できない。ところが今回は、特定の時刻にクレーンを倒す必要があったのだろう。分単位で正確に」殺人ボードを、市街図をにらみつける。「ホランド・トンネルは通行止めになっているんだな？」

「復旧まで少なくとも八時間。下手をするともっとかかると言っている。市内の――」

「わかっている。最後まで聞かなくてもわかる。道路はどこも〝駐車場状態〟とか、そういった決まり文句が続くのだろう。なぜその時刻に、なぜその場所で事件を起こす必要があった？」


　ライムの目は、項目の一つに吸い寄せられた。

　タリーズ上院議員より、ワシントン・ストリート・ホテルでの会合に向かう途中で尾行されたかもしれないと報告あり。
　・白人の男、ジーンズ、サングラス、野球帽、スウェットシャツ（〝使い捨て〟の可能性あり）。中肉中背。
　・タリーズとボディガードに気づかれたと考えて道をそれた。交代要員が尾行を続行したかどうかは不明。

「私たちは考え違いをしていたようだ」ライムは言った。腹が立った。

「どういうことだ？」

「クレーンにＣ４を使ったなら、爆薬を積んだドローンでタリーズを殺すことだってできたはずだろう。つまりドローンはタリーズを尾行するためのものだった。殺すためではなく。さらに我々がドローンのことを察知してその手はもう使えないとなると、ウォッチメイカーは人間による尾行に切り替えた……なぜだ？　タリーズの住まいは知っている。事務所の所在地も知っている……」

静寂。

「だが今日の午後の会合がどこで行なわれるかは知りようがなかった。タリーズが誰と会う予定なのかも。電話しろ。ウォッチメイカーが探ろうとしたのはそれだよ。どこで誰と会ったのか、いますぐ確認しなくては」

セリットーがポケットから携帯電話を取り出し、スクロールしたのちにタップした。

二度の呼び出し音で上院議員が応答した。

「刑事さんか。今度は何だね」スピーカーから腹立たしげな声が聞こえた。

「タリーズ上院議員。一つ確認したいことがある」ライムは言った。

一拍の間《ま》。

セリットーが言った。「いまのはリンカーン・ライムです」

「ああ」腹立ちはたちまち消え、控えめな敬意が取って代わった。

この男もか……

「今日、会合に向かう途中で尾行に気づいたそうだね。何のミーティングだったのか。誰と誰が参加していたのか。教えてくれ」

ためらいが伝わってきた。やがて用心深い返事があった。「国家の安全保障が関わることだ」

「機密など知りたくない。その会合に誰が参加したかを知りたいだけだ」

息をのむ気配。おそらくライムの鋭い口調に驚いていている。「それは明かせないと言っているのだ、ミスター・ライム」

「犯人の目的はあなたの暗殺ではない。あなたが会おうとしていた相手を狙っている。あなたを利用して、その人物の居場所を知ろうとした」

「そんな。まさか、知らなかった……私が会ったのは、大統領だ」

「アメリカ合衆国の？」

「そうだ。アメリカ合衆国大統領」

セリットーが言った。「これで全貌が見えたな。フィラデルフィアの過激派グループがコムナルカ・プロジェクトをでっち上げた。コムナルカは、市が絶対に応じられない要求を突きつけた——有害廃棄物が除去されていない土地の所有権の移転だ。

要求が拒否されたのを口実に、連中はクレーンを倒し始めた。最初の二件はダミーだ。本命は最後の一つ——ホランド・トンネルの通行止めだったわけだな。おかげで大統領は、シークレットサービスが事前に安全を確認する暇がないまま、ルートを変更せざるをえなくなった。きっと代替のルート上にヘイルが爆弾を仕掛けているんだ。くそ、エディ・タールがニューヨークに来てるのは、だからか！」

メル・クーパーが言った。「ボイドは、だいぶ不人気らしいしね。暗殺予告がいくつも届いてるって話を聞いた……大統領がごり押ししてるインフラ法案に反対する勢力がいる。シークレットサービスはもう、三つだか四つだかの暗殺計画を阻止したはずだよ」

セリットーがシークレットサービスに電話をかけ、クーパーはニューヨーク市警の訪問者安全対策部に連絡した。しかし、そのやりとりはライムの耳にはほとんど入っていなかった。ちなみに訪問者安全対策部は、市を訪れたボーイスカウト団の活動をサポートする部門かと思わせる名称ではあるが、実際は国内外の要人の警護を担う部署だ。

電話を耳から離して、セリットーがライムに言った。「おとりの車列はラガーディア空港に向かうそうだ。本物は国連本部近くのヘリパッドに行く。ちくしょうめ、ギリガンに都市整備建設局から見取り図やら地図やらを盗み出させたのは、このためか。トンネルや基礎の配置を正確に知るためだ。大統領のルートの地下に爆弾を仕掛けるつもりなんだよ」

ライムの目は、一覧表にテープで留められた文書に注がれていた。セリットーの話にちょうど出た、盗まれた文書に。

「リンカーン、おまえ、聞いてるか？」セリットーが電話を銃のように突きつけた。

「ふむ」視線はあいかわらず一覧表の上だ。

セリットーが電話を持ち上げる。「リンカーン！　シークレットサービスは、おまえがヘイルの思考を理解できると知ってて期待してる。しかも、おまえは市のことにやたら詳しい……なあ、車列はもう動きだしてるんだよ。どこを通るのが安全だ？」

「ロン。申し訳ないが、もう少し左に寄ってもらえないだろうか。ボードが見えない」

61

チャールズ・ヘイルは警察無線を盗聴していた。大半は略語のやりとりだが、その意味は明白だ。声ににじむ切迫感も、解釈を助けている。

〝最優先……トラヴェラー1……アヴェニューAから西へ向かい、八丁目からポートオーソリティの特別地点に到着するルートを確保せよ。CCがメール送信中。ルートについてはEOTDで。各交差点を通行止め、狙撃好適ポイントの安全確認。各部隊長に報告……〟

EOTD……

今日の暗号化コード。

当局は、大統領の車列に用意された新たなルートの安全を確保できるつもりでいるのだろうか。

それとも、これもまた罠なのではと疑い、怯え、緊張し、脂汗《あぶらあせ》を流しているのだろうか。

数十の声が交錯し、その一部は別の周波数に切り替えられて……

ヘイルは薄暗い安アパートの陰に駐めた自分のSUVの運転席に座っている。アパートはわずか五階建てだが、暗い外観のせいでもっと高く見えた。

すぐそこの歩道際に青と白のパトロールカーが駐まっていたが、回転灯をつけ、静かに走り去った。アメリカ政府のナンバープレートを付けた覆面の黒いセダンもそれに続いた。

二台が見えなくなったあと、ほかに警察車両がないことを確認してから、ヘイルはSUVを前に進め、通りの真ん中のマンホールを通り越してすぐの位置まで移動した。ダッシュボードの黄色い回転灯をつけて車を降りる。土木局のジャンパーとオレンジ色のベストを着て、工事用のヘルメットをかぶっていた。今度のヘルメットの色はオフホワイトだ。

フックを使ってマンホールの蓋を持ち上げてずらし、SUVの荷台からシモーンの偽パン焼き機《ブレッドメーカー》を路上に下ろした。箱から装置を取り出す。SUV後部に取りつけられたウィンチからケーブルを引き出し、フックを装置にかけて、路上に口を開けたマンホールに慎重に下ろす。

次に台車を、最後に自分のバックパックを下ろした。

コンクリート壁に埋めこまれたはしごを下りた。すべりやすい。慎重を期して動いた。床に下り立ち、バックパックを肩にかけ、重たい装置を苦労して台車に載せると、ヘルメットに取りつけたＬＥＤランプで行く手を照らしながら、薄暗いトンネルを少し奥まで進んだ。アンディ・ギリガンが盗んだ見取り図をにらんで頭に刻みつけておいたルートを確実にたどる。目的地が目前に迫ったころ、位置をより厳密に確かめるために携帯電話で位置情報を参照し、予定の地点ちょうどまで、さらに三メートルほど進んだ。

バックパックから滑車を取り出し、頭上の水道管に固定した。次にナイロンロープを〝ブレッドメーカー〟に結びつけ、天井ぎりぎりまで持ち上げた。滑車をロックし、床面ぎりぎりを走るパイプにロープの端を結んだ。頭上の装置の底面にある小さな扉を開けて〈起動〉ボタンを押した。小型ランプが緑から赤に変わった。

そこで動きを止めた。

装置の基部から何かの香りがした。機械のにおいとはかけ離れた香り。花の香りか？　そのようだ。

そう気づいて、どこで嗅いだものなのか思い出した。昨夜だ。ベッドのなかで。

路上に出て、周囲を確かめた。無人だ。この周辺の、あるいはどこか遠くのビルの壁面にサイレンの音が反響していた。この建造物の迷路のような街では、音があらゆる方角から同時に聞こえてくる。

三角コーンをＳＵＶの荷台に積みこみ、黄色い回転灯を消した。まもなくＳＵＶは石畳の通りを走りだしていた。

立ち寄り先はもう一つだけ。それがすんだら――いざ最後のミッションだ。

62

「大丈夫そうだ」

ロン・セリットーはセキュリティ装置と接続されたコンピューターの画面を見ながら言った。セリットーに言わせると、セキュリティ装置は運輸保安局が空港に設置しているような〝新しもの好き向けのおもちゃ〟にそっくりらしい。

セリットーがそう言うのなら実際にそうなのだろう。ライムは何年も飛行機に乗っていなかった。

爆薬はない。放射性物質もない。

二人の前には茶色い紙にくるまれた小さな包みがある。宛名はライム。差出人のラベルはなかった。たったいま届いたものだ。配達人は玄関前に荷物を置き、ブザーを鳴らして立ち去っていた。

ライムは訊いた。「X線は？」

セリットーはX線装置の画面に目をこらした。「何やら長方形の物体が入ってる。それと、封筒が一つ」セリットーの電話が着信音を鳴らし、セリットーは画面を確かめた。「配達人を追わせたパトロールからだ」電話に出て言った。「何かわかったか。こっちはスピーカーフォンになってる」

「もしもし、警部補。当日必着《セーム・ディ》という即配会社のメッセンジャーでした。地元の宅配会社です。ちゃんとした会社ですよ。うちの義兄が――」

「いい、わかった。で、そいつは何と言ってた？」

「五七丁目のスターバックスで一息ついてたら、男が包みを――いまそちらにあるその箱を持って近づいてきて、急用ができて困っていると相談されたそうです。自分で届けるつもりだったが、家族が怪我をしたと電話がかかってきて、すぐにニュージャージーに行かなくちゃならなくなったと」

ライムは言った。「その男は作り話を聞かせて金を差し出し、メッセンジャーはそれを受け取った――おそらくは本人話している以上の額を」

「二百ドルと言ってました」

「実際は五百だろうな。その男の人相特徴は？」

「白人、五十代、中肉中背。ジョギングウェア。野球帽。サングラス。髭なし」

「包みのほかに何か持っていたか」

「バックパックです。黒いバックパック。その箱と現金をメッセンジャーに預けて、すぐに立ち去ったそうです。メッセンジャーは電車で北に移動して、ライム警部のお宅に届けた。あ、あと、男からこう指示されたそうです。玄関前に置いて、ブザーを鳴らすだけでいい、その家の主は来客を嫌うからと」

ライムは思わず笑った。

セリットーが電話を切り、ライムは言った。「その箱

第二部　一粒の砂

を開けてみよう。そのなかで」ライムは生物毒素封じこ
め用グローブボックスに顎をしゃくった。「X線の結果
からすると、毒矢が飛び出すわけではなさそうだが、毒
が仕込まれている可能性は否定できない。ボツリヌス菌
説があったろう——ウォッチメイカーは何らかの手段で
この家にボツリヌス菌を持ちこもうとするという仮説。
ありそうにない話ではあるが、用心に越したことはな
い」

セリットーは高さ五十センチほどのボックスをながめ
回した。透明なプレキシガラスの箱、三重シール、陰圧。
密閉された濾過システムに接続されている。左右に分厚
いネオプレンの手袋が内蔵されていた。「使い方がさっ
ぱりわからんぞ」

「むずかしく考えるな、ロン。蓋を開け、箱を入れて、
蓋を閉じる。それだけだ」

「わかったよ、やってみるよ」

ライムに背を向け、セリットーは小包をボックスのな
かに置いた。ライムは車椅子を近づけ、茶色い包装紙を
剝がしてカッターナイフでテープを切るセリットーの手
もとを見つめた。ゆっくりとした——もどかしいほどゆ

っくりとした作業だった。

「なあ、緊張するだろうが、リンカーン」

「私が何をした?」

「俺をじっと見てる」

「ほかにどこを見ていろと?」

「何の毒があるかもしれないって?」

「ボツリヌス菌」ライムは楽しげに言った。「地球最強
の毒素。ほんの二百二十グラムで人類滅亡だ」

「ははは、リンカーン。おもしろい冗談だ」一拍の間。

「冗談じゃなかったか」

セリットーが大型ボックスのなかで小包の中身を取り
出す。ライムはその手もとを見守った。

かつてボツリヌス菌の有無を確認するには　"ネズミ致
死試験"——という名称がすべてを物語っている——が
使われていたが、いまはもっと人道的な標準検査法があ
る。しかし今回は検査の必要はない。毒素の有無にかか
わらず、小包に入っていたものをボックスから出して分
析するまでもないからだ。

セリットーが中身を取り出した。封筒が一通と、長方
形の物体が一つ。財布だ。セリットーが財布を開いて身

分証やカードを何枚か引き出した。

「なんてこった」かすれた声。

出てきたものをライムに見せた。

一番上の一枚は、ロナルド・プラスキーの運転免許証だった。

63

実にややこしい。

同音異形異義語は、発音は同じだが綴りが異なり、意味も違う語を指す。たとえば小麦粉(flour)と花(flower)がこれに当たる。

同形異義語は、それに近い概念で、綴りは同じだが意味が異なる語を指す。発音は同一の場合も異なる場合もある。低音（bass）と淡水魚のバス（bass）などがそうだ。

同音異義語は、多くの教科書で右記二つを包含する総称とされているが、それに異を唱える純粋主義者もいる。たとえば新聞の校閲《こうえつ》者や、英語学科で英語研究に情熱を燃やす十九歳の大学生がそうだ。

チャールズ・ヴェスパシアン・ヘイルはふたたびセントラルパークに来て、文法の些末な事項に考えをめぐらせながら、バードウォッチング用双眼鏡を目に当ててリンカーン・ライム宅を偵察していた。

ヘイルの頭にあるのは、〝ウォッチ〟という語だ。

腕時計《ウォッチ》の専門家たるヘイルは、野鳥観察《ウォッチ》を装いつつ、実際にはまもなく殺そうとしている人物を偵察《ウォッチ》していて、勤務時間を当直《ウォッチ》と呼ぶ市警は、ヘイルを警戒《ウォッチ》している。

同音異義語には、まったく別の語源を持つものも少なくない。魚のバスの語源は、〝鋭い〟を意味するゲルマン基語barsで、バスの鋭い背びれに由来する。低音や楽器を指すベース（bass）は、アングロノルマン語で〝低い〟を意味するbaasから来ている。

〝ウォッチ〟はそれよりは一般的な種類で、現在使われているすべての意味が同じ語源を持つ。サクソン語のwacceだ。名詞は〝覚醒〟を、形容詞は〝油断がない〟を意味し、いずれも衛兵の任務について使われる。

西四六丁目の駐車場でまたも車を乗り換えたあと、ヘイルは一千ドルでメッセンジャーに荷物を預けてから車でここに来た。どこからか飛んできてすぐそこの枝に止まった鳥を追いかけているふりをして、重量のあるニコンの双眼鏡をさっと動かす。そうやってときおり双眼鏡を別のところに向けつつも、最後にはかならずブラウンストーンのタウンハウスに焦点を合わせた。そこには、ヘイルの計画を次々と台無しにしてきた男が住んでいる。男。

一粒の砂を手がかりに、彼の計画を次々と暴いてきた

日よけの下りた窓の奥を何度か人影がよぎった。あわただしい雰囲気の原因は、あの小包に違いない。ヘイルは周囲を見回し、脅威が迫っていないことを確かめた。

よし、安全だ。タウンハウスの警備が厳重であることはわかっている。人員がさりげなく配置され、監視カメラはこれ見よがしに設置されている。だが、少し離れたここにいるかぎりは安全だ。ライムがどれほどの重要人物であろうと、さすがのニューヨーク市警もライムの警護のためだけに大勢の人員を割いて、この広い公園の隅々にまで配置するのは無理だ。

もう一度周囲を確かめた。東の方角に人影がある。公園内のかなり離れた位置に男が立っていて、こちらをまっすぐ見つめていた。

ここ数日に二度見かけたあの男だろうか。ハミルトン・コートで一度、そしてついさっきシモーンとSUVで話していたときにも一度、見かけた男。

距離がありすぎて、何とも言えない。

同じ男だとして、どの組織の人間だろう。

ニューヨーク市警やFBIでないのは明らかだ。もしそうなら、とうにヘイルの身柄確保に動いているだろう。指名手配犯であるヘイルを自国に連れ戻そうと出張ってきている外国の工作員かもしれないし、そういう国の心当たりはありすぎるほどある。だが、犯罪人引き渡しには、どのみち地元警察も関わることになる。

それよりは、ヘイルを捕らえようと――拉致しようとしている可能性のほうが高そうだ。

そのほかにも、司法の手続きを踏まずに手っ取り早く裁きを下そうとしかねない敵は大勢いた。

いや、司法うんぬんなど脇に置き、それそのものの名前で呼んでもいい――復讐と。

あるいはもちろん、あの男のことなど気にしなくていいのかもしれない。

単なるバードウォッチャーかもしれない……

その証拠に、もう一度そちらを確かめると、男は消えていた。

ヘイルは、茶と黒の羽をした落ち着きのない小鳥に向けていた双眼鏡を、ふたたびライムのタウンハウスに向けた。

玄関先で何かが動いた。ロン・セリットーが急ぎ足で玄関から出てきた。玄関前に張りついている制服警官二人と短いやりとりを交わす。二人がうなずいた。太っちょの刑事はそのまま車に乗りこんで走り去った。

贈り物が開封されたのだ。

64

頭が割れるように痛い。

視力が戻ってきた。ロナルド・プラスキーは深く息を吸いこんだ。それで頭痛が楽になると期待するかのように。

意外にも、その深呼吸が効いた。多少ではあるが。

もしかしたら、目が覚めたことで、強力な鎮静剤がもたらした頭痛が自然にやわらいだだけのことかもしれない。

あたりを見回す。周囲の様子を点検する。

体の下にはエアマットレス。部屋の隅に置かれている。この部屋――いや、地下室だな――には窓がない。

天井にぽつんとある裸電球がまぶしかった。ドアは金属製で、確かめるまでもなく鍵がかかっているに決まっている。

ふらつきながら立ち上がった。頭痛がまたも花火のように炸裂し、視界が黒く縮みかけた。いったん横になった。それからまた立ち上がって、ドアを確認した。

やはり鍵がかかっていた。

マットレスに戻った。

世界が暗闇になる寸前の記憶をたどった。

目出し帽。

動物用の麻酔銃。発射体にはどうやら、中くらいのサイズの馬一頭を昏倒させる量の麻酔薬が仕込まれていたようだ。

何年か前にリンカーンやアメリアと捜査に当たった事件で、動物用の麻酔薬――その事件では妻が夫に使った

――はエトルフィンとアセプロマジンの混合物であることを覚えた。そのときは、目覚めたときの副作用までは調べなかったが、いまなら実体験から、人生最悪に近い頭痛が残ると断言できる。

　ふたたびそろそろと体を起こした。さほどのふらつきは感じずにすんだ。そのまま立ち上がった。頭はぼんやりしているが、意識は問題なく保てている。

　それに、さっきと違ってまっすぐに立てた。

　部屋の様子を改めて観察した。マットレスとは反対側の壁際、床の上に、病院から失敬してきたカルテがある。携帯電話と財布はなかった。携帯電話がないのは、外部と連絡を取る手段を奪うのは誘拐の基本中の基本だからだ。財布がないのは、被害者を確かに監禁している証拠になるからだ。

　犯人は誰か。それが問題だ。

　ヘイルの関与は疑いようがない。だが、目出し帽と麻酔銃の人物は、おそらくヘイル本人ではないだろう。

　雇い主も別にいるはずだ。リンカーンはいつも言っている。チャールズ・ヘイルが自分の利益のためだけに動くことはない。かならずクライアントが存在するのだ。

　そのクライアントとは誰だ？

　どこか高いところから糸を引いている誰か。しかし、その正体をあれこれ考えるのは無駄だ。

　事実が足りない。

　この部屋には水のボトルが用意されていない。食料も、便器もない。短期の滞在になるということだ。ほどなく解放される。

　または、もっと永久的なプランが用意されている。

　窓はなく、鉄扉のほかに出入口はない。隠し扉などあろうはずもない。

　部屋の真ん中に、金網で囲われた空調機がある。床に固定され、頑丈な南京錠がかけられていた。それでも近づいてみた。めまいがした。金網に腰を下ろし、下を向いた。

　それから、金網の囲いを観察した。

　どうやっても開けられそうにない。

　いや待て。これは空調機なんかじゃない。改造されている。分厚いプラスチック素材でできた一リットル瓶があった。密閉されていて、蓋ぎりぎりまで液体が入っていた。

プラスキーは溜め息をつき、瓶のラベルを見た。

HF
フッ化水素酸

目を細め、装置全体を観察した。瓶に金属の箱が取りつけられている。縦横五センチ、高さ八センチほどで、短いアンテナが突き出ていた。信号が届くと、箱のなかの爆薬が破裂して、プラスチックが砕けるか溶けるかし、瓶のなかの腐食性の液体が流れ出すのだろう。

リンカーン・ライムの説明を思い出す。フッ化水素酸やそのガスが人体に及ぼす影響についての説明を。もっと離れた場所に座っていたほうがいい。プラスキーはマットレスに戻った。

ただし、離れたところで結果に違いはないだろう。プラスチック瓶が割れたとき、この監禁場所に安全な場所などどこにもない。

ロナルド・プラスキーはまたマットレスに横になり、家族のことを、ジェニーや子供たちのことを考えた。ブラッド。マーティーン。そしてもちろん、クレアのこと

リンカーン・ライムは一人きりだった。セリットーは引き上げていった。サックスはダウンタウンに行っている。トムも外出中だ。

トムはクリスタルのグラスに十二年もののシングルモルトをたっぷり注いでから出かけていった。ライムの右手にはいま、そのウォーターフォードのグラスがある。長年してきたように、スコッチをプラスチックコップに注いでストローで飲もうとマナー違反でも何でもないが、なぜかグラスで飲んだほうが美味く思える。それを裏づける二重盲検試験などあるはずもない。しかし、ライムは自分の舌が正しいと信じていた。

スコッチを飲み、小包に入っていた手紙に視線を戻す。セリットーが生物毒素封じこめ用グローブボックスのプレキシガラス越しに撮影した手紙の画像が、ライムのタブレット端末に表示されていた。

を。

65

312

我が親愛なるリンカーン

ごらんのように、きみの同僚、ロナルド・プラスキーを預かっている。捜しても無駄だよ。きみのような科学捜査官が証拠物件を分析したとしても、監禁場所は絶対に突き止められない。

すでに私の計画を見抜いていることだろう。そのタウンハウスに即席爆弾を持ちこむわけにはいかない。スナイパーライフルで狙撃もできない。それでは解決法としてエレガントさに欠けるからね。私という人間を少しでも理解していれば、私が優美さという概念に重きを置いていることも知っているだろう。

そこで、我々の任務を完遂するための協力者を手配した。誰だと思う？　ほかならぬきみ自身だよ。きみには自分の手で死んでもらう。さもないとプラスキーが死ぬことになる。

楽な死に方にはならない。フッ化水素酸については、きみも私もこの数日で多くを学んだね。ホオジロザメのごとき一撃必殺の薬品だ。プラスキーを監禁している部屋に、時間をかけて少量ずつ放出する。長時間苦しみながら死ぬことになるだろう。

タウンハウスにいる全員を追い払え。口実はまかせるが、哀れなロナルド・プラスキーの救出に関係していると言えば説得力が増すに違いない。全員を、そう、ニュージャージー州にでも行かせるといい。

一人になったら、末尾にあるウェブサイトにアクセスしろ。プロキシされていて――名詞を動詞のように使うなどけしからんと憤慨していることだろうね――追跡は不可能だ。

車椅子に取りつけられているそのタブレットからログオンしろ。

時間を無駄にするな。

陳腐な言い回しではあるが、時計は時を刻み続けているのだから。

ライムはURLを入力した。即座に男の声が聞こえた。双方向通信になっている。

「リンカーン」

画面は真っ暗だ。

ライムは言った。「不具合があるようだ。こちらからは何も見えない」

「気にするな。それで正常だからね。こちらのカメラはオフに設定した。私からはよく見えているよ。さて、その居間の奥から二番目の本棚の前に行け。古い本ばかり集めた本棚だ。犯罪捜査に関する骨董《こっとう》級の本ばかり集めた棚」

ライムは眉をひそめた。「なぜそれを……そうか、アンディ・ギリガンから聞いたんだな。私のユダから」車椅子を捜査し、オーク材の書棚の前に移動した。三十冊から四十冊ほど古い本が詰まっている。そのなかの一冊は、ほかに比べると年代が新しい。『古きニューヨークの犯罪』。ライムとサックスが初めて協力して捜査をした事件で、〈ボーン・コレクター〉というニックネームで呼ばれた連続誘拐犯が〝参考図書〟とした一冊だ。

「で？」ライムは尋ねた。

「十六世紀なかばの本の複製があるはずだ」

その複製も、発行は二百年も前だ。

「なかなかのタイトルだ」ヘイルが言った。「アンディから聞いたよ」

ライムはその本を見てタイトルを読み上げた。「『恐ろしく忌まわしい（故意かつ計画的な）人殺しの罪に対する神の復讐の勝利』」

そのタイトルの下に、副題がさらに十行ほども続いていた。

ライムは言った。「世界最古の犯罪実録ものだ」

ヘイルはつぶやくように言った。「犯罪か……昔から人々を魅了してきた。人間がお互いに加える不公平さ、残酷さ。テレビ番組やポッドキャストの人気ぶりときたら」

「私は見ないし、聴かない」

「知っている。その本を選んだのは、現代の科学捜査上の厄介な疑問に答えるために、頻繁に手に取って開くものではないと思ったからだ」

「たしかにそうだが、旧来の手法を頭から否定してはいけない。ときにそれが役立つ場面もある。テクノロジーが常識に代わることは誰も望んでいない。きみも同意見だろう。過去は現在に奉仕すべきものだ」

「話を先に進めようか、リンカーン。その本の背後の奥に、あるものを置いてある」

ライムは本を抜き取り、危なっかしい手つきで脇に下ろした。奥に手を入れ、隠されていたものを引き出す。紺色の布を巻きつけた細長い物体。車椅子のトレーに置き、布を開いた。注射器が二本。

「なかは何だ？」

「フェンタニルだ。その部屋の隅に心電図モニターがあるな。あれを自分に装着しろ」

ライムは注射器をしばし見つめた。「まだだ」

沈黙。

ライムは続けて言った。「その前にしておきたいことがある」

「いいか、そうやって引き伸ばすほど――」

断固とした口調で繰り返す。「その前にしておきたいことがある……鳥だ」

「鳥……？」

「ハヤブサだ。寝室の窓台に巣を作っている。二階の窓」

「ペットを愛するタイプとは思わなかったよ、リンカーン」

うつろな笑い声。「ペット？　まさか。向こうが勝手に居座ったんだ。理由はわからん。セントラルパークのこのあたりには肥えたハトが多いからか？　それとも不注意なリスか？　ともかく、向こうが勝手に住み着いて、私は彼らが巣を作り、繁殖し、狩りをするのを楽しみにながめてきた。二階に行かせてもらうよ」

ヘイルは思案しているようだった。「いいだろう……ただし条件がある。その車椅子にはパルスオキシメーターがついているな。指に装着してスイッチを入れて、数値が見えるようこちらに向けろ」

ライムは言われたとおりにした。「これで見えるか」

「酸素濃度は良好だな、リンカーン。しかも、この状況を思うと、意外なほど心拍数が低い」

「心拍数が上昇するのは、アドレナリンが血中に放出されたときで、アドレナリンが放出されるのは、闘争・逃走反応が働いたときだ。私には闘争も逃走もできない。心拍数を上げたって何の意味もない」

「わかったよ、二階に行け。パルスオキシメーターは切るんじゃない。電話一本でプラスキーは死ぬぞ」

ライムは小さく笑った。「きみの勝ちだ、チャールズ。いまさら弄するような策も尽きた。あとは最後に一目ハヤブサを見たいだけだ」

車椅子を操って小型エレベーターに乗りこみ、二階のボタンを押す。エレベーターを降り、左に向きを変えて廊下を進み、セントラルパーク・ウェストに面した主寝室に入った。窓ガラスは防弾仕様で、公園の緑やその向こうのイーストサイドの洒落たビル群のながめは歪んでいる。

ライムはハヤブサの巣をのぞいた。

ハヤブサの一家――つがいと二羽のひな――がそろって首をひねり、ライムを見た。内心はどうあれ、どの顔もつねに敵意を含んだ疑いの表情を浮かべている。四羽のうちではひな二羽がとりわけ気性が荒く、何かと理由なき喧嘩を売ってきた。親鳥たちは時速三百キロ超で獲物をさらうが、殺しを楽しんでのことではない。人が夕食の買い出しに行くように、ただ食材を調達しているだけだ。

まるまる一分ほども鳥たちを見つめてから、ライムは言った。「よし、気がすんだ。思い残すことはない」注射器を見下ろす。「二本。私が一本を取り落とした場合に備えてのことか。フェンタニル……」ライムは冷ややかに続けた。「フェネチル、ピペリジニル、フェニルプロパナミドから成る魅惑の混合物。きみは知っているだろうが、メチル基を環の三位に移せば、効能を変えられる。これは最強にしてあるのだろうね。ロナルドをかならず解放してくれるのだな？」

「約束する」

ライムは溜め息をつき、もう一度だけハヤブサの一家を見やったあと、左手の甲の静脈に針を刺した。ゆっくりとプランジャーを押しこむ。

最後の一滴が静脈に流れこんだとき、ライムの首は力なく垂れていた。

センサーの心拍数が低下していく。

十秒後、小さな画面に〈0〉が表示された。

それきり数字は動かなかった。

66

人間と関わりなく存在する自然というものを少しでも理解しようと、人間は数多くの概念を構築してきたが、時間もまた、人間が理解できる区切りをもともと持っていたわけではない。時間や分や秒という区切りを定めたのは、私たち人間だ。

　リンカーン・ライムの死亡日時は、四月十六日火曜日午後十時十四分五十三秒とすることも可能ではある。しかしもっとも正確なのは、次のように陳腐な表現を用いることだろう――ライムは誕生から死に至るまでの時間を生きた。

　安らかに眠らんことを《レクイエスカト・イン・パーチェ》、リンカーン。

　ヘイルはタブレット端末をバックパックにしまい、茂みの陰にかがんだ姿勢のまま携帯電話を取り出し、ついさっき受信したメッセージを確かめた。パイロットからの連絡だ。ニュージャージー州にあるチャーター機専用空港テターボロ空港で待機しており、いつでも離陸できるという。車でなら四十分あれば行ける。

　任務のこの段階が完了したのは確かだ。しかし、ライムの死こそフィナーレのつもりでいたのは間違いだったとヘイルは気づいた。それは最後から二つ目のミッションだった。こなすべき仕事はもう一つある。

　時計は道徳の観念を持たない。黙々と一秒一秒を刻むのみだ。歓喜や悲哀、苦痛、感動、残虐行為の瞬間に印をつけはしても、それぞれの瞬間に起きていることそのものには永遠の無関心を貫く。

　それはチャールズ・ヴェスパシアン・ヘイルの行動原理でもあった。仕事をもっとも理にかなったやり方でこなすだけであり、他人にどんな影響が及ぼうと気にかけることはない。

　だから、ロナルド・プラスキーが監禁されている倉庫の地下室に設置された、フッ化水素酸入りのプラスチック瓶を起爆するための番号に電話をかけたときも、遺憾《いかん》には思わなかったし、充足感も覚えなかった。いままで殺さずにおいたのは、プラスキーが無事でいる証拠を見せろとライムに要求された場合に備えてのことにすぎない。

　リンカーン・ライムは、自分はプラスキーの命を救ったと信じて死んだ。その思いがいくぶんかの安らぎをもたらしたことだろう。

　しかし、ヘイルの人生の輪列《ホイールワーク》に、新たな砂粒が入りこむのを許すわけにはいかなかった。

　プラスキーはライムの技能の承継者であり、師を殺された怒りを原動力に、なんとしてもヘイルを捜し出し、ニューヨークで裁判にかけるか、見つけた時点で自らヘイルを殺すか――プラスキーにはその度胸があるはずだ――するにちがいない。

生かしておくわけにはいかなかった。

アメリア・サックスは？

さほど恐れるべき相手ではない。正義は、ダイヤモンドの鉱脈のように、彼女のなかに流れている。だが、復讐心はない。夫を殺した男を追うといういつまで続くか予想のつかない、しかも無益に終わるかもしれない任務のために、街から悪を一掃するいまの仕事をあきらめることはないだろう。

ライムには、フッ化水素酸がロナルド・プラスキーにもたらす苦痛を大げさに説明した。薬品を少量ずつ放出する仕掛けなど実際にはない。プラスチック瓶に入っている全量が一度に流れ出すだけだ。悶え死ぬことにはなるだろう。だが、苦しみは短い。いまごろはもう息絶えているはずだ。

ヘイルは周囲を見回して脅威がないことを確かめ、バックパックを肩にかけた。

シモーンの顔を一瞬思い浮かべ、それからＳＵＶに戻る道を――そして新しい人生に続く道を――たどり始めた。

67

キャロルの世界はにぎやかだった。

アメリカフクロウ！

セントラルパークでは珍しい。絶対に見逃せない。もう夜だが、熱心なバードウォッチャーは、アメリカフクロウのような美しい生き物の姿を一瞬でもとらえたい一心で、時を選ばず森や野原に出かけていく。アメリカフクロウはアメリカワシミミズクと同じくらい大きく――体高四十から六十センチくらいになる――茶色の目を持つ地球上唯一のフクロウという特別な種類だ。

目下セントラルパークに来ているバードウォッチャーはみなそうだろうが、キャロルも粘り強く、あきらめが悪く、そして上を向いて木々の枝ばかり見ているのが原因の〝バード・ネック〟にも喜んで耐えるつもりでいる。

足早に歩く。胸に下げたカメラが元気よく跳ねた。暗視双眼鏡は手に持っている。装備を二つ同時に首から下げてはいけない。ぶつかり合う音に驚いて、鳥が逃げてしまうからだ。それに靴はゴム底に限る。こぼれる小麦粉のように静かだ。

　まもなくキャロルは歩をゆるめた。フクロウを見つけたからではない。ほかの鳥でもなかった。少し先からこちらに歩いてくる人影に気づいたからだ。その男は、街灯が落とす光の円錐《えんすい》のなかをちょうど通り過ぎようとしていた。

　あれはもしかして……？

　そうよ、あの人だわ！　デヴィッドだ。この前会ったバードウォッチング仲間。未婚で、ちゃんと仕事に就いている男性。

　薄茶色の作業着姿で――それで職業になんとなく見当がつく――バックパックを背負っている。

　彼にまた会えないかと思って、キャロルは何度もこのあたりに来てみていた。

　アメリカフクロウを見たと早く教えたい。その話題には間違いなく乗ってくるだろう。一緒に探してみようという話にだってなるかもしれない。

　そのあと、コーヒーでもいかがと誘ってみようか。女のほうからお酒に誘ってはいけない。でも、彼が誘ってきたら……。

　複雑きわまりない恋愛の駆け引き。

　そのとき、一羽の鳥がかすめるように飛んでいった。羽は茶色には見えなかったから、アメリカフクロウではない。キャロルはその鳥は無視して速度をゆるめ、顔に笑みを浮かべ、わずかに背筋を伸ばした。

　彼が近づいてくる。うつむいて携帯を見ている。
　五、六メートルの距離になるのをまって、キャロルは朗らかな声で呼びかけた。「デヴィッド！」彼はこちらの名前を覚えているだろうか。あのとき教えたのは確かだ。覚えていないのに覚えているふりをして話し続ける人間をキャロルは嫌っている。
　彼が立ち止まった。

　顔を上げる。眉を寄せた。

　しまった。戦術を誤ったようだ。もっと近づいてから声をかけるべきだった。もう少し待つべきだった。

　だが、そこでキャロルは悟った。彼が見ているのは彼女ではない。彼女の背後の何かだ。

　キャロルは振り返った。息をのむ。

ジャケットとジーンズに防弾チョッキを着けた長身の赤毛の女が走ってくる。十何人かの警官隊を従えていた。なかには戦闘服で身を固めている者もいる。女は大きな黒い拳銃を手にしていた。デヴィッドの後ろや横の茂みから、さらに大勢の警察官が飛び出すのが見えた。

デヴィッドは、〝デヴィッド〟ではなかったのかもしれない。

彼は首を振りながら両手を頭上に挙げた。

これまでキャロルに訪れたロマンスの芽は、さまざまな理由で枯れてきた。

しかし、逮捕が理由なのは初めてだ。

「そこの人、あなたはそのまま歩き続けて」赤毛の女が鋭い声でキャロルに言った。

「何よ、偉そうに」キャロルはそう威勢よく言い返したものの、急ぎ足でその場を離れた。

警官隊から離れたところで振り向く。デヴィッドが手錠をかけられているところだった。目はやや上のどこかを見ている。何をして逮捕されたにせよ、バードウォッチャーだというのは嘘ではなく、いまもまた珍しい鳥を見つけたのだろうか。

違った。彼が見ているのは、セントラルパーク・ウェストをはさんだ真向かいに建つタウンハウスだった。何をそんなに真剣に見つめているのだろう。

見ると、窓台にハヤブサの巣があった。しかし、あれを見ているとは思えない。ハヤブサはたしかに優美な生き物だが、珍しくもなんともないからだ。

ああ、あれか。彼が見ているのは巣の上だ。窓の奥に、黒っぽい髪をした男が座っている。

一瞬ののち、その男は宙を漂うようにすっと後ろに消えた。

しかし次の瞬間、窓の奥の亡霊のような男も、犯罪者と判明した恋人候補も、キャロルの思考からきれいに消えた。一羽の鳥が——続いて六羽が、そのあとから大群が——視界を横切ったからだ。

コマツグミの雄の群れだ。眠るとき、雄は木の枝に群れて止まるが、雌やひなは地上にとどまる。

さほど珍しい光景ではない。しかし大群となると、ヒッチコック映画『鳥』のような不気味さがあった。写真を撮っておこう。

キャロルは鳥を驚かさないようゆっくりとカメラを持

ち上げ、暗視モードをオンにしてシャッターボタンを押して、静かに眠りに落ちる群れをコレクションに加えた。

68

サックスが居間に現れ、引き立ててきたウォッチメイカーを籐椅子《とういす》の一つに座らせた。ライムはウォッチメイカーをじっと目で追った。

薄茶色の作業着姿だが、どう見ても板についていない。だが、それが今日の芝居のコスチュームだったのだろう。最後に会ったときと大幅に印象が違っていた。整形手術のためか十歳は老けて見えるし、誰かが――おそらくはウォッチメイカー自身が抜いたのだろう、頭髪は半分くらい減っている。

両手は手錠で拘束されていた。左手首に大きな銀色の腕時計があった。黒っぽい色の文字盤には小さな窓が一ダースほど並んでいた。

複雑機構《コンプリケーション》……

サックスが硝酸塩検出器のペン型スキャナーを腕時計にかざした。

「反応なし」

二台所持していた携帯電話の安全も確認されていたが、念のため二台ともバイオハザードボックスに隔離してある。

ヘイルが言った。「ロナルド・プラスキー」

「無事だ。きみが嘘をつくとは、がっかりしたよ、チャールズ」

プラスキーが生きていると聞いてヘイルの目の奥をよぎったあの表情は、安堵か？　きっとそうだとライムは思った。

サックスが言った。「私は倉庫のグリッド捜索に行く――消防のフッ化水素酸の除去作業が終わりしだい、始めるから」ヘイルを一瞥する。「〝ウーマンX〟の所在につながる証拠が見つかるかも」

その一言は明らかな反応を引き出した――ヘイルは不安げな表情をした。しかしそれも一瞬のことで、太陽に照らされたもやのようにはかなく消えた。

サックスが出ていき、ライムはセリットーに言った。

「二人だけにしてもらえないか」

「いや、それはどうかな、リンカーン……」

「大丈夫さ、パニックボタンがある」

セリットーはうなずいた。「いいだろう。玄関前にパトロールを張りつけておく」

「わかった」

セリットーはもう一度ウォッチメイカーを見やり、トムが置いていったコーヒーポットから紙コップに一杯注いでから、玄関を出ていった。

ライムは車椅子を近づけた。

ヘイルのしかめ面と沈黙が何を問うているかは明白だった——いったいどうやって？

「イギリスから情報が届いていた。私を殺す計画に関する通信を傍受したとね。イギリス国内にいる何者かと、アメリカにいる別の何者かとのあいだの通信だ。

そこで私は教え子に尋ねた。すばらしく優秀な頭脳の持ち主だよ。暗殺者のつもりで考えてもらった。私を殺す最良の手段は何か。私の弱点を突くだろうと彼は答えた。私にとって命と同じくらい大切なものを利用するだろうと。それがなくては生きてはいけないもの、私を油断させるようなもの、つまり証拠物件を利用するだろうからね。たとえば事件現場でアメリアが採取して持ち

帰る証拠物件にボツリヌス菌が仕込まれるのではないかとね」

ヘイルはうなずいた。状況にもかかわらず、感心したようだった。「実に鋭いな、その教え子は。なかなか抜け目ない方法だ。しかし、ボツリヌス菌はどうだろう。酸よりよほど始末に負えない」

ライムは説明を続けた。「それに、証拠物件に細工をするのはあまりにも見え透いていると思えた。ただ、着眼点には説得力がある。命に替えても惜しくない何かを通じて私を殺す。私は気難し屋で、いつも不機嫌で、礼儀を知らない人間ともっぱらの評判だ。"あのクソ野郎"呼ばわりもされる。その私でも、他人を大切に思っている——少なくとも何人かは。ロナルドはそのうちの一人だ。アメリア。メル・クーパー。ロン。そのほかにも何人か、自分の命を引き換えにしても救いたいと思える相手がいる。

だから、きみはセリットーかアメリア、ロナルドの誰かを拉致する気でいるのだろうと思った。おそらくはロナルドだ。私の妻に比べたら、さらいやすい一人だろうからね。アメリアはつねに飛び出しナイフを持っている。

そのうえ射撃の腕は市警一だ。そこで、ニューヨーク市警の技術サービス部に追跡装置を用意させ、三人の靴に仕込んでおいた。ロナルドが監禁場所で意識を取り戻した十分後には救出が完了していたよ。

　では、きみがここに――公園に来るとどうしてわかったか」ライムは窓の外に顎をしゃくった。「きみは最初に転倒したクレーンの運転士を殺そうと試みたね。SUVのなかにあったものを見られたからだ。双眼鏡。それに本。派手な装丁の本だ。タイトルを突き止めた。時間はかかったがね。『ニューヨークの野鳥』だ」

「注射器を使うことはなぜわかった?」

「私の手は、銃を扱うには心もとない。首を吊るのは、まあ、不可能だ。理想は毒物だろう。どうやって投与するか。アンディ・ギリガンはきみに雇われていた。ここに何か隠そうと思えばやれたはずだ。古い書物にずいぶんと関心を示していたから、最初にあの書棚を捜した。注射器が隠されていた。フェンタニルを蒸留水に入れ替え、遠隔で操作可能なパルスオキシメーターを車椅子に取りつけておいた。心拍数ゼロを表示できるように」

　ヘイルの目には内心の狼狽が表れていた。「ハヤブサ……だからハヤブサを見たいと言い出したんだな。私はこの階にあるフル機能の心電図モニターに接続させるつもりだった」そう言ってモニターに顎をしゃくった。

「それも見抜かれていたわけだ。わざわざ二階に行ったのは、バイタルサインを表示する機器をパルスオキシメーター一つにするためか。さすが優れた思想家《トウ・エス・エグレギエ・エクスコギタトル》だ」

「賛辞を素直に受け取ろう。こちらからも賛辞を送る」

ライムは心から感嘆して首を振った。「きみの計画に詰めこまれた数々の複雑機構《コンプリケーション》――そのすべてが私たちを誤った方向に導いた。恐れ入ったよ、チャールズ。初めはアフォーダブル住宅の要求だったね。コムナルカ・プロジェクト」

「あれはお気に召したんじゃないか、リンカーン。そろって顎髭を生やした過激派グループが、川向こうのアストリアあたりの一軒家で共同生活を営みながら、真夜中まで交代で『資本論』を朗読しているみたいなのをイメージしたのさ」

「それは見せかけにすぎないと判明して、次に私たちが疑ったのは、不動産相場の操作だった」

「え?」ヘイルが困惑顔をした。

「きみの雇い主の目的は、クレーンに細工をして事故を起こし、不動産相場を低下させることだと考えた。現代でも存在するのか知らないが、悪徳資本家が不動産を買い叩こうとしているのだとね」

ヘイルの口から笑いがこぼれた。「それは思いつかなかったな」

「本当に？」

「そんなストーリーを考えつくのはあんたくらいだろうね、リンカーン。そうじゃないよ。捜査チームの目をまっすぐ暗殺計画に向けさせるつもりだった。大統領のインフラ法案に憤慨した、フィラデルフィアを本拠とする謎の過激派集団。クレーンが次々と転倒し、最後の一つはホランド・トンネルを通行不能にする。大統領は、やむなく別ルートでニューヨーク市を出発し——どかーん」

「私たちがそう考えるように仕向けるために、きみはわざと市の監視システムのカメラにとらえられるようにドローンを飛ばした。ドローンの飛行データはタリーズ上院議員を指し示し、タリーズから大統領へとつながった。大統領のニューヨーク訪問日程や上院議員との面談予定の詳細をきみに漏らしたのは、ギリガンだったのだろう」

「アンディは情報の宝庫だった」

「優れた計画だった。おかげで私たちは、ほかの可能性を考慮しなかった。たとえば、エメリー・デジタル・ソリューションズ。私たちがよそを向いているあいだに、きみはあの会社に装置を仕掛けた」

「なぜそれを——？」うろたえたかすれ声。ふだんのヘイルなら、何があろうと動じない。そのヘイルがうろたえている。ライムの背筋に寒気が走った。

この瞬間まで、ヘイルは希望を捨てていなかったのだろう。肝心な計画はまだ無傷で守られていると。ところがいま、その計画も粉砕されたと知ったのだ。

ヘイルはうなだれた。

ライムは言った。「私はギリガンの死についてずっと考えていたのだ。ギリガンを殺す理由は何だ？　ギリガン殺害に関して不可解な点はないか？　一つ思い当たった。ギリガンのノートパソコンだ——いや、厳密には、きみが購入し、ギリガンの名前を書いておいたパソコンだな。私たちはなかのデータを調べようとした。そこに協力者として名乗りを上げたのが、ニューヨーク市警サイバー犯罪捜査課のアーノルド・レヴィーンだった。私たちが、あるいは市警の誰かから協力要請の連絡が行ったかのように。しかし、こちらからは誰も連絡していなかった。先に連絡してきたのはレヴィーンのほうだった。つまり、きみだ。

　別の現場からシリコーンが検出されている。美容整形手術で傷の修復に使われる物質だ。きみの毛髪も一本見つかった。自然に脱落したのではなく、故意に抜いたものだ。きみは外見を老けさせ、頭髪を薄くした。だから、エメリー・デジタルで会ったとき、アメリアはきみだとは気づかなかった。アメリアを引っ張り出す必要があったのは、警察官になりすますことはできても、エメリー・デジタル社内に立ち入るための令状を入手するのは、本物の警官でなくてはできないからだ。

　さて、そこまでした目的は何か。エメリー・デジタルに入り、目星をつけていたサーバー群の位置情報を手に入れるためだ。そして今日の午後、きみは作業員に変装し」――ライムは作業着に顎をしゃくった――「会社の地下にもぐりこみ、位置情報を頼りに、目当てのサーバーの真下に装置を仕掛けた」

　ライムはここで眉をひそめた。「私が突き止めたのはここまでだ。どうしてもわからなかったのは――いまもわからないのは、その目的でね。いったい何が目的だったんだ、チャールズ？」

終盤戦……

　ウォッチメイカーは陰気な笑みを浮かべた。「単純な話さ、リンカーン。未来に旅するつもりだったんだ」

69

　ライムは言った。「エメリー・デジタルが複数の政府機関のセキュリティ対策を請け負っていることは私も知っている。アメリカ国立標準技術研究所もそのうちの一つだ。あそこの原子時計をいじるつもりだったのか？」

　ヘイルは不思議なことを言うねというように首をかしげた。「原子時計は一つだけではない。全世界に十九個ある。どれかがハッキングされて誤差が生じても、ほかの原子時計が即座に修正する」

　ヘイルは証拠物件一覧表をながめて続けた。「時計を製作するとき、私もあれとまったく同じことをするよ。大きなボード上で構想を練る。設計がすんで、いざ製作に取りかかるまでに、すべてそろう――メモ書き、見取り図、フローチャート」しばし黙りこんだ。それから小さな声で続けた。「未来……」ライムに向き直る。「この業界は、他人が想像するほどには儲からないんだ、リンカーン。報酬は莫大だが、コストも莫大だ。私は遠く離れたある場所で隠居する計画を立てている……しかし、そこで匿名を維持するには金がかかる」

買収する役人が一人ならさほどでなくても、何人もとなればそうだろう。

「NTP。何だかわかるか」

「いや」

「ネットワーク・タイム・プロトコル。原子時を各ネットワークに送信して、さまざまな機器の時刻を同期させる。コンピューターや携帯電話、GPSシステム、科学機器、航空電子機器……正確な時刻に基づいて動作しているありとあらゆる機器だ。きみのパソコンやスマートフォン、タブレット端末、車、テレビがすべて午前十一時三十四分を表示しているとしたら、それはNTPのおかげだ。

ここでは例として、暗号化されたウェブサイトにログインしたいとしよう。銀行や証券会社のアカウント、選挙管理委員会、アメリカ陸軍、ポルノサイト。何だっていい。きみはユニフォーム・リソース・ロケーター――URLをクリックする。ブラウザーは、そのサイトのセキュリティ証明書をチェックして、本物かどうか確かめる。HTTPとHTTPSやSSLの説明まで始めると長くなるから、ここでは省こう。最低限知っておく必要があるのは、セキュリティ証明書が有効であれば、サイトにログインでき、個人情報を送受信できる。銀行口座情報、パスワード、社会保障番号、ポルノ画像、どんなデータも安心してやりとりできる。

しかし、証明書には有効期限がある。それを過ぎると、ユーザーが送ったデータは暗号化されず、いくらでも盗み見できてしまう。エメリー・デジタルは、世界中の数百のネットワークのNTPトラフィックのセキュリティ対策を請け負っている」

「きみが仕掛けたウイルスは、ネットワークに感染し、現在時刻をセキュリティ証明書の有効期限より先の未来に変更するわけか」

「そのとおり。ログインして欲しいデータを盗んだら、正しい時刻にリセットしてから接続を切る。侵入に気づかれるのは、何週間も何カ月も先だ。それどころか、永遠に気づかれずにすむだろう」

ライムは、ヘイルがやってのけたことに渋々ながらも感心せずにいられなかった。

「完璧とはいえない。それでも攻撃を仕掛けた一千のネットワークのうち、ざっと五十くらいには侵入できると思う。主としてヘッジファンドや投資銀行を狙う予定だった。海外口座に百万ドル単位で送金する……そういう予定だった。あんたさえいなければ」

「ウイルスをアップロードしていなかったのか」

「していない。あとでやる予定だった。ボイド大統領暗殺計画が判明して、ネットワークが渋滞したころを見計らって」

「偽の暗殺計画はそのためだったか」

「その連絡でネットワークは渋滞し、警察機関は対応で手いっぱいになり、ニューヨーク市警とＦＢＩのエメリー・デジタルの警戒は手薄になる。大統領暗殺計画となれば、全人員がそれに投じられる」

ライムは、エメリー・デジタル・ソリューションズの真下にある地下通路の天井にヘイルが仕掛けた装置の写真を見た。「しかし、どういう仕組みだ？　エメリー・デジタルのサーバーはシールドで守られていそうなものだが」

「携帯電話や無線の電波からは守られているよ。だが、誘導は別だ」

「電磁誘導か」ニューヨーク市の電力網が武器として利用されたある事件の捜査から、ライムはその分野にも詳しくなっていた。「ニコラ・テスラは無線送電システムを開発した。普及はしなかったが、携帯電話のワイヤレス充電にその技術は生きている」

ヘイルはうなずいた。「電力は力だ。データも同じだ。仕掛けた装置の役割はそれだよ。電磁誘導でウイルスを送り、ＮＴＰを感染させる」

二人は黙りこんだ。

しばらくして、ライムが先に口を開いた。「疑わしいね」

ヘイルは額入りの写真を見つめていた。ライムとサックスとがコモ湖で撮った写真だ。二人はそこで結婚式を挙げ、ついでに殺人者を一人捕まえた。ヘイルはライムに視線を戻して眉を吊り上げた。「疑わしい？」

「クレーンの転倒、アフォーダブル住宅活動家、大統領暗殺計画——そのすべてはきみが懐を肥やすためだった？　きみらしくない。クライアントのいないきみなど考えられない」

「そろそろメリーゴーラウンドから降りる時期が来たんだよ」ヘイルはささやくような声で続けた。「どんなことにもかならず終わりが来る。あんたも同じように感じているだろう？」

「きみに協力した女のことを訊かせてくれ。ロナルドを拉致した女だ」

「何も話さないよ、リンカーン。何一つ話すつもりはない」

証拠物件から手がかりを得られるかもしれない。しかしヘイルは、仕事仲間について非協力的な態度を貫くに違いない。

暖炉の上に飾られた品物に目を留めて、ヘイルは眉を寄せた。

「あれを見ても——？」

ライムはうなずいた。

ヘイルは暖炉の前に立ち、金無垢の懐中時計をしげしげとながめた。はるか遠い時代の有名な時計師、ブレゲの手になる品だ。白い文字盤にローマ数字。月の位相や万年カレンダーを表示する小さな円い窓。当時は画期的だった耐衝撃装置も内蔵されている。

それは何年も前にウォッチメイカーから警告の手紙とともに受け取った贈り物だった。

「ちゃんと巻いているんだな」

「動かない時計などあってもしかたがないだろう。美術品としてはともかく」ライムは肩をすくめた。「そもそも美は過大評価されている」

「たしかに」ウォッチメイカーはブレゲの懐中時計を炉棚に返した。

ライムはまた窓の外に目をやった。セントラルパークの奥、三百メートルほどの地点に目をこらす。一瞬、何かが光を反射したが、すぐに見えなくなった。

ヘイルが訊いた。「あいつのことは気づいていたか」

「二度見た。クレーンの周辺を撮影した監視カメラの映像で」

　ヘイルはうなずいた。「何者なのかわからないんだ。心当たりは？」

「アンディ・ギリガンの兄貴」

「なるほど、ミックか。ハミルトン・コートのトレーラーハウスを知っていたことにも、それで説明がつく。昨夜、ちらりと姿を見た。アンディが教えたんだな」

「ミック・ギリガンは組織の一員だ——犯罪組織の」ライムは言い添えた。「映像のなかではギターケースを持っていた」

「それか、あの男が持っていたのは」ヘイルの顔をかすかな笑みがよぎった。「絶対にセゴビアやジェフ・ベック（ともに有名なギタリスト）の弟子ではないだろうに」

「いまはどうだ、見えるか？」ライムは訊いた。

　ヘイルは目を細めた。「いいや。アンディは、兄貴とよく狩りをしていたと話していた」

　ライムは言った。「このタウンハウスには、行き止まりの路地に面した裏口がある。拘置所へ移送する車はそちらに回そう」

　それからしばらく、古いタウンハウスがときおり鳴らすぴしりという音や、通りを行き交う車の音だけが聞こえていた。やがてヘイルが言った。「アインシュタインを読んでいなくたって、時間が伸びたり縮んだりすることは誰もが経験から知っている。赤ん坊を作る時間はあっという間に過ぎるが、出産の時間はゆっくりだ。四メートル四方の独房ではどう感じられるか想像できるか、リンカーン。そこでは時間が牙を剝く。最良の友がヘビに変わる。そんな余生には耐えられない」

「私は順応した」ライムは自分の車椅子に顎をしゃくった。

「私たちには共通点が多いね、リンカーン。だが、私は順応などしたくない」

　ヘイルの目が一瞬だけ動いたことに——押収されたプリペイド式携帯電話が収められた証拠袋をちらりと見たことに、ライムは気づいた。

「電話をかけたいのか」相手は〈ウーマンX〉だろうか。

　ヘイルは逡巡《しゅんじゅん》した。しかし追跡を恐れたのか、何らかの別の理由からか、首を振った。「やめておく」切なげな声だった。

　ヘイルはタウンハウス前の通りを監視しているカメラ

の映像を見やった。パトロールカーが二台。いずれにも制服警官が乗っていた。歩道に通行人はいない。

それから、ライムの視線をとらえた。

ライムはうなずいた。

ヘイルは玄関ホールに出ていき、ライムからは見えなくなった。まもなく玄関ドアが開くかちりという音がした。ドアの蝶番が軋《きし》むかすかな音。玄関ホールの大理石の床に、光の筋が一つ。その光が広がって台形を描いた。ヘイルの長くくっきりとした影が、戸口から検査機器まで伸びた。

静寂があった。

音が響いた。ライムはびくりとまばたきをした。一秒おいて、もう一つ音が届く。

一つ目は、ウォッチメイカーの胸に弾丸が当たった音。二つ目は、セントラルパークから届いたライフルの甲高い発射音だった。

ヘイルは玄関ホールにあおむけに倒れた。その体にも、壁にも、血が飛び散っていた。

通りが騒がしくなった。パトロールカーから制服警官が飛び降り、車のタウンハウス側に身をかがめて標的を捜している。だが、狙撃手はすでに全速力で逃走しているだろう。

直後にサイレンの音が遠くから聞こえた。近づいてくる。

ライムは仰向けに横たわった男を注視した。ゆっくりと動いている。命綱をたぐろうとしているかのように、脚を引き寄せ、長い指をした手で空《くう》をつかむ。もしかしたら、時計製作の工具を手に取ろうとしているのかもしれない。

こちらに顔を向けるだろうか。最後にもう一度だけ、視線を交わそうとするだろうか。

目が合うことはなかった。

70

「詳しく話していただけますか、ライム警部」

内務監察部の刑事がふたたびタウンハウスを訪れていた。内務監察部の所属でありながら、本業にほとんど興味を示さないローレンス・ヒルトン刑事。カリブ諸島風のアクセントはもちろん前回と変わっていない。時刻は午前九時。ヘイルが死んで一夜が明けていた。

「故人とは深い因縁があってね。ニューヨークで何をしているのか、ここで白状させるつもりだった。クレーン転倒、大統領暗殺計画、サイバーセキュリティ会社への攻撃。そういった一連の事件の動機や共犯者の身元を聞き出そうとしたのだよ。しばらく話をした。おそらくそのあいだにモニターを盗み見て、玄関前にいた警備の者に気づかれずに逃走できると踏んだのだろう。しかし、玄関ホールに出てドアを開けたところで狙撃された。私にはパニックボタンを押す間《ま》もなかった」

ライムは車椅子に取りつけられた操作パネルを顎で指した。

「脳が発した信号がすぐに届かないことがたまにある」ふだんのライムはこの切り札をまず使わない。だが今回は、そうするだけの正当な理由があると思った――たとえ大嘘をつくことになろうとも。「狙撃犯はどこにいた？」

「まだ捜査中ですが、七二丁目の高層アパートではないかという話です。セントラルパークの真ん中あたりの向こう側。距離は二百五十メートルか三百メートルほどです。小口径。二二三くらいかと」

アサルトライフルか。銃身は短いが、弾道は安定していて速い。言うまでもなく、高性能スコープを併用すれば、遠距離でも標的をとらえられる精度を備えている。ギターケースに具合よく収まるサイズでもある。

「タウンハウスには警部のほかに誰がいましたか」

一から十まで説明する気分にはなれない。しかし状況を鑑《かんが》みて、ここは協力する姿勢を示しておくことにした。

「誰も。私一人だった」

「奥さんのサックス刑事が外出したのは、いつでしたか」

「事件の四十分ほど前。正確な時刻は防犯カメラのタイムスタンプを確認してくれ。そのときにはもうロン・セリットーもいなかった。アメリアのアリバイは、ロナルド・プラスキー拉致事件の現場にいた者が裏づけるだろう。ロンは市警本部に行った。その二人を疑っているのなら」

「疑っているわけではありません」平板な声だった。ヒルトンは手帳を確かめた。「もう一人、あなたのアシスタントは……」

昨夜の衝撃は、思いがけず尾を引いているようだった。動揺はしていないが……ライムは心に穴が開いたように感じた。こわばった声で言い間違いを正す。「私の〝アシスタント〟ではない。〝介護士〟だ。〝ケアギヴァー〟でもいい。アシスタントという呼び方には抵抗がある――何かもう少し気楽な仕事を想像させるから」

「では、あなたの介護士と呼びましょう。そのとき、たまたまここにいなかったのはなぜです？」

「たまたま買い物に出ていたからだ」

「なるほど。しかし、あなたを一人きりにしておくことには、その……えーと、リスクがあるのでは？」

「四肢麻痺患者はめったなことで焼身自殺などしない。一時間やそこらで餓死したりもしない」

「警部」ヒルトンは苛立ちを押し隠すように言った。

「トム・レストンは多彩なスキルの持ち主だよ。しかし狙撃はそこに含まれていない」

「きわめて不可解な状況であることはおわかりですね」

「私は判断を誤った。ヘイルを信用してしまった。暖房機に鎖でくくりつけたりしないほうが、協力的に話をするだろうと考えた」

ヒルトンは鋭い声で言った。「そして偶然にも、ヘイルを狙撃しようと近くで待ち伏せしていた者がいた」

この場合は〝待ち伏せしていた〟ではなく〝待ちかまえていた〟が適切な表現だろう――とっさにそう思ったが、口には出さなかった。

「容疑者は拘束されていた。逮捕されていた。あとは死ぬまで四メートル四方の空間に閉じこめておくだけだった。司法手続きを簡便にするためだけに第二級謀殺の罪を犯すような人間が、ニューヨーク市警にいると本気で思うか」

ヒルトンは答えなかった。次の糸口を探して手帳に目を落とす。そこには見つからなかったらしい。「犯人は誰でしょうね。もし推理があれば聞かせてください」

「推理など必要ないさ。犯人はわかっている。アンディ・ギリガンの兄だよ」

「さっそくそいつの家に捜査員を派遣します」

「そうだな、形式だけでもそうしたほうがいい」

「つまり、もう家にはいないと思われるんですね」

「そう思う」

ヒルトンは手帳を閉じた。「プラスキー巡査からも供述を取らなくてはなりません。いまどこに？」

ライムは近くのモニターで時刻を確かめた。「プラスキーなら、いますぐは手が空かない。空きしだい電話をさせよう」

71

火傷《やけど》の回復は順調だ。

ドクター・アーミット・バクシは足を止めてアーロン・スタールの電子カルテを確認した。アーロンは、ローワー・マンハッタンでニューヨーク市警の巡査の車が衝突したSUVを運転していた学生で、SUVは事故後に大炎上した。

救急医になって十二年、自動車事故に遭った患者を何人も診てきた。ニューヨーク市内ではそもそもさほどのスピードを出せないおかげで、事故に遭っても軽傷ですむ場合が多い。バクシが医師のキャリアをスタートしたペンシルベニア州ニューキャッスルでは、そうはいかなかった。州道一七号線の悪名高きカーブだってある。死のカーブ。

ニューヨークで自動車が爆発炎上する例はないに等しい。しかしアーロンを搬送した救急隊の話では、ニューヨーク市警巡査の車に押されたアーロンのSUVは建設資材置き場にまっすぐ向かい、そこにあった鉄筋かパイプがガソリンタンクを直撃するという、めったにない不運に見舞われたらしい。自動車メーカーによる最新の安全対策も、鋭利な金属にはかなわないということだ。

「あ、ドクター」

「ご気分はいかがですか、ミスター・スタール」バクシは応じた。たとえ相手が十九歳の若者であろうと、少し過剰なくらい丁寧に応対しておいたほうが患者は安心するというのがバクシの考えだ。

ベッド脇に座っているアーロンの姉ナタリアにも小さく会釈をする。

二十代後半と思《おぼ》しきナタリアは控えめに微笑み、会釈を返したあと、携帯電話でまたメールを打ち始めた。院内は携帯電話使用禁止の掲示だらけだが、守る者などいやしない。

それにしても、どういう家族なのだろう。バクシは何度も推測を試みていたが、いまだに見当がつかなかった。

両親は一度たりとも見舞いに来ていない。すでに亡くなっているのだろうか。

　バクシは患者に注意を戻し、確認しなくてはならない基本事項を確認し、バイタルをチェックし、命に関わる情報《バイタル》未満の情報も収集した。スパイ活動と似て、医師の仕事に肝心なのは、何よりもまず情報収集なのだ。

　それから患者の傷の具合を確かめた。

　経過は良好だ。

「もう心配いりません。明日には退院できますよ」

　アーロンが顔をしかめた。「でも、痛いんだ。よくなった気が全然しない」

　患者のこのような発言は、即、バクシの頭のなかに赤信号を灯す。鎮痛剤を処方する医師なら誰だってそうだろう。もちろん、鎮痛剤には痛みの緩和という大事な役割がある。しかしそれと依存のあいだの境界線は、釣り糸のように細い。アーロンの入院時の問診票には、週に三杯のワインを飲むが、娯楽用のドラッグの習慣はないとあった。

　〝テンプレ〟のような回答だ。

　カット&ペーストしたかのような。

「だって、火傷だけじゃないんですよ。首も鞭打ちっぽくて」

　整形外科のスキャン結果では異常がなかった。しかし、痛みは一つの生き物だ。狡猾《こうかつ》で、擬態の達人だ。現れたかと思うと消え、攻撃したかと思うと退却し、かと思えば背後に回ってふたたび攻撃を仕掛けてくる。

「鎮痛剤を四日分処方しましょう。そのあとはふだんの主治医に相談してください」

「よかった。ありがとう」無理に絞り出したような謝意だった。

　ナタリアが横から言った。「明日？　どうして今日じゃないの？」メールの画面から目を上げもしなかった。バクシは一瞬戸惑ったが、退院の話かとすぐに思い当たった。

　ナタリアが続ける。「できるだけ早く退院させたいんだけど――」

　最後まで言い終える前に、しかし、ナタリアはひっと声を立てて言葉をのみこんだ。

「動くな」ドアロから男の厳《いか》めしい声が聞こえた。

　バクシは勢いよく振り返った。

「げ」アーロンが言った。

「何なの」ナタリアのうろたえた声。

　すらりとした金髪の男が病室に入ってきた。大げさなくらいしかつめらしい顔でアーロンをにらみ据え、次にナタリアを見て、またアーロンに視線を据えた。

「あいつよ。プラスキーとかいう奴。アーロンにぶつかった警官!」

「あの——」バクシは言いかけたが、男の手に銃が握られているのに気づいて、口を閉じた。

　プラスキーが言った。「先生、あなたははずしてもらえますか」

「いや……でも……」

　ナタリアが言った。「なんでこの人がここにいるの?　入っちゃいけないはずでしょ。警備員を呼んでよ!」

　バクシは電子カルテ用のタブレット端末を握り締め、ナースステーションのほうを振り返った。無人だった。

「誰か助けて!」ナタリアが叫ぶ。

「黙れ」プラスキーはその叫び声に顔をしかめた。

　それからバクシを一瞥した。バクシはかすれた声で言った。「あの、私は行っても——?」

「はずしてくれとさっき言いましたよね?」プラスキーの声は愉快そうだった。

　ドクター・バクシは廊下のほうにゆっくりと後ずさりし、もう安全と思えたところで足音を立てないように走りだし、一番近いナースステーションに飛びつくと、内線電話に手を伸ばした。

72

「ロナルド」ドアロから声が聞こえた。長身のパトロール警官が病室に入ってくる。茶色の髪は仕事の邪魔にならないようお団子に結ってあった。

「ちょっと、どういう……」

　パトロール警官のシェリー・スローンは、濃い肌色をした細長い顔をアーロンに向け、全身をながめ回した。次に姉のナタリアをじろじろと見た。

　アーロンが嚙みつくように言った。「いったい何なんだよ」

　ナタリアが言った。「停職中のはずでしょ!　あの人からそう聞いた……」失言に気づき、口をつぐむ。「停職になったって聞いてるんだけど」

　プラスキーは、〝あの人から〟という部分を聞き逃さなかった。

　スローンが青いラテックスの手袋をはめて近づいてきた。「立って」

「なんでよ……」

　プラスキーはぴしゃりと言った。「立て」

　怒りに満ちた顔でナタリアが立ち上がる。スローンは慎重にボディチェックをし、ナタリアのバッグも検めた。

「武器なし」

　スローンとプラスキーは役割を交代した。今度はスローンが銃をかまえ、プラスキーはホルスターに収めた。過去に何度か一緒に仕事をした経験があり、息はぴったりだ。

　プラスキーは自分も手袋をはめ、アーロンの寝具を剝いで念入りにボディチェックした。バックパックも調べた。やはり武器は持っていなかった。

　ナタリアが驚きまじりに笑った。「脅すつもりなんだ。あんたを訴えないように。裁判になったら、あんたはおしまいだから……」

　プラスキーは顔をしかめた。芝居がかった大げさな表情だ。「裁判だって？　僕を訴えて、自分たちの得になると思うのか？」

「被害者に向かってそんな口きくのかよ」アーロンが言った。すねた小学生のような声だった。アーロンが学生であることは事実だが、それはいまだ高校を卒業していないという意味でしかない。

「黙れ」プラスキーはキャンプファイアの煙を払うような手つきをした。「先に手続きを片づけようか。ナタリア・バスコフ、アーロン・スタール、詐欺共謀罪、公務執行妨害罪、司法妨害罪《オブストラクション・オブ・ジャスティス》で逮捕する。いつも思うが、〝正義を妨害した罪《オブストラクション・オブ・ジャスティス》〟とは便利な罪状だな」

「何でも全部込み込みの罪状」スローンが言った。「私もお気に入りよ」

「ほかの罪状もあとで追加されるだろうが、とりあえずはこれくらいで」

　アーロンがつぶやいた。「でたらめもいいところだ」

　ナタリア・バスコフはアーロンの姉でなく、それどころか血のつながりさえない、ブルックリンの犯罪組織のボスの娘だった。アーロンは、博打の賭け金の取り立てから何から引き受ける使い走りで、ボスに雇われている。

プラスキーは、ミランダ警告を読み聞かせ、容疑者の権利を理解したと二人が認めたところで言った。「黙秘権を放棄する意思はあるか？　いや、答えを聞く前に、調べてわかったことを話してやろう。判断の参考になるだろうからね」

アーロンがまた何か騒ぎ立てようとした。バスコフが黙らせる。「黙ってな」そしてプラスキーに向き直った。「話してよ」

「最初に、僕の停職処分は解かれたことを言っておく。誤解がないようにね。それと、ニューヨーク郡検事局から、捜査への協力を条件とした司法取引の可能性を話し合う許可をもらっている。あくまでも可能性だぞ。まずはこっちの話を聞くことだ。黙って聞く用意はあるか？」

アーロンが口を開く。「けど――」

バスコフが言った。「聞くよ」

「事故に関して腑《ふ》に落ちない点がいくつかあって、調べ直してみようと思った。そこでまずは病院の記録保管室に行って、事故直後のきみの血液検査結果を確認した」

それまでいかにも反抗的だったアーロンの目が、ふいに不安げに泳いだ。

チャールズ・ヘイルの協力者〈ウーマンX〉から麻酔銃で撃たれ、フッ化水素酸が仕掛けられた地下室に監禁されたとき、プラスキーが持っていた書類はそれだった（バーディックは、ひょっとしたら過去の医療記録を悪用してプラスキーを不利な立場に追いやろうとしているのかもしれないとライル・スペンサーから聞いたとき、その前に誰かに頼んで自分のカルテを盗んで破棄してもらおうかともプラスキーは考えた。もちろん、本当にやるつもりはなかった。一方、アーロン・スタールのカルテを〝借り出す〟のは、違法行為すれすれとはいえ、あくまでも捜査の一環だ）。

プラスキーは続けた。「血液検査の結果、トリアムシノロンとリドカインが検出されていた。どっちも注射して使う鎮痛剤だ。事故現場で対応した救急隊員が投与したものではない。事故の前にきみが自分で注射したんだ。あまり痛い思いをせずにすむように。僕の車の前に飛び出して当たられる役を、金をもらって引き受けていたから。まさか炎上するとまでは思っていなかったんだろうが」――プラスキーは肩をすくめた。「どんな仕事にも予想外のトラブルはあるよな。ほかにナルカンも検出されていた。おそらく二日くらい前に投与されたもの。きみは麻薬系鎮痛剤の依存症なんだろう。となると、なじみの売人がいるはずだ。つまり、フェンタニルを入手する伝手がある。事故後に僕に手を貸してくれた通行人の誰かが、僕の皮膚に微量のフェンタニルを付着させたんだろう。事故後の検査でフェンタニル陽性と出たのはそのせいだ。ひょっとしたら、きみは救急隊員まで買収してたのかもしれないな。断定はできないが」

車が思いがけず炎上したのを見て、アーロンは鎮痛剤を処方してもらう口実になると思いつき、わざと自分の腕を炎にかざした可能性も考えられる。

仮にそこまでやったのだとすれば、哀れとしか言いようがない。

「病院でカルテを確認したあと、今度はきみの全焼したSUVを確認しにクイーンズの廃車置き場に行った。車に何が残っていたと思う？　熱で溶けたオプティコムだ」

「最悪」バスコフが言った。

オプティコムとは、事件や事故の発生現場に急行する際、緊急車両の乗員が信号を変えるのに使うリモコンだ。たとえば消防車が進行方向の赤信号をすべて青に変えたりする。

「僕が交差点にさしかかった瞬間、きみはリモコンで信号を変えた。衝突するまでは誰も信号を気にしていなかったから、僕の側が赤、きみの側が青だったとみなが証言したわけさ。ああそうだ、燃え残っていたものがほかにもあったよ。きみがかぶっていたレース用のヘルメットだ。それに、僕の信号無視だったと証言した目撃者、テレサ・レムノフについても調べた。客観的な立場にあったとは言いがたいな。ブルックリンにいる市警の友人が彼女を尾行したところ、一日中、きみのお兄さんの家にいて――」

「ちょっと待て」アーロンがわめいた。

プラスキーは眉を吊り上げた。

「うちの兄貴の家にいたって？」

「そう、きみの兄貴のエヴァン・スタールの家にいた。事故の主要な目撃証人テレサは、きみの家族と知り合いで、しかも――」

「兄貴の野郎」アーロンの顔は怒りで真っ赤に染まっていた。「あんたのその友達は、テレサが兄貴の家に泊まったって言ったのか」

「え？」

「テレサはうちの兄貴の家に泊まったのかって訊いてる」

ナタリア――「いま関係ないでしょ、アーロン。ほっときなよ」

アーロンがつぶやくように言った。「あの女！　兄貴とは二度と関わらないって約束したのに。俺が汚れ役を引き受けて、危うく焼け死にそうになったってのに、まっすぐエヴァンの家に行くなんて。だいたいエヴァンの野郎は――」

ナタリアが言った。「ちょっと黙ってなよ」

そうだ、少しは黙っていろ。

「どこまで話したっけ？　ああ、そうだ。バーディックが僕をはめようと画策してることはわかった。マスコミの前で恥をかかせたのを根に持って退職に追いこもうとしてるだけだろうと思っていた。ところが、実際はそんなちっぽけな話じゃなかったんだ。これはすべて僕がエディ・タールを追い始めたせいだった」

ナタリアが目をしばたたいた。それがプラスキーの推理を裏づけた。

「僕はある殺人事件の容疑者としてタールを追っていたが、タールは僕を追い払いたかった――少なくともニューヨークでの仕事を終えるまではね。そこでタールはバーディックを買収し、僕を首にしようとした。バーディックはまず、事件現場で僕を停職処分にしようとしたが失敗し、次にきみのお父さんを金で雇った」ナタリアを一瞥する。「お父さんは、今回の交通事故を仕組んだ。

ここからが本題だ。僕としてはバーディックの犯罪を立証する証拠がほしい。動かしがたい証拠、決め手となる証拠。状況証拠はすでにそろっている。必要なのは目撃証言だ」

「仮にあたしが証言したら……」

「おい待てよ、俺だって証言できる！」アーロンの反抗的な態度は、懇願に変わっていた。

さすがは組織のボスの娘だ。ナタリアがじろりとひとにらみしただけで、アーロンは口を閉じた。「メールも提出できるし、日付や場所も証言できる」

プラスキーは言った。「ありがたいね」

ナタリアは肩をすくめた。「あたしにはどんな利益があるの？」

「俺たちだろ」アーロンが横から言った。

「検事は、最大で四年の求刑、それも中警備刑務所で勘弁してやると言っている」

「書面でもらえる？」

「いや。いまこの場で返事をしないと、オファーは撤回される」

「わかった。それで手を打つ」

「俺も！」アーロンが必死の形相で言う。

愛車を全損にされたプラスキーは、意地の悪い気分でアーロンに言った。「きみの証言が必要になるかどうかはまだわからない。少し検討させてくれ」

ナタリアが言った。「だいたいはいまあんたが話したとおり。バーディックには市警内に協力者がいた。ギリガンとかいう人。たしか刑事」

なるほど。それは興味深い情報だ。プラスキーはうなずいて先を促した。

「でも、あんたが思い違いをしてることが一つある。バーディックがうちのパパにお金を払って、あんたにタールの捜査をやめさせようとしたところまでは事実。だけど、そのお金を――事故を起こすってアイデアも――出したのは別の誰かだよ。ヘイルって言ってたかな。チャールズ・ヘイルだったと思う」

まさか。

とすると、最後のクレーンを転倒させるのに使われたのは、タール製作の即席爆弾だったのか。

プラスキーが捜査中の殺人事件、一見何のつながりもなかった殺人事件は、巡りめぐってウォッチメイカーに結びついた。

廊下から話し声が近づいてきた。制服警官の一団が到着し、ナタリア・バスコフを中央拘置所に連行し、アーロン・スタールはベルヴュー市立病院の留置病棟に移された。

引き立てられていく二人を見送ったあと、プラスキーはロン・セリットーに電話をかけ、顚末を報告した。通話を終え、スローンと並んで病院の出口に向かった。スローンが訊いた。「どうしてわかったの、ロナルド？」

プラスキーは、市警内の事故調査委員会にバーディックが提出したでっち上げの報告書のことを話した。また、たった一人のパトロール警官を退職に追いこむためだけにずいぶんと手間暇をかけたものだというライル・スペンサーの発言もきっかけになったと説明した。

「それで、交差点に入る直前にかかってきた電話のことをよく思い返してみた。鑑識本部からの電話だ。証拠物件の保管継続記録に疑問があるという話だった。でも、僕は記入漏れなんてしたことがない。絶対にない。だから今日、電話をかけてきた本人と話をしてみた。そうしたら、バーディックから言われて電話をかけたと打ち明けてくれた。僕が電話に気を取られていたってことにするためだ」

スローンが言った。「バーディックの不正行為はこれで証明できた。問題は、バーディックに吐かせられるか、だよね――タールを裏切るところまで追いこめるか」

プラスキーは少し思案してから言った。「それはバーディックしだいだな」

「バーディックしだい？」

「自分が助かるためにどこまでやるか」

＊　＊　＊

こんばんは、アンバー・アンドルーズが速報をお伝えします。ＦＢＩとアルコール・たばこ・火気・爆発物取締局は今日、ニュージャージー州バーゲン郡の小規模空港の格納庫の強制捜査を行ない、ＦＢＩの最重要指名手配犯の一人を逮捕しました。エディ・ケヴィン・タール容疑者、四十三歳は、世界一危険な爆弾製造者として知られ、過去十年間にテロ組織や犯罪組織に多数の即席爆弾を販売したとされています。昨日、ローワー・マンハッタンで発生したクレーン転倒事件に使用された爆発物を製造したのも、このタール容疑者と見られています。クレーン転倒事件を受け、ホランド・トンネルが十六時間にわたって通行止めとなるなど、市内の交通は大きく混乱しました。

第三部　死亡広告

73

「写真が手に入りそうです」プラスキーが言った。「例の女の」

　ライムは即座に理解した。〝例の女〟とは、ウォッチメイカーの協力者だ。〈ウーマンＸ〉。

　ライムとプラスキー、それにアメリア・サックスはタウンハウスの居間にいる。プラスキーは全力で〈ウーマンＸ〉の痕跡を追っていた。麻酔銃を慣れた手つきで扱い、ヘイルの魔法の電磁誘導装置を組み立てたか、下請けに作らせるかした女。

「絶対に捕まえたいんです。別に私怨じゃありません」プラスキーは何気ない口調でそう話していた。

　つまり私怨も原動力のうちということだろうが、ライムとしては何だってかまわなかった。しかもプラスキーは何らかの成果を挙げたようだ。

「ハミルトン・コート周辺の防犯カメラを確認していて、ヘイルと女が一緒にいるコマを見つけたんです。長さは〇・五秒くらいしかありませんけどね。その画像をキャプチャーしました。粗い画像でしたが、ステーブル・ディフュージョンを使って解像度を上げてみました。ステーブル・ディフュージョンって知ってます？」

「いいや」

「画像生成ＡＩです。テキスト入力に基づいて画像を出力する。キャプチャー画像をアップロードして、修正を重ねました——似顔絵捜査官みたいに。そのＪＰＧ画像をドメイン《Ｄ》・アウェアネス《Ａ》・システム《Ｓ》に送って、一致する監視カメラ映像を検索してもらったんですが、ついさっき連絡があって、いくつかの画像がヒットしたと」プラスキーはパソコンの前に座ってキーを叩いた。まもなくＤＡＳセンターとビデオ通話がつながった。Ｚｏｏｍに似たソフトウェアだが、より高度なセキュリティ対策が施されている。

　ボビー・ハンコック巡査は大柄な男で、顎髭をたくわえていた。ニューヨーク市警で髭は禁止されてはいないが、実際に生やしている職員は珍しい。

「やあ、ロナルド」

「ボビー。結果を聞かせてください」

「そこにいるのは、リンカーン・ライムか？」

ライムは面倒くさげな棒読み口調で言った。「そのときおりだよ報告を聞こうか巡査」

「はい。ロナルドから送られてきた画像を手がかりに全市のデータに検索をかけたところ、容疑者と一致する映像が見つかりました。そうそう、ステーブル・ディフュージョンで解像度を上げたと聞いて、上司に話したら、ぜひ画像生成ＡＩ専門班を設置しようと言っていました。いい着眼点です」

ライムとサックスは目を見かわした。このときもまたライムは弟子を誇らしく思った。サックスも同じように感じているのがわかる。

「ヘイルと一緒にいる画像を二件見つけました。ほかに女が単独でいる画像も一件。ウェストサイド――ミッドタウンです。さっそく映像をお見せします」

画面に画像が表示された。解像度は高くないが、特徴を見分けるには十分だ。三十代前半だろうか。ファッションモデルのような美人ではなかった。健康的な美しさだ。体つきはほっそりしていて、運動神経がよさそうだが、服に隠れていて――ジーンズにスポーツチームのロゴ入りスウェットシャツ――筋肉のつき具合まではわからない。金色の髪は、何やら複雑な三つ編みに結われていた。

最初の二つの画像は、ヘイルと並んで歩道を歩いている場面だった。うち一つでは、二人はそろって疑わしげに周囲を見回しており、もう一つでは見つめ合っていた。

三件目の画像は、ライムのタウンハウスがあるこの界隈と似た、古いブラウンストーンの住宅が並ぶ住宅街の歩道に一人でいる姿をとらえていた。

「いずれも動画をキャプチャーしたものだな」ライムは言った。「ほかに参考になりそうな画像や映像はなかったか」

「ありません。似たような映像ばかりです。ただ歩いているだけ。それぞれ一秒から二秒ほどの長さでした」

〈ウーマンＸ〉は手に何も持っていなかった。これがたとえばコーヒーカップでも持っていれば、パトロール警官が靴底を減らしてそれを探し出し、指紋を検出できたかもしれない。

「ありがとう、ボビー」

「どういたしまして」

　プラスキーが言った。「一人だけの画像の件ですが。あの周辺を少し調べてみました。西三十丁目あたりですね。二日前に大きな火災が起きていました。放火です。プロの仕事ですよ。テルミットとナパームが使われていましたから。単なる偶然かもしれませんけど。ただ、保険金狙いの放火犯なら、燃焼促進剤にそんなものは使いません。使うとしたら軍でしょう。いま周辺の聞き込みをさせています」

「聞き込み部隊に——」

　プラスキーがあとを引き取った。「酸爆弾に用心しろと指示してあります」

　サックスは画像の一枚を長いこと見つめていた。

　その目つき。何か気づいたことがあるらしい。

「何だ、サックス？」

「この表情。二枚目の画像よ。見て、ヘイルを見つめるこの表情」

「ふむ」

　プラスキーが眉間に皺を寄せた。「え、表情がどうかしました？」

　二人は答えなかった。サックスが訊く。「どんな作戦でいく？」

　その答えは即座に浮かんだ「トム。おいトム！」

　トムが現れた。「鍋を火にかけてるんですけどね」

「火から下ろせばいいだろう。手を借りたい」

「今度は何です？」トムがぶつぶつと言う。

　ライムは言った。「きみには文才があるな」

　その露骨なおべっかに、トムが顔をしかめる。

「事実、文才がある」ライムはその表情に気づき、重ねて言った。

「で、何をしろと？」

「大した頼みではない。死亡広告を書いてくれ」

74

　ニューヨーク市には、セレブリティや権力者が多く住む地域が多くある。

　だが面積当たりの人数で比較したら、この四百エーカーにはどこもかなわないだろう。

ウェストチェスター郡との境界のすぐ南側、ブロンクスのウッドローン墓地には、錚錚《そうそう》たる顔ぶれが埋葬されている。マイルス・デイヴィス、デューク・エリントン、オットー・プレミンジャー、マーク・トウェイン、F・W・ウールワース、サルサの女王セリア・クルス。

悪名高き住人もいた。たとえばハーレムの伝説のギャングスター、エルスワース・〝バンピー〟・ジョンソン。同じように問題含みの生涯を送った人物が、墓地の住人の一人に新たに加わっていた。チャールズ・ヴェスパシアン・ヘイルだ。アメリア・サックス、ロン・プラスキー、ライル・スペンサーは、東二二三丁目とほぼ平行に走るノース・ボーダー・アヴェニューに近い園芸小屋から、その墓を見張っている。

この墓地全体に言えることだが、この一角も、スティーヴン・キングの小説の舞台にぴったりの不気味なガーゴイルが立ち並ぶ墓場というより、ロングアイランドあたりの閑静な住宅街を連想させた。

リンカーン・ライムがこの区画を選んだのは、鬱蒼とした木立のすぐ近くだからだ。その木立の奥に、迷彩模様の上下にフル装備のESU隊員六名が身をひそめている。

ライムの要請——というより要求——に、市警上層部は、大部隊は派遣できないし、派遣できる時間も限られているといって難色を示した。しかしライムとプラスキーは、〈ウーマンX〉がいまもまだニューヨーク市内にとどまっているとしても、まもなく離れるだろうから、ESUのチームを借りるのは長くても一日ですむはずだと食い下がった。

女が姿を現す確率は、どの程度か。

無視できない程度にはある——ライムとサックスはそう踏んでいた。

ヘイルと〈ウーマンX〉をとらえた監視カメラ画像がその根拠だ。画像は、女が浮かべた独特の表情をとらえていた。ライムとサックスが互いを見るとき浮かべる表情。プラスキーと妻のジェニーの顔に同じものが浮かんでいるのも見たことがある。

ヘイルとこの女が恋人同士であることに疑いの余地はない。

そこでライムは死亡広告で女を誘い出そうと考え、トムが文才を生かしてみごとな死亡広告を書き上げた。一連のクレーン転倒事件を引き起こしたプロの犯罪者であることを伝え、若いころのエピソードもいくつか書き添えてある。大半は推測だが、掲載料を支払うのはこちらだ。真のジャーナリズムに求められる基準を満たす必要はない。それどころか、重要なのはただ一点——ウッドローン墓地に埋葬されたという事実さえ記されていれば足りる。

死亡広告が一時間前にネットに掲載されたとき、サックス率いる戦術チームはすでに配置についていた。

果たして女は、最後の別れを告げに訪れるだろうか。感傷などこれっぽっちも持ち合わせなかった男に対する、感傷的な行為。

しかし女のあの表情が——それに眼鏡の奥に隠されていたとはいえ、ヘイルの表情が——意味するものは、疑いようがなかった。

いずれにせよ、女を追いかけようにもほかに手段がなかった。そんなわけで、三人は暑苦しい小屋のなか、肥料の袋に囲まれて張り番をしている。肥料はひどいにおいを発してはいるが、いざ銃撃戦になったら弾よけにちょうどよさそうだ。

空はこの日に似つかわしい不気味な黒い雲に覆われ、いったん上がった雨がいまにもまた降りだしそうだった。作戦には好都合だ。墓参者はほとんどいない。

この墓地には、数百万ドルの資産を遺した死者が眠る、まるで寺院のような数百万ドルの墓もある。しかしヘイルの墓は簡素だ。墓石の代わりに平らな墓碑が地面に設置されているだけだった。文字は超特急で彫ってもらった。名前と死亡日のみ。トムは時計の文字盤でも刻んだらと提案したが、ライムは却下した。

また一時間が過ぎた。サックスは無線で「気を抜かないでね」と注意喚起した。これで三度目だ。

張り込みにつきものの危険は、かならずしも銃撃戦ではない。眠気に屈して、監視対象をみすみす逃がすリスクもついて回る。

サックスがまた周囲に視線を走らせたそのとき、銃声が連続で轟き、続いて叫び声がした。墓地の外からだ。

「誰か！　助けてくれ！　救急車を頼む！」男の声だった。

「目くらましだ」プラスキーが言った。「あの女に決まってる。陽動ですよ」

サックスは無線機に向け、叫ぶような声で言った。

「みんな動かないで！　持ち場を離れないで！」

だめだ。遅かった。ＥＳＵチームの一人が立ち上がり、木立の奥から足を踏み出した。すぐに腰を落として隠れ場所に戻る。

とっさの行動だ。誰にも責められない。だがその女性隊員の行動は、おそらく、こちらの手の内を明かしてしまっただろう。

「ロナルド。最寄り署に連絡して。もうパトロールが急行してるとは思うけど、かならず調べるように伝えて。何かわかりしだい私たちに報告してもらって」

プラスキーが電話をかけ、サックスはニコンの高性能双眼鏡を目に当てて墓地の反対側の様子を確かめた。レンズに反射した光がどこかに見えないか。〈ウーマンＸ〉も双眼鏡でこちらを見張っているかもしれない。

何も見えなかった。

当然のことではある。サックスは用心のため双眼鏡に反射防止のシェードをつけている。〈ウーマンＸ〉が同じ対策をしていないと考える理由はない。

無線機に向かって言った。「刑事五八八五よりＥＳＵ隊チームリーダーへ。墓地周辺に人の姿を確認できますか」

「いいえ、サックス刑事」ＥＳＵ側の指揮官が応答した。「墓地の管理人と年配のカップルだけです。例の墓に近づいた者はいません。それに銃声を聞いて、三人ともすぐに立ち去りました」

「了解」

プラスキーが言った。「見るかぎり人《ソウル》はいませんね。霊《ソウル》って言葉がこれほどぴったりの張り込みは、市警史上初めてだろうな」

サックスは小さく笑い、周辺の警戒を続けた。「ねえ、チャールズ……教えてよ」ささやくような声でそう呼びかける。ほかの二人にも聞こえていたかもしれないし、聞こえていなかったかもしれない。「あなたのガールフレンドは何を企んでる？」

最寄り署からサックスの携帯に着信があった。「はい？」

「五八八五？」男の声だ。ブロンクス出身者特有の抑揚がある。

「そうです」

「急行したパトロールからたったいま報告が入りました。その男を拘束しましたが、よくわからない話をしているそうで。そのホームレスの男によると、見知らぬ女から一万ドルで——聞き間違いじゃありませんよ、一万ドルです——墓地のすぐ外で地面に弾を撃ちこんで、助けてくれと叫べと頼まれたとか。二ブロック先でそいつを見つけました。縁石に座ってモルトウィスキーをラッパ飲みしていました。いっさい抵抗せず、ひたすら上機嫌だったそうです」

「女の話を進んでしたわけ？」

「ええ。誰かを撃つつもりで発砲したと思われたくなかったようです。ただ金がほしかっただけだと。おとなしく銃を引き渡しました。照合はできません。シリアル番号が削り取られていました」

サックスはため息をついた。「その女のことだけど。髪を三つ編みにしてた？　金髪？　三十代？」

「そうです。ただ、茶色でした。金髪ではなく」

染め直したのだろう。

「着衣は？」

「黒っぽい服。それしか覚えていないそうです」

「お金はどうしたのかしら」

「教会の献金箱に入れたと」

「嘘ね。絶対に見つからない場所に隠したんだわ」サックスは墓地周辺に目を凝らし続けた。人影はない。

最寄り署の警察官が先を続けた。「男には二つ三つ前科があります。違法薬物、公衆酩酊《めいてい》。まあ、まず起訴はないだろうとは思いますが、仮に今回の件で起訴されても、六カ月がせいぜいでしょう。それを軽くしてやるから金のありかを吐けという取引も通用しないかと」

たとえ現金が見つかったとしても、そこからわかることは何一つないだろう。〈ウーマンX〉が紙幣に素手で触れたりして、自分の痕跡を残すはずがない。

サックスは溜め息とともに電話を切った。

スペンサーが尋ねた。「銃声と同時に全員が反応して、墓の監視がおろそかになると期待したのかな」

「墓に近づくことが目的じゃなかったんだと思う。いまの騒ぎは、警察が見張っているかどうかを確かめるためのものだった」

「俺たちをあぶり出すのが目的だったか」

「そう。隊員の一人が動くと同時に立ち去った。私のミスだわ。そういう事態もありえるとあらかじめ知らせておくべきだった」

　スペンサーがＥＳＵ隊員が待機している木立のほうに顎をしゃくった。「反射的な行動だった。俺も飛び出していきそうになったよ」

「そうよね」

　ＥＳＵの指揮官から無線が入った。「女は逃げたでしょうね」

　十中八九逃げただろう。だがサックスはこう答えた。

「もしかしたらね」

　何かを待つような沈黙があった。これはサックスの作戦だ。サックスの指示がなくては撤収もできない。

「いまの配置にとどまって」

　また沈黙があった。いらだちが伝わってきた。無線の電波にそれを伝える力があるのなら、だが。「了解、五八八五」

　二時間後、最後の通告というべき無線連絡が入った。

「ＥＳＵチームより五八八五へ」

「どうぞ」

「サックス刑事、そろそろ撤収しなくちゃならない。申し訳ないが、別の任務が控えている」

「了解」

〈ウーマンＸ〉はとっくに逃走しているだろう。墓は見張られているとわかったのだ。それはこの先もずっと続くものと考えるだろう――監視カメラの、あるいは私服刑事の目が、ヘイルの墓を見張り続けるだろうと。

　ＥＳＵチームが木立の奥から現れ、園芸小屋の前でサックス、スペンサー、プラスキーに合流した。誰が報告書を書くかが話し合われた。ＥＳＵ側の指揮官の視線は「そっちの作戦だ、書類仕事も当然引き受けるよな？」と言っていた。サックスは同意した。一同は、目立たない路地に駐めたそれぞれの車や覆面のバンに引き上げようと二二三丁目を横断した。しかしサックスは途中でふと足を止めた。サックスが墓のほうを振り返ったことにプラスキーも気づいて立ち止まる。

「嘘」サックスはかすれた悲鳴のような声でささやいた。

　サックスとプラスキーとスペンサーは走って墓地に戻った。ヘイルの墓碑に何かが置いてあった。折りたたんだ紙片、重し代わりに載せられた直径十数センチほどの赤い円盤。

三人は周囲に目を走らせた。

「さっきの銃声は……」サックスはつぶやいた。

プラスキーがうなずく。「やっぱり陽動だったか」

間違いない。ただし、警察の注意をそらし、その隙に墓に近づくための陽動ではなかった。真の目的は、サックスたちが推測したとおりのこと――隠れ場所から誘い出すこと。だがそれは監視チームの人員が何を着ているかを確かめるためだった。

自分も似た服を着るために。〈ウーマンX〉は、車かバンに多様な衣装をひととおりそろえているのだろう。これがヘイルなら、先を見越してきっとそうしているはずだ。

〈ウーマンX〉は、ＥＳＵの戦術作戦の装備と同じものを身に着け、まるで透明人間のようにＥＳＵチームのすぐ後ろを通りすぎたのだ。

墓から十数メートル離れた木立の陰を調べると、そこに装備一式が脱ぎ捨てられていた。

ホームレスの男に銃と現金を渡したあと、〈ウーマンX〉は、ＥＳＵチームにまぎれてすぐそこにいたのだ。

サックスは無線機を手にした。

「刑事五八八五より本部へ。どうぞ」

「こちら通信指令本部です、五八八五。どうぞ」

「ノース・ボーダー・アヴェニューのウッドローン湖そば、墓地の作戦現場にいます。十分前まで容疑者がここにいたようです。すでに逃走しました。市内全域に逃走犯の手配をお願いします。白人女性、三十代、茶色の髪を三つ編みにしています。中肉中背。着衣は黒ではないかと。おそらく武装しています。ＤＡＳの画像をアップロードします」サックスは携帯電話を耳から離して文字を打ちこみ、画像を本部のセキュアサーバーに送った。

「確認しました、サックス刑事」一拍の間があった。〈ウーマンX〉と似た人相特徴の人物は、ニューヨーク市の住民に限っても十万人はいるだろう。「追加の情報は」

車種、傷痕、靴など外見の特徴や、このあとの行き先、立ち寄り先などの情報を求められている。

だが、伝えられることは何一つなかった。

「ありません」

「了解、五八八五」

通信を終えた。

サックスはプラスキーのところに戻った。プラスキーは手袋をはめて紙片を見ていた。

「詩です」

サックスは思わず短い笑いを漏らした。こんな物的証拠は初めてだ。

目を通してから、ライムに電話をかけた。

「聞いたよ、サックス。してやられたな」ライムの声はどこか愉快そうだった。ヘイルと親しかった人物なのだ、警察が突貫工事で仕掛けた罠を易々とすり抜けるだけの知恵の持ち主であるに決まっているとでもいうように。

「で、何を置いていった?」

「詩」

「ふむ。読み上げてくれ」

サックスは自分も手袋をしてから紙片を受け取った。

季節　　　　C・V・Hに捧ぐ

秋りんごの細胞の奥で
変化が起きる――
熟成という魔法の儀式が。
愛もまた一つの季節
それは心を満たし
人を実りへと近づける。

ただし……

カラスや突然の霜、
居間の壁に散った血が
実りに向かう日々をふいに断ち切ることもあって
実らぬままに残されたものは
償いの道を探し続ける。

ライムは低くうめいた。詩か。ライムにとっては小説以上に理解不能な代物だ。「要するにどういう意味なんだ、それは」

サックスはくすくす笑った。「これはね、愛の詩よ、ライム」

「愛の詩。どのへんがそうなんだ?」

「愛は人を変えるって詩。季節が果実を熟させるように、愛が人を完成させる。でも、この詩のメッセージはそれだけじゃない」

「ほかに何を伝えている？」

「脅し。償いの方法。私たちに復讐すると言ってるのよ。ほかにもう一つ」

　ライムは言った。「それは私にもわかったよ。〝居間の壁に散った血〟。ヘイルがどこでどう死んだか、女は知っている。あのとき公園にいたのだろう。私たちを見ていたんだ」

　敵は一人減り、いままた一人増えた。

「手書きか」

「ううん、パソコンを使ってる。普及品の紙」

「販路は特定不可能、か。上に載っていた金属の物体は？」

「歯車みたい」サックスは濃い赤に塗られた直径十数センチの金属の円盤を手に取った。中心から外の輪に向けてスポークが放射状に延びている。「時計の部品かしら」

「見せてくれ」

　サックスはカメラをオンにし、映像配信アプリを起動した。レンズの前に歯車を持ち上げる。

「時計の部品ではないな。一年ほど前の事件を覚えているか。ブルックリン産業博物館の」

「覚えてる。ぼんやりとだけど」

「これは蒸気機関の歯車のミニチュアだ。玩具かもしれないし、コレクター向けアイテムなのかもしれないね」

短い間を置いて続けた。「単なる感傷か、それとも実用上の意味が何かあるのか」

「どういうこと、ライム？」

「ヘイルは真の感情というものと無縁だった。〈ウーマンX〉も同類だろう。とすると、その歯車を残していく理由が何かあったはずだよ。私たちの目をどこかへ向けるためにそれを置いていった。または、何かから目をそらすために」

「そうだとしたら、計画の設計《エンジニア》にかけてヘイルなみの能力の持ち主ということになりそう」

　電話の向こうでライムが小さく笑った。「ヘイルの本名を突き止めるのに、何年かかった？」

「何年も。最初は――リチャード・ローガンだった。次がジェラルド・ダンカン。そのあとチャールズ・ヘイルが本名とわかった」

「それでも私たちは初めから〝ウォッチメイカー〟と呼んでいた……〈ウーマンX〉にもニックネームをつけてやらなくてはいけないな」

「そうね。でも、すぐにはいい案を思いつかない」

しばしの沈黙ののち、ライムが言った。「これはどうだろう。彼女の企みや計画立案の能力を考えて――〝設《エン》計師《ジニア》〟では？」

「お似合いね。だけど、彼女にもっとふさわしいものがありそう」

「何だ？」

「拘置所にいる姿」

「いつか見られる日が来るさ、サックス。いつかかならず来る」

そう思いたい。

だがサックスは、詩の最後の一節を頭から追い払えずにいた。

実らぬままに残されたものは
償いの道を探し続ける。

二人は通話を終えた。

やはり電話中だったロナルド・プラスキーも通話を切った。「鑑識チームを要請しました。僕は先にスパイラル捜索を始めます」

「スパイラル……？」

「最近は螺《ら》旋《せん》状に捜索することにしてるんです。碁盤目《グリッド》状ではなく」

なかなかおもしろい。手本を見せてもらって、次の現場捜索で試してみようとサックスは思った。

ＥＳＵチームの指揮官が来た。引き締まった筋肉質の体格にクルーカットの元兵士の顔には苦い表情が浮かんでいた。「周辺を捜索してみましたが、サックス刑事、女はもうどこにもいません。墓地の管理事務所にも確かめました。我々の到着時、監視カメラは正常に作動中だったのに、十分前に理由もなく故障していました。全データが消去されています」

いまさら驚きはない。

「とにかく、女がどこに消えたのか、手がかり一つありません」

プラスキーが短い笑いを漏らした。「いやいや、手がかりはたくさんありますよ。女に話しかけられたときホームレスの男がいた場所、銃、詩。墓に向かうルート、立ち去るルート。墓そのもの。歯車。この墓地周辺の監視カメラ映像」

「それでもやはり大した量ではないですよね」ＥＳＵの指揮官が言った。

「手がかりが多ければいいってものじゃない。どこかを指さすものが一つあればいいんです」プラスキーは靴の上からオーバーシューズを着け、ラテックスの手袋を新しいものに交換した。「それがスタート地点になる」

75

「リンカーン。テレビをつけてください」

キッチンで夕食の支度をしているトムの声が聞こえた。今日のメニューはわからないが、いいにおいが漂っている。食事は燃料補給にすぎないとライムは考えている――敬意の対象はウィスキーだけだ――が、うまい料理に舌鼓を打つことがないわけではない。そしてトムが本気を出して作る料理は抜群にうまかった。

ライムは声を張り上げた。「なぜだ？」

「ニュースであの人の名前が出ました」

「ニューヨーク市には八百万の人間が住んでいるのだぞ、トム。もう少し絞りこんではもらえまいか」

「いいからニュースをつけて」

「ニュースなど」ライムは一人ぶつぶつ言いながらリモコンのボタンを押した。「未完の歴史にすぎん……」画面が明るくなった。「コマーシャルだぞ！　化粧品だ。長い髪がスローモーションで揺れている。シャンプーする前からああいう髪でなくては、シャンプーしたってああいう髪にはならない」

「いいですか」トムの溜め息が聞こえた。「つべこべ言わずにコマーシャル明けを待つか、チャンネルを変えればいいでしょう」

ライムはチャンネルを変えた。

メイクの濃い金髪のニュースキャスターの深刻そうな顔が大写しになった。「……容疑を否認しているということです。しかし支援者や大口寄付者は、すでに議員と距離を置き始めています」

文字や映像があわただしく閃く画面の右下隅に、切手サイズの顔写真が表示された。ライル・スペンサーがコムナルカ・プロジェクトの正体に関して事情聴取した相手だ。

スティーヴン・コーディ下院議員。

画面の一番下にテロップが流れていた。

コーディ下院議員が大統領暗殺を支持するメールを送信

ニュースキャスターの低く落ち着いた声が詳細を伝えた。

「今回流出したメールの一通には、〝ボイドがあと一年もこの国をめちゃくちゃにし続けるのだと思うと、計画が失敗して残念だ〟と書かれていたということです。また別の一通には、〝あの男のインフラ計画とやらが〟――放送にふさわしくない一語を省略します――〝中流階級にどれほどの打撃になるか、誰も気づかないのか？〟と書かれていたとのことです。さらに、〝爺さんの一人くらい、殺すのは簡単だろうに。オズワルドよ、いまこそ出番だぞ〟ともありました。

このオズワルドとは、説明するまでもなく、一九六三年にジョン・F・ケネディ大統領を暗殺したリー・ハーヴェイ・オズワルドのことです。

連邦及びニューヨーク市の捜査当局は現在、大統領暗殺計画が実在したのか否かを捜査中です。

コーディ下院議員は一連の電子メールを送ったことを否定しており、自身の選挙活動を妨害するための陰謀であると主張しています。WLANニュースでは、これらのメールの信憑性《しんぴょうせい》を独自に確認できていませんが、ある側近は匿名を条件に、一連のメールはコーディ議員のセキュアサーバーから送信されており、そのサーバーにアクセスできるのは議員自身だけであると話しています。

コーディ議員は、今年十一月に予定されている下院選挙の主要候補の一人で、今回初めて出馬した元連邦検察官でマンハッタンの実業家マリー・レパートと事実上の一騎打ちになるだろうと予想されています。

なおコーディ議員は十五年前、ペンシルベニア州で環境保護を訴える抗議活動中に住居侵入および器物損壊で有罪判決を受けています。

ニューヨーク選出のエドワード・タリーズ上院議員を含め、ほかの政治家数名のコメント映像が続いた。

トムが居間の入口に顔を出した。「すごいどんでん返しですよね」

ライムは差し出されたワインのグラスを受け取り、礼のしるしにうなずいた。カベルネか。ワイン好きのなかには、ぶどうの産地や畑の土壌の性質、瓶詰めされた年号まで言い当てる者がいるという。ライムにわかるのは、アルコールを含有していることと、決して不快な味ではないことの二つだけだ。

視線をテレビ画面に戻す。

黒いセダンから降りたコーディ議員が、うつむいて記者の海をかきわけ、マンハッタンのタウンハウスに逃げこむ姿が映っていた。記者から一斉に質問が上がり、その声が前庭に反響した。テレビを通じて聞き取れた質問の一つは――「コーディ議員、あなたは環境保護を訴えているのに、移動に大型リムジンを使っていますね。それについてコメントをお願いできますか」

暴力による政権の転覆に賛同したとされる人物に向けるには、ずいぶんと手ぬるい批判ではないか。

トムがキッチンに戻っていき、ライムは車椅子を操作して玄関ホールに出た。事件現場の保全措置はすでに解除され、床や壁のウォッチメイカーの血の痕はきれいに拭われていた。

ライムは、ウォッチメイカーが被弾したおおよその位置まで近づいた。大理石の床をじっと見下ろす。

十分後、トムの声が聞こえた。「お客さんですか」

「なぜだ?」ライムは上の空で訊き返した。

「話し声が聞こえましたけど」

「空耳だろう」

ライムは居間に戻り、ワイングラスをサイドテーブルに置いた。それから電話に向けて音声コマンドを発した。「コマンド。サックスに電話」

76

ライムとロン・セリットーはタウンハウスの居間でス

ピーカーフォンから聞こえる声に耳を澄ましていた。

アメリア・サックスは西四六丁目の駐車場ビルに行っている。二日前、チャールズ・ヘイルはそこでSUVを別の一台に乗り換え、ライムを永遠の眠りにつかせるためにセントラルパークへ向かった。

サックスが報告する。「カメラは一台もない。変よね。防犯カメラが一台もない駐車場なんて、市内にはほとんどないのに。ここを探すのにずいぶん時間がかかったんじゃないかしら」

ライムは言った。「しかも私を殺したらすぐにニューヨークを離れるつもりでいたわけだろう。新しい車に乗りこむ姿をカメラにとらえられたところで、いまさら気にする必要はないはずだ。それなのにカメラの有無を事前にチェックしていたとすれば、そこで誰かと内密に会う予定だったからだろう。ヘイルが消えたあともこの街に残るはずの相手と」

「そのとおりのことを私も思った。でね、駐車場にカメラはないけど……真向かいの小売り店にはあったの。時系列を整理すると、ヘイルが来る十五分前にリムジンが一台、駐車場に入って、ヘイルが新しいSUVで出発した三分後に出ていった。リムジンのナンバーを照会したのよ。誰の車だったと思う？」

「ボディガードを一名確認」無線機のイヤピースからESU隊員の声が聞こえた。ほかに聞いたことがないようなよく響く声で、たとえ警察を辞めることがあっても、ラジオのアナウンサーやオーディオブックのナレーターとして成功できそうだ。

「了解。こちらでも視認しました。ESUチーム2？」

「見える範囲ではほかに誰もいません。被疑者とボディガードの二人だけです。ボディガードは武装しています。ベルトの右側に拳銃を確認しました。大型です。おそらく四五口径」

サックスは今日もまた商店にいた。ボタンの店ではなく電子部品の店だ。場所はマンハッタンの南部、ウォール街にほど近い界隈だ。ウィンドウに陳列された商品の隙間から、通り沿いにこちらに歩いてくる二人を観察した。ボディガードは百九十センチに届こうかという長身で、しかもライル・スペンサーと同じく横幅もあり、まるで牛の枝肉が歩いているようだった。剃り上げた頭は、元軍人や元警察官のボディガードの定番だ。

サックスは無線に向かって言った。「五八八五よりESUチーム3へ。そちらからはどうですか」

女性狙撃手ラティチア・クルーガーは、五階建てのファースト・フェデラル銀行の屋上にいる。通り全体が見渡せ、狙撃手と観測手にとって申し分のない狙撃拠点だ。

「二人だけです、サックス刑事。被疑者とボディガードだけです」

「了解。ESUの全チームへ。いまから電話をかけます」

近隣で計八名のESU戦術チームが待機していた。戦術チームが必要な事態に発展するだろうか。じきにわかる。

サックスは携帯電話を取り出し、短縮登録してある番号に発信した。

近づいてくる二人を目で追う。ボディガードが軽く眉を寄せ、ポケットから携帯電話を取り出す。発信者を確かめてから応答した。

「よう、バーニー。いまレクター・ストリートだ。そろそろ車に着く――」

「ニューヨーク市警のアメリア・サックス刑事です。バーニーの携帯電話からかけています。参考までに、お仲間のバーニーは留置場よ。この電話に驚いても態度に出さないで」

「え――？」

「反応しないでと言ったでしょう」

ボディガードは黙りこんだ。

「このあとあなたのボスを逮捕します。あなたは銃を持ってるわね。戦術チーム六名があなたたちを包囲しています。狙撃手も狙っています。何事もなかったみたいにそのまま歩き続けて。わかったら、〝そうだ〟と答えて」

「そうだ」

「親指と人さし指だけを使ってホルスターから銃を抜いて、すぐ先にある消火栓の陰に捨てて。そこから六メートル進んだら、立ち止まって歩道にうつぶせになる。ここまではいい？」

「ちょっと待て――」

「わかったら、〝もちろんだ〟と言って」

短い間。「もちろんだ」

「あなたのボスは銃を持ってる？　嘘をつくと公務執行

妨害罪になるから、そのつもりで」

「いや」

「あなたは予備の銃を持ってる?」

「いや」

「近隣に同僚はいる?」

「いや」

「その調子。あなた、いい俳優になれそうよ。ネットフリックスのドラマに出られるレベル。さて、そろそろ消火栓の前ね」

サックスはウィンドウの前を離れ、店から歩道に出た。

「そこで銃を捨てて」それだけ言って電話を切った。

ボディガードは指示どおりの場所に銃を捨て、そのまま歩き続けた。歩数を数えているようだ。二十歩数えたところで歩道に身を投げ出した——必要以上の勢いで。思わず顔をしかめている。

無線機に向かってサックスは言った。「ESUチーム、制圧! 制圧!」

ボディガードの雇い主は、彼の姿がふいに消えたことに気づいて振り向き、歩道に横たわっているのを見て駆け寄ろうとした。心臓発作でも起こしたかと不安になったのだろう。

次の瞬間、ESUチームに包囲され、事態を悟ったようだ。心配そうな表情は嫌悪のそれに変わった。

サックスは「手を上げて!」と言おうとした。

その必要はなかった。元連邦検事であるマリー・レパートは、自分から両手を高々と上げた。

77

通常であれば、被疑者はまっすぐ中央拘置所に移送される。

しかし今回は、リンカーン・ライムが捜査を指揮している。ゆえに、被疑者は寄り道をすることになった。

サックスは、被疑者の権利を告知して現場でマリー・レパートを逮捕した。逮捕容疑は殺人罪、無謀な危険行為、テロ行為だ。それに〝共謀〟という万能の罪名もついている。これは威力脅迫及び腐敗組織に関する連邦法(RICO法)から生まれた罪名だ。マフィアからもホワイトカラーの犯罪者からも等しく嫌われているこのRICO法のもとで、レパートとチャールズ・ヴェスパシアン・ヘイルの二人は〝組織〟と見なされる。

たった二人でも〝組織〟とは……

マリー・レパートはいま、アメリカ合衆国憲法修正第四条と第五条という鎧をまとい、リンカーン・ライムと向かい合っている。座っているのは、ヘイルがつい先日座ったのと同じ籐椅子だ。

サックスとロン・セリットーも同席していた。

叱られた子供のようにふてくされた声で、レパートが言った。「悪いのは私じゃない」

ライムは首をかしげた。「ほう、違うのか？」

「誓ってもいいわ。全部……悪いことをしたのは全部、ヘイルなの。私じゃない」

サックスが訊く。「ヘイルとはどこで知り合ったんですか。テキサス？」フッ化水素酸でやられた喉はだいぶいよくなっているが、それでもサックスの声はいつもより低く、どすが利いている。

ライムは尋ねた。「きっかけは、ヘイルがメキシコで展開したプロジェクトだな」何年か前、ヘイルはメキシコでいくつか仕事をこなした。もしかしたら、メキシコが隠居先候補の一つだったのかもしれない。

レパートが答えた。「そうよ。メキシコ北部の麻薬密売カルテルや政治家についてリサーチをしたことがあった。主にチワワ州のね。そのとき知り合った人から、凄腕のアメリカ人がいると聞いたのよ。コンサルタントのような人で、彼に相談すれば選挙にかならず勝てると」

ここまでは筋が通っている。ヘイルはただの殺人者ではなかった。あの男なら、いわゆる対立候補つぶしにも能力を発揮しただろう――ただしヘイルの場合、単なるネガティブキャンペーン以上の手段も使ったはずだ。

レパートは、ヘイルに〝相談する〟意味を本当に知らなかったのか、知らなかったふりをしているだけなのか。

ライムには判断がつかなかった。頼れる人間嘘発見器ライル・スペンサーは、あいにく不在だ。

レパートが続けた。「この男、正体はいったい何なの？　そう思ったのを覚えてる」レパートは真剣な表情を浮かべた。「私にとって検事の地位は踏み台にすぎなかった。初めから政界が目標だった。司法を離れて、テキサス州議会をめざした。でも出馬さえできなかった。古きよき男社会に阻まれたのよ。ニューイングランド出身の女にはチャンスさえ与えられないの」レパートは意味あり気にサックスを見やった。

　サックスはまるで共感を示さなかった。ライムの妻は、いったん目標を定めたら、古きよき――古き悪しきであろうと――男社会の妨害など許さない。よけいな手管《てくだ》も弄さず、まっすぐ目標へと突き進むだけだ。

「そのあと東海岸に戻ってきて、何年かウォール街で働いた。ようやく支援者が集まって、後援会もできた。そこでコーディの議席を狙うことにした。でも、いざ選挙活動を始めてみたら、そう簡単にはいかないとわかって」

　薄い唇を引き結ぶ。

　ライムは先回りして言った。「そこでテキサス州の人脈をたどり、その〝コンサルタント〟に連絡をつけたわけだな。ヘイルに」

「どうせ返事なんてこないだろうと思ったのに、すぐに連絡があったわ」

　レパートが椅子の上で身を乗り出し、フローラル系の香水かシャンプーの香りがライムの鼻先をかすめた。花の種類まではわからなかった。「選挙戦が少しでも私の有利になるように動いてと頼んだだけよ。ネガティブキャンペーンとか、そういう対策で。立候補者は誰でもやることでしょう。ヘイルは同意して、仕事にかかった。コーディの経歴を詳しく知りたいと言った。コーディが急進的な活動家で、服役経験もあるとわかると、それを利用しようと提案してきた。そのあとの事件は、どれもヘイルが勝手にやったことなの。クレーンを倒す？　大統領の暗殺計画？　そんな話、私はまったく聞いていなかった。誓ってもいい」

「報酬として、金ではなく追跡不可能なダイヤモンドを要求されてもまだ、疑わしいとはこれっぽっちも思わなかったのかね」

　ヘイルのバックパックには、およそ五十万ドル相当のダイヤモンドが入った封筒があった――ヘイルがライム殺害のためバードウォッチャーを装ってセントラルパークを訪れる直前に駐車場でレパートと密会した目的は、おそらくその受け渡しだ。

「それは……」レパートはすばやく考えをめぐらせた。「税金対策だろうと思った。私には関係のないことよ」

　セリットーが訊いた。「あんたはそれを事業経費に計上するつもりでいたのか」

「当然でしょ」

過去の経験から、ある種の被疑者はみな――とくに元警察官や司法関係者は――どんな窮状も口で言いくるめて切り抜けられると信じていることをライムは知っている。ライムがレパートの弁護士なら、こう忠告しているだろう。それ以上しゃべるな、いますぐその口を閉じろ。

ライムは尋ねた。「ヘイルが立案した計画の違法な側面については何も知らなかったわけか」

「決まってるでしょ！」

サックスが言った。「何一つ？」

「そうよ、何一つ知らなかったのよ！　クレーンに大統領の暗殺？　コンピューターのセキュリティ会社をハッキングして、偽物のメールをアップロードする？　全部ヘイルが勝手にやったことなの！」

なるほど、たしかに――

口は災いのもとだ。

この事情聴取の段取りは、ライムとサックスが事前に念入りに打ち合わせたものだった。それがたったいま、狙ったとおりの結果を生んだ。仕掛けられた罠は、派手な音を立てていま閉じた。


捏造《ねつぞう》されたメールがどうやってコーディ議員のアカウントから送信されたのか、一般には公表されていなかった。〈ウーマンX〉の電磁誘導装置やエメリー・デジタル・ソリューションのサーバーがハッキングされた事実は、報道されていないのだ。

二人の視線がぶつかり合った。レパートが言った。「弁護士の同席を要求します」

サックスが立ち上がり、飛び出しナイフが入っているのと同じ後ろポケットに手帳を押しこんだ。「拘置所から弁護士に連絡できるわ」

レパートがライムのほうを振り返り、かすれた声で言った。「でも、どうして？　どうしてわかったの？」

「内部告発者がいたのさ」

「誰よ？」レパートが苦々しげに吐き捨てた。

リンカーン・ライムは答えなかった。


レパート逮捕の翌日、ようやくトムが用意したディナーをゆっくり楽しめることになった。

すばらしくうまそうなにおいが漂っている。

魚、ふつうのものより強い香りのするきのこ、ニンニク。辛口の白ワインの香りも。これはおそらくベルモットだろう。焼き立てのパンのにおいもした。

サックスは食卓を整えている。リンカーン・ライムはこのときもまた、チャールズ・ヘイルが死んだ玄関ホールにいた。

長期熟成のグレンモーレンジィを注いだグラスを手に。

先日のトムとのやりとりを思い返す。玄関ホールへ――ウォッチメイカーの命が尽きた場所に車椅子で出たときの会話を。

お客さんですか。

なぜだ？

話し声が聞こえましたけど。

空耳だろう……

決してトムの空耳ではなかった。

マリー・レパートに問われたとき、ライムは内部通報者がいたと答えた。

それは事実だった。

チャールズ・ヴェスパシアン・ヘイルという内部通報者がいた。

より正確には――ヘイルの亡霊が。

あのとき玄関ホールでライムが話していた相手はそれだ。

チャールズ、たとえ誰かに訊かれても、私はあくまで否定するよ。すでにこの世にない人物と話をしているなどとは絶対に認めない。しかし、どうしても気になってしかたがないことがあってね。きみが自分の利益のためだけに仕事をするなど信じがたいと私が言ったとき、きみは否定した。今回はクライアントはいないのだと言い通した。

私利私欲でやったことだというきみの説明は、なかなかの説得力を持っていた。NTPサーバーをいじり、莫大な金を自分の口座に移し、ベネズエラかどこかに自分だけの楽園を築いて余生を楽しむつもりだった。きみはそう言ったね。

しかし、いま思い返すと、やはり私が正しかったのだろう。どんな時計にもかならず役割がある。所有者の必要を満たすという役割が。きみだって同じだ。

だじゃれのようで申し訳ないが、きみは誰かに雇われていた《オン・ザ・クロック》に違いない。

しかし、いったい誰に？

初めから整理してみよう。私はさまざまな証拠をもとに、大統領暗殺計画は誤導で、本当の目的はエメリー・デジタルの真下に例の装置を仕掛けることだったと考え、その推理をきみに突きつけた。するときみはどう反応したか。即興で話を作った。ネットワーク・タイム・プロトコルをハッキングしたのだという話をその場ででっち上げた。しかし、考えてみれば、いくばくかの金を手に入れるためにしたことにしては、いくらなんでも手がこみすぎてはいまいか。きみはルーマニアや中国に人脈があったはずだ。きみに借りがあって、ヘッジファンドや銀行を直接ハッキングするのに喜んで手を貸しそうな人間ならいくらでもいただろう。一億ドルくらい、ものの一瞬で手に入ったはずだ。

となれば、ＮＴＰの件は無視してよさそうだ。きみがエメリー・デジタルのサーバーに侵入した理由は別にある。それはいったい何だ？

〈ウーマンＸ〉の装置は、特定の誰かの電子メールアカウントに不正な変更を加えるためのものだったとは考えられないか。送信したメールが今日になって流出し、世の中を騒がせた人物がいたね。マスコミが騒いだのは、そのメールがこの世の何より忌まわしい犯罪――大統領の暗殺に同調するような内容だったからだ。

きみの真の目的は、スティーヴン・コーディ議員のアカウントに侵入することだったのではないか。

私が信頼する尋問のエキスパート、ライル・スペンサーが往診し、健康そのものと太鼓判を押した人物のアカウントに。

この仮説が正しいとして、では、電子メールの捏造から利益を得るのはいったい誰か。

世論調査の支持率でコーディ議員に後《おく》れを取った対立候補――マリー・レパート。テキサス州の検事だった人物だ。テキサス州と言えば、きみが一時期拠点を置いていたメキシコにも地理的に近い。

この一連の犯罪の目的はそれだ――スティーヴン・コーディ議員の信用を傷つけ、今度の選挙でマリー・レパートを勝利させること。コムナルカ・プロジェクトも、謎の上部団体も、暗殺も……いずれも複雑機構《コンプリケーション》にすぎなかったのだ。

何も答えてはくれないようだね、チャールズ。もとより期待はしていなかったが。ただ、きみの目は、いま私が思い浮かべているきみのその鋭い青い目は、こう言っている――私の推理は当たっていると。

そして、推理を裏づける方法が一つだけありそうだ。

この〝会話〟を終えたライムは、車椅子の向きを変えて居間に戻り、携帯電話にコマンドを発した。「サックスに電話」

ライムはエメリー・デジタル・ソリューションズに問い合わせ、スティーヴン・コーディ議員のメールアカウント（.comと.govの両方）を管理しているとの返答を得た。一方、アメリア・サックスはヘイルが最後にSUVを乗り換えた駐車場ビルに行き、そこでマリー・レパートと合っていた事実を突き止めた。

「クォ《Q》ド・エ《E》ラト・デ《D》モンストランドゥム――証明終わりだ、チャールズ。私の仮説は裏づけられた」

今夜、ダイニングルームに向かおうとして、ライムはふと車椅子を停めた。暖炉の上のブレゲの懐中時計を見やる。

あることを悟って、ふいに笑いだした。ヘイルは、見せかけの暗殺未遂を実行するために大統領の移動ルートを変更させる必要があった。その手段はいくらでも選べた。連続爆弾事件を起こし、仕上げにホランド・トンネルに小型爆弾を仕掛けるのでもよかっただろう。それで目的は果たせたはずだ。

なのに、クレーンを転倒させる方法を選んだ。

なぜだ？

ドラマチックだから。もちろんそれもあるだろう。タワークレーンが次々と倒されれば、ニューヨークの全市民の目はそれに集中する。

しかし理由はもう一つあったのだ。ライムが笑ったのは、その理由に気づいたからだった。

クレーンは、時計の針《ハンド》に似ている。

ハンド……

ポーカーの手役《ハンド》のメタファーとも言えそうだ。だが、ほかにももう一つ意味がこめられていたのかもしれない。ヘイルは、長年のあいだに数多の込み入った計画を立案してきたが、今回の複雑きわまりない筋書き――結果としてウォッチメイカー最後の事件となったこの犯罪——こそ、自身のキャリア最高の手品《スレート・オブ・ハンド》だと言いたかったのだとしたら。

　誰でも思いつく言葉遊びかもしれない。しかしライムは、自分一人に向けられたものだという気がしてならなかった。

「食事ですよ」トムの声が聞こえた。

　誰にも見られていないことを確かめてから、リンカーン・ライムは懐中時計に向けてグラスを掲げて、口をつけた。

　それから居間を出て、ダイニングルームに行った。トムがちょうど最初の一皿をテーブルに置き、アメリア・サックスはキャンドルに火を灯しているところだった。

（了）

謝辞

小説は作家一人で書くものではない。本を作り、読者の手と心に届けるには、数多くの人々の力が必要だ。世界一のチームに支えられている私は、本当に幸せ者だ。次に挙げる方々に感謝を捧げたい（念のため、順序に意味はない。ただ単に、私にはアルファベット順に並べ直す根気がなく、かといってその仕事をまかせるほどChatGPTを信用していないせいだ）。ソフィー・ベイカー、フェリシティ・ブラント、エミリー・シャンベイロン、ベリット・ボーム、ドミニカ・ボハノウスカ、ペネロピー・バーンズ、アニー・チェン、ソフィー・チャーチャー、フランチェスカ・チネッリ、イザベル・コバーン、リズ・ビュレル、タル・ゴレツキー、ルイーザ・コリチオ、ジェーン・デイヴィス、アリス・ゴーマー、リズ・ドーソン、ジュリー・リース・ディーヴァー、マルコ・フィオッカ、アランヤ・ジェイン、ジェナ・ドーラン、ミラ・ドロウメヴァ、ジョディ・フィブリ、キャシー・グリーソン、ローラ・デイリー、イヴァン・ヘルド、アシュリー・ヒューレット、サリー・キム、ヘイミッシュ・マカスキル、ジュリア・ウィズダム、クリスティーナ・マリーノ、アシュリー・マクレー、シーナ・パテル、ベサン・ムーア、シーバ・ペッツァーニ、ロージー・ピアース、クレア・ウォード、ソフィー・ウェイランド、キンバリー・ヤング、ハリエット・ウィリアムズ、アビー・ソールター、ロベルト・サンタキアラ、デボラ・シュナイダー、サラ・シェイ、マーク・タヴァーニ、マデリン・ワーチョリック、アレクシス・ウェルビー。それにもちろん、制作、編集、販売の各部の働き者のメンバーたち。いつもありがとう！

訳者あとがき

高層ビルの建設現場でタワークレーンが転倒する事件が発生し、複数の死傷者が出た。単発の事故と思われたが、まもなくニューヨーク市に宛てた脅迫文がネット上にアップされた。差出人はある政治団体で、要求が受け入れられるまで、タイムリミットごとに市内のタワークレーンを一つずつ倒すと予告していた。

その要求は、実現不可能なものだった。しかも、好況を背景にした建設ラッシュに沸くニューヨークの上空には数十基のタワークレーンがそびえている。それが次々と倒されたら——全市がパニックに陥り、美しい街とそこで暮らす人々の生活は粉々に打ち砕かれてしまうだろう。

ニューヨーク史上最大の危機に直面した市長は、八百万の市民を守る重い使命をリンカーン・ライムにゆだねた。

一方、ライム個人にも危険が迫っていた。宿敵ウォッチメイカーが〝ライムを殺すために〟ニューヨークに来ているというのだ。その二つ名のとおり複雑な時計のごとき精巧な犯罪計画で知られるウォッチメイカーは、いったいどんな手段でライムに接近するつもりでいるのか。こちらの防御にわずかでも隙があれば、そこからするりと入りこまれ、息の根を止められてしまうだろう。

時間との競争に勝って街と市民を救い、しかも同時に自分の命も守らなくてはならない。リンカーン・ライムは果たしてその二つを成功させられるのか。

今作『ウォッチメイカーの罠』(*The Watchmaker's Hand*, 2023)は、二二年の『真夜中の密室』に続くシリーズ第十六作。タイトルに示唆されているとおり、名探偵リンカーン・ライムと怪人ウォッチメイカーの久々の直接対決が展開するスリリングな作品である。

ディーヴァーの長編の筋立てはどれもこれも複雑で、簡単には説明できないものばかりだ。それにしても今作は過去最高レベルで多元・多層に入り組んでいる。ライムが今回のウォッチメイカーの罠を振り返って、彼の〝キャリア一《いち》複雑な手品〟という趣旨の評を述べる場面があるが、この作品自体がまさに著者のキャリア一の複雑なストーリーと言えそうだ。放射線状に広がっていくと見えた多数のディテールが、ある瞬間を境に一点に向けて鮮やかに収束していく。巨匠の巧みなストーリーテリングに、いつものように思いきり翻弄されていただきたい。

また、シリーズを追いかけている読者なら、ロナルド・プラスキーの頼もしい成長ぶりにきっと目をみはるはずだ。有能だがちょっぴり頼りないところもあった〝永遠のルーキー〟プラスキーが、今作では靴底をすり減らす刑事とミクロの視点を持つ科学捜査官の二役を果たし、事件解明に直結する大当たりをいくつも引いている。ただ、彼が独自に編み出した現場捜索法の着想の源は、いかにも我らがプラスキーらしくて微笑ましい。

そしてもう一人、ライル・スペンサーに触れないわけにはいかない。ライム・シリーズにはこれまでも個性的かつ印象的な人物がたびたび登場してきたが、残念なことに大半が一作限りの〝ゲスト〟キャラクターだった。しかし前作『真夜中の密室』で初登場した巨漢の刑事ライル・スペンサーは、別シリーズの主人公キャサリン・ダンスと同じキネシクス(ボディランゲージ分析）の技能を与えられて今作に再登場し、キーとなる場面で何度も重要な役割を演じている。後続の作品でもライム・チームの一員としてふたたび活躍を見せてくれるのではと期待している。

今後の予定にも軽く触れておきたい。

一番のニュースは、アメリカの作家イザベラ・マルドナドと共作の新シリーズが始まったこと。マルドナドは、*The Cipher* をはじめとする Nina Guerrera シリーズなど、ベストセラーを連発している人気作家。そのマルドナドとディーヴァーが組んだ〝サンチェス＆ヘロン・シリーズ〟の第一作 *Fatal Intrusion* の邦訳刊行が、二五年に予定されている。たとえ人気作家同士の共作であろうと、かならずしも１＋１＝２とはならないものなのに、この二人にかぎっては１＋１が２より大きくなって、抜群におもしろい作品に仕上がっている。

二五年にはほかに、Ａｍａｚｏｎ限定で配信された短編を集めた作品の邦訳刊行も予定されている。また英語圏では、二五年中にコルター・ショウ・シリーズの新作と、サンチェス＆ヘロン・シリーズの第二作の刊行が決定している。

最後に、ここ数作のあとがきで何度か紹介したコルター・ショウ・シリーズのＴＶドラマ『トラッカー』について。ドラマはアメリカで大ヒットを記録し、シーズン2の放映が即座に決定したと聞く。日本でも Disney+（ディズニープラス）でシーズン1が配信されている。計十三のエピソードはいずれもよく練られ、ディテールまできっちりと作りこまれていて、見ごたえがある。視聴できる環境にある方はぜひ。

二〇二四年八月

ウォッチメイカーの罠《わな》

二〇二四年九月三十日　第一刷

著　者　ジェフリー・ディーヴァー
訳　者　池《いけ》田《だ》真《ま》紀《き》子《こ》
発行者　大沼貴之
発行所　株式会社文藝春秋
〒102―8008　東京都千代田区紀尾井町三―二三
電話　〇三―三二六五―一二一一
印刷所　TOPPANクロレ
製本所　大口製本

万一、落丁乱丁があれば送料当方負担でお取替えいたします。小社製作部宛お送りください。

定価はカバーに表示してあります。

ISBN978-4-16-391891-4